박완서

1931년 경기도 개풍군에서 태어나 소학교를 입학하기 전 어머니,
오빠와 함께 서울로 상경했다. 숙명여고를 거쳐 서울대 국문과에
입학했지만, 6·25전쟁으로 학업을 중단했다. 1953년 결혼하여
1남 4녀를 두었다.

1970년 《여성동아》 장편소설 공모에 「나목」이 당선되어
불혹의 나이로 문단에 데뷔했다. 이후 2011년 1월 담낭암으로
타계하기까지 쉼 없이 작품 활동을 하며 40여 년간 80여 편의
단편과 15편의 장편소설을 포함, 동화·산문집·콩트집 등 다양한
분야의 작품을 남겼다.

한국문학작가상(1980), 이상문학상(1981),
대한민국문학상(1990), 이산문학상(1991), 중앙문화대상(1993),
현대문학상(1993), 동인문학상(1994), 한무숙문학상(1995),
대산문학상(1997), 만해문학상(1999), 인촌문학상(2000),
황순원문학상(2001), 호암예술상(2006) 등을 수상했고, 2006년
서울대학교 명예문학박사 학위를 받았다.

2011년 타계 후에는 문학적 업적을 기려 금관문화훈장이
추서되었다.

나목

나목

박완서

장편소설

세계사

일러두기

* 현행 맞춤법에 맞지 않더라도 문학적 범주에 있다고 할 만한 표현들은 그대로 두었으며, 명백한 오자 또는 오류라고 판단되는 것만을 바로 잡았습니다.
* 1970년 동아일보사에서 출간된 『나목』 초판에는 작가의 글이 실리지 않아, 1976년 열화당에서 재출간된 『나목』 초판 작가 후기로 '작가의 말'을 대신하였음을 알려드립니다.
* 해설자의 동의하에 2012년 세계사에서 출간된 『나목』의 작품해설을 재수록하였습니다.

6년 전의 나의 데뷔작이 열화당의 호의로 예쁜 책으로 꾸며져 다시 선보이게 되니 기쁘기도 하고 약간은 겸연쩍기도 하다.

다시 한번 읽어보니 표현의 과장이나 치졸이 자주 눈에 거슬리나, 그런대로 그것을 썼을 당시의 젊고 착하고 순수한 마음이 소중해서 고치지 않았다.

나는 처녀작 『나목』을 40세에 썼지만, 가히 20세 미만의 젊고 착하고 순수한 마음으로 썼다고 기억된다. 그래 그런지 그것을 썼을 당시가 6년 전 같지 않고 아득한 젊은 날 같다.

그 당시 『나목』을 읽는 사람들 사이엔 주인공인 화가가 故박수근 화백일 거라고 알려진 듯 거기에 대한 질문을 나는 꽤 많이 받았다. 이 기회에 거기에 대해 밝히고 싶다.

『나목』은 어디까지나 소설이지 전기나 실화가 아니다. 『나목』을 소설로 쓰기 전에 故박수근 화백에 대한 전기를 써보고 싶었던 건 사실이지만, 내가 그를 알고 지낸 게 그나 내가 가장 불우했던 전쟁

중, 1년 미만의 짧은 시간이었기 때문에 전기를 쓰기엔 그에 대해 아는 게 너무 없었다.

그렇지만 예술가가, 모든 예술가들이 대구, 부산, 제주 등지에서 미치고 환장하지 않으면, 독한 술로라도 정신을 흐려놓지 않으면 견뎌낼 수 없었던 1·4후퇴 후의 암담한 불안의 시기를 텅 빈 최전방 도시인 서울에서 미치지도, 환장하지도, 술에 취하지도 않고, 화필도 놓지 않고, 가족의 부양도 포기하지 않고 어떻게 살았나, 생각하기 따라서는 지극히 예술가답지 않은 한 예술가의 삶의 모습을 증언하고 싶은 생각을 단념할 수는 없었다.

그래서 된 게 『나목』이었다는 걸 밝히고, 이야기 줄거리는 허구이니 어디까지나 소설로 받아들여지기를 바란다.

처녀작을 예쁘게 새로 단장해주고 싶다는 내 오랜 소망을 풀게 해주신 열화당 이기웅 사장님께 거듭 감사드린다.

1976년 12월

박완서

차례

1

갈색 털이 무성한 손이 불쑥 내 코앞까지 뻗어와 멈추었다. 그의 손아귀에 펴 든 패스포트 속에서 긴 머리의 아가씨가 활짝 웃고 있었다.

"예쁘군요."

그들에게는 좀 허풍스런 찬사를 보내야 하는 법인데 오후의 피곤 때문일까 나도 모르게 나른한 소리를 내고 말았다.

내 앞에선 우람한 GI(미군 병사)는 몸집보다는 민감한 듯했다. 금방 씰쭉해지더니 사진을 나꿔채듯 제 눈앞에 가져다가 새삼스럽게 찬찬히 훑어보았다. 이윽고 제풀에 안심이 되는지 다시 입을 헤벌렸다.

나도 이때를 놓칠세라 재빨리 직업의식을 발휘했다.

"내가 본 어떤 여자보다도 아름답군요. 당신은 행운아예요. 물론 그녀를 위해 초상화를 그리셔야죠. 어때요? 이 고운 실크 스카프에다 그리면."

나는 우선 한 귀퉁이에 용의 모양을 날염한 번들한 인조 스카프를 권해보았다. 그게 우리 초상화부로서는 제일 수지가 맞는 품목이었다.

"노."

그는 입을 삐쭉하고 고개를 젓더니 쇼케이스로 다가가 초상화 바탕으로 진열된 여러 가지 치수의 액자용 실크, 스카프, 손수건 따위 중에서 서슴지 않고 손바닥만 한 손수건을 가리켰다.

'이 구두쇠······.'

나는 그림값까지 통틀어야 3달러밖에 안 되는 약소한 주문에 다시 새침해지며, 흑백사진의 경우 으레 알아두어야 할 모발이나 눈, 또는 의상의 색깔 등을 좀 쌀쌀맞게 사무적으로 물어 카드에 기입하고 나서,

"언제쯤 찾으러 오실 수 있죠?"

"빠를수록······. 늦어도 모레까지는 일선으로 돌아가야 하니까."

'또 골칫거리군······.'

나는 내 책상 서랍에 밀린 일거리들을 생각하고 살짝 눈웃음을 치며 화제를 돌렸다.

"짧은 휴가를 마음껏 즐겨야겠군요. 일선이면 어디쯤?"

"갓댐 양구."

그는 마치 저주를 내뱉듯이 안면을 크게 일그러뜨렸다.

"안됐어요. 그런데 요샌 전황이 좀 어때요?"

겸연쩍은 김에 나는 또 한 번 어리석은 질문을 하고 말았다.

그는 입을 삐쭉하더니 어깨를 추스르고 두 팔을 펴 보이는, 양키들 특유의 알 게 뭐냐는 듯한 시늉을 한다. 나는 아주 난처해졌지만 여전히 교태를 잃지 않고,

"좋은 그림은 시간이 걸리는 법이에요. 당신같이 바쁜 사람들을 위해 우리는 찾으러 오는 수고를 덜어드릴 수도 있어요. 저희가 부쳐드릴 테니까요. 그녀의 주소와 송료만 따로 주신다면."

"노, 부칠 필요는 없어요. 그 그림은 나를 위한 거니까……."

"왜 그녀에게 부치지 않나요? 누구나 다들 그렇게 하는데……. 당신은 당신의 걸프렌드를 기쁘게 해주고 싶지 않아요?"

그는 별안간 몸 전체에 야릇한 육감을 풍기더니,

"난 그 그림을 그녀 대신 내 품에 품고 싶단 말요. 될 수 있는 대로 빨리. 이제 좀 알아들었소?"

그는 꼬깃한 1달러짜리 석 장을 내던지고,

"씨 어게인 데이 애프터 투머로."

경쾌한 리듬을 붙여 읊조리고 떠나갔다.

부옇게 흐린 날씨에 정전까지 겹쳐 네 명의 환쟁이들은 한결같이 능률을 못 내고 있었다. 나는 방금 주문받은 것을 급한 일 쪽 서랍에 떨어뜨리고 환쟁이들 사이를 뒷짐지고 돌아다니며 뾰죽한 목소리로 재촉도 하다가 또 적당히 짜증을 부리기도 하다가 마침내는 은근히 공갈을 치고 말았다.

"암만해도 안 되겠어요. 맨날 시달려서 살 수가 있어야죠. 환쟁이를 몇 명 더 쓰자고 최 사장이 나오면 의논을 해봐얄까 봐요."

일제히 그들이 움찔하는 것을 나는 손아귀에 쥔 작은 생선의 할딱임을 감지하듯 내 피부로 느낄 수 있었다.

그도 그럴 것이 네 명의 환쟁이들이 밥벌이로 하고 있는 이 초상화 그리기가 실상 이만치라도 바쁜 것은 고작해야 미군들 봉급날인 월말을 전후해서 일주일쯤이지 그 밖의 날은 그저 심심풀이나 면할 정도였다. 그림 그린 만큼 보수를 따져 받는 그들은 놀지 않고 한 장이라도 더 맡아 그리려고 비굴하도록 내 눈치만 살피는 처지였다.

실은 나도 환쟁이가 더 필요하다고 생각하고 있는 것은 아니었다. 짜증 비슷한 감정이 뱃속에서 보깨고 있어서 좀 심술궂게 굴었다 뿐이지 그들에게 특별한 악의가 있는 것도 아니었다.

그들을 통틀어 환쟁이라 부른대서 가끔 최 사장은 그렇게 사람 깔보면 못쓴다고 나를 나무라지만 부르기 편할뿐더러 그 이상 그들에게 어울릴 만한 호칭을 아직 생각 못 해냈다 뿐이지 털끝만큼도 그들을 경멸할 생각이 있어서는 더군다나 아니었다.

내가 누굴 조금이라도 경멸한다면 아마 내가 깍듯이 최 사장이라 부르고 있는 최만길崔萬吉이었을지도 모른다. 내가 일하고 있는 이곳 미8군 PX 아래층은 서쪽으로 3분의 1쯤이 한국물산 매장으로 되어 있어 그 경영은 한국인 위탁업자들이 맡아 하고 있었다. 너 나 할 것 없이 해먹을 것이 궁색한 전쟁 중이라 그 위탁판매장 맡아 하기도 웬만한 백이나 수완 없인 어림없다는 게 최 사장의 말이었고, 앞을 다투어 갖가지 업종 — 수예품, 유기그릇, 대그릇, 고무신, 피혁 제품, 귀금속 — 이 다 들어앉은 뒤에 엉뚱하게도 밑천 한 푼 안 드는 초상화 간판을 들고 들어올릴 수 있었던 것은 보통 상술이 아니라는 게 최 사장의 자부였다.

아무튼 휘황한 PX 아래층 중앙부에 초상화부를 차리고 간판쟁이들을 모아다가 밥벌이를 시켜줍네 자기도 그 덕에 약간의 치부도 하고 내 월급도 주고 또 사장이라 불리기를 한없이 갈망하고 즐기는 최만길에게 난 가끔, 그가 너무 궁금하지 않을 만큼 가끔 최 사장이라든가 사장님이라든가 불러주고, 불러준 것만큼 그를 경멸해줌으로써 비겼다고 생각하려 들었다.

다시 전기가 들어왔을 때는 셔터를 서서히 내릴 무렵이었다.

"제기랄. 오늘은 잡쳤는걸."

먼저 환쟁이 김 씨가 신경질적으로 붓을 부옇게 꺼룩해진 액체에 흔들어 빨자 다른 환쟁이들도 꿈틀거리듯이 서서히 화구를 챙기기 시작했다.

갑자기 환한 조명 속에 펼쳐진 건너편 미국 물품 매장 쪽을 나는 마치 객석에서 무대를 바라보듯 설레는, 좀 황홀하기조차 한 기분으로 바라봤다.

언제 보아도 싫지 않은 '메이드 인 유에스에이'의 화사하고 매력적인 상품들, 그 풍요한 상품들을 후광처럼 등지고 서서 저녁 화장에 여념이 없는 세일즈걸들. 나는 이런 것들 바라보기를 즐겼다.

특히 폐점 후 이맘때 온종일 시야를 가로막던 누런 군복들이 썰물처럼 빠지고 청소부 아줌마들이 물뿌리개로 타일 바닥을 축여가며 비질할 무렵이면 공기가 어찌나 투명해지는지 나는 그녀들이 날렵한 솜씨로 비틀어 올린 립스틱의 빤들한 대가리의 빛깔들이 제각기 조금씩 다르다는 것까지도 식별해낼 수가 있었다.

다이아나 김, 린다 조, 수잔 정 따위 이그조틱한 이름을 가진 그 어여쁜 아가씨들이 쓰고 있는 립스틱의 조금씩 다른 빛깔까지 알고 있으면서도 나는 그녀들 중의 아무하고도 아직 친하지는 못했다.

나는 항상 집 근처까지라도 동행할 만한 친구를 아쉬워했지만 친구는 생길 듯 생길 듯하면서도 좀처럼 생기지 않았다. 특히 퇴근할 때 종업원 출입문으로 통하는 어둑하고 긴 복도에서 서로 체온을 나눌 수 있을 만큼 빽빽이 붐비며 보초 순경들의 몸수색 차례를 기다리노라면 불쾌한 몸수색에 대한 공통의 피해 의식으로 제법 서로 다정해져서 흉허물없는 대화를 나누기도 하지만 이런 종류의 유대 의식이란 고작 고무풍선 속에 압축된 공기 같은 것이어서 풍선의 좁은 주둥이인 출입문만 벗어나면 그만이었다.

모두 바쁘게 어둠 속으로 인사도 없이 사라져갔다. 김장철을 앞둔 을씨년스러운 날은 황혼을 생략하고 벌써 두터운 어둠에 싸여 있었다.

출입문이 면한 뒷골목은 외등 하나 없고 단 하나 맞은편 냄비우

동집의 희미한 유리문이 오히려 주위의 어둠을 한층 칠흑으로 만들고 있었다.

나는 종종걸음으로 어두운 모퉁이를 재빨리 벗어나 환한 상가로 나섰다. PX를 중심으로 갑자기 발달한 미군 상대의 잡다한 선물 가게들―사단이나 군단의 마크를 수놓은 빨갛고 노란 인조 머플러, 담뱃대, 소쿠리, 놋그릇, 별로 신기할 것도 없는 그런 가게 앞에서 나는 기웃거리며 될 수 있는 대로 늑장을 부리다가 어두운 모퉁이에서는 숨이 가쁘도록 뜀박질을 했다.

그러나 번화가인 충무로조차도 어두운 모퉁이, 불빛 없이 우뚝 선 거대한 괴물 같은 건물들 천지였다. 주인 없는 집이 아니면 중앙우체국처럼 다 타버리고 윗구멍이 뻥 뚫린 채 벽만 서 있는 집들, 이런 어두운 모퉁이에서 나는 문득문득 무섬을 탔다.

어둡다는 생각에 아직도 전쟁 중이라는 생각이 겹쳐오면 양키들 말마따나 갓댐 양구, 갓댐 철원, 문산 그런 곳이 지금 내가 있는 곳에서 너무도 가까운 것 같아 나는 진저리를 치며 무서워했다.

나는 그런 곳에서 좀 더 멀리 있고 싶었다. 적어도 대구나 부산쯤, 전쟁에서 멀고 집집마다 불빛이 있고 거리마다 사람이 넘치는 곳에 있고 싶었다.

나의 빨랐다 느렸다 하는 걸음은 을지로를 지나 화신 앞에서부터는 줄창 뜀박질이 되고 말았다.

외등이라든가 구멍가게라든가 그런 아무런 표적도 없는 죽은 듯이 어두운 비슷한 한식 기와집 사이로 미로처럼 꼬불탕한 골목길을 무섭다는 생각에 가위눌리면서 달음박질쳤다.

드디어 집이 가까워지면서 어둠만이 보이던 나의 눈에 별이 박힌 부연 하늘이 들어오고, 그 부연 하늘을 이고 서서 한쪽이 보기 싫게 일그러져나간 채인 우리 집의 지붕이 이상하리만큼 선명하게 보인다.

그러면 내 무서움증은 드디어 절정에 달해 금세 심장이 멎을 것 같아진다.

"엄마, 엄마."

나는 빗장이 부러져라 하고 어머니가 문을 열 때까지 계속해서 흔들어댄다.

"나간다, 나가. 웬 수선일까? 쯧쯧."

딸의 다급함에 도무지 아랑곳없는 느리고 가라앉은 어머니의 음성이 들리고 삐이걱 하고 대문이 둔중하게 열렸다.

"엄마두 참, 불 좀 켜놓으시래두. 온통…… 안채구 바깥채구 온통……."

"전깃값은 무얼로 당하려구."

"내가 돈 벌지 않우?"

"그래그래. 내일부턴 골목이 환하도록 방마다 전깃불을 켜놓으마."

그러나 나는 그것을 믿지는 않았다. 우리 모녀는 거의 매일 이와 똑같은 대화를 되풀이하고 있으니까.

나는 어머니의 손을 잡고 긴 대문간을 지나 중문을 넘고 해묵은 오동나무가 한 그루 서 있는 마당으로 들어섰다. 그래도 안채는 보이지 않고 돌담이 가로막혀 있다. 돌담에 달린 쪽문을 들어서야 휑하니 넓은 안마당이 나오게 돼 있었다.

오동나무가 서 있는 뜰은 중정이라고나 불러야 할지 집을 지은 선조가 무슨 멋으로 그렇게 설계했는지 짐작할 수 없는 쓸모없는 여백이었다.

나는 이 중정에서 다시 한번 행랑채의 이지러진 한쪽을 돌아보고 쫓기듯이 쪽문을 지나 어머니의 손을 놓고 단 하나 불이 켜진 안방으로 뛰어들게 마련이었다.

어머니는 까닭 없이 혀를 두어 번 차곤 내 가쁜 숨결이 채 가라앉기도 전에 밥상을 들여오고 이내 구뜰한 찌개 냄새라도 풍기면 나는 쉽사리 마음이 놓였다.

"먼저 잡수시지 않고……."

나는 내가 밥그릇을 반쯤 비울 때까지 맞은편에 우두커니 앉았다가 수저를 들기 시작하는 어머니에게 왠지 짜증 비슷한 걸 느꼈다.

어머니가 별로 소리도 내지 않고 한껏 느릿느릿 수저를 놀리면서 의치를 빼놓은 호물때기 입을 이상한 모양으로 우물거리는 것을 보고 있으면 먹는다는 것이 무슨 저주받은 의무로 느껴져 나는 미처 배가 부르기도 전에 식욕부터 가셨다.

나는 먼저 수저를 놓고 어머니의 식사하는 모습을 지켜보며 왈칵왈칵 치미는 혐오감을 되새김질했다.

나는 어머니가 싫고 미웠다. 우선 어머니를 이루고 있는 그 부연 회색이 미웠다. 백발에 듬성듬성 검은 머리가 궁상맞게 섞여서 머리도 회색으로 보였고 입은 옷도 늘 찌들은 행주처럼 지쳐 빠진 회색이었다.

그러나 무엇보다도 견딜 수 없는 것은 그 회색빛 고집이었다. 마지못해 죽지 못해 살고 있노라는 생활 태도에서 추호도 물러서려들지 않는 그 무섭도록 딴딴한 고집. 나의 내부에서 꿈틀대는, 사는 것을 재미나 하고픈, 다채로운 욕망들은 이 완강한 고집 앞에 지쳐 가고 있었다.

회색빛 벽지에 몸을 기대듯이 앉은 어머니의 부엉고도 고집스러운 모습, 의치를 빼놓은 입의 보기 싫은 다묾새, 이런 것들을 피하듯이 나는 건넌방으로 건너와 불을 켰다.

혁赫이 오빠와 욱郁이 오빠가 같이 쓰던 장방형의 드넓은 방은 전압이 낮은 30촉의 전등으로 고루 비추기에는 너무 넓었다. 네 귀퉁이가 어두운 채 남겨진 불그죽죽한 밝음 속에서 나는 세차게 몸서리를 쳤다. 나는 나를 둘러싼 이 우울한 외로움에 좀처럼 익숙해질 수 없었다.

내가 겨우 사람을 알아보기 시작할 때부터 검은 양복을 입은 남자만 보면 몹시 낯을 가리던 버릇이 거의 네댓 살까지 계속되어서 애를 먹었노라고 어머니에게 들은 적이 있었다. 그때 검은 양복이 내 어린 눈에 어떻게 비쳤길래 그랬는지 지금 생각해낼 수는 없어도 나는 아직도 그때만큼이나 쬐그매져서 고독이란 검은 거인 앞에서 측은하도록 심한 낯가림을 하며 두려워하고 있었다.

어떤 이는 숫제 고독을 천성처럼 타고나서 남보다 신비스럽게 돋보이기도 하고 그렇지는 못할망정 액세서리처럼 달고 다닌다거나 또는 가끔 알사탕을 꺼내 핥듯이 기호품의 일종처럼 음미하기도 하는데 나에게는 그런 편리한 재간이 없었다.

나는 한꺼번에 여러 사람, 여러 가지를 좋아하며 그중 한 사람 한 가지에 열중하며 끊임없이 여러 가지를 재미나 하고팠고 실상 나는 그런 속에서 태어나 그렇게 살아왔던 것이다.

"그때는 좋았었지⋯⋯."

늙은이처럼 푸듯이 뇌까리며 벽에 걸린 기타의 젤 굵은 줄을 엄지와 집게로 잡았다 놓으니 음산한 저음이 둔중하게 울렸다. 욱이 오빠 손에서 갖가지 재미나는 가락을 내던 것―기타 소리뿐이었을까? 그때의 생활은 온통 소란스럽고도 신나는 음향으로 가득 차 있었던 것 같다. 음향뿐이 아니다. 여러 가지 색채, 위태롭도록 다채롭고 현란한 색채가 있었던 것 같다.

벽면을 가득히 메운 잡다한 것들―압정으로 가로세로 혹은 비스듬히 눌러놓은 각종 기념사진, 배우들의 브로마이드, 서툰 데생, 제법 그럴듯한 수채화, 그림엽서, 괴물처럼 늘어진 야구 글러브, 때

21

묻은 유도복—어떤 용한 무당도 아마 이 방 주인들의 취미나 생활을 점칠 수는 없으리라.

그들은 늘 몹시 바빴고, 난 또 얼마나 바빴었을까. 세상에는 재미난 일들이 너무나 많았고 좋아할 것이 연달아 널려 있어서 혁이 오빠도 욱이 오빠도 눈이 돌 지경이었고, 난 또 그것을 덩달아 하느라 신이 났었다.

우리 집에 무상출입하는 오빠들의 유쾌한 친구들을 좋아했고, 그들이 즐기는 스포츠와 유행 음악에 덩달아 열중했고, 그들이 반한 영화배우에 나도 반했고, 그리고 부드럽고 말랑한 손과 구수한 음식 솜씨를 가진 우리들의 어머니를 또한 얼마나 사랑했던가.

나는 벽면의 난잡한 진열품들을 샅샅이 훑어보고 나서 다시 한번 기타줄을 튕기고 자리에 엎드렸다.

가슴 밑 명치께가 요사이 늘 그렇듯이 체증 비슷한 거북함으로 보깨기 시작했다. 나는 엎드린 채 그 밑에 베개를 괴고 지그시 눌렀다. 난 알고 있었다. 그 속에서 사랑하고픈 마음이 얼마나 세차게 꿈틀대고 있는지를.

그러나 도대체 누구를 덩달아, 누구를, 무엇을 좋아할 수 있을 것인가?

사랑할 만한 가치, 열중할 만한 대상을 찾아내는 데 실로 혁이나 욱이 오빠만 한 날쌘 재주꾼이 또 있을까?

보잘것없이 보이는 친구도 "그치 그래 봬도 이것 하난 국보적이지"하며 공 차는 폼을 지어 보인다든가 "그 새긴 꼴은 꺼벙해도 속이야 꽉 찼거든" 어쩌구 단언을 할라치면 난 금세 그들이 그렇게 보였고 그들을 좋아할 수 있었다. 난 오빠들을 통해서만 모든 사물을 받아들였고 이해하려 들었었다.

그들이 없는 지금 우리들이 함께 그렇게도 사랑하던 어머니까지도 어쩌면 그렇게 보기 싫게 퇴색해버리는 것일까?

혁이나 욱이 오빠가 있었더라면 하다못해 그 병신상스러운 환쟁이 김 씨에게서 세잔느나 고흐와의 공통점쯤은 쉽사리 찾아내었으리라.

다시 한번 명치께를 괴어놓은 베개에 세차게 누르니 그 속에 고였다 밀려나오는 듯싶은 미적지근한 눈물이 왈칵 올라왔다.

그러고는 환쟁이들, 최 사장, 어머니, 다이아나 김, 린다 조—이런 것들이 심한 근시안이 안경을 잃은 후처럼 부연 혼돈 속에서 부유하다가 아슬하게 멀어져가면서 나는 잠이 들었다.

2

"하이."

"하이."

"굿모닝."

"굿모닝."

아침 인사들이 탄력 있게 튕기는 매장을 가로지르는데 초상화부 쪽에서 최 사장이 번쩍 손을 들어 나를 반기고 있었다. 나는 어정쩡한 채로 우선 꾸벅 머리부터 숙여 보이고,

"일찍 나오셨군요. 오늘이 벌써 토요일이던가요?"

내가 아직도 미심쩍은 채 어물거리고 있으려니까,

"난 뭐 간조오 날만 나오는 줄 알아? 가끔 기습을 해서는 사무 감사를 해야지. 안 그래?"

그는 매주 한 번 우리가 일주일 동안 벌어들인 달러가 사무실로부터 매장 사용료로 2할을 제하고도, 마치 요술처럼 놀라운 부피의 원화로 둔갑하여 지불되는 토요일에나 싱글거리며 나타나게 마련

이었다.

분명 오늘은 토요일이 아닌데도 그는 기분이 유난히 좋아 보였고 기분이 좋을 때면 늘 그렇듯이 몹시 우쭐대고 싶은 모양이었다. 들은풍월은 있어서 사무 감사다 뭐다 하는 꼴이…….

최 사장 옆에는 그와는 대조적으로 우람하게 큰 중년의 사나이가 겸연쩍은 듯이 웃고 있었다.

염색한 군복을 비좁은 듯이 입고 있는 그의 얼굴은 일종의 선량함, 어리석지 않은 선량함으로 의젓해 보였다.

그의 늠름한 체구와 구겨지지 않은 표정으로 해서 옆의 최만길이 한결 왜소하게, 그리고 말쑥한 양복과 붉은 타이가 갑자기 천박하게 보였다.

나는 그런 묘한 대조가 유쾌해서 그를 향해 마주 웃어주곤 책상서랍에서 일거리를 꺼내 기한을 봐가며 급한 것부터 환쟁이들 네 사람의 오늘 일거리를 대충대충 몫을 지어봤다.

"잠깐, 미스 리."

"네?"

"오늘부터 화가를 한 사람 더 쓰기로 했어."

나는 흠칫 놀라 두 사람을 다시 돌아다봤다.

'저치도 저 나이에 기껏 환쟁이였군.'

"옥희도 씨라구……."

최만길은 제법 대수롭지 않게 굴려는 듯 그 우람한 사나이의 등

25

허리를 가볍게 툭툭 쳐보였으나 최 사장의 체구가 원체 작은 탓으로 우습도록 체신머리 없어 보였다.

나는 마침 어제 환쟁이들에게 환쟁이를 더 써야겠다고 엄포를 떤 것이 본의 아니게 들어맞게 되어 묘하게 난처해지지 않을 수 없었다. 네 명의 환쟁이들의 여덟 개의 눈동자가 일제히 나의 옆얼굴을 아프게 쏘아봤다.

"요새 일거리가 그렇게 많지도 않은데……. 네 명만 가지고도…… 너끈히……."

나는 실상은 환쟁이들이 들으라는 듯이 좀 큰 소리로 항의를 하려는데 최 사장이 잽싸게,

"아아, 무슨 소리. 이 초상화부 주인은 내가 아닌가. 처음부터 내 취지는 불우한 예술가들을 한 사람이라도 더, 에…… 또 불우한 예술가들에게……."

"홋후후……."

난 그만 불우한 예술가 소리에 실소를 터뜨리고 말았다.

그는 환쟁이를 새로 데려올 때는 으레 비장하도록 '불우한 예술가'를 내세우다가 갈아칠 때면 '형편없는 칠쟁이놈들'로 둔갑을 시키는 것이 상투적인 말버릇이었다.

"웃긴……. 에…… 또 그러니까 미스 리도 그쯤 알고 내 뜻을 받들어 불우한 예술가들을 위해 사업 실적을 올리도록 힘써줘야지. 일거리야 미스 리 수완 여하에 달린 게 아닌가."

그야 환쟁이가 열 명으로 불어난대도 최 사장이야 뜨끔할 것도 없지만 한 그릇 밥에 식구만 느는 격이니 환쟁이들만 손해요, 그런 환쟁이들이 딱해서 한 장이라도 주문을 더 맡으려고 아등바등하는 사이에 나는 나도 모르게 미군을 다루는 솜씨 같은 것이 늘어갔다.

최만길이 슬금슬금 환쟁이 수효를 늘리는 속셈도 바로 그런 데 있었다. 어떻든 환쟁이가 느는 대로 조금씩 사업이 번창해가고 최만길의 수입도 덩달아 늘어만 갔으니 말이다.

새로 온 환쟁이에 대한 약간의 호감은 우습게 사그라져버렸다.

결국 이 우람한 사나이도 내 어깨에 매달린 또 하나의 짐에 불과했으니까.

"미스 리."

최 사장은 별안간 속삭이듯 나직이 나를 부르더니,

"미스 리도 이제 그만하면 멋을 좀 낼 줄 알아야지. 좀 야하게시리 말야. 잘 가꾸면 이 매장에서 눈에 확 뜨일 수도 있을 텐데."

도대체 이 남자는 나에게 어쩌라는 것일까. 그러고 보니 이 조그만 남자야말로 나에게 매달린 얼마나 끈덕지고도 다부진 짐일까?

"그럼 미스 리, 난 바빠서 가봐야겠는데, 에…… 또 어쩐다. 참 우선 의자 하나만 새로 마련해주고, 싸진한테 말해서 임시 패스라도 하나 내주도록, 그럼 부탁해."

나는 걸레니, 깡통이니, 대야니 하는 우리 초상화부의 독특한 너절한 것들을 감추기 위한 칸막이 뒤에서 우선 낡은 의자를 찾아내어 그에게 권했다.

삐이걱 하고 그의 육중한 궁둥이 밑에서 의자가 위태롭게 뒤뚱대자 그는 몸을 약간 들었다 다시 고쳐 앉으며 편히 몸의 중심을 잡았다.

"에이 쌍."

바로 그의 옆자리가 된 김 씨가 뭐가 잘못됐는지 노랗게 칠했던 머리를 붉은빛 나는 갈색으로 세차게 뭉개는가 하면, 맞은편의 '돈씨'—실은 그도 같은 김 씨지만 늘 '돈' '돈' 한대서, 또 김 씨끼리 구별하기 위해서 그런 별명이 붙었다는.

"미스 리. 이건 뭐라는 소리요? 원, 잡것들은 원체가 잡것들이라…… 망측한 머리 빛깔도 다 있다."

투덜대며, 내가 사진 뒤에 첨부한 메모를 통명스럽게 내민다.

"네…… 이리 줘보세요."

나는 내가 한참 바쁠 때 급히 받아쓰느라 흘려놓은 글씨를 더듬거리며 읽어줬다.

"네…… 머리는 은빛 도는 회색, 눈은 회색빛 도는 푸른색…… 그리고 옷은……."

"에이 망측한 잡것들 같으니라구."

환쟁이들은 모두 좀 시무룩하고들 있었다. 필시 새로 온 옥희도 씨 때문에 나를 못마땅해하고들 있는 눈치였다.

돈 씨가 에이 잡것들 하자 김 씨가 다시,

"에이쌍 기분 잡쳐. 손속이 나야 뭘 해먹지."

하며 그리다 만 얼굴을 뭉개버리고 새 스카프를 갖다가 다시 스케치를 시작했다.

홧김에 스카프를 망쳐봤댔자 결국은 환쟁이들의 손해일 뿐이었다. 나는 그들이 망쳐놓은 스카프라든가 액자용 화폭, 하다못해 손수건까지도 깔축없이 셈하여 두어야 했으니 말이다.

새로 온 옥희도 씨는 환쟁이들한테 이렇게 환영받지 못하고 있다는 걸 아는지 모르는지 듬직한 등을 이쪽으로 돌린 채 아무것도 진열돼 있지 않은 쇼윈도를 가려놓은 부연 휘장을 물끄러미 바라보고 있었다.

나는 그가 그릴 것을 마련하기 위해 서랍 속의 사진들을 모조리 꺼냈다. 기한에 관계없이 그리기 쉬운 것, 까다롭지 않은 주문을 찾아내기 위해서였다.

숱한 얼굴, 얼굴들. 이국의 아가씨들은 한 번도 전쟁이 머리 위를 왔다 갔다 하는 일을 겪어보지 않았기 때문일까. 그늘진 데가 조금도 없어서 인간적이 아닌, 동물이라기보다는 오히려 화사한 식물에 가까운, 만개한 꽃 같은 표정들이었다.

그중에서 특징을 잡기 쉽고 모발이나 눈빛이 복잡하지 않은 것을 몇 장 골라가지고 옥희도 씨한테 갔다.

"시작해 보시겠어요?"

그는 조용히 시선을 창에서 나에게로 돌리더니,

"고마워."

하고는 누런 종이봉투에서 가늘고 굵고, 납작하고 둥근 각종의 붓을 우르르 쏟았다.

"어머나, 붓까지 준비하셨어요. 붓은 여기도 있는데……."

나는 빈 깡통에 꽂힌 별로 쓸모 있어 보이지 않는 몽톡한 붓들을 눈으로 가리키며 필요한 몇 가지 일을 일렀다.

"붓이나 물감은 제공하기로 돼 있어요. 헝겊도 제공하기는 하지만 망쳐놓으면 배상하셔야 되구요. 스카프 하나 망쳐놓으면 그림 두 장 값이 날아가게 되니까 까딱 잘못하면 하루종일 헛수고하게 되죠. 그래도 망쳐놓은 만큼의 물감값은 따지지 않으니 후하다고 봐야겠죠. 그리고 참, 손님이 그림이 마땅치 않아 하면 몇 번이라도 고치든지 뭣하면 아주 새로 그려줘야 되구요. 아무튼 제일 중요한 건 닮게 그리는 거예요. 아시겠어요?"

그는 대답 대신 어린애처럼 깊게 고개를 끄덕였다. 그리고 잠시 그와 나의 눈길이 마주쳤다. 내가 먼저 섬뜩해져서 눈을 피했다. 아주 황량한 풍경의 일각 같은 것이 그의 눈 속에 깊이 잠겨 있는 것 같아서였다.

그는 연방 고개를 기우뚱거려가며 밑그림을 그리면서 가끔 주문처럼 나직이 "아주 닮게, 아주 닮게" 하는 것이었다.

나는 암만해도 그가 못 미더워 손님이 없는 사이사이마다 그의 곁에 가서 그림이 돼가는 것을 지켜보고 내 돼먹지 않은 글씨도 읽어주며 하였다.

"너무 닮게에만 신경을 쓰실 필요는 없어요. 조금쯤 달라도 뭐……. 이를테면 사진보다 조금 예쁘게 닮을 수 있으면 그것도 괜찮으니까요. 요령이 있어야 해요."

"흥, 그런 요령이 하루아침에 생길 줄 아나봬. 남은 몇 년 두고 익힌 거라구."

평소 말수 적은 진 씨까지 오늘은 조금 빈정댄다.

"저…… 이런 그림에 경험이 좀 있으신지?"

"그야 난 본시가 환쟁이인걸."

"그럼 전직前職도 역시……. 극장 같은 데도 계셔 봤겠군요."

"아―니. 직장은 여기가 처음이고, 난 그냥 환쟁이였소."

'그냥 환쟁이라? 그냥 환쟁이…….'

나는 잠시 속으로 '그냥 환쟁이'를 되풀이하다가 양키들이 밀어닥치는 바람에 바쁜 일과 속에 휘말려 들어갔다.

"좀 봐주겠어?"

그가 최초의 작품을 들고 섰는 모습은 수줍으면서도 조마조마해 보였다. 마치 여선생 앞에 선 착하디착한 국민학교 학생 같았다.

그림은 쓸 만했다. 나는 좋다고 말하는 대신,

"싸진한테 패스를 부탁해야겠군요."

하며 너그럽게 웃었다.

그리고 쇼케이스를 기웃거리고 있는 한 패의 미군한테로 다가서

서 좀 너스레를 떨었다.

걸프렌드가 있느냐는 둥 그녀들의 초상이 들은 스카프를 그녀들에게 선물한다는 것이 얼마나 재치있고도 깊은 애정의 표시겠느냐는 둥……. 지껄이다가 좀 솔깃해하는 눈치만 보이면 당신 같은 핸섬한 남자의 걸프렌드를 보고 싶다고 추켜세워 사진이 든 패스포트라도 꺼내 뵈게 하면 일은 다 된 거나 마찬가지였다.

거의 놓치지 않고 하다못해 손수건 초상이라도 그리도록 붙들고 늘어졌다. 식구가 붙었다는 압박감이 나를 전에 없이 활기차게 만들었다.

다른 날보다 제법 푸짐한 달러를 셈하여 사인 카드와 대조하여 다시 한번 틀림없는 것을 확인한 후 2층 사무실에 입금시키고 낮에 싸진에게 부탁해놓은 임시 패스를 찾아가지고 내려와보니 환쟁이들은 다 돌아가고 옥희도 씨만 말끔히 빤 붓을 다시 헝겊으로 닦고 있었다.

"패스 여기 있어요."

"고마워 여러 가지로……."

몇 자 타이프로 치고 벌레 기어간 자리 같은 사인이 휘갈겨진 명함만 한 엉성한 패스를 그는 소중히 받아서 안주머니에 깊숙이 찔렀다.

"갈까?"

그는 아주 밝은 낮으로 붓을 넣은 두툼한 봉투를 겨드랑이에 끼며 나를 채근했다.

"붓은 두고 가심 어때서……."

나는 칠칠치 못한 환쟁이들이 어지럽히고 간 뒤처리를 대충 하면서 그에게 훈훈한 친근감을 느끼기 시작했다.

"손도 심심하고…… 소중하기도 하고……."

그는 웃지도 않고 그렇게 말하고 내 일을 거들어 책상을 바로잡고 의자를 제자리에 챙기고 한 후 같이 거리로 나왔다.

"어디지, 집이?"

"계동이에요."

"그럼 마땅한 탈것이 없겠군."

"괜찮아요. 늘 걷는걸요 뭐."

"난 연지동 쪽이지만 어디 그 근처까지 걸어볼까."

"괜찮대두요. 상관 마시고 뭘 타세요."

그러나 그는 대꾸 없이 군화인 듯싶은 구두 소리를 둔중하게 울리며 내 옆을 따랐다.

김장철 특유의 을씨년스러운 첫 추위에 미군 상대의 선물 가게들은 초저녁인데도 한산했다. 밖에 내걸린 요란한 수를 놓은 파자마가 쓸쓸하게 펄럭이고, 그 곁에서 양키를 부르던 쇼리가 몸을 동그랗게 웅숭그리고 피곤한 듯이 졸고 있었다. 나도 바바리의 깃을 세우고 목을 움츠렸다. 목덜미에 닿는 바바리 깃의 매끈한 감촉에 으스스 소름이 끼쳤다.

바로 우리 앞을 머쓱한 미군과 그에게 살짝 상체를 기댄 여인이 걸어가고 있었다.

여자와 남자가 이루는 풍경, 거기엔 적어도 춥지 않은 무엇이 있었다. 저들도 춥기 때문에 어쩔 수 없이 사랑을 할지도 모른다. 어쩌면 나도 추운 김에 아쉬운 대로 옆에 있는 옥희도 씨라도 좋아해 볼까 하는 뚱딴지 같은 생각을 하느라 별로 무섭다는 생각도 없이 어두운 길목을 지났다.

"집이 계동이랬지? 그럼 고향은?"

"서울이에요."

"서울이면 좋겠군. 난 이북인데…… 황해도. 좋은 곳이지."

그의 목소리가 갑자기 애조를 띠었다.

"저어, 전 이쪽으로 가야겠어요. 별안간 볼일이 생각나서……."

어쩌자고 나는 실상 아무 볼일도 없는 명동 쪽으로 꺾어 들어갔을까. 그의 다음 이야기는 들으나마나 뻔하다. 이북이 고향이구, 거기선 잘살았구, 암 그때야 설마 이랬을라구……. 그때가 좋았지, 이런 투로 시작되는 따분하고도 길고 긴 넋두리를 난 얼마나 주워들었던가.

가끔 어머니가 푸듯이 뇌는 소리, 또 말 많은 환쟁이들이 입에 거품을 뿜어가며 겨루는 소리, 청소부 아줌마들에서 잡역부들에게 이르기까지 찌들은 사람들의 그 허망한 넋두리(그때야 이렇지는 않았지……. 그때가 좋았지 좋았구말구), 과거에 대한 망상은 미래에 대한 망상보다 듣기에 구질구질하고 때로는 처참하게조차 느껴져 끝내 들어줄 수 있는 참을성이 나에겐 없었다.

명동은 밝고 흥청댔다. 가게마다 쇼윈도가 있었다.

나는 날씬한 마네킹이 걸친 푹신한 외투를 실컷 선망하고 완구점 앞에서 태엽만 틀어주면 징도 치고 위스키도 따라 마시는 유쾌한 침팬지를 보고 마음껏 소리내어 키득대기도 했다.

드디어 나는 다시 어둠 속에 섰다. 한쪽에 부연 하늘을 이고 검게 치솟은 성당 건물이 보였다.

무엇이든 기구하고픈 충동으로 나는 발을 멈추었다. 그러나 무엇을 소망해야 할지 얼른 떠오르지 않았다.

'마리아 당신이 아니고서야 누가 알기나 하리까.'

무언가 뿌듯이 밀려오는 것 같았다.

'마리아, 당신만은 아시리다…….'

청순한 동경이 언 몸을 깃털처럼 감쌌다.

'마리아, 당신이 아니고서야 누가 알기나 하오리까……. 마리아, 당신만은 아시리다……. 그 다음은 뭐더라…….'

문득 나는 내가 전에 애송한 시의 구절을 생각해내려고 골몰하고 있음을 깨닫는다. 남의 흉내, 빌려온 느낌은 그것을 깨닫자 흥을 잃고 싱거워졌다. 그리고 가식 없는 나의 것만이 남았다. 그것은 무섭다는 생각과 춥다는 생각뿐이었다. 그것만이 온전한 나의 것이었고 그 느낌들은 절실하고도 세찼다. 나는 어두운 길을 달음질치기

시작했다. '무섭다'를 거푸 뇌까리며 '무섭다' '춥다'에 떠밀리듯이
달음질쳤다.

3

　조그만 알루미늄 도시락 통에서 네모로 반듯하게 굳은 찬밥 덩어리를 젓가락으로 적당한 크기로 나누어 입에 넣으면 고만인 점심 식사가 이곳 PX에선 이만저만 눈치가 보이는 일이 아니었다.

　점원들의 점심식사에 대해 특별한 제약이 있는 것은 아니었으나 대부분이 외식을 하게 마련이었고 점심을 위한 특별한 시설이 없는 이곳에서 도시락 통을 들고 쩔쩔매는 것은 거의 부수입이 전연 없는 한국물산 매장의 점원들이었다. 같은 건물 안에서 비슷한 일을 하면서도 우리들과 그들과는 취급하는 상품의 국적이 다른 것만큼이나 생활도 달랐다.

　나는 2층 한 모퉁이에 베니어판으로 사방을 막아 만든 점원 휴게실 구석에서 재빠르게 점심을 마치고 몸이 으시시한 채로 찬물로 열심히 양치질을 했다. 민망한 김치 냄새를 가시기 위해서였다.

　휴게실도 말이 휴게실이지 긴 나무 의자에 거울 하나가 걸렸을 뿐, 잠깐 화장을 고친다거나 청소부 아줌마들이 옷을 갈아입기 위한 곳에 불과했다.

"이걸 씹어."

커다란 백을 어깨에 메고 들어선 다이아나 김이 껌을 하나 삐쭉 내밀며 자기도 하나 질근거리기 시작했다.

"벌써 점심 먹은 모양이군. 오늘은 미스 리에게 뭐 근사한 것 좀 먹여줄까 했는데……."

"뭘……."

나는 이런 난처한 경우 비굴하지 않아야겠다고 도사릴수록 사교에 능하지 못한 탓으로 시무룩해 보이는 게 고작이었다.

"나하고 얘기 좀 할래?"

'보나마나 또 그 일이겠지.'

나는 싫증이 와락 치미는 데도 짐짓 태연한 척 껌을 뱉어 휴지에 뭉갰다.

"또 왔어……. 이번엔 답장을 해야겠는데 어쩌지."

그녀는 다시 색동 모양의 포장을 찢고 가락지같이 생긴 캔디를 재빨리 내 입에 쑤셔넣었다. 혀를 조이는 새큼한 맛을 즐기면서도 기분은 역시 좀 씁쓸했다.

그녀와 나는 우습게도 서로 비슷한 약점을 통해 우연히 알게 된 사이다.

그녀는 내가 듣기엔 미국 여자처럼 능숙하게 영어를 하면서 조금도 읽고 쓸 줄은 몰랐고, 난 능숙하지는 못해도 읽고 쓰면서도 우리 초상화부로서 필요한 몇 마디 외엔 통 지껄일 자신이 없었다.

며칠 전, 그림을 찾으러 온 미군이 트집을 부리기 시작했다. 자기 애인과 그림이 얼토당토않다고 투정을 하자 미안하다고 사과를 하며 다시 한번 그려주겠노라고 해보았으나 그다음부터 그가 흥분해서 마구 지껄여대는 소리는 통 알아들을 수 없었다. 나는 환쟁이들 앞에서의 체면도 있고 해서 알아들은 척 얼버무리려 했으나 결국 동문서답을 주고받은 격이라 그는 참다못해 고래고래 소리를 지르기 시작했다. 나는 난처한 나머지 그만 오열이 목구멍까지 치밀어오는데 기적처럼 다이아나 김이 나타난 것이었다.

그녀는 하이힐 소리도 오만하게 나타나 단 몇 마디로 거짓말처럼 말끔히 그 성난 미군을 설득해 보내고 나를 경멸하듯, 약간 불쌍하기도 한 듯 굽어보는 것이었다.

나는 얼떨결에 고맙다는 인사를 하고 나서 망신을 조금이라도 만회해 보려고 초조한 나머지 어리석게도, 내가 실상은 아주 무식하지는 않다고, 학교에서 배운 영어와 실제로 쓰는 영어가 많이 달라 가끔 곤란을 느낄 따름이라고 넌지시 비쳐 보였다. 그녀가 내 말에 흥미를 느끼는 것같이 보이자 한술 더 떠서 E대 영문과 재학 중이었는데 전쟁통에 어쩌구저쩌구 하며 뜻하지 않은 거짓말까지 보태고 말았다.

그녀는 호들갑스레 놀라며

"어머머…… 어쩜, 너하고 난 그렇게 닮았을까?"

"뭐가요?"

"넌 눈은 탁 트였어도 반벙어리, 난 입은 청산유순데 아깝게도 까막눈이란다. 재밌지? 안 그래?"

뭐가 재미있는지 어리둥절한 채로 나는 그녀로부터 귀국한 그녀의 애인의 편지를 대독하고 답장을 대필하는 일을 떠맡게 된 것이다.

결국 난 이렇게 하여 내 뜻하지 않은 거짓말의 대가를 톡톡히 치러야만 했다.

그녀의 말로는 그런 것쯤 해줄 애들이야 수두룩하지만 그 방면에 닳고 닳아 여우같이 눈치 빠르고 입이 싼 것들이라 탐탁지 않았는데 나야말로 썩 마땅한 적격자라는 것이었다.

이 세상에서 가장 사랑하는 다이아나로 시작된 애절한 보고픔을 호소한 편지를 읽어주는 동안 그녀는 줄곧 줄칼로 길고 아름다운 손톱을 갈며 입으론 별난 소리를 내며 껌을 씹고 있었다. 손톱을 가느라고 내려뜬 눈은 짙은 속눈썹에 가려 별 표정이 엿보이지 않았으나 눈 밑의 피부가 늘어진 건 그녀의 숨은 나이를 말해주는 것 같아 처량했다.

사랑하는 다이아나, 우리의 이별은 길지 않을 것이오. 나는 어떤 방법으로든지 당신을 미국으로 데려올 수 있는 수를 생각해보겠소. 사랑하오. 당신이 필요하오. 당신의 충실한 '바브'.

그녀는 별 반응 없이 선인장에 핀 꽃처럼 요기롭게 다듬어진 손톱을 자못 만족한 듯이 감상하고 나서

"싱겁게 그뿐이야? 크리스마스가 내일모렌데 선물 얘기도 없구……."

하품을 크게 했다.

동그란 목구멍이 마치 빈방의 입구처럼 황량하게 열려 있었다.

고뇌도 환희도 깃들어 있지 않은 을씨년스러운 빈방.

"답장 좀 써줘. 비싸게 굴지 말구."

"난 그런 편지 자신 없는데……."

"경험이 없으시다 그 말이지. 너무 순진한 척할 건 없구……. 적당히 써봐. 뜨겁게 열렬하게 말야. 참, 그리고 선물 얘긴 어떻게 넌지시 꺼낸다?"

청소부 아줌마들이 쓰레기가 담긴 커다란 상자를 밀고 들어오더니 치마를 홀러덩 걷어올리고 내의는 종아리까지 내려 허연 속살을 거침없이 드러내고 휴지통 속에서 치약이니 비누니 꾸역꾸역 꺼내더니 종아리서부터 쌓아올리기 시작했다. 한 층 쌓고는 내복을 고만큼 올려서 고무줄로 동이고 또 한 층 쌓고는 고무줄로 동이고 하여 삽시간에 종아리를 지나 엉덩이 허리를 입혀갔다.

그리고 치마를 내리고 코트를 걸치고는 어기죽어기죽 걸어나갔다. 점심시간에 한탕하러 나가는 꼴이었다.

눈 깜빡할 사이에 이런 일을 능숙하게 해치우고도 그녀들은 좀

전과 다름없이 둔해 보이고 어수룩해 보이기에도 또한 능숙했다.

이미 한탕한 패들이 다만 점심을 먹고 올 뿐이라는 듯 예사로운 얼굴로 느리게 걸어 들어왔다.

다이아나 김과 몇몇 점원들이 잽싸게 그들을 둘러싸고 달려와 두툼한 원화 뭉치의 분배가 민첩하게 이루어졌다.

다이아나가 분배에 불만이 있는 듯 잠깐 옥신각신하더니 커다란 백에 돈뭉치를 아무렇게나 쑤셔넣으며,

"아줌마들, 트릿하게 굴면 앞으로 국물도 없을 줄 알아요. 수틀리면 내가 직접 차고 나갈 테니까."

"아이구 주책 좀 작작 떨어. 요 허리에 잘도 차겠다."

누군가가 그녀의 상큼한 허리를 한 팔로 꼭 조이며 키득댔지만 그녀의 눈은 웃지 않고 빳빳한 속눈썹 속에서 차게 빛났다.

나는 그 사이에 '바브'의 편지를 거기 그대로 놔둔 채 휴게실을 빠져나와 계단을 뛰어내렸다.

빈 도시락 통 속에서 반찬 그릇이 흔들리는 소리가 공허하게 울렸다. 나는 초상화부 바로 앞에 유기부의 미숙이에게 빈 도시락 통을 흔들어 보이곤 내 자리로 왔다.

한국물산부 중에서도 귀금속부나 수예부같이 큰 곳은 점원이 서너 명씩 되었으나 유기부와 우리 초상화부만은 점원이 한 명뿐이라 미숙이와 나는 점심시간이면 서로의 매장을 교대로 봐주기로 돼 있었다.

"언니 너무해요. 나 기다리다 못해 진열장 밑에 쭈그리구 짭짭해 버린걸."

나보다 두 살 아래 양 갈래로 딴 윤기 있는 머리와 건강한 볼을 가진 이 소녀에 대해 나는 별안간 궁금증이 났다. 그녀의 내부도 역시 썰렁한 빈방일 따름일까 하고.

"너 하품 좀 해볼래?"

"언니, 하품도 마음대로 하우? 오늘 매상이 없어서 하품을 많이 하긴 했지만."

"그럼 입이라도 벌려봐. 아 하고."

그녀는 순순히 입을 크게 벌렸다. 선명하게 붉은 입속과 목 천장에 매달린 목젖.

그녀는 이내 입을 닫고 미군이 기웃거리는 자기 매장으로 갔고, 나는 멍청하니 아까 다이아나 김에게서 엿본 빈방과 그 빈방을 공허하게 울리는 전화벨 소리 같은 '바브'의 연애편지를 생각하며, 왈칵왈칵 목구멍으로 치솟는 싫증을 주체 못하고 있었다.

싫은 게 나인지 나 외의 남인지 어쩌면 그 모든 것인지 난 아무튼 나를 포함한 내 주위의 너절한 풍경을 종이조각 꾸기듯 마구마구 구겨 던져버리고 싶었다.

"에이 쌍."

환쟁이 김 씨가 몽톡한 붓에 뻘건 물감을 듬뿍 묻혀 방금 그려놓은 그림을 단숨에 뭉개려다 꿀꺽 참고 붓을 냅다 동댕이치고 담배에 불을 붙인다.

"에이 해괴한 잡것들 같으니라구."

돈 씨도 담배 생각이 나는지 붓을 던지곤 주머니를 뒤지다가 아무것도 잡히지 않자 입맛을 쩝쩝 다시곤

"에이 잡것들 같으니라구……. 자네 거 꽁초 하나 없나?"

"자넨 맨날 잡것 잡것 하면서 왜 온종일 그 잡년들 쌍통을 그리구 앉았나?"

"꽁초 없냐니까 웬 딴청이야. 왜 몰라서 묻냐? 돈 땜에 그린다, 돈 땜에 그려. 그러는 자네는 그럼 취미루 그리나? 예술이라도 하는 셈 치구 그리느냐 말야?"

"그래 난 예술한다. 하우스보이 하던 놈이 어엿이 사장질도 하는데 간판쟁이가 예술 좀 한다기로서니 누가 뭐래."

"흥, 뚫린 입이라고, 육갑 떠네. 거 꽁초는 있는 거냐 없는 거냐?"

"있으면 냉큼 줬지 여태껏 약을 팔았을라구. 거참 미스 리, 어느 양놈 하나 붙잡고 넌지시 럭키 스트라이크나 한 보루 사달래 보구레. 그쯤이야 미스 리가 맘만 먹으면 안 될 것도 없잖아?"

"미스 리야 원체 도도하셔서……."

어느 틈에 화살이 나에게로 왔으나 난 대꾸 없이 웃어넘겼다. 그들도 지금 그들의 둘레를 닥치는 대로 마구마구 구겨버리지 않고는 못 배길 거라고 능쳐줄 수 있었다.

옥희도 씨가 조용히 붓을 놓고 양쪽 어깨를 번갈아가며 몇 번 툭

툭 치곤 피곤한 듯 창을 바라보는 자세로 몸체를 돌렸다.

창이라야 전에 쇼윈도로 쓰던 곳으로 내부와의 칸막이를 탁 터 버려서 안의 면적을 넓히고 그 대신 밖에서 안이 들여다보이지 말 라고 잿빛 휘장으로 유리 전체를 가려놓았기 때문에 아무것도 내다 볼 수 없었다. 그런 잿빛 휘장을 그는 가끔 신기한 풍경이라도 즐기 듯이 마주하고 앉는 것이었다.

오늘이야말로 그를 위해 잿빛 휘장을 잠시 들어줄까 보다고 벼 르고 있는데,

"나 좋은 생각이 갑자기 떠올랐어."

하며 다이아나 김이 내 어깨를 치며 생글댔다.

"우리 매장에서 여기를 보고 있자니 별안간 신기한 아이디어가 확 떠오르지 않겠어?"

"뭔데요?"

"바브 녀석한테 선물을 울궈내려면 슬쩍 내가 먼저 선수를 쳐야 겠다고. 값싸고도 그럴듯한 것을 이쪽에서 먼저 보내는 거야. 어때? 내 초상화를 그려 보내면?"

"글쎄요."

"틀림없을걸, 내 꾀가. 그런데 저치들 중에서 누가 좀 낫게 그려?"

그녀가 목소리를 낮추느라 내 귓전에 얼굴을 바싹 디미는 바람 에 여러 가지 향료가 뒤범벅이 된 야릇한 체취가 확 풍겨, 나는 뒤로 물러서며 얼떨결에 옥희도 씨를 가리키고 말았다.

난 곧 후회했으나 그녀는 벌써 또박또박 하이힐 소리도 요란하게 옥희도 씨 앞으로 가,

"내 초상 좀 급히 그려주셔야겠어요. 미국에 있는 애인에게 부칠 거니까 특별히 공들여서."

옥희도 씨의 대답은 나에게까지 들리지 않았다.

"어머머…… 비싸게 구시네. 품삯은 양키들만큼 준다는데도. 6딸라를 입금 안 시키고 직접 드리죠. 딸라로 말예요. 그럼 고스란히 당신 차지가 되는 건데, 그래도 싫어요?"

"……."

"이인 뭘 이렇게 우물댈까? 빨리빨리 본이나 떠요. 뭐라구요, 사진을 가져오라구요? 어머머…… 기가 막혀. 실물을 앞에 놓고 사진을 가져오라니 간판쟁이란 별수 없군. 모델이 뭔지도 모르니…….
어디 샘플이나 좀 봅시다."

그녀는 옥희도 씨가 그려놓은 그림들을 제멋대로 뒤적이며 사진과 비교도 해보고, 고개를 갸우뚱거리기도 하며 잠시도 입을 다물지 않고 종알댔다.

이 여잔 여기를 요렇게 살려야 하는데 아주 망쳐놨다든가, 이 여잔 사진보다 열 살을 더 젊게 그려놓았으니 아마 실물보다는 스무 살은 젊을 거라는 둥, 양놈 어수룩하게 보고 이렇게 돼먹지 않은 그림을 함부로 그려 팔다가 큰코다칠 날이 있을 거라는 둥.

그녀에게 가려 옥희도 씨의 모습을 살필 순 없었고, 대꾸하는 목

46

소리도 잘 들리지는 않았으나 나는 분명히 옥희도 씨에게 큰 잘못을 저지른 것 같아서 안절부절못할 뿐 무안쩍어서 그들 옆으로 가볼 수도 없었다.

"꼭 사진이라야 한다면 할 수 없죠. 하긴 나도 따분하게 모델 설 시간도 없고, 내일 사진을 가져올 테니 우리 스위트하트가 다시 화끈 몸이 달 만큼 섹시하게 그려줘요."

그녀는 나에게 찡긋해 보이고 돌아갔다. 그리고 옥희도 씨의 눈과 내 눈이 한참 마주쳤다. 어리석지 않게 선량한 눈에 담긴 피로와 상심……. 순간 그의 상심이 예리한 아픔으로 나를 찔렀다.

순간적인 아픔이 지난 후에도 측은한 마음은 길게 끌었다. 퇴근길에 나는 조금 먼저 나간 그를 빠른 걸음으로 뒤따랐다. 그를 위해 뭔가 하고 싶었다. 하다못해 며칠 전에 하다 만 따분한 회고담 같은 거라도 참고 들어줘야겠다는 아량이 생겼다.

"저…… 아까 그 여자 땜에 화나셨죠? 죄송해요."

"아아니, 별로."

"실상 그럴 맘은 아니었는데, 그만 어쩌다가……. 그 여자가 그렇게 무례하게 굴 줄은 정말 모르구서……."

나는 더듬거렸다.

"뭘 그러는 거야? 그 여잔 후한 보수를 약속하고 그림을 그려달랬을 뿐인데. 미스 리 오늘 좀 이상하군."

그러고 보니 이상한 건 나인 것도 같았다. 다이아나 김하고 그

47

립 흥정을 한 이가, 김 씨나 돈 씨였더라도 내가 이렇게 마음을 썼을까? 그럼 옥희도 씨에 대한 마음씀을 그만둘까 하니 그것은 이상하리만큼 애틋한 아쉬움을 남겼다.

계엄 사령부의 포고문이 한 귀퉁이가 찢긴 채 스산하게 펄럭이는 밑에서 신문팔이 소년이 내일 아침 신문을 길게 외치고 그 옆에 양 담배 모판 앞에서 노파가 꼬깃한 돈을 펴서 셈하고 있었다.

옥희도 씨는 소년에게서 신문을 한 장 사더니 환한 가게 앞에 잠깐 멈춰서, 큰 활자를 대강 훑고는 아무렇게나 접어서 포켓에 찔렀다.

— 괴뢰군 동계 대공세 준비? — 이런 활자를 나도 흘끗 보았다.

"이런대로 무사히 올겨울을 넘기고 싶군."

피로와 상심이 짙게 밴 음성으로 혼잣말처럼 중얼거렸다. 난 뭐라고 대꾸하려다 말고 입을 다물었다.

그의 피곤과 상심은 남의 어설픈 헤아림이나 보살핌이 들어설 여지가 없는 어쩔 수 없는, 그만의 것 — 체취 같은 것으로 여겨졌기 때문이다.

북녘 하늘에서 포성이 은은히 울렸다. 두려움과 기대 같은 것으로 가슴이 울렁거려왔다.

나는 승전이고 휴전이고 간에 평화 같은 것은 믿지 않았다.

다만 전쟁이 밀물처럼 밀려오고 밀려가는 일만이 앞으로 수없이 되풀이되는 것으로 알고 있었다.

사람들은 어리석게도 평화를 바라고 있지만 그렇게는 안 될걸. 전쟁은 누구에게나 재난을 골고루 나누어주고야 끝나리라. 절대로 나만을, 혁이나 욱이 오빠만을 억울하게 하지는 않으리라. 거의 광적이고 앙칼진 이런 열망과 또 문득 덮쳐오는 전쟁에 대한 유별난 공포. 나는 늘 이런 모순에 자신을 찢기고 시달려, 균형을 잃고 피곤했다.

4

전공電工이 군데군데 불 나간 곳의 전구를 갈아끼우고 있었다. 마침내 테이블 위의 천장에 여러 날째 꺼진 채로 있던 전구도 갈아끼우려는 모양으로 내 의자가 바로 역 V 자 모양의 사다리 밑에 들게 되어 나는 의자를 꺼내다가 테이블의 다른 한쪽에 놓고 자자분한 일들을 보기 시작했다.

사진을 추려서 환쟁이들에게 분배하는 일, 다 된 그림 중에서 좀 마음에 드는 것은 쇼케이스에 진열하고 또 부칠 것은 우선 2층 포장부로 보내야 하고 포장부에서 포장되어 온 것에는 미리 써놓고 간 주소를 붙여서 다시 2층 포스트 오피스로 보내야 하고, 변화 없는 이런 일에 난 능숙했다.

"아가씨 나 좀……."

사다리 위의 전공이 나를 부르더니 겸연쩍게 웃으며,

"미안하지만 내 이 사다리를 좀 붙잡아주지 않겠어요?"

나는 역 V 자의 한쪽을 붙들고 그를 쳐다봤다.

사다리는 튼튼하고, 평평한 타일 바닥에 편안히 놓여 있어 내가 붙들지 않아도 조금도 근덩거리지 않아 안전해 보이는데도 그는 자꾸 불안해했다. 조심스럽게 드라이버를 돌려 먼지가 쌓인 젖빛 갓을 빼내어 한쪽 옆구리에 끼고는 다시 한번 밑을 내려다보더니,

"꼭 붙들어야 해요." 하고 당부를 하는 것이었다.

그의 자세는 어설프고 약간 떨고 있었다.

"염려 말아요."

나는 두 팔을 펴서 사다리의 양쪽 다리를 꽉 잡아 보이며 그를 격려했다.

내가 손을 놓기만 하면 그는 지레 겁을 먹고 굴러떨어질 듯이 불안한 자세였다. 본시 전공은 아닌 게 분명했다.

'잘못 굴러들어 왔군.'

그는 헌 전구를 비틀어 빼서 작업복 주머니에 찌르고 다른 한쪽 주머니에서 미리 넣고 있던 새 전구를 꺼내 끼고 갓을 끼우기 시작했다.

나사못 돌리는 것이 서툰지, 갓이 전처럼 들어맞지 않아 몇 번이고 이리저리 돌려 껴보면서도 몸의 중심을 잘 잡아 차차 자세가 안정되었다.

그동안 그는 다시 아래를 내려다보지 않았고, 난 밑에서 그런 일에 열중하는 그를 쳐다보고 있었다. 거의 동일 수직선상에서 한 사람을 관찰한다는 것은 전혀 새로운 경험이었다.

목에 두드러져 있는 남자 특유의 목뼈와 완강한 턱 밑의 푸르른 면도 자국은 예기치 않은 감미로운 파동을 나에게 일으켰다.

나는 사나이가 일이 뜻대로 안 돼 초조해하고 있는 사이에 처음 느껴본 전류처럼 짜릿한 충동을 좀 더 구체적인 욕망으로 비약시키고 있었다.

그의 푸른 턱에 내 이마를 대보고 싶어진 것이다. 상상만으로도 이마에 아릿한 간지러움이 오며, 싱싱한 기쁨이 전신에 퍼졌다.

"자, 내려갈 테니 잘 잡아줘요."

그는 올라갈 때보다 쉽게 내려왔다.

"수고했어요. 이런 일은 아직 서툴러서······."

그는 머리를 긁적거리며 겸연쩍은 듯이 웃었다. 어처구니없게도 마주 본 얼굴은 아주 평범했다.

나는 배반당한 기분으로 시무룩해졌다.

"왜 그런 얼굴로 날 봐요?"

그는 사다리를 접으려다 말고 나에게 물었다.

나는 당황해서 아직도 간지러움이 남아 있는 이마를 황급히 문지르며,

"밑에서 쳐다보니 영 사람이 달라 보여요. 꼭 바보같이 보이더니만 마주 보니 그렇지도 않군요."

난 생판 딴소리를 하고 그는 내 말을 어떻게 들었는지 얼굴을 소년처럼 붉히며,

"이런 일은 처음이라서 좀 떨었거든요. 뭐 곧 익숙해질 겁니다."

그는 사다리를 접어가지고 건너편 매장 쪽으로 갔다.

옥희도 씨는 아침부터 6달러짜리 그림을 그리고 있었다.

거의 다이아나 김의 얼굴 같지 않게 곱게 수정된 사진을 놓고도 옥희도 씨는 웬일인지 다이아나 김의 실물을 닮게 그리고 있어 난 좀 불안해졌다.

"사진처럼 그리시지 않구……."

나는 혼잣말처럼 중얼거리며 자주 그의 옆을 서성댔다.

"흥, 우리 팔자에 횡재가 당한가? 돈을 다섯 배 받으면 열 배의 똥줄을 빼야 할걸."

김 씨가 빈정대니까 돈 씨는 말머리를 놓칠세라,

"뭐니뭐니 해도 잡것들 그리기가 편하지 순종 그리기가 그리 쉬운 줄 아나."

"순종은 무슨 말라비틀어진 순종이야. 양갈보두 순종 족보에 드나?"

"이런 무식한 것. 쯧쯧, 순종이야 어디 계집 서방 갖구 따지나, 에미 애비 족보로 따지지."

'또 시작이군.'

돈 씨는 입에 거품을 물고 우리 민족의 순수성과 양키들의 잡종론에다 슬쩍슬쩍 음담을 섞어가며 장황하게 열을 올린다.

옥희도 씨는 그럭저럭 다이아나의 초상을 마치고 다른 때보다

오래 부연 휘장을 드리운 창에 시선을 둔 채 양쪽 어깨를 번갈아가며 치고 있었다.

돈 씨의 묘한 애족론이 어느 틈에 완전히 외설로 변해버렸고, 그편이 훨씬 재미있을 수밖에 없는 환쟁이들이 맞장구를 쳐가며 익살을 주고받고 하는 동안에도 옥희도 씨는 등을 돌린 채 바위처럼 담담했다.

나는 문득 옥희도 씨만은 다른 환쟁이들과 조금이라도 달랐으면 하고 바랐다.

'그는 딴 사람과 다르다. 그는 딴 사람과 다르다.' 나는 마치 꿀샘을 찾아낸 곤충의 예민한 촉각처럼 나의 새로운 생각에 강하게 집착했다.

"아침에는 수고했어요. 차 사주고 싶은데 괜찮아요?"

퇴근길에 만난 아침의 전공이 하도 친근하게 구는 바람에 나는 괜찮고 말고요라고 선뜻 응했다.

나는 그와 나란히 걸으며, 그의 턱 밑에서부터 목 부분을 유심히 훑었다. 무심결에 낮에 사다리 밑에서 그를 쳐다보며 경험한 그 짜릿한 느낌의 반복을 노렸지만 허사였다.

그는 나보다 약간 큰, 남자로서는 중키 정도여서 그를 쳐다보는 위치일 수는 없었고, 정면으로 본 그의 얼굴은 너무도 빈틈없이 평범했다.

다방 유토피아의 맨 구석자리에 앉자마자,

"난 황태수黃泰秀, 유는?"

"난 이경李炅. 외자 이름이라 경아라고들 불러요."

우리는 마주 씽긋 웃고 금세 친숙해진 것 같았다.

"저…… 위에서 내려다보면 뭐 별다르게 눈에 띄는 거 없어요?"

"위라니?"

"사다리 위 말예요."

"글쎄, 처음이라 다리가 휘청거려 아래 경치까지 살필 여지가 있어야지. 그렇지만 사다리 위가 별걸라구……. 세상을 내려다보려면야 2층, 3층도 있고 고층 건물 옥상도 있고 높은 벼슬자리도 있고한데……."

"그래도 사다리 윈 별다를 것 같아요."

"왜 재수 없게 사다리 얘기만 자꾸 하지?"

"그럼 왜 하필 재수 없는 사다리를 직업으로 택했죠?"

"택했다구? 천만에. 택했다면 골라잡았다는 뜻 아녜요? 누가 요즘 팔자 좋게 직업을 골라잡아요. 무작정 얻어걸리는 대로 비집고 들어왔지."

"아무리 그래도 사다리 위에서 벌벌 떠는 것도 마다하고, 그까짓 PX를 비집고 들어오다니……."

"글쎄……."

그는 난처한 듯이 머리를 긁적인다.

"병역 기피?"

난 멸시하듯 쏘아주었다. PX 노무자에게 웬 병역 면제의 특전이 있을 까닭이 없었지만, 군복을 착용할 수 있고 통근할 때 미군 버스를 이용할 수 있어서 병역 기피자들의 만만한 온상이란 걸 들어서 알고 있기 때문이다.

"천만에. 난 이래 봬도 명예 제대한 상이용사라나요."

"거짓말. 사지가 멀쩡한데 무슨 명예 제대예요?"

"겉보기엔 멀쩡해도 넓적다리엔 형편없이 끔찍한 흉터가 있답니다. 지금도 가끔 쑤셔요."

그는 눈썹을 잔뜩 모으고 정말로 아픈 듯이 한쪽 손으로 넓적다리를 꾹꾹 주무르기 시작했다.

"정말? 지금도 아파요?"

"아―니."

씽긋하더니 금세 눈썹을 펴고 식은 엽차를 후룩후룩 요란하게 들이켜곤, 레지를 불러 성냥을 부탁하며 눈을 찡긋해 보이는 폼이 도무지 경박스러워만 보이고, 그의 말이 어디까지가 정말인지조차 종잡을 수 없어졌다.

그는 담뱃불을 붙여 몇 번 거푸 연기를 흠뻑 빨아 유연히 내뿜더니,

"자아, 그러니 국가를 위해서도 할 만큼은 했겠다. 이제 뭐 체면볼 것 없이 돈벌이나 하자고 쏘다니다가 겨우 얻어걸린 게 PX 전공자리지만 뭐 상관있어요? 큰돈이 활발하게 왔다갔다 하더군요. 나

도 그 축에 끼겠어요. 달리 큰 욕심은 없고, 삼팔선 넘어서 무진 고생만 하며 다니던 학교를 남과 같이 허리 쭉 펴고 다닐 수 있을 만큼만 벌어놓으면 되니까. 학교라야 기껏 대학 2년이 남았으니까 전쟁 끝나면 졸업하고, 의젓한 곳에 취직해서 신뢰받고, 다시 몇 년 후면 존경받고, 어때요?"

"시시하군요."

"내 그럴 줄 알았다니까. 여자에겐 허풍이나 흠뻑 떨어야 하는 건데, 그만 고지식한 소리를 하고 말았으니……."

입맛을 쩝쩝 다시곤 기지개를 크게 펴더니 그대로 고개를 뒤로 젖혀 머리를 의자 뒤에 눕혔다.

완강한 턱과 그 밑의 푸른 면도 자국과 든든한 목이 또다시 내 눈에 들어오고 싱싱한 어떤 느낌으로 어쩔 수 없이 다시 나는 설레었다.

나는 수치감으로 얼굴을 붉히며 그런 충동을 재빨리 뭉갤 양으로 엽차를 단숨에 들이켜고 간지럽기 시작하는 이마를 세게 문질렀다.

그는 이내 평범한 얼굴을 바로 세우고,

"미스 린 어때요? 초상화부 일, 따분하지 않아요?"

"나도 취미로 하고 있진 않아요. 이래 봬도 진지하게 밥벌이를 하고 있는걸요."

"아마 아직 학생이죠? 고등학교 졸업반? 아니면 여대생?"

"글쎄요……."

실상 나는 대학시험에 실패하고 약간 실의에 빠져 있다가 전쟁을 당했다는 이야기가 거추장스러워서 애매하게 얼버무렸다.

"전쟁으로 질서가 무너지는 통에, 사람들은 전연 낯선 경험들을 하게 마련이죠. 엉뚱한 곳에서 서로 만나고……. 그게 오히려 자연스럽잖아요? 이 북새통에도 여전히 자기 세계만을 집착하는 건 오히려 더 비극이더군요."

"무슨 뜻이죠?"

"옥희도 씨 같은 분 말예요. 거기서 그런 그림 그리고 있다는 것은 진작부터 알고 있었지만 막상 그 속에서 그 양반을 대하니까 마음이 좀 이상하더군요. 그 양반이야 원체 그림밖에 모르는 분이긴 하지만……."

"그럼 옥희도 씰 알고 계셨던가요?"

나는 소스라쳤다. 그러고 보니 오늘 아침 사다리를 접어가지고 그의 옆을 지나면서 인사말 같은 것이 오갔던 것도 같았다.

"아다 뿐이에요. 같은 고향이구, 우리 맏형님하군 절친한 사이였죠. 지금도 가끔 만나시나 보던데……."

"그분 뭐 하던 분이죠?"

"시방 말하지 않았어요? 그림밖에 모르는 분이라구. 화가죠. 이번에 남하했으니까 이쪽에선 별로 알려지지 않았을는지 몰라두 아는 사람은 알겝니다. 일제 때 몇 번 선전鮮展에도 입선하고, 뭐 특선까지 했었다니까."

"그럼 진짜 화가란 말이군요?"

최만길이가 모아들인 '불우한 예술가' 속에 진짜 불우한 예술가가 있을 줄이야.

"그분을 보면 화가라기보다는 화가일 수밖에 없는 화가라는 생각이 들어요. 난 해방 후 곧 삼팔선을 넘었지만 그분은 원체 딸린 식구가 많아서 이번 난리통까지 거기서 버티셨으니 그동안 무얼 했을까 문득 궁금해져요. 김일성의 초상화라도 그릴 수밖에 없었지 않나 하고. 고지식하게 한 가지밖에 모른다는 게 이런 경우 비극이 아니고 뭡니까."

나는 처음 옥희도 씨에게 전직을 물었을 때 "그냥 환쟁이요" 하던 구김살 없이 순박하던 모습을 떠올렸다.

"아마 아이들이 다섯이나 된다던데, 무슨 딴 도리를 생각하지 않고 기껏 그 짓을 하고 있으니……."

'그는 다른 사람과 다르니까, 너 따위하곤 더군다나 다르단 말야.'

"다행히 부인이 똑똑해서 살림을 야무지게 꾸린다더군요."

'그이는 딴 사람하곤 다르다. 아무도 그것을 아는 사람은 없을 게다. 야무진 부인은 바가지나 야물게 긁겠지.'

"우리 형님 말이 부인이 한땐 꽤 미인이었다더군요."

"고만 가요."

나는 먼저 일어나 밖으로 나왔다. 찬바람이 휙 머리카락을 날렸다. 나는 잠깐 멈춰 서서 머플러로 머리를 싸맸다.

"왜 성났어요?"

급히 따라 나온 태수가 내 표정을 살피듯이 얼굴을 가까이 들이대고는 친근한 동작으로 아무렇게나 쓴 머플러를 다시 잘 고쳐주고 앞머리를 살짝 내려주기까지 하며,

"머플러 하나 제대로 쓸 줄 몰라서야, 쯧쯧……."

그가 급속히 나와의 간격을 좁혀옴을 느꼈으나 나는 모르는 체하고,

"안녕, 내일 만나요."

"바래다주고 싶은데……."

"괜찮아요. 난 혼자 가고파요."

혼자가 된 후, 옥희도 씨에 대한, 그의 우직함에 대한 연민이 어둠처럼 밀려옴을 나는 잠잠히 받아들였다.

집에는 큰아버지가 와 있었다.

"계집애가 이렇게 늦게까지 싸다니다니. 취직은 무슨 놈의 취직, 망측하게시리. 곱게 들어앉았다 시집이나 갈 것이지, 쯧쯧."

큰아버지는 내가 미처 인사도 드리기 전에 꾸짖기부터 하였다.

그러나 나는 큰아버지가 별로 나를 염려하고 있지 않음을 잘 안

다. 다만 그는 그렇게 해야 한다고 생각했을 뿐이다. 젊은 애는 일단 트집을 잡아 나무라놓고 보는 것이 어른된 도리라고 여기고 있었고, 특히 남자 없는 이 집안의 가장 가까운 웃어른으로서, 좀 까다롭게 참견하는 것이 우애와 의리가 두터운 집안끼리의 마땅히 할 일로 알고 있을 따름이었다.

"언제 올라오셨어요?"

"응, 오늘 왔다. 좀 자주 와봐야 하는 건데, 그놈의 도강증渡江證이니 뭐니 여간 까다로워야지."

나는 그냥 좀 웃었을 뿐 별로 송구스러워할 필요는 없었다. 큰아버지는 아마 자기 집을 돌보러 온 길에 우리 집에 들렀을 뿐이라고 나는 짐작하고 있었으니까.

"지금 막 너희 어머니하고 의논하려던 참이다만 이런 흉가 같은 데서 여자 둘이서 살 게 뭐니? 너희가 피난지에서 굳이 먼저 서울로 오겠다고 우길 때만 해도, 나도 자리가 안 잡혀 그만 얼떨결에 떠나보냈다만, 원 이거야 어디 그냥 두고 볼 수 있냐 말이다. 이게 어디 온전한 정신 가진 사람이 살 집이냐? 다시 내려가든지……. 너만이라도 말이다."

큰아버지는 잠깐 말을 멈추고 어머니 눈치를 살피는 듯했지만 어머니가 지극히 담담하자,

"그게 싫으면 우리 집에라도 가 있으면 어떻겠니? 지금이야 이집을 팔려도 작자가 없을 테니 잠가놓고, 우리 집이야 이 집보다 우

선 아담해서 좋고…….”

지금 큰아버지 댁을 지키고 있는 사람이 마땅치 않은 모양이다. 주인집 세간을 마구 뒤지고, 꼭꼭 싸놓은 이부자리를 제 것처럼 꺼내 덮고, 간장 고추장은 마구 퍼내 팔아먹고……. 뻔한 일이다.

“나는 너희 집 허물어진 행랑채만 봐도 가슴이 섬뜩하던데……. 너도 너다만, 계수씬 어쩌면 끄떡 않고 이 흉가에서 견디십니까? 그런 끔찍한 참척을 겪은 곳에서…….”

“그럼 어딜 갑니까? 저도 이 집에서 죽어야죠.”

“어느새 돌아가시긴……. 경아는 어쩌시고요. 오래 사셔서 경아 낙을 보셔야지요.”

어머니는 대꾸 없이 웃었다. 아주 허탈하게……. 딸의 낙에 구차스럽게 매달리지 않겠다는 어머니의 현명함이랄까. 그런 게 웃음 속에 있었다.

“에이 모르겠다. 남은 일껏 생각해서 하는 소린데.”

“왜 큰아버지 댁 돌보는 사람이 마땅치 않으세요?”

나는 기어이 그 소리를 하고 말았다.

“글쎄 그것들이 알짜는 다 빼돌리고도 내가 올 적마다 큰 적선이나 베푸는 것처럼 공치사를 해싸니……. 빌어먹을 것들.”

“참으셔야죠. 살려고 피난들 간 뒤에 남아서 세간살이를 지킬 사람이 따로 있다는 것만 해도 뭐가 좀 잘못된 거 아니겠어요?”

“그야 어디 내가 봐달란 거냐? 저희가 봐준단 거고, 또 그것들이야 우리에게 그만한 의리쯤은 있는 것들인데, 그렇다고 말이다. 그래서 우리 집을 봐달라고 너희보고 오라는 건 아니고……. 이 흉가는……."

"오빠 언니들은 다 잘 있어요?"

"응, 그럼. 진혁이는 이번에 훈장을 타고 중령으로 진급했지. 그리고 아주 좋은 자리로 가고, 민록이도 저의 형 덕에 말이 군대 생활이지 누워서 떡 먹기로 편하지. 난혜이, 말차이는 학교를 계속 다니고 있고 피아노가 집에 없는 게 짜증들이다만 피난 통에 그쯤 고생도 안 하겠니?"

그는 난리 통에 하나도 다치지 않은 그의 아들딸의 이름을 나열하며 완전히 주름을 폈다. 순간 그는 거침없이 행복해 보였다. 우리 집의 처지와 자기들을 비교함으로써 그의 행복은 완벽한 것 같았다. 남의 불행을 고명으로 해야 더욱더 고소하고, 맛난 자기의 행복…….

"네 소릴 많이들 하지. 함께 지내지 않고 어쩌자고 혼자 고생을 하는지 모르겠다고. 말이가 너 보고 싶다고 제일 보챈단다."

"저도요."

나는 인사성으로 그렇게 말했을 뿐이었다. 속에선 하나의 심술궂은 생각이 사납게 일었다.

전쟁은 아직 끝나지 않았다고, 전쟁이 몇 번이고 되풀이될 테고 그 사이에 전쟁은 사람들에게 재난을 골고루 나누리라고. 나는 다만 재난의 분배를 먼저 받았을 뿐이라고.

"고단하실 텐데 일찍 주무세요."

나는 건넌방에 큰아버지의 자리를 봐드리고 오래간만에 어머니와 나란히 누웠다.

아주 오랜만이었으나 별로 할 말이 없었다. 어머니의 나직한 한숨이 들렸다.

"큰아버지가 돈 내놓으셨어요?"

"응, 내놓으시더라. 생활비라고……."

"얼마나요?"

"글쎄 모르겠다. 저기 두었으니 네가 나중에 헤아려보렴."

"저녁은 잡수셨어요?"

"응."

"반찬은 뭘로 해드렸어요?"

"별로……. 그저 우리 먹는 대로 드렸지."

손님 대접 솜씨가 유별나게 깔끔하던 어머니는 이제 아주 치매가 되어버린 것일까?

"나 취직한 거 뭐라고 하셔요?"

"시집도 못 보내려고 그런 곳에 취직시켰다고 한탄하시더라."

"엄마도 그렇게 생각하세요?"

"아니."

"그럼 상관없다고 생각해요?"

"아아니."

난 돌아누웠다.

건넌방에서도 잠 못 이루는 듯 큰아버지의 기침 소리가 간간이 들려오고 옆에 누운 어머니는 잠이 들었는지 깨었는지 나에겐 숨소리조차 잡히지 않았다.

스산한 바람만이 차양을 덜컹이고, 미닫이를 가늘게 흔들고, 또 어디서 나는지 모를 흉흉한 소리를 내며 온 집안을 횡행했다.

나는 이불을 푹 썼다.

그래도 들리는 흉가를 흔드는 바람소리. 행랑채의 뚫어진 지붕으로 휘몰아쳐 들어와 부서진 기왓장을 짓밟고, 조각난 서까래를 뒤적이고 보꾹의 진흙을 떨구고, 찢어져 늘어진 반자지와 거미줄을 흔들고, 쌓인 먼지를 날리느라 마구 음산한 휘파람 소리를 내며 돌아다니는 바람은 이불 속에서 귀를 막아도 사정없이 고막을 흔들어 댔다.

나는 할 수 없이 옥희도 씨를 생각했다. 그리고 주문처럼 '그는 딴 사람과 다르다. 그는 딴 사람과 다르다'고 외었다.

나는 그런 되풀이를 통해 어쩌면 새로운 생활에의 노크를 시도하고 있는지도 모를 일이었다.

5

  매장 한가운데 크리스마스 트리가 세워지고 쇼윈도에 장식된 산타클로스와 썰매를 끄는 네 마리의 사슴에는 각종 장식 전구가 휘황하게 켜졌다. 매장은 요즈음 한결 붐비고, 특히 한국물산부는 대목을 만난 듯이 혼잡을 이루었다.

  용이나 공작을 수놓은 하우스코트나 파자마가 날개 돋힌 듯이 팔리는가 하면, 조그만 꽃바구니가 품절이 되는 소동까지 빚어냈다.

  이렇게 한국물산부에서는 업주들이 톡톡히 호경기를 누렸고, 미국 물품 매장의 아가씨들은 GI들과의 데이트 약속, 파티의 예약, 미국에 주문한 물건 자랑 등으로 분별없이 설레고들 있었다.

  밖에 나가면 여전히 거리는 쓸쓸하고 언제 무슨 일이 날지 모르는 전방도시 특유의 암담하고 불안한 기운이 무겁게 가라앉아 있어, 아무도 어설픈 외국 명절 따위에 주책없이 들뜨려 하지 않았다. 초상화부도 만만치 않게 대목을 보느라 온종일 바쁜 가운데서도 짬

짬이 나는 엉뚱한 실수를 할 만큼 설레고 또 호젓이 집에 돌아가는 길목에서는 문득 불안에 떨었다. 그러나 이미 그런 설렘이 성탄을 앞둔 여러 사람들의 흥분과 비슷한 것일 순 없었고, 또 그런 불안이 전쟁이나 어둠에 기인한 것만일 수는 없게 되었다.

나는 이제 옥희도 씨를 사랑한다고 생각하기 시작했고, 그런 생각은 때론 아프고, 때론 감미롭고 어쩌면 두렵고 하여 어떤 뚜렷한 감정을 추려낼 수는 없어도, 그 생각에서 조금도 헤어나지를 못했다.

태수는 분주히 싸진 뒤를 따라다니며, 크리스마스 데커레이션에 바쁜 중에도, 엉뚱한 곳에서—사다리 위라든가, 쇼윈도의 창틀 위 같은 데서 "하아이" 하고 나를 불러놓고 장난스레 윙크를 보낸다거나, 지나는 길에 작업복 엉덩이를 내 테이블 위에 거침없이 올려놓고 실없는 소리 하기를 좋아했다.

"어때요? 나 이제 전공 티가 꽉 박혔죠?"

"그게 그렇게 대견해요?"

"대견타마다요. 이젠 사다리 위에서 벌벌 떠는 대신 제법 유유히 경치를 즐길 만해졌으니……."

"경치요?"

"기막힌 경치죠."

그는 드라이버, 펜치 따위를 가지고 절거덕 쇳소리가 나게 손장난을 해가며 그 경치란 걸 풀이했다. 미스 아무개는 글쎄 쌍가마라

든가, 미스 아무개의 허술한 네크라인을 통해 브래지어도 안 한 '뭐'
가 보이더라든가. 내가 화를 내면,

"난 미스 리 좀 웃겨주려고 일껏 준비한 유머인데 그렇게 화내면
내가 무안하잖아요. 그러니 좀 웃어봐요. 웃는 건 미용에도 좋고 건
강에도 좋다는데…….."

나는 별수 없이 웃어주며,

"고만 가봐요. 싸진 발콤한테 들켜서 모가지 잘리지 말고…….."

그는 모가지를 장난스레 움추리며,

"그건 안 되지. 안 되고말고, 모가지 당하면 미스 리 보고 싶어 젊
은 놈 하나 아주 버릴 테니."

하기가 일쑤였다.

"미스 리, 춤출 줄 알아요?"

오늘은 좀 색다른 말을 걸어왔다.

"못 춰요. 왜 그런 걸 묻죠?"

"며칠 있으면 지하실 스낵 바에서 종업원들을 위한 파티가 있
대요."

"파티?"

"응, 양키들의 선심이죠. 뭐 팝콘하구 콜라는 무진장 먹여준다
나요."

"치사하게 겨우 팝콘과 콜라?"

"그럼 스테이크라도 바랐어요?"

"스테이크구 콜라구 아이 치사해."

별안간 화증이 주체할 수 없이 치솟아, 나는 손에 잡히는 대로 종이 같은 것을 함부로 짓구기며,

"난 도대체 그 콜라니 팝콘이니가 싫어서 미치겠단 말예요. 대갓집의 허드레 음식 같은 거. 설마 미스터 황도 굶주린 거러지 모양 그런 걸 얻어먹으려고 파티에 가려는 건 아니겠죠?"

"응, 뭐 얻어먹으려고가 아니라 그냥 파티라는 데 가보고 싶었어. 가서 미스 리를 안고 춤을 추었으면 했을 뿐이야."

"어머머…… 난 춤 못 춘댔잖아요."

"못 추긴 나도 마찬가지야. 그게 뭐 그리 큰 상관이라구……. 어떻든 난 그러고파요. 음? 그래 주지 않겠어요 미스 리?"

나는 또 별수 없이 웃음을 터뜨렸다. 그의 앳된 나이 때문일까? 그런 소리를 거침없이 지껄여도 조금도 음흉스럽다든가 능글맞다고 생각할 수 없었다.

아무런 저의도 감추지 않은 단순한 소망으로 그의 평범한 얼굴이 소년처럼 빛났다.

그것은 잠깐이나마 팝콘이나 콜라에 대한 혐오감을 뭉개고도 남을 만한 싱싱한 매력이었다. 나는 그것을 밀어내듯이 세차게 고개를 도리질했다.

"고집쟁이, 두고 봐요."

그는 별로 섭섭해하지도 않고 한 눈을 찡끗해 보이곤 가버렸다.

점심시간에 오래간만에 다이아나 김이 왔다. 그녀는 몹시 흥분하고 있었다.

"얘, 무슨 일이 났는지 넌 아마 짐작도 못할 게다. 너 또 나 좀 도와줘야겠다. 같이 나가지 않겠니?"

"여기서 말하세요."

나는 딱 잘라 말했다.

"여기서 말할 수 없으니까 나가자는 거 아냐? 너 참 저번 일로 아직도 토라진 채로구나. 참 별꼴이야. 남의 일을 네가 맡아가지고 악착같이 덤빌 게 뭐니? 보기보다는 너도 꽤 오지랖이 넓구나."

그녀는 잠시나마 나의 이용 가치를 잊은 듯, 하고 싶은 말을 막 해버리고 그녀 독특한, 사람을 불쌍히 여기는 눈초리로 나를 굽어봤다. 나는 그녀에 대한 미움으로 치를 떨었다.

그녀는 옥희도 씨에게서 그녀의 초상화를 찾아갈 때도 옥희도 씨를 그런 눈으로 보며 빈정댔었다.

"어머머…… 이것도 그림이라고 그렸으니……. 설마 이걸 가지고 6달러를 벌려는 심보는 아니겠지? 이 서푼도 못 되는 그림 솜씨로……."

"언니, 무슨 말을 그렇게 함부로……. 이분은, 이분은……."

나는 옥희도 씨가 어떤 사람이라는 걸 말하려다 말고 말끝을 흐려버렸었다. 그것을 말해봤댔자 다이아나에게나 다른 환쟁이들에게나 웃음거리밖에 되지 못할 것이 뻔했기 때문이었다.

그가 딴 사람과 다르다는 것은 결국 나만의 일이었으니까.

나에게 남겨진, 그를 위해 할 수 있는 일이란 그림값을 받아내는 일에 불과했다.

"언니. 어디가 어떤지 말해줘요. 고쳐 그리도록 부탁하겠어요. 뭣하면 아주 다시 그리든가."

애걸하다시피 하는 말을 옥희도 씨가 조용히 가로막으며,

"난 그만두겠어 미스 리. 딴 사람에게 부탁하도록 해요."

하더니 다이아나 김의 손에서 스카프를 잡아채 손아귀에 아무렇게나 구겨 뭉갰다. 스카프를 움켜쥔 손등에 푸른 힘줄이 성난 듯이 솟구쳤을 뿐 그의 얼굴은 담담한 채였다.

"어머머…… 어머머…… 너무해요. 어쩜 남의 얼굴을 너무해요. 이리 주지 못하겠어요? 어머머…… 남의 얼굴을 이렇게 구겨놓고……. 다리면 쓸 수 있겠지. 버릴 거면 가져야지."

그녀는 어느 틈에 공짜로 스카프를 가지고 가버렸고, 그 후에 나는 그림값을 받으려고 그녀를 끈덕지게 졸랐었다. 지금 그녀가 말한 대로 악착같이 안달을 떨었다.

그만하면 잘된 그림이라고, 실은 GI들도 그런 그림은 그냥 오락삼아 그려 보내는 거지, 진짜 초상화로 그리는 사람은 없으니 좀 맘에 안 들더라도 애교로 곁들이고 멋진 편지로 바브의 마음을 사로잡을 수도 있다고 그녀를 달래놓고, 나는 밤새 콘사이스(휴대용 사전)를 찾아가며 농후한 애정 표현의 러브레터를 썼다.

편지 사연은 그럭저럭 그녀를 만족시켰으나 결과를 두고 봐서 그림값을 주마는 것이었다.

"나는 말이다. 밑천을 먼저 들인 적은 한 번도 없었다. 하다못해 양놈들한테 ×구멍을 팔 때도 딸라를 먼저 받아서 깊숙이 찔러넣은 후였으니까. 그러니까 바브 녀석한테서 6딸라 이상 가는 선물이라도 오면 그때 빼줄 테니 그 전엔 작작 졸라라."

나는 그녀에게서 그림값 받는 것을 단념했었다. 그리고 오늘에 이르기까지 그녀에 대한 미움을 애써 감추려 들지 않았다.

종종 마주치는 그녀를 모르는 척할 수 있다는 것과, 그녀의 필요성에서 내가 완전히 벗어났다는 것은 마치 남루를 벗어던진 것처럼 홀가분했다.

이렇게 지낸 그녀가 오늘 갑자기 다시 나를 그녀의 필요성으로 끌어들이려는 눈치였다.

나는 그녀의 야유를 묵살하고 재빨리 주판알을 퉁겼다.

오늘이 토요일이라 지난주의 총수입 내역과 다섯 명 환쟁이들의 개인별 일주일 작업량과 거기 따라 지불될 금액을 한눈에 알 수 있게 장부에 기입했다.

크리스마스 대목으로 초상화부 수입은 상승일로였으나 옥희도 씨 몫이 제일 적었다.

나는 나직이 한숨을 쉬고 장부를 덮었다.

그녀는 가지 않고 내 앞에서 커다란 붉은 가죽 백을 뜻 없이 몇 번 여닫았다. 금속 장식이 요란한 소리를 내며 백 속의 두툼한 천 원 다발이 내 눈을 끌었다. 내 눈이 지폐에 스친 것을 알자 그녀는 입가에 야릇한 웃음을 흘리며,

"그러지 마, 네가 그렇게 안달을 안 해도 나도 다 생각이 있단 말야. 오늘은 너와 얘기도 좀 하고 저번 그림값도 주려고 하는데……."

그녀는 다시 한번 뜻 없이 백을 여닫았다.

"빨리 가자 얘, 나 오늘 기분 좋아 막 미칠 것 같다 얘."

그녀는 내 태도가 누그러진 눈치를 채자 갑자기 큰 소리로 서둘러 댔다. 나는 맥없이 그녀 뒤를 따랐다. 이번만은 그림값을 받을 것 같았다. 다섯 명의 아이들, 바가지 긁는 아내. 옥희도 씨를 위해 무언가 할 수 있다는 생각만이 나를 이끌었다.

다방에서 그녀와 마주 앉자 나는 좀 놀랐다. 그녀의 눈이 기쁨으로 충만해 아름답게 빛나고 환성인지 한숨인지를 휘몰아 쉬느라 숨 가빠하고 있었다.

"요 깍쟁이, 어쩜 무슨 일이냐고 묻지도 않니?"

"알 만해요. 바브가 결혼 수속이라도 하겠나 보군요."

"홋후후, 내가 아무렴 그까짓 결혼 수속쯤으로 이렇게 흥분할까."

"그럼 뭐예요?"

"이거야 바로."

그녀는 반지르르한 까만 장갑을 조심스럽게 벗겼다. 무명지에서

녹두알만 한 다이아가 찬란히 빛났다.

그녀의 잘 가꾼 매끈한 손이 그 다이아로 해서 한층 요염하게 아름다웠다.

"글쎄 그 바브 녀석이 이걸 보내왔단다. 어떻게 보내왔느냐고? 글쎄 난 그 녀석의 편지 봉투를 아무렇게나 쭉 찢는데 뭐가 툭 떨어지지 않겠니? 화장지에 꼬깃꼬깃 싼 게. 무심히 화장지를 비집고 보니까 이거잖아. 글쎄 적어도 이게 다이안데, 진짜배기 다이안데, 어쩌면 그렇게 허술하게 보낸 게 도중에서 어떻게 되지도 않고 내 손까지 무사히 들어왔으니. 참 양놈들이란 좋긴 좋아. 엽전들 같아 봐라. 어림도 없다. 어림도 없구말구, 난 오죽해야 시골 어머니한테도 못 미더워 돈 한 푼 송금 못하지 않니? 뭐가 못 미더우냐고? 아 엽전들 우체국을 어떻게 믿고 돈을 부치니? 엽전들 같아 봐라. 어떤 부처님이 종이 한 꺼풀 사이에 있는 다이아를, 진짜 다이아를 그냥 두었겠나. 안 그래?"

"……."

"어머머…… 내 정신 좀 봐. 이것 좀 읽어줘야지. 그리고 답장도……. 저번의 편지가 보통이 아니더라니 이런 게 굴러 들어왔지, 어서 읽어보라니까."

"그림값 먼저 주었으면 좋겠어요."

"어머머…… 정말 너 그동안에 닳고 닳았구나. 좋아. 얼마였더라."

"6달러."

"그랬던가. 어차피 바꿔서 쓸 테니까 원으로 줄게. 6딸라만큼 쳐주면 되겠지? 그러니까 공정 환율로 따지자면 얼마나 되나?"

"원으로 주려면 야미 시세로 줘야 옳잖아요? 액수의 차가 굉장히 질 텐데요."

"너 정말 앙큼해졌구나. 난 이 편지 안 읽어도 그만이야. 또 너 말고는 읽어줄 사람이 없는 것도 아니고. 그러니 생각해서 해."

그녀는 좀 전의 흥분을 완전히 식히고 눈은 다시 금속성으로 차게 가라앉았다.

옥희도 씨를 기쁘게 해줄 수 있을지도 모를 가능성이 또 한 번 허탕을 칠 것 같아 나는 주춤했다.

내가 그를 돕고 있다는 것을 그가 앎으로써 나도 그와 대등해지고, 그에게 어른스럽게 비쳐지고 싶었다. 나의 성숙한 감정을 그에게 알리고 싶었다.

"그럼 그대로라도 계산해 주세요."

그녀는 그 독특한, 남을 불쌍해하는 웃음으로 입가를 삐뚤어뜨리면서 아까부터 넌지시 엿뵈던 푸른 지폐 뭉치를 날렵한 솜씨로 세었다.

나는 그동안 그녀 무명지의 다이아를 물끄러미 바라보고 있다가 그녀가 건네주는 돈뭉치를 받아 세지 않고 안주머니에 깊숙이 간직하고 나서야 '바브'의 편지를 읽기 시작했다.

여전히 과장된 사랑의 표현의 나열이 있을 뿐 별 구체적인 이야기는 없었다.

다이아에 대해서도 변치 않는 사랑의 표시라고밖에 별 딴말이 없었다.

내가 그런 사연을 읽는 동안 그녀는 줄창 다이아에 입김을 쐬가지고 손수건으로 닦는 일을 열심히 되풀이할 뿐 내가 편지를 다 읽고 난 후에도 별 반응이 없었다.

"별것도 아니군요. 결혼이나 약혼에 대한 구체적인 이야기도 없구······."

나는 돈을 받아 넣은 후라 마음 놓고 빈정댔다.

"흥, 결혼? 난 국제결혼에 허겁지겁할 풋내기 갈보 시절은 벌써 지난 지 오래야. 미국 가서 업신받고 살 바본 줄 알아? 어림도 없지. 난 여기서 돈 벌어서 남을 실컷 업신여기며 살고 싶단 말야. 난 돈이면 다야."

"그건 그렇고 다이아는 진짜로 진짠가요?"

"벌써 금방에서 감정시켰어. 그리고 너한테로 온 거야."

"그럼 언니하고 바브하곤 어떻게 되는 거죠?"

"뭣이 어떻게 돼? 다이아가 진짜라고 아이 러브 유까지 진짠 줄 알아?"

"아무럼 장난삼아 진짜 다이아를 보낼라구요."

"부자 나라 놈들이니까 한번 그렇게 거드럭거려 보는 거겠지. 원

76

체 기분파들이니까. 우리 PX에서도 내일모레쯤 엽전들에게 팝콘이
니 콜라니 실컷 먹여준다면서? 명색이 파티라나, 그 인색한 것들이.
바브 녀석도 아마 그런 거겠지."

나는 얼떨떨했다. 미국의 부가 팝콘이나 콜라의 홍수쯤으로 대
변된다면야 그 속됨과 그 부박함에 모멸을 던질 수도 있으련만 다
이아몬드가 콜라처럼 예사로운 부란, 내 상상력으론 좀 벅찬 것이
었다.

설사 그들의 부가 전통이나 정신의 빈곤이란 약점을 짊어졌다손
치더라도 부 그 자체만으로도 얼마나 두려운 것일까?

나는 폐점 후 제일 늦게까지 남아서 꼼꼼히 뒷정리를 하는 옥희
도 씨에게 그림값으로 받은 돈을 내밀었다.

"웬 돈이야?"

"다이아나한테 받았어요, 오늘."

"그건 그냥 준 건데."

"그냥 주다니요? 그 여자가 그 그림 덕을 얼마나 톡톡히 본 줄 아
세요? 선생님만 어수룩하게 헛수고하실 필요가 어디 있어요. 그래
서 제가……."

"알았어. 이제 와서 새삼 그 끔찍한 여자가 그 돈을 제풀에 내놨
을 턱은 없고……. 미스 리, 왜 그런 수고를 했어?"

그의 어진 눈동자가 슬픈 듯한, 낭패한 듯한 빛을 띤 채 나를 나무라고 있었다.

그것은 분노보다도 더욱 나를 곤혹감에 빠뜨렸다.

"왜 잘못했어요? 저는 그저 선생님을 도와드리고 싶었을 뿐인데……."

"경아, 경아 같은 어린 사람이 다 날 도와주어야겠다 싶으리만큼 그렇게 내가 무능해 보이던가?"

나는 울고 싶었다. 모두가 엉망진창이 돼버린 것이다.

그는 다이아나의 모멸을 받았을 때보다도 한층 깊이 상심하고 나는 그냥 그런 상심의 둘레를 맴도는 어린 사람일 따름이니 말이다.

그는 한참 동안 무엇을 억누르듯 고개를 떨구고 있다가 다시 나를 보았을 때는 완전히 평정을 회복하고,

"미안해. 나를 위해 애썼는데……."

그의 눈길은 어루만지듯이 부드러웠다. 우리는 같이 거리로 나왔다.

"공돈이 생겼으니 쓰고 싶군."

그는 양품점 쇼윈도를 기웃대다가 다시 성큼성큼 걸으며,

"어쩌지? 미스 리를 위해 무얼 사자니 그 돈으론 좀 꺼림칙하고, 저녁이나 같이 할까?"

"괜찮아요. 그냥 댁으로 들어가세요."

"술이 먹고 싶은데 어쩌지?"

그는 혼잣말처럼 중얼거리며, 그렇다고 술집을 찾는 눈치도 아닌 채로 사람에 떠밀리듯이 그냥 걷고 있었다.

명동은 여전히 전시답지 않게 흥겨움과 사람이 출렁이고 있었다.

나는 옥희도 씨와 헤어져야겠다고 생각하면서도 맞춤한 기회를 못 잡은 채 그의 옆을 같이 걸었다.

"술이 먹고 싶은데 어쩌지?"

한참 만에 그가 같은 소리를 또 한 번 되풀이하자 나는,

"그럼 한잔하세요. 전 여기서 그만……."

"가지 마. 같이 있어줘."

그는 재빨리 달아나려는 내 어깨를 한 손으로 잡으며 어두운 시선으로 무겁게 나를 짓눌렀다.

"가지 마. 대폿집 같은 데로 가지진 않을게. 어디 조촐한 곳에서 경아는 식사하구 나는 술을 조금만 마시구 그럴 수 있는 곳으로 가자구. 참 돈이 있지? 공돈이. 넉넉히 쓸 수 있는 공돈이란 즐겁군 하하……."

그는 좀 허풍스럽게 웃으며 명랑을 가장하려 했지만 나는 어쩔 수 없이 그가 깊이 숨긴 절망을 엿보고 있었다.

이윽고 우리는 어느 왜식집, 화로가 놓인 다다미방에 안내되었다. 현관이고 복도고 모퉁이마다 동백꽃이나 국화가 꽃꽂이된 정갈

한 집이었다.

일본식 운두 높은 사기 화로 속에서는 네댓 토막의 참숯이 곱게 타고 화로 언저리는 알맞게 따끈했다.

풍로에 얹은 채 들여온 전골냄비에서 전골이 지글지글 소리를 내며 구수하게 고기 익는 냄새가 풍기기 시작했다.

나는 젓가락으로 전골을 뒤적여 알맞게 익은 부분을 공기에 덜어 옥희도 씨 앞에 놓았다.

그는 흰 사기잔에 노리끼리한 정종을 자작으로 따라 맛나게 들이마시고 나서 나를 보고 무슨 말을 할 듯하더니 빙긋 웃고 말았다. 눈이 따뜻하게 풀려 있었다.

나도 무슨 말을 하려다 말고 조심조심 전골만을 뒤적였다.

차분한 분위기에 쾌적한 온도와 맛난 냄새와 사랑하고픈 사람에게 시중드는 시간을 나는 마치 섬세한 유리그릇처럼 소중히 다루고 있었다.

어느 틈에 그는 네 번째의 잔을 들고 있었다.

"어쩜 그렇게 마구 마시세요. 마치 샘물이라도 마시듯이……."

"샘물? 그래 가끔 목마를 때, 샘물보다 술 생각이 간절하게, 그렇게 목이 마를 때가 어쩌다 있지."

"오늘 같은 날 말이군요. 죄송해요. 그 일로 그렇게 언짢아하실 줄 저는 정말 몰랐어요."

"별소리 다 하는군. 언짢아하다니? 그 일로 이런 성찬을 갖는데."

그는 다음 잔을 역시 단숨에 마셨다.

"술 너무 많이 드시는 것 같아요."

"괜찮아. 이 정도론 끄떡없을 테니. 술 마시는 사람을 두려워하는군 그래. 그런 얼굴로 나를 보니."

"두려운 게 아니라 근심이 돼요. 술이란 어떤 감정을 유별나게 돋우거든요."

"무슨 뜻이지?"

"좋을 때 마시면 흥을 돋우기도 하지만, 그렇지 않을 때는 화를 돋우기도 하니 말예요."

"술에 대해서 제법 알고 있네."

"아버지가 약주를 좋아하셨으니까요. 술시중도 많이 들어봤어요."

"그럼 아버님께서 경아에게 주정으로 화풀이까지 하셨던가 보군."

"아아뇨. 별로 그런 일이 없었어요. 늘 집에 들어오시면 기분이 좋으셨고, 제 시중을 받으시며 반주 드시기를 특히 즐기셨죠. 술이 거나하게 취하시면 저는 응석을 부리며 여러 가지 약속을 멋대로 시켰죠."

"약속을 시키다니?"

"아버지한테 말예요. 용돈을 올려준다는 약속이거나, 근사한 데서 양식을 먹여준다거나 하는 약속을 시키는 거죠."

어떤 따습고 환한 회상으로 나는 차츰 상기했다.

"약속은 지켜졌나?"

"그럼요. 아버지는 반주 정도지 과음은 별로 안 하셨거든요. 그래도 아침엔 시침을 떼시고 잊으신 척하려 드셨지만, 속으론 제가 그약속 일깨우기를 은근히 기다리시는 눈치였죠."

그는 내 이야기가 정말로 재미있다는 듯이 거푸 들던 술잔을 아까부터 멈추고 빙그레 웃고 있었다.

"좋은 아버지시군."

나는 "네" 하고 서슴지 않고 긍정하려다 말고 퍼뜩 회상에서 깨어났다.

그러자 내부에서 무엇인가 자꾸 균형을 잃으려 하고 있었다. 난그것을 막으려고 안간힘을 쓰듯이 고개를 흔들고 아까부터 내 접시에서 식어가는 전골을 한 젓가락 집어 황급히 입에 쓸어넣었다. 미끈미끈한 당면은 들척지근하고 느글느글했다.

그도 술잔을 잡으며 다시 한번,

"좋은 아버지시군."

하며 빙그레 웃었다.

"좋은 아버지라구요? 아버진 돌아가셨어요."

"그랬던가. 참 안됐군, 경안 무척 아버질 따랐던 것 같은데."

"따랐다구요? 천만에요. 전 아버질 미워해요."

나는 이제 완전히 균형을 잃고 말았다. 머릿속이 어수선하게 어

지러워지며 아버지에 대한 깊은 애정과 야속함이 뒤죽박죽이 되고
말았다. 나는 울지 않으려고 사나워졌다.

"무슨 소리야, 별안간."

"아버지는 돌아가셨단 말예요. 6·25 바로 한 달 전쯤, 평화롭고
화창한 날, 아들딸들이 임종을 지켜보는 가운데 편히, 무책임하게
시리 우리만 남겨놓고, 나만 남겨놓고……."

나는 악을 썼다.

그는 처음엔 놀란 듯하다가 차차 인자하고 측은해하는 빛이 역
력해졌다.

나는 거기 힘입어 오열까지 섞어가며,

"그러곤 그만이에요. 어쩌면 그럴 수가……. 난 그 후 혼자서 많
은 끔찍한 일을 겪었어요. 그때마다 그래도 열심히 아버지의 도움
을 빌었어요. 악마도 감동할 만치 절실히 빌었단 말예요. 아버진 죽
어서 신이…… 신까진 몰라도 아무튼 초인이 됐을 거라고 믿었으니
까요. 그렇지만 아버진 모른 척하더군요. 우릴 위해 아무것도 안 해
줬어요. 어쩌면 그럴 수가……. 난 아버질 미워하다 지쳐서 전연 생
각조차 안 하기로 했단 말예요."

난 어쩔 수 없이 흐느꼈다. 그가 더욱더욱 나를 측은해하길 바
랐다.

"자아 그만 그만, 눈물 씻고, 응."

그의 두 팔이 내 양어깨를 다정하게 감싸는 것을 느끼자 나는 더

욱 세차게 흐느끼며, 오열하는 쾌감에 몸을 맡겼다.

그가 내민 손수건에서 담배 냄새와 물감 냄새가 희미하게 풍겼다. 나는 그것을 더 탐하려는 듯이 그의 가슴에 온몸을 던졌다.

그곳은 널찍하고 요람처럼 편안했다. 더할 나위 없는 충족감이 왔다. 그 충족감을 놓칠 수는 없는 일이었다.

"선생님이 좋아요. 괜찮겠죠?"

난 가슴이 좀 두근댔을 뿐 아무런 수치감도 주저도 없이 그에게 물었다.

"괜찮고말고."

"정말이죠? 약속해요."

나는 너무 쉽사리 그의 승낙을 얻은 것이 믿기지 않아 그의 새끼손가락에 내 새끼손가락을 감아 한 번 아프게 힘을 주어 흔들어주고 나서 풀어주었다.

그러고도 한동안을 나는 그의 품에서 안식과 충족감을 탐했다.

"그만 가보자구."

그가 먼저 나를 안은 채 일으켜 세웠다.

우리는 다시 거리로 나왔다.

"조금 걷다 가요. 괜찮죠?"

나는 내 행복을 좀 더 확인하고 서서히 즐기고 싶었다.

거리엔 사람이 뜸하고 벌써 빈지문을 닫기 시작하는 가게도 드문드문 있었다.

칸델라 불을 켜놓은, 바퀴 달린 자판에서 군밤을 구워 팔던 소년이 하품을 크게 하며 주섬주섬 그의 상품을 챙기고 있었다.

"돈 남았죠? 군밤 좀 사주세요."

나는 그의 팔에 의지한 채 그를 졸랐다. 우리가 그 앞에 멈추자 소년은 큰소리로,

"따끈따끈한 군밤이요. 말랑말랑한 군밤이요."

잠에서 깬 듯이 외치다가 멋쩍게 웃었다. 군밤 무더기는 싸늘하게 식어 있었다.

"별로 따끈따끈하지도 않구면."

옥희도 씨가 웃으며 돈을 내밀자,

"잠깐만 기다리세요. 곧 설설 끓여드릴게요."

소년은 흰 이를 드러내고 쾌활하게 웃으며 철사로 엮은 군밤 굽는 통에 식은 군밤을 쏟아넣고 풍로를 휘저었다. 하얀 재 속에서 불빛이 가냘프게 깜박댔다.

"그대로 주렴."

나는 받아든 군밤을 옥희도 씨의 염색한 군복 잠바의 헐렁한 호주머니에 처넣고 까먹기 시작했다.

"재미난 데를 알고 있어요. 구경하고 가요."

"너무 늦었는걸. 집에서 기다리시잖아?"

"잠깐이면 돼요."

나는 언젠가 구경한 장난감 가게의 침팬지를 생각해냈다.

나는 그때 그 앞에서 혼자 킬킬대며 재미나 했었는데 지금 생각하니 그때의 내가 눈물이 나도록 불쌍했다.

난 위스키를 따라 마시던 침팬지에게 내 행복을 뽐내고 싶었다.

남의 집 추녀 끝에 벌인 완구점 주인은 졸고 있었고, 침팬지는 한 손에 위스키 병을 든 채 그 만화적인 얼굴을 반듯이 쳐들고 무료하게 서 있었다.

"아저씨, 태엽을 좀 틀어주세요."

내가 침팬지를 가리키며 붙임성 있게 말하자, 놀란 듯이 눈을 크게 뜬 주인은 별로 귀찮아하지도 않고 침팬지 궁둥이의 태엽을 틀자, 침팬지는 전신을 리드미컬하게 흔들며 거푸거푸 위스키 병에서 위스키를 따라 마셨다.

구경꾼이 조금씩 모여들었다. 나는 군밤을 질겅질겅 씹으며 마음껏 웃고 침팬지의 율동에 장단을 맞춰 어깨를 흔들었다.

드디어 태엽이 풀리면서 침팬지의 동작은 서서히 느려지고 유쾌한 애주가의 폭음은 부시시 멎었다.

구경꾼들은 하나둘 비어갔다. 흥겨운 시간은 삽시간에 지난 것이다.

침팬지만이 사람들한테 아첨 떨기를 멈추고 한껏 외롭게 서 있었다.

그의 고독이 가슴에 뭉클 왔다. 사람과 동물로부터 함께 소외된 짙은 고독과 절망.

나는 옥희도 씨를 쳐다보았다. 그는 화필을 놓고 하염없이 잿빛 휘장을 바라볼 때처럼 그런 시선으로 침팬지를 보고 있었다.

문득 나는 그도 역시 침팬지의 고독을 앓고 있음을 짐작했다. 그리고 나도 그를 도울 수 없음을.

좀 전의 충족감이 포말처럼 꺼졌다. 나는 그에게서 소리 없이 밀려나 있었다. 침팬지와 옥희도와 나……. 각각 제 나름의 차원이 다른 고독을, 서로 나눌 수도 도울 수도 없는 자기만의 고독을 앓고 있음을 나는 뼈저리게 느꼈다.

우리는 계동 어귀까지 말없이 걸었다.

"이제 다 왔어요. 그만 돌아가세요."

"밤도 늦었는데 집 앞까지 바래다주지."

"혼자 갈 수 있어요."

나는 그때까지 찌르고 있던 그의 헐렁한 주머니에서 손을 빼고는 날쌔게 혼자 골목길을 들어서서 다시 한번 꼬부라졌다. 그리고 먼 발치로 이지러진 내 집 지붕을 똑바로 바라보며 돌진하듯이 달렸다. 그가 자기만의 고독을 아무에게도 나누려 들지 않듯이 나도 아무에게도 도움을 받을 수 없는 나만의 일이 있는 것이다.

긴 골목길을 어제와 조금도 다름없이, 공포와 이제는 거의 육체적인 통증으로 변해버린 아픔을 혼자 견디며 걸어야 하는 것은 누구에게도 나눌 수 없는 나만의 일인 것이다.

저녁을 먹고 왔다고 말하고 곧장 장방형의 내 방으로 들어온 나를 어머니는 따라 들어와서 한참 멍하니 앉아 있었다.

"가서 주무세요."

나는 참다못해 짜증 섞인 목소리로 쏴주었다.

"큰아버지가 편지하셨더라."

"그래서요?"

"널 부산으로 내려보내라구……. 너 하나 대학 공부는 마쳐줘야 큰댁의 체면이 서겠다구……. 마치 내가 너를 이 집에 붙들어두고 놓지 않는 것처럼 나를 못마땅해하시는 투더라."

어머니는 참 오래간만에 꽤 긴 말을 떠듬거리지 않고 조리 있게 한 편이었다.

"어머니는 어떡하면 좋다고 생각하세요?"

"너 좋을 대로 하렴."

"그럼 엄마도 같이 가겠수?"

"갈 걸 왜 기를 쓰고 왔겠니?"

"그건 저도 마찬가지죠."

할 말은 다한 셈이다. 그래도 어머니는 일어나지 않고 그대로 멍하니 앉아 있었다. 나는 잠옷으로 갈아입고 일부러 크게 하품을 했다.

"아이 졸려. 내일 일찍 깨워주세요."

"저…… 저…… 말이다. 이 에미 때문에 못 간다면 다시 한번 잘 생각해봐라."

"그렇다면? 만일 그렇다면 같이 가주시겠수?"

나는 어머니를 싫어하면서도 어머니가 살아가는 데 내가 어느 만큼의 보람이나 힘이 되고 있나 쯤은 문득문득 궁금해하는 터였으므로 짓궂게 어머니에게 따지고 들었다.

"아아니. 그래도 난 못 가. 난 여기가 편타."

그리고 내가 더 무엇을 물을까 봐 꺼리는 듯 일어나서 소리 없이 나갔다.

나도 물론 부산에 갈 생각은 추호도 없었고, 그것이 결코 어머니를 위해서는 아니었다.

이 드넓은 고가에 단둘만이 살면서 우리는 애정이라든가 의무로 묶여 있지는 않았다. 차라리 우리는 다 같이 고가의 망령에 들려 있음이 분명했다. 나도 결국 누구 때문도 아닌 채 이곳을 떠날 수가 없는 것이다.

6

다음 날 아침, 잠에서 깨어 눈도 뜨기 전에 떠오른 것은 그 요람같이 완전한 신뢰와 휴식을 나에게 준 옥희도 씨의 포옹이었다. 따뜻한 이불 속에서 그 훈훈한 가슴팍의 회상은 쾌적하고도 감미로웠다.

부엌 쪽에서 덜그럭대는 소리를 희미하게 들으며 탁상시계의 빨간 초침의 부산스러운 선회를 지켜보고 있자니 차차 어제의 회상에도 파문이 일고 나도 빨간 초침처럼 초조해졌다.

옥희도 씨와 나와의 사이가 어제의 일로 하여 달라졌다고 믿고 싶었으나, 한편 그 믿음엔 썩 자신이 없고 어찌어찌 생각하면 그에게서 밀려났던 것 같은 석연치 않은 기억조차 찌꺼기처럼 남아 있었다.

세수를 하고 주변을 챙기고 아침을 들고 하는 새 이런저런 생각들은 더욱 뒤숭숭하게 엉켜갔다.

다만 한 가지 또렷한 것은, 나는 그가 필요하다는 것뿐이었다.

'나는 그를 사랑한다. 나는 그가 필요해.'

이렇게 몇 번 속으로 다짐하는 새에 차차 마음이 가라앉으며 용기와 자신감이 생겼다. 그를 만나면 뭔가 달라진 것이 있겠지. 설사 달라진 것이 없다손 치더라도 나는 영악스럽게 그와 나와의 사이를 달라지게 만들 수 있으리라.

그러나 다음 날 옥희도 씨는 결근이었다. 그리고 그다음 날도.

나는 습관화된 여러 가지 일들을 하면서 가끔가끔 실수를 저지르고, 또 환쟁이들에게 짜증을 내고 하며 조바심을 주체 못하고 있었다.

바로 내 눈앞에 크리스마스 트리가 또 하나 세워져서 오색 전구가 돌아가며 윙크하듯이 깜박거리는 것이 눈에 피곤하다 못해 골속이 지끈지끈 쑤시기 시작했다.

"굿모닝, 미스 리."

태수가 전깃줄 다발을 든 채 싱글대며 인사를 걸어왔다.

"지금이 몇 시라고 얼빠진 소릴 또 하는 거예요."

나는 매몰차게 쏴주었다. 그와 실없는 말을 주고받을 마음이 아니었다.

"내 아침은 미스 리를 만나는 것으로 비롯되니까."

"그 돼먹지 않은 소리 좀 작작 해요."

"왜 오늘 또 이렇게 저기압이에요? 찌푸리면 쉬 늙는대두."

"어머, 걱정도 팔자."

"나는 나보다 먼저 늙어버리는 여자를 아내로 갖고 싶진 않으니까."

"정말 나 미스터 황하고 장난할 기분이 아니란 말예요. 날 좀 내버려둬 줘요."

"그러고 보니 안색이 나쁘군. 어쩐 일이죠?"

그는 정색을 하고 정말 근심스러운 듯이 내 눈치를 살폈다.

"아마 저 나무 때문인가 봐요. 누더기같이 걸친 금종이랑 깜박거리는 전구랑 어지러워서 미치겠어요. 좀 멀리 치워줄 수 없어요?"

나는 생트집을 잡았다.

"글쎄, 싸진 자식이 여기가 좋대지 않아. 그 자식이 원체 까다로워서. 글쎄 어쩐다?"

그는 아주 난처한 듯이 머리를 긁적이고 코를 벌름거렸다. 꼭 소년 같아서 밉지 않았다.

"좋은 수가 있다."

그는 별안간 씽긋 웃더니 불끈 쥔 주먹으로 한쪽 손바닥을 탁치며,

"됐어. 잠깐만 기다려요."

"뭐가 돼요?"

"전기실에 가서 어디 한 군델 합선시키든지 아무튼 불을 몽땅 꺼

버리면 될 게 아녜요?"

나는 어처구니없어 기어이 웃고 말았다.

"큰일날 소리 작작 해요. 전깃불이 나가면 제일 먼저 골탕먹는 데가 어딘지나 똑똑히 알고 말해요."

나는 얼굴을 잔뜩 구긴 채 그림을 그리고 있는 환쟁이들을 턱으로 가리켰다. 옥희도 씨의 빈자리가 가슴에 뭉클 왔다.

"참, 어째 옥 선생님이 안 나오셨네요?"

무심히 태수가 한 말에 어떤 생각이 재빠르게 떠올랐다.

"혹시 옥 선생님 댁 알아요?"

"아아뇨, 전혀."

"혹시 미스터 황 형님께선 아실지도 모르잖아요?"

"아실걸요. 그런데 왜요?"

"나 좀 가봐야겠어요. 댁 좀 알아다 줘요. 부탁해요. 꼬옥."

"내일은 나오시겠죠."

"안 나오심 가봐야 돼요. 일거리가 밀려서 야단이거든요."

"쳇, 이 사업이 그렇게 수지맞나?"

"마침 대목이라 더해요. 꼬옥 알아오는 거죠?"

"그야 어렵지 않지만……."

"뭣하면 같이 가요. 실은 나 겁쟁이라 미스터 황이 동반해준다면……."

"이거 영광인데. 밤길에 미스 리를 동반하게 됐으니……. 좋아요."

"꼬옥이에요."

"나도 부탁할 일이 있는데 꼬옥 들어줘야 돼요."

그는 내 흉내를 내서 '꼬옥'에 유난히 악센트를 주느라 입을 삐죽이 내밀었다.

"뭔데요?"

"오늘 저녁 파티 같이 가주는 거죠?"

"어머머. 또 그까짓 너절한 파티 소리. 누가 그런 데 갈까 봐."

"난 가고파요. 꼬옥 미스 리와 함께."

"난 안 간대두요."

"좋아요, 그럼 나도 옥 선생님 댁 안 알아 올 테니까. 그래도 괜찮아요?"

"어쩜 비겁하게끔……. 좋아요, 같이 가주죠."

나는 좀 약이 올랐으나 그의 조르는 품엔 도시 미워할 수 없는 무엇이 있었고, 파티에 대한 호기심도 없지 않아 있었다.

그는 동그랗게 만 전선 다발을 빙빙 돌리며,

"결국 옥 선생님의 결근이 나를 도운 셈이군요?"

"옥 선생님은 웬일일까요. 혹시 여기 그만두시려는 거 아닐까요?"

"글쎄, 그 양반 주변으로 이만한 직장도 드물 텐데. 어디 좀 편찮은 정도겠죠. 그건 그렇고 미스 리 오늘 저녁 뭐 입을 거죠?"

그의 머리에는 파티 생각만이 꽉 들어차 있었다.

"왜 이대로면 미스터 황 체면 깎일까 봐?"

난 초라한 곤색 슈트의 앞자락을 들추면서 좀 토라진 척했다.

"아아니, 난 그대로의 미스 리가 좋아."

그의 목소리가 쉰 듯이 가라앉으며 눈에 야릇한 광채가 담기니 갑자기 그가 어른스럽게 보였다.

"피이" 하고 나는 입을 삐죽대는 정도로 언제나와 마찬가지로 웃어넘길 셈이었으나 부자연스럽게 당황하여 그다음 말끝을 잇지 못하고 말았다.

폐점 시간이 다른 날보다 한 시간쯤 앞당겨지고 저녁 파티 이야기로 모두 킬킬대며 들떠 있었다.

2층 휴게실에서는 청소부 아줌마들이 벌써부터 비로드 치마와 양단 저고리로 갈아입고 주르르 늘어앉아, 얼굴에 마지막 손질을 하며, 네 것은 '가네보오' 치 내 것은 '경도' 치니 하며 이 최고급 나들이옷의 우열을 대조하느라 눈에 쌍심지를 돋우고들 있었다.

난 한구석에서 머리를 좀 빗는 척하다 내려와서 우두커니 태수를 기다렸다.

지하실로 통하는 계단을 맨 먼저 비로드 치마들이 궁둥이를 흔들며 내려가고, 몰라보게 말쑥히 단장한 노무자 잡역부들, 그리고 세일즈걸들의 현란한 옷차림들이 빽빽이 계단을 메웠다.

나는 점점 열없어지고 나중에는 도망쳐버리고 싶으리만큼 파티에 간다는 게 역겨워졌다.

"오래 기다렸죠?"

이윽고 나타난 태수가 붉은 타이를 맨 목둘레를 거북한 듯이 만지며 수줍어했다. 그의 수줍음은 마치 새싹처럼 싱싱하여 섣불리 뭉개버릴 용기가 나지 않았다.

"정말 가야 돼요?"

앙탈 비슷하게 한마디 하고 그가 내민 손을 순순히 잡고 아래층 '스낵바'에 들어섰을 때는 벌써 넓지 않은 홀이 발 들여놓을 틈도 없는 혼잡을 이루고 있었다.

음악과 뒤범벅이 된 아귀다툼 같은 소음으로 귀가 멍멍할 뿐 사람들에게 가려 아무것도 보이지 않았다.

우리는 서로 손을 잡은 채 한동안 밀치는 대로 밀리자니 자연히 그 아귀다툼 둘레까지 밀리고 있었다.

음악은 조그만 포터블 전축에서 흘러나오는 중이었고, 음악을 뭉개는 아귀다툼은 먹을 것이 있는 근처, 콜라 박스, 팝콘 봉지 등을 에워싼 둘레에서 기승스럽게 일고 있었다.

"좀 점잖게 굽시다. 한국 사람 체면을 생각해서라도……."

이런 투의 애국자는 어디에나 반드시 한두 명은 있다.

"쳇, 체면이 뭐 말라비틀어진 체면, 체면이 배불려주나."

"거, 차례로 타먹읍시다레……."

"그렇구만, 나라비를 스면 어떠카소?"

"그 기통 터지는 소리 좀 작작 하라우. 요코도리한테 다 빼앗기고 우리 입엔 헛김이나 들어오라구……?"

"개애새끼들 겨우 이게 파티야? 쌍, 실컷 먹여준다더니."

"서두르지 말라구. 기계가 돌아가야 강냉이도 튀겨내지."

실상 팝콘 튀기는 기계가 제아무리 부지런히 팝콘을 토해내도 미처 수요를 못 따르고 있었다.

태수와 나는 그냥 그렇게 밀리고만 있었다. 먹을 거와 좀 먼 곳에서 그닥 먹을 것에 주리지 않은 패들이 서로 비비적대며 춤이라고 추고 있는 모양이고, 아줌마들은 비로드 치마를 허리까지 걷어올리고 구쥐쥐한 인조 속치마에 싸인 넓적한 궁둥이를 타일 바닥에 붙이고 앉아 버석버석 씹고 마시기가 한창이었다.

"쌍, 그저 엽전들이란 이렇다니까 이래. 쌍."

먹는 싸움에서 비실비실 밀려나고만, 키 큰 사내가 가래침을 탁 뱉으며 증오에 찬 눈으로 사람들을 노려보다가 다시 결심한 듯 거센 소용돌이의 중심을 향해 돌진을 시도하고 있었다.

태수는 내 손을 자기 손 안에서 만지작거릴 뿐 완연히 풀이 죽어 있었다.

"춤추자더니 어쩔 셈이에요?"

나는 그의 기를 돋워줄 양으로 상냥스럽게 말했으나 그는 손을 쥔 채 비실비실 한구석으로 밀리면서,

"홀의 수용 능력도 생각 않고 사람들을 원체 많이 초대해놔서…… 실상 정식 초대랄 것도 없지만……. 이렇게 많이 모일 수가……."

그는 이 난장판에다 지극히 논리적인 해설을 붙이느라 떠듬대다

가 쑥스러운 듯이 말끝을 얼버무렸다.

　실상 이런 곳에선 점잖고 타당성 있는 것처럼 촌스럽게 보이는 것도 없었다. 나도 남들처럼 평소 감추고 있던 치부를 거침없이 드러내고 한바탕 놀아보고 싶었다.

　나는 태수를 춤추는 무리 속으로 이끌었다. 그 속에는 흑인의 어깨에 턱을 올려놓은, 다이아나 김의 흰 얼굴이 거칠고 거무티티한 흑인의 뒤통수와 나란히 있음으로 해서 백합처럼 가련하게 부침浮沈하고 있었다.

　"우리도 춤을 추든지 하다못해 콜라라도 한 병 얻어오든지……
어서요."

　나는 그의 한 손을 잡고 다른 한 손을 친절하게 내 허리에 감아주었으나 그는 힘없이 손을 떨구며,

　"가만히 있어 봐요. 저기 저 새끼들을 그저……."

　그가 자못 험악하게 노리고 있는 쪽을 보니, 바의 주방에서 홀을 향해 뚫린 창구로 대여섯 명의 GI들이 머리가 비좁게 끼어서 홀 내의 아귀다툼, 문자 그대로의 아귀다툼을 흥미진진하게 관람하고 있었다. 그중에는 아래층 담당의 마스터 싸진도 끼어 있고, 그들은 자기들이 연출한 연극의 기대 이상의 성과에 만족한 듯이 득의의 미소를 짓고 있었다.

　태수의 목덜미가 붉어지며 치욕을 참지 못하는 눈치였다.

　"자아, 춤을 추든지 하다못해 팝콘이라도……."

"싫어. 미스 린 창피하지도 않아?"

"창피하긴요? 딴 사람들이 다 그렇게 하는데. 우리도 순순히 딴 사람들과 같이 되는 거예요. 이 사람들과 다른 척하기란 피곤하고 무의미해요."

"그렇지만 양키들이 보고 있잖아? 저렇게 재미나 하면서."

"난 흠뻑 재미나 하고픈데 왜 미스터 황은 멋없이 비분강개만 해요? 저들은 저들대로 좋아하게 내버려두면 되잖아요. 특별히 그들이나 우리의 국적 같은 걸 들추니까 속상한 거예요. 실상은 굶주린 자와 포만한 자의 차이뿐인데. 저들도 우리처럼 전쟁을 겪고 오락과 먹을 것에 오래 굶주리면 우리보다 몇 배 추태를 부릴걸요. 만일 우리도 남에게 베풀 수 있는 처지라면 저치들보다 몇십 배 거드름을 피웠을 테구……."

"그러니 어쩌라는 거야?"

그가 별안간 통명스럽게 굴었다. 나는 더욱 상냥스럽게 그의 귓전에 대고 꾀었다.

"어쩌기는요. 우리도 춤을 추고 실컷 추태를 부립시다. 딴 사람들과 다른 척하는 거 제발 그만둬요. 네?"

나는 멋대로 그를 리드해서 춤추는 소용돌이로 이끌었다.

다이아나의 백합 같은 얼굴이 내 주위를 맴돌다가 사라졌다.

나는 멋대로 흔들며 여러 사람들과 비비적대며 마치 진창에 몸을 뒹굴리는 듯한 야릇한 쾌감에 젖었다.

어느 틈엔가 나는 태수에게 리드를 당하고, 차츰차츰 소용돌이에서 밀려나고, 그의 억센 팔에 허리를 잡힌 채 밖으로 난 계단을 올라 아주 밖으로 밀려났다.

상기한 볼에 찬 밤공기가 상쾌하게 와닿았다.

입구에 우뚝 선 순경과 MP가 아래위를 눈으로만 훑고 몸은 만져 보지도 않고 귀찮다는 듯이 통과시켜주었다.

"오늘은 여기까지 프리패스군. 콜라병이라도 하나 차고 나올걸."

그는 대꾸도 안 하고 시무룩히 내 허리를 감은 채 돌진하듯이 요란하게 걸었다. 나는 그에게 마음 쓸 것 없이 콧노래를 흥얼거렸다. 별안간 그가 우뚝 멈춰 서더니 충동적으로 왈칵 나를 안았다.

그의 찬 입술이 아직도 상기한 채인 볼을 몇 군데 급히 스쳐 드디어 내 입술을 헤치고 그 안으로 안타까이 파고들었다. 마치 그의 언 입술을 녹일 더운 곳을 찾듯이.

나는 고개를 흔들어 그의 입술을 피했다. 내가 경험한 최초의 입맞춤은 차다는 느낌뿐이었다.

"미안해."

그는 나직하게 사과를 하고도 나를 꼬옥 붙안은 채 놓아주려 들지 않았다. 나는 아주 세찬 그의 가슴의 고동을 역력히 들었다. 과히 싫지 않은 기분이면서도 가슴이 답답해서 몸을 비틀어 그의 팔에서 빠져나왔다.

"왜 지금 그런 짓을 해요? 아까는 얼마든지 그럴 수 있었는데 점잔을 잔뜩 부리더니."

"아까 얘기는 듣기도 싫어."

"모두들 터놓고 그렇게 하던데."

"왜 이렇게 시침을 떼는 거야? 그들이 그렇게 하는 것과 내가 그
렇게 하는 것과 다르다는 것쯤을 설마 모르지 않을 텐데. 나는 사랑
해요, 미스 리를."

"사랑하는 사람끼린 으슥한 곳이 좋다, 이 말인가요? 어젠 굳이
파티에 가자고 조르더니."

"그 시궁창 같은 파티 소리, 제발 그만해요. 성인이 되어 신사복
차림으로 사랑하는 여자를 동반하고 파티에 가는 꿈쯤은 평범한 사
내 녀석이라면 누구나 한 번쯤은 꾸는 꿈이죠. 그 꿈이 너무 쉽사리
왔다 싶어 서둘렀다가 공연히 치사한 구경만 하구……. 하여튼 미
안해요."

"난 재미있었어요. 다들 재미있어 하던데요."

그는 별안간 내 팔을 아프게 비틀면서,

"왜 자꾸 약을 올리는 거야. 미스 리를 그런 갈보 년들 틈에, 더구
나 양키들의 모멸의 시선 속에 두고 보는 것을 내가 참을 수 있을 줄
알아? 너는 딴 여자들과는 좀 달라야 돼."

숫제 협박조였다. 그러면서도 그의 시선엔 어느 때보다도 강한
갈망이 이글댔다.

그러나 나는 그가 나에게서 무엇을 바라는지 분명히 알고 있지

못했다. 그가 나와의 더 오랜 입맞춤이나, 더 오래 안아보기를 바란다면 그렇게 못해줄 것도 없지만 내가 딴 여자들과 다르기를 그렇게도 소원한다면 난처한 노릇이었다.

사람들끼리 제각기 생김새나 성격이 조금씩 다른 것만큼 꼭 그만큼만 나는 딴 여자들과 다를 뿐인데, 태수가 나한테 바라는 것은 그만큼만은 아닌 모양이니 말이다. 그는 내가 마치 시궁창 속에서 피어난 장미꽃이라도 되는 것처럼 생각하고픈 눈치였고, 나는 그의 간절한 태도를 봐서라도 다소곳이 그런 척이라도 해줘야겠는데 그게 도무지 쑥스럽고 귀찮았다. 결국 나는 서툰 연기를 하면서까지 그의 마음에 들어야 할 까닭이 없는 거였다.

나는 그를 사랑하지 않았고 사랑하지 않는 사이의 홀가분함을 한 발자국도 양보하고 싶지 않았다.

그는 초조하게 담뱃불을 붙여 물더니 몇 모금도 안 빨고 발끝으로 비벼 끄는 게, 무슨 말을 더 하려고 벼르는 눈치가 분명했다. 나는 그의 쓸데없는 조바심을 늦춰주고 싶어서 고작 한다는 소리가,

"하늘 좀 봐요. 별이 많죠?"

그러나 좀 서툰 수작이었나 보다. 그는 버럭 화를 냈다.

"놀리지 말아줘. 지금 한가하게 하늘 쳐다볼 심경이 아니잖아? 난 좀 더 진지하게 중대한 이야기를 나누고 싶어."

그와 더 긴 이야기를 나누다간 암만해도 더 세게 팔을 비틀리는 일이 일어나고 말 것 같았다.

"안녕, 미안해요."

나는 날쌔게 어둠 속으로 몸을 날렸다.

7

다음 날도 또 다음 날도 옥희도 씨의 자리는 비어 있었다. 그가 없는 하루가 주체할 수 없이 길게 느껴지고, 그의 독특한 어리석지 않게 선량한 시선과 문득 마주치던 고통스러운 기쁨이 도저히 돌이킬 수 없이 먼 곳으로 사라져버렸다는 절망감에 시달리는 사이에 저녁나절이 되었다.

태수는 아침결에 잠깐 마주쳤을 뿐이다.

"옥 선생님 댁 알아봤어요?"

내 물음에 모호하게 고개를 끄덕였을 뿐 딴 수다를 떨지를 않아서 다행이었다.

오늘따라 그림을 찾으러 오는 미군들마다 크고 작은 트집을 잡으려 들었다. 나는 약간의 교태로 그대로 떠맡길 수 있는 것까지 말대꾸가 귀찮아서 모조리 다시 그려주마고 사정없이 환쟁이들에게 돌려보냈다.

"아, 미스 리. 오늘 웬일이요? 섣달 대목에 떡국거리도 못 장만하고 그래 이 잡년들 쌍통이 그려진 인조 보자기로 우리 식구가 나란히 목매달아 늘어진 꼴을 봐야 시원하겠소?"

공교롭게도 퇴짜맞은 것 중에는 돈 씨 것이 제일 많아 입이 험한 그가 퇴짜맞은 스카프를 자기 목에 걸고 칵 조르는 시늉까지 해가며 시비를 걸자, 다른 환쟁이들도 술렁이기 시작했다.

나는 그런 소리들을 귓전으로 흘리면서 쇼윈도에 친 잿빛 휘장의 한 귀퉁이를 들추었다.

밖에는 눈이 내리고 있었다. 분분히 내리는 눈은 어쩌다가 유리에 와 부딪치곤 했지만 유리에 댄 내 볼에는 와닿지 않았다.

얇으나마 유리창이 사이에 있으니 그것은 당연한 일인데도 나는 한동안을 유리에 볼을 댄 채 눈송이가 볼에 와닿기를, 그리고 눈이 올 때의 그 함박꽃 같은 기쁨이 다시 내게 오기를 초조하게 바랐다.

"미스 리, 손님 왔어요."

진 씨가 나를 불렀다.

나는 다시 테이블로 가서 사진을 받고, 눈빛, 모발의 빛, 의상의 빛, 그런 것들을 묻고 찾으러 올 날짜를 기입하며, 이런 일이 재미없어 미치겠으니 날 좀 살려달라는 절규를 어금니 사이에서 가까스로 짓눌렀다.

환쟁이들이 나직하게 수근대고들 있었다.

"미스 리, 지금 휘장 뒤에서 울었잖아?"

"울 만도 하지. 아직 어린 사람을 그렇게 모질게 몰아붙였으니…….쯧쯧."

"젠장, 자기는 안 그랬던 것처럼."

가끔가끔 그들은 어쩌자고 이토록 맥없이 착해지는지. 오늘은 통 못 견딜 것 투성이었다.

탐스러운 눈발 속에 저만치 태수가 웅숭그리고 나를 기다리고 있었다. 나는 줄달음질치듯이 그에게로 뛰어갔다.

한쪽 어깨에 멘 우체부 가방처럼 멋없이 큰 백 속에서 빈 도시락 통이 요란하게 덜그렁댔다.

나는 줄달음 끝에 태수의 한쪽 팔에 확 매달렸다. 그는 약간 비실대며 우울하게 웃었다. 나는 그의 팔에 매달린 채 가볍게 눈 위에서 미끄럼을 타며 의미 없이 키득댔다.

나는 내가 온종일 우울에서 헤어날 수 없었던 거와 마찬가지로 이 전신을 간지럽히는 희열로부터도 도저히 놓여날 수 없음을 잘 알고 있었다.

"뭐 좋은 일이라도 있었어?"

그도 조금쯤은 밝아지면서 물었다. 나는 그냥 어깨만 움츠려 보이며 고개를 젖히고 혀를 내밀어 떨어져오는 눈송이를 맛있게 핥았다.

"온종일 찡그리고 있더니만……."

"후후후…… 그랬어요?"

"원, 변덕도."

나는 대답 대신 그에게 더욱 친근하게 매달렸다.

눈이 오는데 누가 우뚝 기다리고 섰다는 건 얼마나 기막힌 축복일까?

이따금 지나는 육중한 군용 트럭이 비추는 두 줄기의 강렬한 빛 속에서 눈의 난무가 한층 황홀하게 바라보였다.

그 속에 지난날의 순간들 중에서 간추려진 반짝이는 단편들이 훨훨 어지럽게 모여들기 시작했다. 그것들은 다만 단편일 뿐 서로 아무런 연관성도 없었고, 회상이라기에는 조금도 감상이 섞이지 않은 채여서 나는 그것들을 부담 없이 그냥 즐길 수가 있었다.

등굣길에 문득 고개를 젖히고 우러른 가로수의 눈부신 신록과 햇빛의 오묘한 조화. 동부인해서 나들이 가시는 검정 세루 두루마기의 아버지와 늘 좀 떨어져 걷는 옥색 모본단 두루마기의 화사한 어머니. 섣달 그믐날 소반 위에 가지런히 늘어선 볼록한 만두의 행렬. 처음 신사복을 맞춰 입던 날의 혁이 오빠와 욱이 오빠의 몰라보게 준수하던 모습. 어머니와 내가 같이 사랑하던 어머니의 소지품들. 뽀오얀 수달피 목도리와 늘 낀 채로 있던 굵은 금가락지. 화창한 날 뚝뚝 떨어져오던 중정의 보랏빛 오동꽃.

난 내 속에 숨겨놓은 그림엽서의 부피가 너무 많은 것 같아 어리둥절했지만 그런대로 즐거웠다. 동심이 그림을 보듯 그것들을 즐겼을 뿐, 그것들을 모아 어떤 이야기를 꾸밀 만큼 나는 어리석지는 않았으니까.

"문병인데 뭐라도 좀 사지 않겠어?"

문득 태수가 어떤 노점 앞에서 멈추는 바람에 나도 퍼뜩 정신이 들었다.

알이 잘지만 탄탄하고 검붉게 익은 홍옥을 노점 아주머니가 헝겊으로 열심히 닦고 있었다. 나는 그중에서 예쁜 놈으로만 골라 양회 봉지에 담기 시작했다. 예쁜 게 자꾸만 나와 꽤 묵직한 봉지가 되고 태수는 돈을 치렀다.

다시 걷기 시작한 나는 사과를, 그 붉고 단단한 살을 깨물고 싶은 욕망으로 이뿌리가 근질거리는 것을 참을 수 없어졌다.

나는 사과를 꺼내 태수에게 먼저 하나를 주고 나서 나도 한입 아싹 베물고 사근사근 씹기 시작했다. 사근사근, 상쾌한 신맛과 사근사근 하는 쾌감. 사근사근, 난 연달아 몇 개의 사과를 먹었다. 사근사근.

"찬 것을 너무 먹는군."

태수가 사과 봉지를 뺏어서 저쪽 손에 쥐고 다른 한쪽 손으로 내 허리를 감으며 엉뚱한 소리를 꺼냈다.

"사과를 사근사근 먹는 볼이 붉은 사내애를 갖고 싶지 않아?"

"걔는 대관절 누굴 닮았을까?"

나도 한껏 엉뚱한 대답을 해줬다.

"그야 경아와 날 반반쯤 닮았겠지."

그의 얼굴이 숨결이 닿을 만큼 와락 나에게로 가까워졌다.

"어머나……."

나는 호들갑스럽게 놀라는 척하면서 속으로 태수가 좀 측은해졌다. 볼이 붉은 사내아이도 나쁠 것은 없지만 그런 것을 얻기엔 너무도 긴 세월이 걸린다. 너무도 아득한 시간, 5년이나 10년쯤. 바로 산 너머쯤에 전쟁이 있는 이 살벌한 거리에서 5년이나 10년 후쯤을 꿈꾸다니 얼마나 미련한가 말이다.

나는 그렇게 천천히 살 수는 없는 것이다. 아주 상식적이고도 완만한 궤도로부터 과감히 탈선해서 지름길로 삶의 재미난 것을 재빠르게 핥으며 가야 하는 것이다.

태수는 좀 멋쩍은 듯이 내 허리에서 팔을 풀고 입을 다물고 말았다.

"전차를 탈까? 이대로 걸을까?"

전차 정류장을 두어 군데나 지나놓고서야 태수가 싱겁게 물었다.

"옥 선생님 댁이 어디쯤인데요?"

"거기가 아마 연지동이라든가……."

"자신 있어요, 집 찾기?"

"알고 보니 전에도 몇 번 가본 적이 있는 곳이었어. 피난 간 형님 친구 집에 들어 있다더군."

마침 전차 정류장께까지 왔을 때 텅 빈 전차가 와서 우리는 올라 탔다. 종로4가에서 내리자 태수는 횡하니 앞질러 걷더니 큰길에서 골목으로 접어들자 가끔가끔 멈칫거리기도 하고 두리번거리기도 하는 품이 거지반 옥 선생 댁이 가까운 눈치였다.

나는 점점 어떤 열기 같은 것에 휩싸여갔다. 5년이나 10년 후쯤의 볼이 붉은 소년을 꿈꾸기에는 너무도 다급한 갈망, 자포자기와도 통하는 갈망에 나는 쫓기고 있었다.

드디어 그는 어떤 나지막한 기와집 앞에서 멎더니 플래시를 꺼내어 문패를 비추었다. 옥희도란 문패는 아니었다.

"이 집이군, 몇 번 와봤어도 이런 밤길은 처음이라."

두어 번 문을 흔들자 빗장을 따고 내다본 것은 키가 거진 나만 한 여자애였고, 그 뒤에 올망졸망한 애들이 우르르 몰려나와 수선대는 꼴이 전에도 별로 손님이라곤 맞아보지 못했던 것이 완연했다.

안채는 대청에 분합문이 굳게 닫힌 채였고 사랑채에서만 밝지 않게 불이 비치고 있었다.

"태숩니다. 옥 선생 계십니까?"

"뭐 태수? 자네 웬일인가?"

"네, 경아도 같이입니다. 어디 많이 편찮으십니까?"

"응 좀, 추운데 어서 좀 들어오게."

불빛이 비치는 미닫이를 사이에 두고 이런 대화를 나누면서 우리는 외투를 벗어서 눈을 털었다. 안에서는 급히 치우는 눈치더니, 조용히 미닫이가 열리고 부인인 듯싶은 여자가 내다보았다.

그 사이 애들은 우리들을 둘러싸고 호기심 가득한 눈으로 쳐다보고 저희들끼리 수근대며 킬킬대기도 했다.

"들어오시지요."

"들어오게나, 누추하지만."

옥 선생은 아랫목에 펴논 자리 위에 비스듬히 앉았고 부인이 우리들의 외투를 공손히 받아 걸었다.

"원 이거 대단치 않은 감긴데, 이렇게 눈까지 맞고……. 하여튼 고마우이."

옥희도 씨는 미처 말을 마치기도 전에 심한 기침의 발작을 일으켰다. 그동안 부인은 조용히 한 손을 남편 등에 대고 기침이 멎기를 기다렸다가 재빨리 사기 재떨이를 입에 갖다 대고 가래를 뱉게 하는 동작이 조용하면서도 지성스러웠다. 요새 유행하는 기침이 심한 악성감기인 모양이다.

"형님은 요새 재미 좀 보시나?"

"글쎄요. 늘 분주하시게는 지냅니다만."

"피차 살기에만 골몰하다 보니 한가하게 대포 한잔 나눌 새가 없으니……."

"형님도 늘 비슷한 소리를 하시죠."

그들이 띄엄띄엄 재미없는 대화를 나누고 있는 동안 부인은 한 켠에 몰려 선 아이들에게 우리가 사 온 사과를 한 개씩 들려 윗방으로 쫓고 나서 접시에 사과를 깎아 담기 시작했다. 나는 그런 그녀를 날카롭게 관찰했다.

거무스름한 통치마에 윗도리는 국방색 남자용 방한 점퍼를 걸친 초라한 차림새가 그녀의 섬세한 목과 얼굴을 도리어 돈보이게 떠받치고 있었다.

점퍼의 목둘레가 헐렁한 때문일까, 목이 좀 길어 보이고 그 사이로 드러난 내복이 정결하게 흰 것에 호감이 갔다.

나는 그녀에게 호감을 느끼는 내가 너무 마음이 좋은 것 같아 좀 화가 났다.

그러나 그녀의 희고 긴 목은 남의 미움 같은 걸 도저히 감당할 것 같지가 않았다.

나는 그녀가 권하는 사과 한쪽을 오래오래 씹었다. 그녀는 애들을 보내는 것도, 사과를 권하는 것도 말없이 그저 눈으로만 했다. 그녀의 눈짓과 동작에는 풍부한 느낌과 사연이 있었다. 나는 점점 더 화가 났다. 도무지 바가지를 긁을 것 같지도 않으니 말이다.

궁상맞고 헐렁한 방한 점퍼 속의 정결한 내의.

게다가 희고 긴 목과 섬세한 얼굴은 하필이면 내가 좋아하는 모딜리아니가 그린 여인들을 닮았을 게 뭐람.

나는 좌절감과 초조로 아랫입술을 자근대며 앉음새를 이리저리 고쳤다. 그녀를 내 감정상으로 도저히 선명하게 처리할 수 없어서였다.

"방바닥이 좀 찬가 보죠. 어쩌나."

부인이 내 무릎 밑에 손바닥을 넣어보며 자못 민망해하자,

"저런, 이리, 이리로 내려와요."

옥희도 씨는 깔고 있는 요의 한 켠을 들면서 서둘렀다.

나는 그의 옆으로 다가가 요 밑에 손을 넣고 그의 소박하고 따뜻한 시선을 더듬었다.

그는 눈이 마주치자 조금 웃었다. 나도 그를 좇아 아주 착한 웃음을 웃었다.

"미스 린 선생님이 출근 안 하셔서 얼마나 걱정을 했었다고요. 오늘도 실은 미스 리가 자꾸 문병 가자고 졸라서 전 안내만 한 셈입니다."

"하여튼 고마워."

"요새 대목 아닙니까. 그 장사가 그렇게 수지맞는 장산 줄은 저도 정말 몰랐습니다. 미스 리가 혼자 달달 볶이는 모양입니다. 요새로 신경질이 부쩍 늘었습니다. 선생님이 어서 나으셔얄 텐데……."

"거진 다 나은걸. 넉넉 잡고 3, 4일만 더 조리하면 되겠는데……."

"많이 편찮으셨어요?"

난 처음 그에게 말을 걸었다.

"감기에 몸살이 겹쳤던가 봐. 그동안 워낙 무병했으니까. 인제 다 나은 셈이야. 이제 이놈의 기침만 좀 멎었으면, 쿨…… 쿨……."

그의 말끝을 다시 기침이 가로막았다. 나는 나도 모르게 사기 재떨이를 그의 입에 대주고 등을 어루만지는 동작을 할 뻔했으나 그런 일은 벌써 부인이 당연히 하고 있었다.

내가 그렇게 하고 싶다는 욕망으로 가슴이 타는 듯했다.

기침이 멎은 그는 벽에 피곤한 듯 등을 기대고 윗방에 갇혀 있던 아이들이 장지문을 빠끔히 열고 번갈아가며 기웃대기 시작했다. 가야 할 시간이 된 것 같았다.

제일 어린 아이가 드디어 장지문을 활짝 열고 아랫방으로 내려와 사과 봉지를 만지작거렸다. 비위 좋게 생긴 건강한 사내아이였다.

나는 그 애를 사뿐히 끌어다 무릎 위에 앉히고 사과를 하나 들려 줬다. 그리고 아이의 정결하고 보드라운 머리털에 코를 살며시 묻었다. 희미하게 고소한 냄새가 나고 아이는 열심히 사과를 사근댔다. 나는 점점 우울해졌다.

고소한 냄새와 사과 씹는 소리는 쾌적하면서도 슬펐다. 나는 울먹이지 않으려고 아이를 자꾸자꾸 세게 안았다.

건강하고 둔한 사내아이는 윤기가 나는 사과의 표피를 아낌없이 침식하고 노리끼한 과육을 탐욕스럽게 먹어 들어갔다.

드디어 씨가 보이자 나는 거의 오열이 터질 것 같았다.

"가봐야겠어요."

나는 아이를 거칠게 내려놓고 발딱 일어났다.

"왜 좀 더 놀다 가지."

"엄마가 기다리실 거예요."

난 불쑥 생각지도 않던 소리를 했다.

"저런 애기 같으니, 그새 엄마 생각이 나나 보지."

태수가 이죽대며 따라 일어서더니 눈을 찡긋하며 내 볼을 꼭 찌르고 나서 못에 걸린 오버를 꺼내 입혀주고 머플러로 머리를 단단히 매주었다. 그리고 언젠가처럼 몇 가닥의 머리카락이 이마에 늘어지도록 손질하는 것까지 잊지 않았다.

그 한참 동안을 옥희도 씨와 그의 부인이 나를 아주 귀엽다는 듯이 너그러운 웃음으로 바라보는 것을 지그시 견디지 않으면 안 되었다.

어떤 심한 모욕도 이보다는 견디기 쉬웠으리라. 나는 댓돌에서 구두를 신으면서 때늦게 세차게 발을 굴러보았으나 분은 풀리지 않았다.

윗방에서 아이들이 우르르 쪽마루로 몰려나와 안녕히 가세요라든가 안녕 바이바이 식의 인사를 해와도 나는 무뚝뚝하게 입을 다문 채였다.

어둑한 중문간에서 부인의 까실하지만 따뜻한 손이 내 손을 꼬옥 쥐었다.

"고마워요, 이렇게 와줘서, 그리고 우리 애기 아빠가 늘 신세만 져서……."

나는 그녀의 손을 거칠게 뿌리치고 깡총 문지방을 넘어 먼저 밖에 나간 태수에게 매달렸다.

그동안에 눈이 씻은 듯이 멎고 맑게 갠 하늘에 별이 차게 박혀 있었다. 그리고 심한 회오리 바람이 땅에서부터 하늘로 눈을 퍼붓고 있었다.

소매 속으로, 치맛자락 밑으로 눈가루가 사정없이 날아 들어왔다. 나는 추웠다. 걸을수록 점점 더 추워져서 이가 맞부딪힐 만큼 떨려왔다.

거대한 촉루같이 늘어선 가로수들도 모진 바람 속에서 애처로운 소리를 내며 떨고 있었다. 바람은 점점 더 심해지며 짐승의 울부짖음 같은 사나운 소리를 냈다.

태수는 자기의 점퍼를 벗어 내 오버 위에 덧입혀줬다. 그래도 떨렸다. 나는 내가 눈가루처럼 어디론지 날아가버릴 것 같아 한 팔로 태수의 허리를 꽉 얼싸안았다.

그래도 떨림은 좀처럼 가라앉지 않았다.

"점퍼를 같이 써요."

"난 괜찮아. 별로 안 추운데."

"같이 쓰자니까요. 체온이 필요해요."

"웬일이야? 병이라도 나려는 거 아냐?"

우리는 둘이서 점퍼를 같이 들쓰고 서로를 힘껏 안은 채 눈보라 속을 걸었다. 지구의 종말에 둘만이 남겨진 듯 행인도 불빛도 없는 폐허의 거리를 눈은 자꾸만 땅에서 하늘을 향해 치솟고 있었다.

태수는 계속 떨고만 있는 나를 정말 자기의 체온으로라도 녹이려는 듯이 열심히 어루만졌다.

저만치 파출소의 불빛이 보였다. 우리는 그 앞에서 잠시 떨어졌다가 다시 한 몸이 되어서 걷기 시작했다.

"집까지 데려다 줘요. 혼자선 못 가겠어요."

"염려 말고 어서 기운이나 좀 차려."

그는 내가 마치 동사 직전에 있는 것처럼 열심히 내 온몸을 아프도록 주무르면서,

"가만히 있지 말고 뭐라고 좀 그래."

"왜 의식이라도 잃을까 봐 겁나요?"

"아냐. 설마 그렇진 않겠지만 춥다는 생각을 좀 잊을 수 있으라고……."

"옥 선생님 사모님 미인이더군요."

"뭘, 그저 그렇지."

그것으로 화제는 또 끊겼다. 한편에 긴 고궁의 담은 한없이 길고 그 속의 수목들이 주린 짐승처럼 음산한 아우성을 치고 있었다. 한참 만에 태수가 또 다그쳤다.

"뭐라고 좀 그래."

그는 우습게도 또 불안한 모양이었다.

"노래라도 부를까요?"

"아무케나……."

"날 저무는 하늘에 별이 삼 형제……."

목이 쉬어 노랫소리가 너무 슬프게 들려서 나는 노래를 끊고 말

았다. 하늘에는 삼 형제가 다 뭐야, 달도 없는 밤이라서 별이 총총히 총총히 박혀 있었다.

"미스터 황, 광년光年이란 말 알아요?"

"그럼 고것도 모를라구."

"어서 말해줘요."

"에에 또, 광년이란, 듣기에는 시간의 단위 같지만 실은 거리의 단위거든, 빛은 1초에 지구를 일곱 바퀴 반이나 도는데 그 빛이 하루 이틀도 아니고 자그마치 1년이나 가는 엄청난 거리. 알겠어?"

"그것쯤은 나도 알고 있어요."

"그럼 왜 물었어?"

"그런 거리를 실감할 수 있느냐 말예요? 짐작이라도 할 수 있어요? 게다가 몇천, 몇만, 심지어 몇억 광년 따위를 짐작이라도 할 수 있나 말예요?"

"무슨 소리야?"

"뭐라고 지껄이라고 해놓구선……. 별 삼 형제의 거리가 너무 멀어서 허망해져서 그래요."

"그런 게 아마 무한이라는 거겠지. 어때, 좀 덜 추워?"

"……."

나는 문득 한쪽이 일그러져 나간 우리 집의 지붕을 보았다. 그새 우리 집 골목 어귀에 다다른 것이다.

나는 걸음을 멈추고 호흡을 조정했다. 훈훈한 점퍼로부터 날쌔게 몸을 빼내고 꼿꼿한 자세로 몸을 도사렸다.

"다 왔나 보군, 어디야?"

"돌아가요."

나는 단호히 명령했다.

"도대체 어느 집이야? 따끈한 차라도 한잔 있어얄 게 아냐?"

"아직도 멀었어요. 돌아가요."

"집까지 바래다 달래 놓구선. 이렇게 추운데 여기까지 모셔온 사람을 막 쫓기야? 너무한데."

"제발 어서 돌아가요."

나는 악을 썼다. 추웠으나 이가 맞부딪힐 정도는 아니었고 이제부터 혼자여야 한다는 비장한 의무가 순식간에 나를 강하게 했다.

태수는 비실비실 돌아설 듯하더니,

"그럼 여기서 있을게 어서 혼자 가."

미련스럽게도 눈으로라도 배웅할 뜻을 보였다.

"그냥 가라니까요."

나는 초조한 나머지 발까지 구르며 또 한 번 악을 썼다.

그는 어리둥절한 채 단념한 듯 "쳇" 하고 돌아서서 뒤도 안 돌아보고 골목 어귀를 돌아가 버렸다.

그의 발자국 소리가 안 들리자 비로소 나는 내 집을 향해 떳떳한 자세로 겨눠 섰다. 한쪽 추녀가 달아난 커다란 한옥은 마치 날개를 잃은 전설 속의 큰 새 같았다.

하늘을 향한 비상을 단념한 새는 쓸모없는 괴물처럼 누워 있었다. 머리끝이 쭈뼛하도록 무서우면서도 이 무서움증을 아무에게도 아직은 덜어줄 순 없다는 오기는 떳떳하고 흡족했다. 나는 긴 골목을 돌격하듯이 달음질쳤다. 드디어 내 몸이 대문에 거세게 부딪혔다. 나는 내 몸이 아프리만큼 온몸으로 대문을 흔들며,

"엄마, 엄마." 하고 부르짖었다.

"나간다, 나가. 웬 수선이냐."

아무런 기다림도 반가움도 담겨 있지 않은 느리고 가라앉은 어머니의 목소리가 들려오고 언제나와 똑같은 느리디느린 고무신 끄는 소리가 가까워지고 대문이 무겁게 열렸다.

나는 허겁지겁 어머니의 손을 꼬옥 쥐었다. 차지도 덥지도 않은 까실한 손은 결코 마주 쥐어오는 법이 없다. 나는 그것을 알면서도 그것을 바랐다.

눈보라는 중정에 쌓인 눈을 한쪽으로 휘몰아다가 돌담 밑에 큼직한 무덤을 만들어놓고 오동나무는 떨다가 지친 듯이 쭉지를 늘어뜨린 채 흐느적대고 있었다.

이 집에도 눈이 오고 바람이 불고 시간이 가서 자정이 가까우련만 어머니는 딸을 기다리는 일을 까맣게 잊고 있는 것 같았다.

"나 늦었죠? 지금 몇 시나 됐어요?"

"글쎄다."

"아휴 지독한 눈보라예요. 나 하마터면 불려 날아갈 뻔했어요."

"……."

어머니는 아무런 대꾸도 안 하고 부연 그림자처럼 휘청휘청 부엌으로 들어가서 저녁을 챙기기 시작했다.

나는 우두커니 댓돌에 서서 눈 쌓인 마당과 별 박힌 하늘을 보았다.

'어머니가 기다리실 거예요……. 어머니가 기다리실 거예요…….'

'저런 애기 같으니라구……. 후후후.'

어머니가 상을 들고 나왔다. 그제서야 나는 눈투성이의 구두를 벗으며 건넌방에까지 불이 켜져 있음을 알았다. 나는 섬뜩 놀라 옷의 눈은 털지도 않은 채 건넌방 미닫이를 열었다.

늘 걸려 있던 기타가 방바닥에 뒹굴고, 몇 개나 되는 사진첩들이 모두 펼쳐진 사이로, 사진들까지 방바닥에 흩어져 있는데 한쪽에는 유도복이 똘똘 뭉쳐져 있었다. 나는 그 유도복에서 체온을 직감했다.

딸에 대한 기다림을 잊게 한 것이 바로 이것이었구나.

유도복을 품에 품고, 사진을 보며 기타를 튕기며. 나는 목구멍으로 왈칵 치밀어오르는 연민인지 분노인지 모를 것을 감당할 수 없었다.

어머니는 느린 동작으로 꾸부정히 상을 들고 들어왔다.

"여태껏 건넌방에 계셨군요?"

나는 앙칼지게 따졌다.

"건넌방에 들어가지 말라고 몇 번이나 일렀잖아요. 혼자 들어가시지 말라고 그렇게 일렀는데."

어머니는 비실비실 웃기만 했다.

"왜 들어갔어, 왜? 그렇게 일렀는데 왜 들어갔어요? 혼잔 안 된다고 그렇게 일렀는데……."

"안방에 앉았으려니까 글쎄 건넌방에서 기타 소리가 나지 않겠니? 꼭 욱이가 치는 것 같더라."

"그건 회오리바람 소리였단 말예요. 난 그 눈보라 속을 얼어 죽을 뻔해가며 걸어왔단 말예요. 이 기타 소리가 아니었단 말예요."

나는 '말예요'에 힘을 주다 못해 그만 기타를 쳐들고 방바닥에 내동댕이쳐서 산산이 부수고 싶은 광폭한 충동을 느꼈다.

"이놈의 기타 소리가 아니었단 말예요."

드디어 나는 기타를 높이 쳐들었다.

"안 된다. 안 돼!"

별안간 어머니의 목소리가 20년은 젊어진 듯 새되게 울리더니 기타를 빼앗으려고 나에게 달려들었다.

나는 더욱더욱 안 뺏기고 부숴놓고야 말겠다는 강한 충동으로 몸을 떨며 기타를 높이 쳐든 채 맴을 돌았다.

어머니도 지지 않고 덤볐다. 어머니는 이미 그림자가 아니었다. 힘찬 맥박이 뛰는 건강하고 뜨거운 여인이었다.

드디어 내 팔을 할퀴다시피 매달린 어머니의 손에 기타의 한쪽이 잡혔다. 나도 필사적으로 기타의 대가리를 부둥켜안고 당기다가 어머니가 힘차게 낚아채는 바람에 방바닥에 동그라졌다. 그래도 나는 놓지 않았다.

우리 모녀는 기타를 사이에 놓고 미친 듯이 방바닥을 뒹굴고 짐 승처럼 씨근대며 자신의 육신을 돌보지 않고 처절한 싸움을 했다.

한참 만에 나는 가쁜 숨을 몰아쉬며 빈손으로 물러났다. 이긴 쪽 은 어머니였다.

모처럼 시도해본 과거와의 단절은 이렇게 해서 수포로 돌아 갔다.

다시 기타와 유도복이 제자리에 걸리고 앨범이 꽂히고 평상시와 똑같은 방 모양이 되자 우리 모녀는 마주앉아 아무 일도 없었던 것 처럼 다 식은 김칫국을 후룩후룩 마시며 덤덤히 저녁 식사를 했다.

"편지가 왔더라."

어머니는 입을 호물적대다 말고 예의 시들한 소리로 한마디 했다.

"어디서요?"

"부산 큰댁에선가 보더라."

어머니는 한껏 느리게, 맛없어 보이게 식사를 끝낸 후에야 장 서 랍에서 편지를 꺼냈다.

큰댁 말이로부터였다. 사촌 중에 나의 손아래는 말이 하나뿐이 어서 그녀로부터 처음으로 '언니'라고 불리기 시작한 어린 시절의

으쓱하고도 간지럽던 기억이 왠지 지금 생생했다.

　　보고 싶은 경아 언니.

　　언니가 떠난 지도 벌써 넉 달째가 되는군요. 어떻게 지내고 있어
요? 보고 싶어요. 언니가 있는 곳이 이곳에선 너무도 멀고 싸움터에
선 너무 가까워 자꾸 불안해요. 언닌 전쟁이 무섭지도 않나요? 참,
작은어머니도 안녕하신지요. 올해도 그 솜씨 좋은 김치를 담그셨는
지요. 우리 집 김치맛은 말씀이 아니랍니다. 오빠들은 작은어머니
손이 안 갔기 때문에라고들 하죠. 작은어머니 손이 버무려놓은 것을
한번 휘젓고 지나가기만 했더라도 김치맛이 훨씬 달라졌을 거라나
요. 나도 동감이죠. 그렇지만 엄마는 이곳 기후 탓으로 돌리지요. 겨
울날이 이렇게 맨날 후텁지근해서야 김치맛이 날 게 뭐냐구요.

　　언니 실은 나 김치 얘기를 하려고 이 편지 쓰는 건 아니에요. 몇
번이고 망설였지만 안 쓸 수가 없었어요. 요전에 아빠가 서울 다녀
오셨잖아요. 그날 밤늦도록 엄마 아빠가 은밀히 수근대는 소리를 엿
듣고 말았어요. 아빠는 작은어머니를 의사에게 보여야 할까 보다고
근심이시고 엄마는 의사보다는 무당을 불러 지노귀굿이라나 그런
걸 해야 나을 거라고 우기시더군요. 아빠는 분명히 정신과 의사라고
하셨어요. 나는 놀라움에 몸을 떨었어요. 그런데 또 언니 얘기를 마
구 하시지 뭐예요. 좋은 데 시집보내기는 다 틀렸다고 언니가 아주
타락한 생활을 하고 있는 양 말씀하셨어요.

언니, 난 무서워요. 어째서 행복하던 집안에 이런 끔찍한 일이 연달아 일어날 수 있을까요. 믿어지지 않아요. 일간 진이 오빠가 서울 간다니깐 들를 거예요. 언니, 큰오빠를 따라 내려와줘요. 설사 언니가 좀 타락한 생활을 했대도 전 이해할 수 있어요. 언니는 우리 신세 안 지고 혼자 힘으로 살아보려다 그렇게 된 거예요. 언니, 눈 딱 감고 신세를 져요. 우린 집안끼리가 아녜요. 엄마도 아빠도 작은댁을 도와드리는 것을 의무로 알고 계셔요. 그리고 우리 집 경제 사정은 아주 좋아요. 모든 일이 뜻대로 척척 되고 있다나 봐요.

언니, 보고 싶은 언니 돌아와줘요. 그리고 다시 예전처럼 행복해져요.

나는 누구하고라도 이야기를 좀 하고 싶은 참이었으므로 곧 답장을 썼다.

마리야, 오늘 밤 이곳은 굉장한 눈보라다. 나는 눈이 땅에서 하늘을 향해 거꾸로 쏟아지는 장관을 보았단다. 설마 오늘 밤은 제아무리 부산이라도 김치가 시게 따뜻하지는 못하리라.

그리고 착한 마리야, 네가 근심하고 있는 걸 난 도무지 이해할 수가 없구나. 작은어머닌 아주 건강하시다. 의치를 빼버려서 10년은 더 늙어 보이지만 기력은 오히려 20년은 더 젊어지신 듯하다.

나는 아직도 뻐근하게 결리는 어깨와 허리를 한 손으로 꾹꾹 주무르고 나서 계속했다.

오늘 저녁에도 나는 어머니와 팔씨름을 했는데 내가 졌단다. 심심해서 장난삼아 한 거지만 난 꽤 열심히 덤볐는데도 졌다. 너는 믿지 않겠지만 정말이다. 거듭 말하지만 작은어머닌 젊은이 뺨치게 정정하시다. 다만 좀 달라진 게 있다면 아무리 부탁해도 의치를 끼려들지 않으시는 것뿐. 너도 알다시피 작은어머닌 멋쟁이셨지 않니? 아들이나 남편에게 젊고 예쁘게 보이려는 정성이 이만저만이 아니셨더랬는데 나를 위해선 조금도 그런 신경을 써주려 들지 않으시는구나. 그러나 어쩌겠니? 아직 작은아버지 삼년상도 안 났는데 당연하지.

참, 내가 타락했다고? 너의 아버지도 망령이시지. 난 그동안 좀 멋쟁이가 됐거든. 그뿐이야. 아버진 계집애들이 어떤 시기에 갑자기 부쩍 어른스러워질 수도 있다는 걸 통 이해하려 들지 않으시나 봐.

마리야, 그리고 난 여태껏 자립이라든가 그런 걸 막연이나마도 생각해 본 적이 없단다. 그 점은 좀 뻔뻔하다고나 할까. 난 다만 서울이 좋고 내 집이 편하고 그뿐이다. 그러니 아마 진이 오빠가 뭐래도 난 여기 남게 될 거다. 진이 오빠 바쁠 텐데 들를 거 없다고 그래 다오. 그만 쓰겠다. 안녕.

난 쓰기를 그쳤다. 밤이 깊다. 밤은 텅 빈, 무엇으로도 충족시킬 수 없는 텅 빈 내일을 몰고 오리라. 차라리 내일이 없었음 좋겠다.

바람은 아직도 멎지 않은 채 고가의 허술한 곳들, 함석 차양, 수많은 문짝과 창문을 흔들었다. 설음질을 끝마친 어머니가 분합문을 드르륵 닫으며,

"꼭 난리가 쳐들어오는 것 같군. 쯧쯧."

하며 안방으로 들어갔다. 그러고 보니 오늘 밤의 소란은 꼭 전쟁의 소음 같다. 전쟁의 노도가 어서 밀려왔으면, 그래서 오늘로부터 내일을 끊어놓고 불쌍한 사람을 잔뜩 만들고 무분별한 유린이 골고루 횡행하라. 광폭한 쾌감으로 나는 마녀처럼 웃으면서도 그 미친 전쟁이 당장 덜미를 잡아 올 듯한 공포로 몸을 떨었다. 다시는 다시는 그 눈먼 악마를 안 만날 수만 있다면.

서로 용납될 수 없는 이 두 가지 절실한 소망은 항상 내 속에 공존하고, 가끔 회오리바람이 되어 나를 흔들었다. 미구에 나는 동강 나버리고 말 것이다. 나는 자신이 동강날 듯한 고통을 실제로 육신의 곳곳에서 느꼈다. 나는 아픔을 잊으려는 듯이 안방을 마구 서성대며 이 아픔의 까닭이 비롯된 시절로 자꾸 기억을 더듬어 올라갔다.

큰댁 덕에 비교적 윤택하던 피난살이, 아니 그전일 게다. 황량하던 피난길, 그때도 아니다. 그전, 어수선하던 크리스마스였던가. 피난을 갈까 말까 어머니 몰래 보따리를 챙겼다간 풀고, 다시 챙기고.

그때도 아니다. 그전, 수복 후의 나날들, 텅 빈 집과 뒤뜰의 은행나무들, 그 자지러지게 노오란 빛들, 비췻빛 하늘을 인 노오란 빛들, 아낌없이 쏟아지던 노오란 빛들, 지금도 눈이 부시다. 그때도 아니다. 그럼 그전, 그렇다. 그전, 그러나 나는 여기서 기억의 소급을 정지시켰다. 몇십 년이나 묵은 은행이 그 가을엔 왜 그렇게 처절하도록 노오랬던가. 난 그것을 보며 왜 그렇게 살고 싶고, 죽고 싶고를 번갈아가며 격렬하게 소망했던가. 지금도 그것이 궁금할 뿐 내 기억의 소급은 노오란 빛 속에 용해되어 다시는 헤어나질 못했다.

8

해가 1952년으로 바뀌고 나는 21세가 되었다.

설날 아침에도 나는 김칫국이 반찬의 전부인 아침상을 받았다. 나는 며칠 전서부터 설에 만두를 해달라고 어머니를 졸랐고, 그럴 때마다 어머니는 시들한 대답을 했었는데 어머니는 기어이 내 기대를 허탕치게 하고 말았다.

시척지근한 김칫국에 밥을 몇 숟갈 떠서 말아서 홀짝홀짝 들이마시려 했으나 잘 안 되었다.

울적함이 쉽사리 달래지지 않은 채 목구멍 근처에 묵직하게 걸려 있었다.

"그래도 설날인데 만두라도 좀 빚으시지. 흰떡 하긴 번거롭지만……."

어머니는 대꾸 없이 언제나와 똑같은 양의 식사를 우물우물 한껏 느리게 끝내고 나서야,

"설은 무슨 놈의 설이누, 같잖게시리. 한두 살 먹은 어린애도 아

니구⋯⋯."

독백처럼 입속에서 웅얼거렸다.

나는 목구멍 근처에 걸려 있던 덩어리가 뜨겁게 콱 치미는 걸 의식하며 막 상을 들고 나가려고 뭉싯거리며 일어서는 어머니의 치맛자락을 잡았다.

"엄마. 우린 아직은 살아 있어요. 살아 있는 건 변화하게 마련 아네요. 우리도 최소한 살아 있다는 증거로라도 무슨 변화가 좀 있어얄 게 아네요?"

"왜? 이대로도 우린 살아 있는데."

"변화는 생기를 줘요. 엄마, 난 생기에 굶주리고 있어요. 엄마가 밥을 만두로 바꿔만 줬더라도⋯⋯ 그건 엄마가 할 수 있는 아주 쉬운 일이잖아요. 그런 쉽고 작은 일이 딸에게 싱싱한 생기를 불어넣을 수도 있다는 걸 엄만 왜 몰라요?"

어머니의 부연 시선이 아무런 뜻도 지니지 않은 채 나를 보는지 내 어깨너머로 윗목의 장롱을 보는지 초점 없이 한 군데 머물러 있었다.

나는 이내 어머니가 다만 나에게 잡힌 치맛자락을 놔주기를 기다리고 있을 뿐이란 걸 알아차렸다. 그리고 또한 내 바람이 완강하게 거부당하고 있음도, 그 거부 앞에 내가 얼마나 무력한가도 알아차렸다.

나는 치맛자락을 놓으면서 맥없이 지껄였다.

"줄창 그러자는 게 아니에요, 네, 엄마. 때때로, 아주 때때로만이라도……."

내 말이 채 끝나기도 전에 어머니는 슬며시 상을 들고 부엌으로 내려가 버렸다. 양은그릇 부딪치는 소리와 물 따르는 소리가 드문드문 들렸다.

오랜만의 휴일이다. 나는 방바닥을 훔치고 화류 장롱에 장걸레를 쳤다. 불로초와 사슴과 학을 공들여 닦았다. 자개로 수놓은 불로장생의 심벌들이 신비하게 빛났다.

조상들의 꿈을 아무리 공들여 닦아도 내 꿈이 달래지지는 않았다.

나는 양키한테 얻은 콜라 회사의 달력을 회색 벽 위에 걸었다. 건강한 남녀가 스키로 하강을 끝내고 콜라로 목을 축이고 있었다. 그들이 입고 있는 대담한 원색의 스키복이 눈에 상쾌했다. 나는 갑자기 빛깔에 대한 걷잡을 수 없는 갈망을 느꼈다. 그것은 오랫동안 내속에 억압되어 별수 없이 잠재해 있다가 열기를 만난 인화 물질처럼 타올랐다.

나는 황황히 장문을 열어젖혔다. 흰색, 회색, 기껏해야 옥색 나들이옷들을 마구 들쑤셨다. 드디어 나는 재작년의 설빔이었던 한복한 벌을 찾아낼 수 있었다.

다홍치마에 다홍호장을 단 색동저고리는 곤때도 안 묻은 새것이어서, 차곡차곡 개켰던 자리만 다리면 화사한 설빔이 될 것 같았다.

특히 알록달록한 색동의 고운 빛깔들이 나를 흥분시켰다.

나는 가슴을 두근대며 흰 인조 단속곳과 어머니의 버선까지 한 켤레 집어내 가지고 건넌방으로 건너갔다.

전기다리미를 꽂고 다홍 모본단 치마부터 어루만지듯이 다렸다. 본견 특유의 천박하지 않은 윤택과 가볍고 부드러운 질감을 손바닥의 피부로 즐기며 오랜 시간을 들여 한복 한 벌을 다렸다.

감색 바지와 회색 스웨터를 활활 벗어 발길질을 해서 윗목으로 차 던지고, 흰 속곳 위에 다홍치마와 색동저고리로 산뜻한 설빔 차림을 했다.

화장이 약간 짧은 듯했을 뿐 모든 곳이 꼭 맞았다. 등신대의 거울 앞에 섰다.

나는 사뿐히 그리고 갑자기 어른스럽게 세배를 했었다. 아버지가 환하게 웃으며,

"여보, 쟤가 제법 색시티가 나는구려. 이제부터라도 슬슬 사윗감을 덧봐야지 않겠소?"

"몰라, 몰라. 어서어서."

나는 좀 전의 의젓했던 것과는 딴판으로 손바닥을 내밀고 어리광을 부렸다.

아버지는 정겨운 눈으로 옆에 단정히 앉은 어머니와 나를 번갈

아 보며,

"쟤가 왜 저래? 응, 왜 저래?"

하며 딴청을 부리셨다. 옆에서 오빠들이 싱글거리며 놀려댔다.

"시집가서 시아버지한테 세배하고도 세뱃돈 달라고 무용을 할 테니…… 쯧쯧. 아버지 안 되겠어요. 경아 시집보내는 건 당분간 보류하셔야지. 저 봐. 시집 안 보낸다니까 별안간 얌전해지는 꼴 좀 봐. 시집은 가고 싶어서."

나는 기어코 세뱃돈을 두둑히 탄 후에 내 방으로 건너와 그 가슴 답답한 한복을 미련 없이 벗어던지고 머슴애 같은 편한 옷으로 갈아입었다.

나는 그 후에 그 꼬까옷을 전혀 잊고 있었다. 등신대의 거울 속의 나는 2년 전의 나이지, 지금의 나 같지가 않았다. 그래서 좀 서먹서먹하고 너무 예뻐서 질투 비슷한 감정까지 솟았다.

나는 거울 보기를 그만두고 어머니에게 들키지 않게 살그머니 집을 빠져나왔다. 소한을 앞둔 소스리바람이 아프도록 찼다. 그러나 바람을 함뿍 안은 한복은 마치 날개옷 같았다. 나는 거의 체중을 의식 못할 만큼 가볍게, 훨훨 날듯이 걸었다.

다방 '유토피아'는 한산했다. 요한 슈트라우스의 봄의 소리 왈츠가 알맞은 볼륨으로 울려 퍼지고 있었다. 구석자리에서 태수가 번쩍 손을 들었다. 나는 그에게 다가가며 한 마리 나비가 된 듯한 경쾌한 착각을 했다.

"이렇게 오래 기다리게 하는 법이 어디 있어? 눈이 닷 발은 빠져 나왔잖아."

그러나 그는 활짝 웃고 있었다. 나는 치마폭을 여미며 조심스럽게 그의 옆에 앉았다. 그는 시종 벙글대기만 하며 내 꼬까옷을 감상했지 내가 기대한 만큼 빈정대거나 칭찬하려 들지 않았다.

"무려 두 시간이나 기다렸단 말야. 고양이도 낯짝이 있다고 좀 미안한 척이라도 해봐요. 이 빤빤한 아가씨야."

나는 조금도 미안하지가 않아 내 옆에 걸린 낯익은 풍경화를 보며 덤덤히 웃었다.

오늘 만나잔 건 순전히 태수의 일방적인 약속이었을 뿐 내가 그의 약속에 맞장구를 친 적이 없으니 조금도 미안해할 까닭이 없었다. 여기까지 왔다는 것만도 나의 의사였다기보다는 어쩌면 날개옷 같은 설빔 때문이었을지도 모른다.

어제 섣달 그믐날, 태수는 해가 바뀐다는 걸로 마치 어린애처럼 들떠 있었다.

"내일 우리 어디서 만날래?"

"왜요?"

"왜라니. 내일이 설날 아냐? 내일이 바로 내년이란 말야. 또 모처럼의 휴일이고 어떻게 그냥 보낼 수 있어. 우선 만나. 재미있는 플랜은 만나고 나서 짜도 되니까. 안 그래? 그리로 나와, 유토피아 말야. 열 시까지. 이를수록 좋잖아?"

나는 그 소리를 들으며 만나야겠다는 생각도, 만날까 말까 하는 망설임도 없었다. 그냥 그가 말하는 내년이란 게 이상하리만큼 아득하게 들렸다. 조금도 내일 같지 않고 아주 먼 훗날로 여겨져 나하곤 상관없는 일 같았다.

"설빔은 했는데 어디 갈 데가 있어야죠."

"뭐라구? 사과를 하랬더니 한술 더 떠서 누굴 약 올리는 거야."

태수가 내 언 손을 비틀듯이 잡아 나꾸었다가 슬그머니 놔주었다. 차를 날라온 레지가 찻잔을 내려놓고는 무쇠 난로의 커다란 뚜껑을 열고 무섭도록 이글대는 조개탄을 쇠꼬챙이로 두어 번 콕콕 찌르더니 난로의 아랫문을 덜커덕 닫고 갔다. 난로는 온몸이 장밋빛으로 이글대고 있었다.

몸이 점점 녹아왔다. 소름이 끼치던 속살에 차차 피돌기가 활발해지고 따뜻한 커피가 입술과 목구멍을 쾌적하게 축였다.

더할 나위 없이 감칠맛 있는 커피 맛이었다. 차차 그와 마주 앉아 있는 것이 싫지 않아졌다.

"헤이 아가씨, 성냥 좀."

그는 카운터에다 대고 엄지와 집게로 딱 소리를 내며 성냥을 부탁하고는 '럭키 스트라이크'의 새 갑의 테이프를 잡아당겼다.

"그 흔한 라이터 하나 못 사요?"

"모르는 소리. 라이터도 성냥도 없이 담배만 넣고 다니다가 문득 담배 생각은 간절하고 쩔쩔매다가 마침 담뱃불을 확 켜는 친구가 있어 꾸벅하고 불 좀 빌려서 휴우 내뿜는 담배 맛이라니 천하일품이거든. 또 다방 같은 데선 레지 아가씨하고 자연스럽게 수작을 걸 수도 있고…….''

"할아버지뻘이나 되는 노인한테 담뱃불 빌리려다 뺨 맞은 일은 없어요?"

"아직은."

그는 담배 연기로 공중에 몇 개의 동그라미를 그리는 재주를 열심히 해 보였다. 한 살 더 먹었어도 철딱서니없이 경망스럽기는 매한가지였다. 골방 속에서 아버지 몰래 꽁초를 피워보는 불량소년티가 가시지 않은 채여서 도시 담배 맛을 알고 피는지조차 의심스러웠다. 관념상으로지만 태수보다는 내가 훨씬 더 많은 종류의 담배 맛을 알고 있는 것 같다. 나는 아버지의 그 유연한 흡연 광경을 회상했다. 나는 아직까지 아버지처럼 멋있게 담배 피우는 사람을 본 적이 없다.

여름날, 북창문을 열고 등의자에 기대앉아서, 방심한 듯 망연한 듯 즐기던 파이프 담배. 시름에 잠긴 것도 같고, 완전히 시름을 잊고 있는 것도 같은 그 분간 못할 무심한 옆얼굴.

옥희도 씨의 흡연하는 모습도 나쁘지는 않지만 아버지만은 훨씬 못하다. 그에겐 너무 짙은 상심이 있다.

환쟁이들도 누구 못지않은 열렬한 애연가지만 그 집착이 지나쳐서 치사하고 보기에 궁상맞다. 뜻하지 않은 아버지의 회상으로 태수가 좀 더 못마땅해졌다. 오늘 이렇게 성장을 했는데 좀 더 중후한 인생이 스쳐간 사나이와 마주하고 싶었다.

"우리 어디로 갈까? 뭐 재미있는 계획 없어?"

"어디든지 괜찮은데요."

"영화 구경을 하고 점심을 사 먹고……. 또 길을 헤매고. 생각나는 게 고작 그뿐이니……."

그는 크게 하품을 했다. 나도 하품이 나왔다.

"좀 더 짙은 방법은 없을까?"

"짙다니요?"

"딴 뜻은 없어. 그저 뭔가 좀 충족하고 싶어. 사랑하고 또 사랑받고 있다는 충족감이 아쉬워. 우리 사이엔 그게 없거든."

"당연하잖아요. 우린 서로 사랑하고 있지 않으니까."

"제발 날 놀리지 말아줘."

그의 표정에서 실없는 티가 가시고 소년처럼 순수해졌다. 나는 그를 잠자코 바라보았다. 그가 보기보다는 예민하다고 짐작하면서.

그의 미간에 서린 초조와 고뇌가 내 시선 속에서 점점 짙어졌다. 내 시선 때문인 것도 같았다. 그러나 나는 그로부터 시선을 비키지 못한 채 그의 초조와 고뇌를 열병처럼 옮겨받고 있었다. 가슴이 심하게 아파왔다. 그러나 어처구니없게 내 아픔은 태수를 위한 것은 아니었다.

나는 옥 선생을 생각하고 있는 것이다. 희고 긴 목을 가진 그의 부인과 그들의 다섯 아이들. 고소한 체취를 가진 건강한 막내 녀석. 뜨거운 사모와 깊은 절망을 감당할 수 없어졌다. 나는 내 부드럽고 화사한 긴 옷고름을 돌돌 말아올렸다가 다시 펴는 의미 없는 손장난을 되풀이했다.

"나가요, 어디든."

나는 가까스로 일그러진 얼굴을 바로잡으며 먼저 일어섰다.

"벌써……."

그는 황망히 테이블 위의 담배와 장갑을 챙기면서 좀 아쉬운 듯이 따라나섰다. 레지에게 윙크 던지는 것까지 빼놓는 것을 보면 그도 잠깐 심각했던 것 같다.

수도극장에서 〈귀향〉이란 영화를 보고 다시 거리로 나왔다. 영화를 썩 탐탁하게 본 것도 아닌데도 길에 나서니 꼭 쫓겨난 것 같은 기분이었다. 스산함만이 길을 꽉 채우고 있었다. 우리는 별수 없이 점심 먹을 곳을 찾아 기웃댔다. 난방이 안 된 극장에서 영화를 본 나는 몹시 발이 시렸다.

"양식으로 할까?"

"싫어요. 온돌방에 마음 놓고 퍼더버리고 앉고 싶어요."

"흐음, 한복을 입으셨다 이 말이군."

"맞았어요. 의자에 앉아서 고무신을 벗고, 버선발을 번쩍 치켜들고 스토브에 발을 쬐는 지지리 궁상을 상상해봐요. 정떨어지죠?"

"아아니 과히 나쁘지 않을 것 같은데."

나는 거의 감각이 마비될 정도로 발이 얼어서 고무신에서 저절로 버선발이 빠져나와 그대로 아스팔트를 밟을 뻔하기를 여러 번 했다. 설날이라 열어논 음식점이 별로 눈에 안 띄었다.

한동안을 헤맨 후에야 우리는 과히 정갈치는 못하지만 따뜻한 온돌방에 들어앉을 수 있었다. 소녀가 구정물 같은 차를 날라왔다. 나는 방석 밑에 처넣은 버선발을 꼭꼭 주물렀다.

"뭘루 할래?"

"설날이니 떡만두를 먹을까 봐요."

"그럼 나두 그렇게 할까?"

만두 꺼풀은 두껍고 만두 귀는 덜 익은 채 허연 날밀가루가 그대로 씹혔다. 나는 만두를 한쪽으로 밀어내고 떡국을 몇 점 씹다 말았다.

태수는 맹렬히 먹어댔다. 맛없는 음식을 달게 먹는 광경은 측은하다못해 슬프기까지 했다. 운치 없는, 순전히 만복감만을 위한 식사의 비애를 너무도 잘 알고 있기 때문일까? 맛을 알고 먹는지조차 의심스러운 빠른 식사를 나는 물끄러미 지켜봤다.

"맛있어요?"

"응, 좀 시장했거든. 그런데 왜 미스 린 먹다 말지?"

"덜 시장했나 봐요. 미스터 황은 늘 그렇게 탐스럽게 식사를 해요?"

"그럼 남자가 먹는데 까다로워서 뭣에다 쓰게."

"황해도 송편은 발바닥 같다면서요?"

나는 웃으며 좀 엉뚱한 소리를 꺼냈다.

"인절미고 송편이고 서울 것보다야 스케일이 컸던 건 사실이지만 그런대로 소박하고 구수하고 이를테면 황해도 사람 인품 같지. 음식도 사람이 만드는 거니까. 간사한 서울 사람들이 먹을 것도 없이 가짓수만 많은 음식을 만드는 것과 같은 이치야. 그건 그렇고, 왜 남의 고향 음식을 하필 발바닥에다 비기노?"

그는 아주 화난 시늉을 하면서도 퍽 이치에 닿는 소리를 했다. 그럼 그 비할 데 없이 매혹적이고 깔끔한 개성 여인들의 인품이란 또 얼마나 귀한가.

나는 자랑이 하고 싶어졌다. 개성 여인을, 어머니를.

"개성 음식 먹어봤어요? 진짜 개성 음식을?"

"글쎄. 나야 뭐 특별한 미식가도 못 되고, 배부르면 그만이지 음식의 본적지까지 따지진 않아봐서. 미스 리 고향이 개성인가?"

"아아뇨. 엄마 쪽이. 우리 엄만 맛난 것 만들기 선수예요."

나는 내 그릇에 남아 있는 퉁명스럽게 생긴 만두를 숟갈로 이리저리 굴리면서,

"개성 만두는 생김새부터가 유머러스하거든요. 얄팍하고 쫄깃하게 잘 주무른 만두 꺼풀을 동그랗게 밀어서 참기름 냄새가 몰칵 나

는 맛난 만두소를 볼록하도록 넣어서 반달 모양으로 아무린 것을 다시 양끝을 뒤로 당겨 맞붙이면 꼭 배불뚝이가 뒷짐 진 형상이 돼요. 떡국은 또 어떻구요. 만두보다 더 재미있어요. 조랑떡이라구, 잘 친 흰떡을 참기름을 묻혀가며 손바닥으로 가늘게 굴려요. 서울 흰떡보다 가늘게 되면 대칼로 잘룩하게 허리를 조이고 다음엔 아주 똑 끊고, 한 번 조이고 똑 끊고 하면 마치 조그만 누에고치 모양 같기도 하고 8자 모양 같기도 하고……."

나는 연방 조랑떡 만드는 시늉까지 손으로 해가며 열심히 주워섬겼다. 마치 지극한 예술 애호가가 절묘한 예술품을 가지고 논할 때처럼 도도한 감흥을 느꼈다. 내 열변에 비하면 태수는 지극히 담담했다. 맛도 없는 것을 하도 맛나게 먹길래 음식 얘기라면 침이라도 꼴깍 삼킬 줄 알았는데 시들하게 싱글대기만 했다.

"도대체 언제쯤 그 희한한 성찬에 초대되는 영광을 누릴 수 있을까. 난 그게 궁금하군."

나는 대번에 풀이 죽었다. 부연 그림자 같은 어머니와 한결같이 시척지근한 김칫국이 떠올라서였다. '성찬에의 초대' 그런 것이 있을 수 있을 것인지. 있다면 언제쯤이나 되려는지. 그게 궁금하기는 태수보다 내 쪽이 더 절실하다.

"들자 하니 내 장모님 되실 분의 음식 솜씨가 놀라운 모양인데, 덕택에 나도 식도락을 누려보겠는걸. 더구나 사위 사랑은 장모라는데 어련하겠어."

141

"피이, 어림없는 소리 말아요. 미스터 황에겐 발바닥 같은 송편이 제격일걸."

태수의 실없는 수작으로 완전히 흥에서 깨나자, 내 앞에 놓인 다 식은 만두국에 와락 구토를 느꼈다.

소녀가 그릇을 날라가고 상을 훔쳤다. 우리는 다시 거리로 나왔다. 황량한 겨울의 뒷골목을 한동안 정처 없이 걸었다.

아무런 신기한 것도 눈에 안 띄고 차고 건조한 바람이 회색 보도 위로 까만 먼지를 이리 날리고 저리 날리고 할 뿐. 한쪽 귀퉁이가 벽에서 떨어진 채 펄렁대는 영화 광고 속의 클라크 게이블의 찡긋한 표정도 방금 보고 나온 게니 조금도 신기할 리 없다. 창문이 굳게 닫힌 표정 없는 회색빛 건물들, 그 네모난 생김새도 꼭 성냥갑을 세로로 세웠다거나 가로로 세웠다거나 하는 만큼의 차이밖엔 없다.

안녕, 하고 어느 모퉁이선가 헤어져야 했으나 나는 주저하고 있었다. 집으로 가기엔 아직 너무 밝았다. 밝은 낮에 우리 집을 바라보며 걸어 들어가는 나를 나는 상상할 수가 없었다.

달아나버린 한쪽 지붕과, 용마루에 뚫린 나락 같은 구멍과 조각난 기왓장들을 밝은 빛 속에서 선명하게 바라본다는 것은 공자님의 나체를 상상하는 것만큼이나 무의미한 모독 같았다.

반드시 어둠 속에서 부연 하늘을 이고 섰어야 하는 우리 집. 그 앞에서 내가 누리는 일종의 외경과도 통하는 공포. 나의 하루의 초점이 그 순간에 있고 나는 그것을 추호도 변경시킬 수는 없는 것이다.

"우리 집에서 쉬었다 가지 않겠어? 몸도 녹일 겸."

태수의 잠긴 듯한 음성이 나를 구출했다. 나는 고개를 깊게 끄덕이고 묵묵히 그를 따랐다. 그의 팔이 갑자기 친근하게 내 허리께로 감겨왔다.

"춥지 않아? 얇은 때때옷만 입고, 요전날 밤엔 몹시도 떨더니……."

그는 내가 그때처럼 떨기를 기다리고 있는지도 모를 일이었다. 그러나 나는 떨지 않았다.

"점퍼를 벗어줄까?"

그는 자꾸만 내가 떨기를 재촉했다. 나는 고개를 젓고 그의 팔에서 벗어나 좀 떨어져서 걸었다.

음식점이 많은 회현동 골목에서도 유독 피부 비뇨기과의 간판 때문에 눈에 띄는 낡은 일본식 이층집이 태수의 거처였다. 2층에 세들었다 했다.

아래층 병원을 통하지 않고 2층으로 직접 통할 수 있는 좁은 계단이 한길로 나 있고 유리문이 달려 있었다. 유리문에 달린 커다란 자물쇠를 태수가 여는 동안 나는 물끄러미 '회현 피부비뇨기과'라는 간판을 보고 있었다.

4조 반의 다다미방은 불기 없이 썰렁했다. 태수는 부랴부랴 난로에 장작을 지피고, 나는 구태여 그를 거들지 않아도 될 것 같아 창틀에 걸터앉았다. 불쏘시개 종이에 불을 붙이고 잘게 팬 나무토막을 들이뜨려 불꽃이 활활 넘실대자 굵은 장작을 마구 처넣으니 쉽사리 방에 훈김이 돌았다.

그는 불 피우는 일이 더할 나위 없이 흥겨운 일이라도 되는 듯 줄곧 신나게 휘파람을 불었고 난로의 위 뚜껑을 닫자 일이 끝난 모양이었다. 손을 털고 씽긋 웃었다.

"혼자예요? 형님하고 같이 있는 줄 알았더니……."

"군대 가기 전까지는 같이였는데 제대하고 취직도 되고 하니까 나와버렸어. 조카들도 여럿 있고 하니 마냥 형한테 얹혀살기가 형수한테 괜히 미안하더군."

"조카들이 몇이나 돼요?"

"다섯."

"그래요? 꼭 옥 선생님 댁 아이들만큼이군요. 황해도 사람들은 자식 욕심이 많은가 보죠."

"다섯이 뭐 많다고 그래? 우리 형수는 아직도 진행 중일걸."

"뭘요?"

"종족 보존 사업 말야. 아직 사십 전인걸."

"옥 선생님 댁도 진행 중일까요?"

"그럴 테지."

나는 깊은 한숨을 목구멍에서 눌렀다. 몸이 따뜻해지자 별수 없이 방안을 두리번거렸다. 특색 없이 간결한 방이었다. 희게 회칠한

벽엔 단 하나 시골 이발관에나 걸렸음직한 풍경화 액자가 걸려 있고 나머지는 온통 깨끗한 공백이었다. 그 풍경화를 액자 가게에서 샀을 태수를 상상하자 절로 미소가 흐르며 긴장이 풀어졌다.

"어때? 내 방. 생각했던 것보다 깨끗하지?"

"아아뇨."

"그럼 실망했겠네. 실은 미스 리를 데려오려고 대청소를 하고 꾸미느라 꾸며본 건데."

꾸몄다는 건 필시 저 액자를 말하는가 싶어 나는 아주 활짝 웃고 말았다.

"미스 린 내가 아주 근사한 데 살고 있으리라 생각했나?"

"아아뇨. 별로 어떠리라고 미리 생각해본 적이 없는걸요."

나는 솔직히 말했다.

"그래? 여자들도 혼자 있을 땐 보이프렌드의 신변에 대해 이것저것 공상을 하는 줄 알았는데. 안 그런가?"

"글쎄요. 미스터 황이나 그런가 보죠."

"그럼 총각이 혼자 있을 때 뭘 하겠어. 여자들 생각뿐이지. '들'이라면 기분 나쁠지 모르지만 미스 리같이 청순한 아가씨의 침실을 공상하기도 하지만 때로는 다이아나 김이 검둥이와 뒹구는 장면을 그려보기도 하거든."

나는 창틀에 걸터앉은 채 황혼이 오는 바깥을 물끄러미 보고 있었다. 점포에 하나둘 불이 켜지니까 지나가는 행인이 좀 더 추워 보

145

였다. 노점의 칸델라 불이 창백한 춤을 추기 시작하자 목판에 양담배와 껌을 벌였던 아줌마는 짐을 꾸리기 시작했다.

오래잖아 좀 더 짙은 어둠이 오리라. 이지러진 검은 지붕과 싸늘한 전율. 나는 예술가처럼 섬세한 감각으로 맞춤한 어둠을 가늠하고 있었다.

"골났어? 그런 소릴 해서. 그렇지만 믿어줘. 대부분의 시간을 경아 생각만 하고 있다는 걸."

늘 그렇듯이 태수가 진지해지면 나는 대답을 잊고 만다. 대화가 끊기고 어색해졌다.

창 옆에 오두카니 놓여 있는 테이블 위엔 콘사이스와 영문 잡지와 앨범이 크기 순서로 포개져 있었다. 나는 앨범을 집어다가 대충 넘겼다. 그가 재빨리 내 옆으로 와서 창틀에 앉았다. 그는 필시 사진에 설명을 붙일 것이다. 나는 그를 좀 더 알게 될 것이다. 그의 지난날 친구, 가족 따위의 그의 군더더기들을. 나는 그런 것들을 알기 귀찮아서 그가 미처 끼어들 새를 마련하지 않으려고 부랴부랴 앨범을 넘겨버렸다.

무쇠 난로가 겉까지 벌겋게 보일 만큼 달아올랐다. 4조 반의 좁은 방이 후끈후끈했다.

나는 달아오른 볼을 식히려고 유리에 한쪽 뺨을 댔다. 상가의 불빛이 점점 늘어났다. 어둠이 물감 칠하듯 눈에 보이게 짙어갔다.

"경아, 오늘은 너무 예쁘군."

그는 유리에 닿은 내 얼굴을 서서히 자기 앞으로 끌어당기며 떨고 있었다.

나는 그에게 안겼다. 나의 볼이 그의 가슴의 심한 동계動悸를 또렷이 감각하면서 눈은 역시 바깥세상의 어둠의 알맞은 농도를 가늠하고 있었다.

유리로 식혔던 볼을 그의 입술이 뜨겁게 문질러왔다. 다음은 입술로—그는 거의 몸부림 같은 세차고 흐트러진 동작으로 나를 구하려고 안타까워하고 있었다. 내 눈은 바깥세상의 어둠의 알맞은 농도를 가늠하고 있었다.

내 몸의 어떤 부분도 그를 향해 열리지는 않았다. 내 심장은 조금도 규칙을 어기지 않고 조용히 뛰고 내 체온은 난로가 달구어놓은 것 이상 달아오르지 않았다.

그는 열심히, 점점 더 초조하게 나를 애무했다. 나는 그대로 시선을 밖으로 둔 채 그의 애무에 순순히 몸을 맡겼을 뿐, 별다른 느낌 없이 다만 시각만이 또렷했다.

드디어 그는 다다미 바닥에 무릎을 꿇고 내 치마폭에 얼굴을 묻으며,

"아아, 이럴 수가……. 경아, 이럴 수가……."

탄식 같은 신음 소리를 냈다. 남자와 여자 사이에 일방적인 격정이 얼마나 무의미하고 참담한 것인가를 이제야 깨닫기 시작한 모양이었다.

나는 그의 두 팔 사이에서 무참히 꾸겨진 모본단 치마를 살몃살 몃 빼냈다. 인조 속치마를 부둥켜안은 그는 훨씬 더 불쌍해 보였다.

잠시 후 그는 전등을 켜고 담배에 불을 붙였다.

"내가 싫어?"

더할 나위 없이 비참한 그의 표정에 놀란 나는 황급히,

"아아뇨, 아니에요."

고개까지 흔들어가며 세게 강조했다. 거짓말은 아니었으나 그가 그 반대의 질문을 했어도 나는 똑같은 대답을 했을 것 같아 속으로 몰래 곤혹스러워했다.

그는 무엇인가 더 말할 듯이 입을 쭝깃대다 말고 다시 담배만 길 게 빨았다.

"저녁을 지을까? 좀 도와주겠지."

한참 만에 한결 명랑을 회복한 그가 골방문을 밀었다. 위칸에는 이부자리가 아무렇게나 꾸겨 박혀 있고 밑칸에는 너절한 취사도구 와 간장병 나부랑이가 보였다.

"곧 가야 돼요."

이제 밖은 완전한 밤이었다. 두터운 어둠이었다.

"엄마가 기다리니까……. 그렇지?"

그는 구태여 붙들려 들지 않고 골방문을 도로 닫으며 피곤한 듯 이 말했다.

가파른 계단을 더듬더듬 내려와 적십자가 그려진 외등이 켜진

148

현관 밖에서 찬 공기를 크게 심호흡하고 나서 뒤따르는 그에게,

"안녕, 오늘은 재밌었어요."

인사치레를 하고 나서 그의 대답도 기다리지 않고 재빠르게 걸었다. 한참 걷다가 뒤돌아보고 그가 따라오지 않는 것을 안 후에야 천천히 두리번거리기를 즐겼다.

갖가지 음식 냄새가 싫지 않은 거리를 지났다. 다시 양장점과 양품점이 즐비한, 아까보다는 좀 더 환하고 신나는 거리로 왔다. 얼마든지 구경을 즐길 수 있는 거리인데도 아직도 한 가지 냄새가 코에 남아 있었다.

김칫국 냄새였다. 시큼털털한 김칫국 냄새는 코를 막아도 풍겨왔다. 그리고 어머니에 대한 노여움과 아침나절에 참담했던 기분이 서서히 되살아났다.

만두를 먹고 싶다는 게 단순한 식욕뿐이었을까? 식욕보다는 훨씬 절실한 것, 목탄 나무의 단비에의 갈구 같은, 자혜에의 애타는 소망에 그토록 굳게 잠길 수가…⋯. 남도 아닌 내 어머니가.

육친이라서 주저되던 어머니에 대한 미움이 인내의 한계를 넘어서서 북받쳤다.

그 놀라운 인색, 무서운 고집, 이 세상 어느 누구도 타인을 그토록 참담하게 만들 권리는 없으리라. 그토록 자혜롭기에 인색할 수가.

나는 이글대는 분노를 식히려고 자꾸자꾸 찬바람을 심호흡했다.

문득 어떤 깨달음 같은 것이 내 발을 멈추게 했다. 다다미 바닥에 무릎을 꿇었을 때의 태수의 참담한 모습이 떠오르며, 그때 그도 내가 만두를 못 먹었을 때만큼이나 참담했었을 것 같은 생각이 든 것이다.

그럴 수가? 그래도 혹시 그만큼이나 그가 비참했었다면? "아아 이럴 수가, 경아 이럴 수가" 하는 그 절망적인 신음과 내가 어머니의 치맛자락에 매달려 "때때로 아주 가끔만이라도" 하고 애걸했던 것과 무엇이 다를까?

나는 멈춰선 채 성급하게 분홍색 봄 코트를 걸친 마네킹이 빙글빙글 돌고 있는 쇼윈도에 이마를 대고 머리를 쉬었다. 분홍 코트는 자꾸만 돌았다. 조금도 어지러워하지 않고 우아한 미소를 지은 채 돌고 돌았다. 나도 어떤 생각을 매듭 짓느라 같은 생각을 이리 굴리고 저리 굴리며 좀 어지러워하고 있었다. 내 생각은 좀처럼 앞으로 진전되지 않았다. 분홍 코트의 선회가 훼방을 놓고 있기 때문일 것 같았다. 나는 눈을 감았다. 그리고 회색빛 엄마를 보고 김칫국 냄새를 심호흡했다.

결정은 쉽사리 내려졌다.

나는 단연 발길을 돌렸다. 태수에 대한 연민으로 흐느낄 것 같았다. 그에게 내가 베풀 수 있는 것을 베풀고 싶었다. 왜 진작 그렇게 못 했던가를 뉘우치며, 아무도, 이 세상 어느 누구도 내가 만두를 못 먹었을 때만큼 그렇게 크게 비참해져서는 안 된다고 다짐하며 양장점과 양품점의 거리를 질주하고, 다시 음식점의 거리로 접어들었다.

그동안 나는 그를 다시 본의 아니게 허탕치게 하는 일이 없도록 열심히 궁리를 거듭했다. 어떡하면 그를 향해 나를 열 수 있을까 하고. 그가 나에게 멋있게 보이던 순간들을 모아봤다. 그 푸른 면도 자국의 남자다운 완강한 턱의 회상이 가장 마음에 들었다. 그의 턱에 이마를 대면 훈풍에 생경한 꽃봉오리가 열리는 기적이 나에게도 일어날 것이다. 그의 턱에 이마를 대고 그의 심장의 고동을 듣는 일은 내가 언젠가 열망했던 일이었잖은가. 그렇게 우선 해줘야지. 그다음 생각은 말기로 하자. 그다음은 태수가 알아서 할 테니까. 드디어 피부 비뇨기과의 간판 앞에 섰다. 태수의 방은 불이 꺼져 있고 2층으로 올라가는 유리문에는 커다란 자물쇠가 걸려 있었다.

9

나는 출입문을 들어서자마자 옥희도 씨가 나와 있는 것을 먼저 보았다. 나는 춤추듯이 탄력 있는 걸음으로 매장을 가로질렀다. 좋은 일은 예고 없이 오기 때문에 더욱 즐거웠다.

"새해 복 많이 받으세요."

"새해 복 많이 받으세요."

나는 청소부 아줌마랑 잡역부 아저씨랑 닥치는 대로 여러 사람을 축복했다.

환쟁이들도 옥희도 씨와 악수를 하며 오늘이 초면인 것처럼 인사를 하고 있었다.

"편찮으신데 한번 가뵙지도 못하고, 인제 아주 완쾌하셨나요?"

말수 적고 점잖은 진 씨가 자못 정중하다.

"거 욕보셨수다. 그저 없는 사람은 무병한 게 제일인데……."

"그 좋던 신수가 많이 빠지셨구만요, 쯧쯧. 자, 담배……."

김 씨와 돈 씨도 착하디착하다. 이것으로 그동안 인사말 한마디

없이 잔뜩 악물고 지내던 옥희도 씨와 환쟁이들이 자연스럽게 첫인사를 나눈 셈이었다. 나도 뭐라고 좀 끼어들고 싶었다.

"새해 복 많이 받으세요."

나는 환쟁이 하나하나에 진심으로 복을 주고 싶은, 그런 인사를 하고 난 뒤, 옥희도 씨에게도 복 많이 받으란 소리를 하고 나서,

"이제 아주 나으셨어요?"

하고 조그맣게 덧붙였다.

"응, 덕분에."

그도 나직이 대답하고 그것으로 난 흡족했다.

"미스 리. 한 살 더 먹더니 몰라보게 예뻐졌는걸."

"미스 리. 올핸 시집가야지. 이런 데 너무 오래 있으면 못써."

"왜 인석아, 미스 리가 잡종의 새끼들에게 채여 갈까 봐 겁나냐?"

환쟁이들은 모두 돈 씨 흉내를 내서 양키들을 잡종의 새끼로 부르고 있었다.

"씨이발, 세상 못 만나서 엽전의 총각 놈들은 싸움판에 끌려댕기다가 반반한 색시들을 잡종 새끼들에게 다 빼앗기게 생겼으니."

"야 인석아, 그런 걱정일랑 그만두고 네 계집이나마 안 뺏기려면 어서 잡종의 쌍판이나 그려라."

"맞다 맞다. 너 오래간만에 옳은 말 한마디 했다."

농지거리들을 해가며 담배 한 개비씩을 태우고 난 다음, 환쟁이들이 화구를 챙기는 동안 나는 사진들을 나누는 일을 시작했다. 어

제 하루 쉬었다 뿐인데 일이 손에 서툴렀다. 등 뒤에 옥희도 씨를 의식한다는 것만으로 그윽한 충만감이 오고 그 충만감이 아직은 익숙지 못해 나는 좀 설레었다.

아직 치워지지 않은 크리스마스 트리는 더덕더덕 금종이 은종이를 걸친 채 쉴 새 없이 붉고 푸른 윙크를 보내고, 양키들이 둘러멘 트랜지스터에서 목쉰 소리가 〈파피 러브〉를 부르고, 이런 것들이 조금도 싫지는 않았으나 이런 것들 때문일까 마음이 좀처럼 차분해지지를 못했다.

마주보이는 '캔디 카운터'에서 다이아나가 미군에게 과자를 팔고 달러를 셈하고 그럴 때마다 무명지에서 다이아가 번쩍댔다. 꼭 다이아를 위해 마련된 것 같은 섬세하고 어여쁜 손이었다.

그녀가 별안간 팔꿈치를 쇼케이스 위에 고이고 손바닥에 이마와 머리카락을 한꺼번에 파묻고 잠시 쉰다. 그녀는 곧잘 그런 모양으로 쉬었다. 움켜쥔 검은 머리카락 사이사이로 빨간 손톱과 다이아가 엿뵈고 그것이 비할 데 없이 아름다웠다. 저런 멋진 포즈로 돈 말고 좀 딴생각을 하고 있었으면 얼마나 좋을까 하고 나는 부질없는 생각을 했다.

드라이버, 펜치, 그런 것을 손에 쥔 태수가 내 앞을 지나갔다. 인사도 윙크도 없이 아주 예사로운 척 지나갔다. 나도 그냥 그뿐이었다. 내가 그에게 관대하고자, 자비롭고자 한 시간은 이미 지난 것이다. 그가 좀 초췌해 보여도 나에겐 그것이 이미 나 때문일 까닭이 없는 것이다.

옥희도 씨가 가끔 쿨룩거렸다. 저번에 문병 갔을 때보다야 훨씬 가벼운 편이었으나 가끔 꽤 길게 할 적도 있었다.

"기침에는 무즙에 꿀을 섞어 마시면 즉흔데, 진짜 꿀만 구할 수 있다면 말야."

진 씨가 듣기에 딱했던지 한마디 혼잣말로 중얼거리자,

"꿀이 얼마나 비싼데. 파에다 살구씰 넣고 달여서 들어보십 시오."

"예끼 이 사람. 지금 어디 가서 살구씰 구하나. 우리 고장에선 초에다 달걀을 삭혀서 마시네."

환쟁이들이 돌아가며 약방문 하나씩을 발표하자 잠자코 있던 돈 씨가 기지개를 켜며,

"쳇, 그 약방문 한번 희한타. 의사 다 굶어 죽겠다. 그래도 개똥에 쇠똥을 버무려 먹으란 소리가 빠졌으니 고맙지. 안 그렇습니까? 옥 형. 병후 소복蘇復은 뭐니뭐니 해도 잘 먹어야 됩니다. 배 속에 기름 이 빠지면 허해서 기침이 나고 밤엔 식은땀이 나고 어질어질하고 목소리는 배 속에서 잡아당기고…… 그렇습죠, 옥 형?"

"제기랄 한술 더 떠서 무꾸리까지 하네."

"인석아, 무꾸린 왜 무꾸리냐. 당당한 진맥이다, 인석아."

"진맥을 했으면 처방을 해야지."

"그러니 우리 옥 형 소복도 시켜드릴 겸 우리도 출출한데 기름이

155

둥실둥실 뜨는 설렁탕이나 먹으러 가자구, 어때? 우리 비록 때를 못 만나 잡것들의 쌍통을 그려 목구멍에 풀칠을 할 망정 사나이 가슴에 정까지 말라붙었을쏘냐?"

"옳소."

그들이 오늘은 너무 착하다.

"저는요. 저도 따라갈까요?"

나도 생글대며 참견을 했다.

"아 참, 그렇지. 그렇지만 여길 아주 비울 순 없고……. 미스 리, 빵 사다 줄까? 빵."

"좋아요. 집 잘 볼게 빵이나 많이 사 오세요."

그들이 우르르 몰려나갔다. 한 떼의 양키들이 콜라를 찔끔찔끔 마셔가며 햄버거, 샌드위치를 탐스럽게 먹으며 지나갔다. 기름이 번드르르 흐르는 것 같은 그들의 비만이 까닭 없이 밉다.

나는 유기부의 미숙에게 큰 소리로 말을 걸었다.

"금년엔 좋은 일이 있을 것 같지 않니?"

"왜요? 언니."

그녀가 쪼르르 내게로 왔다.

"화가들은 다 어디 갔수?"

"점심 먹으러. 빵 사 온댔으니 너도 점심 먹지 마."

"그래요, 아이 좋아."

그녀가 바싹 내 옆에 다가앉았다. 나는 그녀의 어깨를 감싸 한층

156

내 옆으로 당기고 수그린 그녀의 목고개에 내 얼굴을 포갰다. 목 뒤에 머리카락 몇 오라기가 코끝을 간지럽히며, 화장품 냄새로 흐려지지 않은 순수한 사람의 냄새가 싱그럽게 풍겼다. 그녀는 독특한 체취를 갖고 있었다.

들꽃과 갓난 짐승의 냄새를 합친 것 같은 배릿하고 향긋한 냄새를 맡고 있노라면 나도 모르게 사람 그리움이, 슬프도록 절실한 사람 그리움이 자욱이 서려온다. 나는 그녀의 냄새를 맡으며 땋아 늘인 윤기 있는 머리카락을 손끝으로 애무했다.

"무슨 좋은 일이 있을 것 같아요?"

그녀는 푸듯이 아까 내가 한 말을 지금 되묻고 있다.

"그냥 막연한 예감이야."

"새해엔 누구나 한 번씩 그래 보나 봐."

자못 어른스러운 소리를 하고 나서,

"미국 사람하고 정식 결혼을 해도 양갈보라구 그럴까?"

갑자기 화제를 비약시킨다.

"나 미국 사람하고 결혼할까 봐. 언니."

나는 대답 대신 짧게 웃었다.

"언니 진짜예요."

그녀는 중대한 고백이라도 하고 싶은 눈치였고, 나는 그냥 편안하게 들꽃 냄새 같은, 강아지 냄새 같은 그녀의 체취를 숨 쉬며 따뜻한 목덜미에서 오후의 피곤을 달래고 싶었다.

"언니도 봤을걸. 우리 매장에 매일 와서 한 시간쯤 있다가는 PFC(일병). 결혼해서 같이 미국 가자나."

"너도 그 사람 좋아하니?"

"그 사람이 좋은 건지 미국 가는 게 좋은 건지 모르겠어요."

"그래, 그렇게 미국 가고 싶니?"

난 좀 놀랐다.

"꼭 미국이 아니라도 좋아. 그저 이 나라를 떠나고 싶어요. 전쟁이니 피난이니 굶주림이니 지긋지긋해. 궁상맞은 꼴 영 안 봤음 좋겠어."

그녀는 연필 끝으로 종이쪽에 구멍을 내서 찢어내고, 다시 잘게 찢어내는 일을 되풀이하며 맹랑한 소리를 했다.

"시궁창 같아 너절해. 꼭 시궁창이라니까. 구질구질해."

그녀는 혀로 날름날름 마른 입술을 축여가며 혼자 종알댔다.

"뭐가?"

나는 듣고만 있기가 안돼서 성의 없이 한마디 했다.

"우리 집 말이에요. 꼭 시궁창이야. 언니는 상상도 못 할걸."

나는 응당 물어야 할 시궁창 같다는 그녀의 집안 사정은 묻지 않은 채 그녀 등 뒤에서 나직이 오래오래 웃었다. 그녀가 향기롭다는 게, 시궁창 속에서도 향기롭다는 게, 그녀가 시궁창 냄새만 알았지 자기의 훈향을 모른다는 게 유쾌해서 견딜 수 없었다.

"웃긴, 언니두 참. 나 우스갯소리를 하려는 게 아녜요. 좀 심각한 이야길 하고 싶은데…….”

그녀는 아직도 내가 심각한 얘기 따위를 주고받기엔 얼마나 서툰 상댄지 모르고 있다.

“국제결혼이라는 거 어떤 걸까?”

“뭐, 수속 말이니?”

“아뇨. 그런 형식쯤이야 다 어떻게 되는 거겠죠. 실제가 어떤 건지? 내용 말예요.”

그녀는 왠지 어려운 말을 골라 쓰느라 말까지 더듬거리면서도 종이를 찢는 일만은 더욱 날쌔게 하고 있었다.

상기한 볼이 과실의 향기라도 풍길 듯이 싱싱하다.

“그야 뭐 해놓고 보면 저절로 알 게 아니니?”

“언니도 참, 하기 전에 알고 싶단 말예요. 그 사람과의 미래가 너무도 짐작이 안 돼요. 미국 갈 수 있다는 가능성에만 현혹돼서 그 밖의 것들은 숫제 깜깜이라니까요. 누가 우리의 미래를 헛말로라도 보장해줬으면 좋겠어.”

그녀가 말하는 ‘누가’가 바로 나인 것 같았으나 나는 그 ‘누가’가 될 마음이 조금도 없었다.

“결혼을 앞두고 불안한 건 누구나 마찬가질 거야. 그래서 사람들은 사주라든가 궁합 같은 걸 만들어낸 거 아니겠어?”

그녀가 내가 기대기 알맞게 다소곳이 수그렸던 고개를 별안간 꼿꼿이 세우며,

"그런 게 아니란 말야. 그런 것하곤 사뭇 다르단 말야."

하며 그녀답지 않게 신경질적으로 악을 썼다. 마침 점심을 마친 환쟁이들이 이를 쑤시며 들어왔다. 김 씨가 커다란 빵 봉지를 내 앞에 던져 주자 뒤따르던 돈 씨가 한 눈을 찡긋하며,

"미스 리, 그 빵 우리가 가부시키 한 거야."

"어떻든 배는 불렀겠다. 슬슬 잡종들 쌍통이나 그려볼까?"

나는 미숙에게 빵을 한 개 주며 그녀의 절실한 눈매에 쫓기다 못해 더듬거리며,

"내가 보증할 수 있는 건……. 그야 보증할 수 있지. 네가 그 사람과 결혼해서 아기를 낳으면 틀림없이 잡종이 되겠지? 그렇지, 아마."

나는 별 뜻도 없이 환쟁이들이 '잡종' 소리를 또 하길래 문득 한 소리였으나 그녀는 날카로운 꼬챙이에라도 찔린 듯이 파르르 했다.

"언니두 어쩜, 그런 상소리를, 짐승에게나 할 소리를. 언니두 참."

빵을 한입 베물다 말고 눈에 눈물까지 글썽해서 자기 매장으로 도망치듯 달아나버렸다. 나는 몇 개의 빵을 따로 싸다가 그녀에게 주었지만 그녀는 쳐다보지도 않고 화를 내고 있었다.

환쟁이들은 모두 그림을 그리기 시작했는데 옥희도 씨만이 회색 휘장을 마주하고 쉬고 있었다. 나는 그에게로 다가갔다. 휘장을 보고 있는지 그 너머를 보고 있는지 상심한 듯, 피곤한 듯한 시선의 초점을 나는 도무지 짐작도 할 수 없었다. 아무튼 그는 깊게 몰두하고

있었다. 나와는 무관한 것에 깊게 깊게 몰두하고 있었다.

나는 조심스럽게 그의 옆으로 다가가 서성대며 잔기침을 해봤다. 그는 못 들었는지 바위처럼 담담했다. 그의 깊은 몰두를 나에게로 돌렸으면.

나는 열심히 그의 주위를 서성대며 그가 곧 그림을 시작할 수 있도록 스카프를 펴놓고 화구를 정돈했다. 그래도 그는 그 깊은 몰두에서 깨어나지 않았다. 그의 주의를 돌리려면 타일 바닥에 물구나무라도 서야 할 것 같았다. 물구나무를 서서 내 검은 머리로 타일 바닥을 휩쓸며, 두 팔로 온 매장을 걸어다닌다면 모든 사람이, 옥희도 씨를 포함한 모든 사람이 나를 보겠지. 그렇게 할까 보다. 누가 못할 줄 알구, 그렇게 할까 보다. 나는 그렇게 벼르기만 했지 차마 그렇게 하지도 못하고 여전히 두 발로 선 채 깊은 한숨을 쉬었다.

미숙이는 쇼케이스에 이마를 대다시피 깊이 엎드려 있었다. 까만 머리를 양분한 흰 가르마가 곧고 청초하다. 나는 이번에는 미숙이를 위해 깊은 한숨을 쉬었다.

그녀도 옥희도 씨도 아득하게 멀게 느껴졌다. 그들은 지금 시름에 잠겨 있다기보다는 삶을 멈추고 정지된 시간 속에 고즈넉이 용해되어 있고, 나만 초조한 시간의 흐름에 휩쓸리고 있는 것 같았다.

그들과 내가 각각 다른 시간 속에 있다는 생각으로 나는 꽃샘추위 같은 으시시한 외로움을 느꼈다.

익살맞게 생긴 GI가 팝콘을 버석버석 씹으며 진열된 초상화를 기웃댄다.

"메이 아이 헬프 유?"

나는 장사를 시작했다.

점점 오후의 손님들로 매장이 붐비기 시작한다. 미숙이도 나도 양키들을 상대로 잘 돌지 않는 혀로 영어를 지껄여야 했고, 옥희도 씨도 어느 틈에 그림을 그리기 시작했다.

"언니, 언니가 낮에 한 소리 난 영 못 잊겠어요."

셔터를 내린 후 그녀는 쪼르르 내게로 와서 낮의 이야기를 이으려 했다.

"미안해. 그게 아마 상소리였나 보지, 동물에게나 쓰는. 난 늘 들어서 그만 무심했어. 사람은 아마 혼혈이라고 하든가……."

나는 더듬거리며 사과를 했다. 우리는 같이 거리로 나와 어디라는 방향도 없이 걸었다.

"혼혈이구 잡종이구 마찬가지지 뭐. 중요한 건 내가 애를 낳을 것이라는 예언이에요."

"그것도 예언 속에 드나? 결혼해서 애를 낳는 것은 필연이지."

"바로 그거예요. 그러니까 두려워요."

"무슨 소린지……."

그녀가 자꾸 까다로운 소리를 할 것 같아 성가셨다. 나는 나와 상관없는 일로부터 놓여나 피곤한 몸을 마음껏 흐느적대며 내 일을 생각하고, 별과 상가의 불빛을 보고, 그다음은 어둠과 추위에 나를 팽개쳐야 하고, 꼭 나 혼자만 해야 할 일들로 난 꽤나 바쁜 몸이었다.

"집이 어느 쪽이지? 버스를 타야지. 난 걸을 텐데."

나는 그녀의 꽁꽁 언 손을 정답게 정류장으로 잡아끌며 서둘렀다. 그녀가 걷는다면 나는 또 딴 길로 갈 수도 있을 것이니, 우선은 우리가 각각 집으로 향하고 있을 뿐이라는 걸 분명히 해두고 볼 일이었다.

"언니 제발 부탁이에요. 나하고 조금만 더 이야기하다 가요."

그녀는 울상이 되며 나에게 밀착해왔다.

"빨리 가봐야지. 엄마가 기다리시잖아?"

"흥, 기다리라죠. 내가 뭐 어린앤 줄 알아요? 다방에서 좀 쉬고 얘기하다 가요. 늦게 들어가도 상관없어요."

나는 별수 없이 어느 2층 초라한 다방에 그녀와 마주앉았다.

찬바람 때문인지 늘 분홍빛이던 그녀의 볼이 핼쑥했다. 검은 유리창에 비친 내 얼굴도 피곤하다. 그녀가 이제부터 더욱 나를 피곤하게 할 것 같아 두렵다. 나는 유리창에 관자놀이를 기대고 눈을 감았다. 졸음이 달콤하게 밀려왔다.

"언니, 커피 식겠어."

그녀가 자기 커피는 마시지 않은 채 나를 채근했다. 나는 미지근한 찻잔을 손바닥으로 안았을 뿐 그 까만 물을 마실 일이 왠지 난감했다.

"언니 나 미국 가는 거 그만둘까 봐."

"왜?"

난 좀 반가웠다.

"언니 때문에……. 잡종 때문에……."

"또 잡종이야, 혼혈이래도. 그리고 미국에서야 혼혈에 대한 편견이 설마 여기 같을라구. 미국이란 게 거대한 혼혈 아니겠어?"

"그게 아니에요, 내가 두려운 건. 실은 언니가 낮에 한 소리가 나에게 까맣게 잊고 있는 걸 번개처럼 확 일깨워 줬단 말예요."

"뭘?"

"미국 가는 것 말구 또 할 일이 있다는 것을. 이를테면 결혼을 좀 더 구체적으로 생각한 거죠. 아기를 낳으려면 치러야 할 과정이랄까. 그런 걸 그 PFC와 갖는다는 건 상상만 해도 소름끼쳐요."

그녀는 양미간을 곱게 찌푸렸다. 나는 그녀의 말을 잘 이해 못하면서 그저 지칠 대로 지쳐 있었다.

"미국도 가고 싶지만 더 중요한 것도 있거든요."

"그게 뭔데."

나는 마지못해 한마디 했다.

"남자와 여자와의 최초의 접촉이 황홀하리라는 꿈요. 그 꿈을 그 PFC가 엉망으로 만들게 내버려둘 순 없잖아요."

"너 오늘 하루 종일 그런 맹랑한 생각만 했었댔구나."

"아아뇨. 그 생각은 언니가 '잡종' 하는 순간 일순에 해버렸어요.

실은 그런 생각은 늘 있으면서도 내가 덮어두었던 걸, 얇게 어설프게 미국 간다는 꿈으로 덮었던 것을 언니가 벗겨준 것뿐이에요."

나는 얼떨떨해서 서툴게 웃었다. 내가 잘했다는 건지 못할 짓을 했다는 건지 짐작이 안 된 채 그녀로부터 놓여나고 싶을 뿐이었다.

"나 온종일 쭉 미국 가지 않고도 시궁창을 빠져나올 궁리를 했어요. 결국 언니하고 의논하기로 했어요."

그녀는 다 식은 커피를 냉수 들이켜듯이 훌쩍 마시고 나서 어느새 볼이 붉어 있었다.

"나 언니네에 가 있으면 안 될까?"

그녀가 비로소 결심한 듯 의외의 제안을 해왔다.

나는 다시 유리창으로 눈을 돌렸다. 어두운 뒷골목으로 난 유리창에는 아무런 풍경도 없고 다만 내 모습만 있었다.

나는 찬 유리창에 내 더운 이마를 포갰다. 콧등을 찌부러뜨리고 눈을 감았다. 그녀로부터, 또 난처한 대답으로부터 놓여날 궁리를 하려다 말고 그런 시시한 궁리가 귀찮고 짜증스러워 허술한 유리창이 덜컹대도록 머리를 흔들었다. 다시 졸음이 안개처럼 서려왔다.

"밥값은 낼게."

어느 틈에 내 옆자리로 옮겨 앉은 그녀는 내 등을 정답게 감싸며 바로 귓전에 따뜻한 입김으로 속삭였다.

들꽃과 갓난 야생동물을 합친 것 같은 그녀의 독특한 체취가 풍겨왔다. 그녀가 자신이 시궁창에서도 이처럼 향기롭다는 걸 모르다니 참 답답하다.

그녀가 서 있는 땅이 시궁창이라면 내가 서 있는 땅은 지독한 한 발의 땅이다. 그렇지만 그 한발의 의미를 그녀에게 어떻게 설명한다? 차라리 영어로 시조를 해설하는 것이 수월할 것 같다.

남의 일로 힘들이고 난처해하기는 정말 싫었다. 나는 시치미를 떼기로 작정했다.

"이제 그만 가자. 우리들의 엄마가 기다리시겠다."

나는 그녀의 손을 잡아 일으키면서 나도 일어났다.

"우리들의 엄마?"

"응. 너희 엄마와 우리 엄마."

나는 아무렇지도 않게 가볍게 말했다.

"언니, 내가 지금 말한 건 생각해보는 거지?"

"머플러를 쓰지 그래. 밖이 춥던데."

먼저 머플러로 머리를 감고 시범이라도 보이듯이, 앞머리를 몇 가닥 이마로 내리며 씽긋 웃어줬다.

"밥값은 낼게. 나도 그만큼은 번다."

"점심을 빵으로 때웠더니 좀 출출하지. 넌 안 그래?"

나는 앞장서서 어둡고 가파른 계단을 능숙하게 내려왔다. 한길은 추웠다. 추운데 혼자는 딱 질색이다. 춥기 때문에 그녀와 좀 더 다정하고 싶었지만 그럴 수는 없었다. 어떤 매듭을 짓고 싶은 눈치가 역력한 그녀에게 나는 단호히 "안녕" 하고 말했다.

혼자가 된 나는 배에 힘을 주고 고개를 오버 깃 속에 깊이 묻었다. 그리고 비로소 시선을 내 내부로 돌렸다. 고개를 딱지 속에 처넣은 달팽이의 시계視界만큼이나 어둡고 협소한 나의 시계. 그러나 내 옹졸한 시선은 그런 좁디좁은 시계에서만 당황하지 않고 안식을 누릴 수 있었다.

나는 우두커니 전차 정류장에 서 있었다. 전차는 좀처럼 와주지 않았지만 기다리는 사람들이 불어나는 것도 아니었다. 화신 앞까지만이라도 타고 싶을 만큼 나는 피곤했다. 오늘은 거의 2백 달러나 벌어들였으니 나는 지칠 대로 지쳐 있었다.

문득 나는 내가 지쳐 있는 부분이 다리가 아니라 입임을 깨닫는다. 중학교 1학년 영어 교과서 정도 영어의 수없는 되풀이로 저녁때쯤은 혀가 거의 경련을 일으킬 지경이었다.

"하우 뷰티풀 쉬 이즈?"

"캔 아이 헬프 유?"

그러고 보니 나는 오늘 온종일 우리말을 한 번도 못 지껄여본 듯하다. 오늘은 워낙 바빴고, 미숙이도 태수도 나를 찾지 않았고, 옥희도 씨에겐 내가 말을 걸 틈이 없었으니까.

불현듯 나는 우리말이 해보고 싶어졌다. 아까부터 전차를 기다리는지 그냥 우두커니 서 있는 건지 알 수 없는 중년의 사나이 옆으

167

로 가서 나는 가만히 중얼거렸다.

"당신의 부인은 참 아름답군요?"

"그녀의 눈은 무슨 빛인가요?"

"그녀의 머리색은요?"

다행히 그 말은 아주 작은 웅얼거림에 그쳤다. 아무리 작아도 내가 오늘 입 밖에 낸 최초의 우리말, 그러나 그것은 우리말이었을 뿐 결코 내 말은 아니었다. 나의 느낌, 내 의사가 담긴 내 말을 하지 않고는 못 배길 것 같았다. 말이 아니라 외침에라도 몸짓에라도 정말 나를 담고 싶었다.

중년의 사나이가 휘적휘적 저쪽으로 가버렸다. 그뿐, 전차도 안 오고 전차를 기다리는 사람이 더 늘지도 줄지도 않았다. 나는 서성거리다가 어느 틈에 걷기 시작했다.

미군 상대의 선물 가게에서 쇼리가 웬 흑인을 붙들고 안간힘을 쓰고 있었다. 나는 멈춰 서서 그의 슬픈 영어를 들었다.

"할로, 프리이스 캄 캄 룩크 룩크. 위 해브 매니 매니 베리 나이스 프레센트."

"아이 돈 해브 모니. 유 프레센트 오오케?"

쇼리는 열심히 치켜들었던 놋재떨이와 담뱃대를 제자리에 탁 놓더니,

"씨이발 개애새끼."

통쾌한 우리말이다. 금세 속이 후련해진 나는 꼬마에게 크게 미

168

소 지어 보이며 물었다.

"오늘 많이 팔았니? 꼬마야."

이것이 내가 오늘 한 최초의 내 의사가 담긴 우리말인 것 같았다. 나는 꼬마의 대답은 기다릴 것도 없이 흐느적거리며 여러 가게 앞을 기웃거리며 지나갔다.

대소쿠리, 담뱃대, 지게, 삼태기, 요란한 수가 앞뒤로 놓인 점퍼, 색이 바랜 조악한 천의 파자마, 갓 쓴 할아버지, 똥똥 멘 농부의 목각 인형……. 우리의 것이랍시고 내세운 물건들이 외국 사람, 아니 나에게 오히려 낯설고 정이 안 간다. 팔아먹을 것의 고갈, 그렇지만 팔아먹지 않고는 연명할 도리가 없는 상태, 그런 것이 바로 가난의 생탠가 보다. 나는 이들 가게 앞을 지나 다시 어두운 모퉁이에 섰다.

그리고 달음질쳤다. 무섭다는 이유 말고도 또 하나의 급한 용무가 생긴 것이다. 나는 완구점의 침팬지를 만나고 싶었다. 그 유쾌한 친구가 위스키를 따라 마시고 또 마시고 하는 광적인 폭음에서 차차 동작이 느려지며 허탈로 돌아가는 모습 앞에 있고 싶었다.

여전히 노점인 완구점은 붐볐고 구경꾼은 거지반 어른이었다. 장난감을 좋아하는 어른이 나뿐이 아니어서 적이 마음이 놓였다.

무더기로 쌓인 자동차, 기차, 인형, 비행기, 총칼 따위를 다 제쳐 놓고 유독 손님들의 총애를 독차지하고 있는 침팬지란 놈이 주인을 위해 돈을 좀 벌어준 것 같지는 않으니 뻔뻔한 놈이다.

오늘은 그놈이 옆에 시종까지 거느리고 있었다. 눈이 툭 불그러지고 흰 이를 드러낸 검둥이 인형이 꽁무니에 태엽을 단 채 징을 들고 서서 주인의 향연을 기다리고 있었다.

무표정한 완구점 주인 영감이 하품을 늘어지게 하고 나서, 쭉 늘어선 구경꾼을 시들한 듯이 흘겨보고 마지못한 듯이 마른 나뭇가지 같은 손을 침팬지 쪽으로 뻗는다. 개막 징을 듣는 관객같이 나는 숨을 죽이고 흥분을 누른다.

주인 영감은 먼저 침팬지 꽁무니의 태엽을 틀어주고, 이어 검둥이의 태엽을 틀어 나란히 세웠다.

두 놈은 리드미컬하게 어깨춤을 춰가며, 한 놈은 위스키를 따라 마시고 한 놈은 신나게 징을 두드렸다. 두 놈은 아주 호흡이 잘 맞아 한 놈이 점점 빠르게 거푸거푸 위스키를 따라 마실수록 한 놈은 주흥을 돋구듯이 점점 세게 징을 쳤다.

그러자 구경꾼들은 덩달아 전신을 흐느적대고 웃고 또 웃었다. 나도 웃었다. 웃다 웃다 나중에는 눈가에서 눈물이 흐르도록 웃었다.

구경꾼들이 숨을 죽이기 시작하자 그놈들의 동작도 점점 느려졌다. 그들의 동작이 완전히 멈추자 맥이 탁 풀리며 몸이 흐느적흐느적 땅으로 흘러내릴 것처럼 피곤해졌다.

눈가의 눈물을 닦고 사람들이 흩어지고 새 사람이 오고 하는데 나는 그저 망연히 서 있었다. 머리가 텅 빈 채 아무런 생각도 떠오르지 않았다. 나는 문득 내가 쓰러지지도, 땅으로 흘러내리지도 않고

서 있을 수 있음은 누군가의 부축 때문인 것을 깨달았다. 그의 부축은 능숙하고 편안했다. 찬란한 빛처럼 어떤 예감이 왔다. 나는 돌아보지 않고 오래도록 그 예감만을 즐겼다.

"그만 가지."

예감대로 옥희도 씨의 음성이었다. 따뜻하고 착한 시선이 나를 굽어보고 있었다. 오랜 별리 끝의 해후처럼 반가움이 벅차왔다. 우리는 사람을 헤집고 나와 같이 걸었다.

"어린애같이 아직도 장난감을 좋아하나?"

"선생님은요?"

"별안간 그놈이 보고 싶었어. 그 주정뱅이가……."

"저도요. 막 뛰어왔어요."

"나도 그랬어. 왜 그랬을까? 사뭇 걷잡을 수 없을 만큼이었어."

"우리는 우리들의 해후를 예감했나 봐요."

"해후라니? 우리는 요새 늘 같이 있었는데……."

그는 같이 있었다는 걸 다짐하듯 내 손을 잡았다. 그의 두둑하고 따뜻한 손 속에서 내 작은 손이 녹아오고 그의 체온, 입김, 시선, 그런 것이 거의 법열과도 같은 황홀한 기쁨을 나에게 주었다.

"오랜만이죠?"

나는 여기서 그를 만난 게 다시 한번 고맙고 신통하고, 암만해도 온종일 같이 있었던 사람 같지 않게 그가 새로웠다.

"우리는 늘 같이 있었잖아."

그가 내 손을 더욱 꼬옥 잡았다.

"같이 있었음 뭘 해요. 서로 말 한번 못 해보게 바빴잖아요. 외로 웠어요."

"저런 가엾어라."

그는 빙긋 웃으며 장난스럽게 말했으나 내 마음을 어루만지기에 충분한 성의가 있었다.

"다시는, 다신 절 가엾게 하지 마세요."

난 응석부리듯이 그의 어깨에 머리를 기대고 천천히 걸었다. 그는 대답이 없었다.

양장점, 양품점, 양화점, 보석상들의 휘황한 조명 앞을 지나면 침침한 호떡집을 마지막으로 어두운 성당 앞 고갯길이었다. 나는 대답 없는 그의 눈치를 살피고 마지막 불빛인 호떡집의 30촉짜리 외등 앞에서 그를 쳐다봤다. 착하고도 총명한, 그래서 가끔 상심과 피곤이 담기는 것 외에는 한껏 평온하기만 하던 그의 눈이 여태껏 본 적이 없는 이상한 열기로 타고 있었다.

나는 흠칫 놀라 시선을 돌렸다. 다시 그를 쳐다봤을 때는 이미 불빛을 지나, 침침한 외등 빛을 뒤로 하고 얼굴은 어둡게 그늘진 채였으나 눈빛만은 아직도 타고 있었다.

나는 숨을 죽였다. 그리고 전신의 감각으로 이 바위 같은 사나이가 깊숙이 떨고 있음을 느꼈다. 어느 틈에 나도 떨고 있었다. 그에게 잡힌 손이 아주 새로운 감각을 전해왔다. 나는 잠깐 그 새로운 감각에 저항을 느꼈다. 그에게 잡힌 손을 빼내야겠다고 생각했으나 의외로 그는 완강했다. 어쩔 수 없이 그에게서 남자를 느꼈다.

심장이 걷잡을 수 없이 뛰기 시작했다. 나는 그에게 잡히지 않은 한쪽 손으로 왼쪽 가슴을 눌렀다. 심장이 나오는 별개의 생동하는 생물이 되어 자신을 가두고 있는 늑골을 박차고 튀어나올 듯한 위기를 느꼈다. 나는 허둥지둥 발을 헛디디며 그에게 끌려가다시피 하고 있었다. 그는 두렵도록 억셌다. 드디어 충동적으로 멈춰 선 그는 튀어나올 듯한 내 심장을 육중하게 자기 체중으로 눌렀다.

나는 또 한 번 아주 가까이에서 그의 열기를 보고 느꼈다.

"가엾게시리……. 떨고 있군."

그는 몹시 떨리는 음성으로 내 귓바퀴가 간지럽도록 가까이서 속삭였다. 나는 그가 뭔가 몹시 두려워하고 있음을 알았다. 그리고 나도 똑같이 그가 두려워하는 것을 두려워하고 있음도.

나는 두려운 것이 오기를 두려워하며 기다렸다. 그의 숨결이 주저하며, 그러나 어김없이 다가오는 것을 느꼈다. 나는 고개를 젖히고 그의 숨결을 받아들이기 전에 높이 솟은 성당의 첨탑을 보았다. 그러자 언젠가 이 앞에서 잊었던 시의 한 구절이 이상하리만큼 선명하게 떠올랐다.

어느 틈에 나는 한숨을 뱉듯이 그것들을 띄엄띄엄 읊조리고 있었다.

—마리아, 당신만은 우리에게 자비로우셔야 해요. 당신의 핏줄

173

로 태어난 우리올시다. 동경이 얼마나 가슴 아픈 것인가를 당신이 아니고서야 누가 알기나 하오리까—

어쩌자고 그 소중한 순간을 그런 쑥스러운 짓으로 망쳐놓고 말았는지 모를 일이다.

그의 숨결은 더 이상 다가오지 않았다. 나는 아쉬움과 안도를 동시에 느꼈다. 우리는 다시 걷기 시작했다. 천천히 고개를 내려와 모퉁이를 돌았다.

"춥지?"

"네, 너무 추워요."

"오늘이 아마 소한이지."

"소한 추위가 대한 추위보다 더하다니 이상하죠?"

"우리 선조들의 속임수지. 복중에 슬쩍 입추를 끼워놓는다든가, 어감으로 혹한이나 혹서의 괴로움을 덜려는 천진한 속임수야."

"그렇군요."

실은 우리도 속임수를 쓰고 있었다. 우리들이 여태껏 소한 추위로 그렇게 떨었던 것처럼 떨림도 열기도 모두 소한 추위로 돌리고 안심하려 들었다.

우리는 같이 길을 건너고 아무 말 없이 골목길을 지났다.

"영하 몇 도쯤이나 될까요?"

"글쎄 오늘 아침이 15도였다던가……."

가끔 쓸모없는 대화를 띄엄띄엄 나누며 평정을 회복하여 갔다.

결국 아까 성당 앞에서의 순간을 이을 대화를 찾지 못한 채 우리는 예의 바른 인사를 나누고 헤어졌다.

집 앞에는 낯선 지프차가 멎어 있었다. 폐가처럼 퇴락한 우리 집 앞에 멎어선 지프차는 마치 현실이 미아가 되어 꿈속으로 뛰어든 것같이 안 어울려 보였다. 나는 집에 들어가기를 망설이며 이 불의의 침입자가 나를 귀찮게 굴 것을 짜증 내봤으나 밖은 영하 15도였다. 나는 순전히 추위 때문에 떨기를 원치 않았다. 대문은 열린 채였고 댓돌에는 윤기나는 군화와 허술한 군화가 나란히 놓여 있었다. 곧 큰댁 진이 오빠가 와 있음을 알았다. 나는 신을 벗으며 두 켤레의 구두에 촘촘히 뚫린 구두끈 구멍이 너무도 많고, 구두끈이 하도 길어 그런 신을 신고 벗어야 하는 진이 오빠가 가엾게 여겨졌다.

다소나마 그를 가엾게 생각할 수 있다는 건 큰 다행이었다. 큰 근심거리이던 진이 오빠와의 대결이 한결 수월하게 생각되었으니 말이다.

진이 오빠는 건넌방 아랫목에 벌렁 누워 있고 운전병인 듯싶은 작업복 차림의 하사가 윗목에 거북한 자세로 앉아 있었다.

"늘 이렇게 늦게 오니?"

선하품을 하며 일어나 앉은 진이 오빠는 첫마디부터 못마땅해하는 눈치가 역력했다.

"오늘은 좀 늦었어요."

그 앞에서 풀이 죽는 것은 오래 전서부터의 습관이었고 오늘도 어쩔 수 없었다. 구두의 끈 구멍 따위가 도움이 될 리 만무였다.

잘생긴 얼굴이 군인답지 않게 희고 여전히 위엄과 귀티가 있었다. 중령이라는 계급이 얕잡아볼 수 없는 계급이라서가 아닌, 군인이라든가 장교라든가 그런 것과는 상관없는 그 독특한 품위와 위엄은 설사 그를 공중탕 속에 던져넣는다 해도 여전할 것 같았다.

속칭 유엔점퍼라 불리는, 중국 옷같이 생긴 볼품없는 방한복이 진이 오빠에게는 그의 귀티를 조금도 손상시킴이 없이 썩 잘 어울렸다.

나는 오버를 벗어 걸고 도시락 통을 내놓고 하는 사이 줄곧 진이 오빠의 그 귀티 나는 얼굴에 썩 잘 어울리는, 남을 좀 얕잡아보는 듯한 삐뚜름한 웃음이 나를 쫓고 있음을 느끼고 있었다. 그러나 그런 부자유에서 놓여날 방도는 암담했다.

나는 언 손을 진이 오빠가 깔고 있는 포대기 밑에 넣으며 윗목의 하사에게 먼저 말을 건넸다.

"추운데 이리로 좀 내려오시지 않구."

엉거주춤 거북한 모습으로 앉았는 그에게 나는 친밀한 동류의식을 느꼈다. 그러나 그는 천부당만부당하다는 듯이 황급히 궁둥이를 더 뒤로 밀었다.

"직장이 견딜 만하니?"

"네, 그럭저럭 견딜 만해요."

한참을 화제가 끊기고, 편한 자세로 앉아 있는데도 나는 윗목의 하사만큼이나 거북했다.

진이 오빠는 퍼멀 한 개비를 뽑아서 불을 붙여 유연히 내뿜었다. 건강하고 깨끗한 손가락 사이에서 퍼멀 푸른 연기를 가늘게 뽑았다. 까닭 없이 사치한 풍경이었다.

맛난 것만 가려서 먹고 폭신하게 자고 고상한 생각만 골라서 한 것 같은 이 큰집의 귀하디귀한 장손에게 어머니는 김칫국을 먹였겠지. 아니면 된장에 김치를 썰어 넣은 찌개쯤을 먹었을까? 하여튼 상을 받은 진이 오빠의 얼굴을 못 봐둔 게 한이지만 그에게 사정없이 김칫국을 먹였다는 생각은 큰 소리로 웃고 싶으리만큼 통쾌했다.

"저녁상 가져오랴?"

어머니가 미닫이를 반쯤 열고 물어왔다.

"네, 근데 오빠 뭐 좀 해드렸어요?"

"아아니, 먹고 왔다던데."

어머니는 시들하게 억양 없이 말하고 부시시 미닫이를 닫았다.

"엄마 나도 참 저녁 먹고 왔어요. 깜빡 잊었네."

나는 그 앞에서 김칫국을 홀쩍거리기가 싫어서 황급히 저녁을 취소했다.

"저녁 먹은 걸 그새 잊냐?"

그가 담배를 비벼 끄며 한마디 했다. 나에게는 그것이 심한 빈정거림으로 들렸으나 어쩔 수 없었다.

그에게 김칫국을 못 먹였다니 생각할수록 억울했다. 그 때문에 저녁을 굶어야 하는 것도 좀 억울하지만, 맛난 것에 포만한 듯 기름진 그 앞에서 김칫국을 마셔야 하는 수모를 감당하기보다는 훨씬 낫지 않은가.

그러나 김칫국을 거부하고 나서도 역시 그 앞에선 좀 초라하고 거북해지는 것을 어쩔 수 없었다. 나는 어느 틈에 윗목의 하사만큼이나 엉거주춤 볼품없이 앉아 있었다.

"그냥 이대로 지낼 각오냐? 실은 너를 강제로라도 끌고 오라는 명령을 받고 왔다만……."

그는 입귀로 잠깐 웃었다.

"그렇겐 안 될걸요."

나는 그를 똑바로 보며 약간 도전적으로 쏴주었다.

"그렇게 겁낼 건 없다."

"누가 겁을 내요? 오빤 누구든 오빠 앞에서 떤다고 생각하는 버릇까지 여전하군요."

"너도 여전하구나."

그는 또 입귀로 잠깐 웃었다.

"큰아버지께서는 가장을 잃은 작은댁 돌보는 것을 당연한 의무로 생각하고 계시지. 그래서 혹시 의무를 소홀히 했다는 비난을 훗날 친척이나 친지들로부터 들을까 봐 두려우신 거야. 그래서 마리를 시켜서 편지도 쓰게 하고 또 나도 보내시구. 난 내 아버지의 위선을 너무도 잘 알고 있다."

"뭣 때문에 나에게 그런 소릴 하죠?"

"네가 너무 쌀쌀한 것 같아서. 내가 온 것도 그런 위선의 제스처로 받아들이는 것 같아서 말이다. 난 자의로 온 거니까. 조금쯤은 너도 보고 싶고 이 고가도 궁금했으니까."

그는 아까보다 훨씬 부드럽게 웃어 보였다.

"제발 큰아버지도 오빠도 우리에게 관심 갖지 말아줘요. 그럭저럭 살 수 있을 테니까요."

"그렇겐 안 될걸. 큰아버진 난이가 춤바람이 나고 민이가 여자 문제로 말썽을 일으키고 다녀도 태평이셔. 오로지 걱정은 서울 작은댁 걱정뿐이시란다. 입 밖에 내서 하는 걱정 말이다. 일가친척한테 보이기 위한 선전용 걱정이 요새 점점 더하셔서 민망할 지경이지. 실상 우리를 아는 사람들은 우리가 너희에게 크게 신세 진 걸 다 알고 있으니 아버지의 고충도 이해할 만하지 안 그래? 경아야."

그는 도대체 무슨 말을 들추려는 걸까 하고 덜컥 겁이 났지만 다행히 그는 딴생각에 잠겨 있는 듯 그 문제는 흐지부지 넘기고 푸듯이 혼잣말처럼 뇌까렸다.

"그렇지만 도로야. 헛수고일 뿐이야."

"네, 그러믄요. 전 안 갈 테니까요."

"그런 뜻이 아냐. 남한테 보이기 위한 아버지의 인사치레나 성의

조차 생략해도 무관하리라는 뜻이야. 네가 생활고로 양갈보가 됐대도 훗날 친척들이 우리를 비난하지도 않을 테고 우리의 체면에 영향을 줄 리도 없고……. 전쟁이 끝나면 사람들은 좀 더 자기 일에 바쁠 테고 좀 더 이기적인 게 판칠 테니까."

난 어리둥절한 채로 냉소로 일그러진 그의 입가만 보고 있었다.

"가족이란 개념도 좀 더 축소될 거야. 조카딸쯤 안 돌본 걸 헐뜯는 양반은 아무도 없을걸. 대가족 제도의 호주의 권위는커녕 아마 사람들은 제 자식도 못 다스리게 될 테니까."

그는 혼자 제멋대로 지껄이고 다시 퍼멀을 한 개비 뽑아 불을 붙였다. 금속성으로 차게 빛나던 그의 눈에 담배 연기 때문일까, 한 가닥 우수가 서렸다. 그는 나에게 좀 잔혹한 소리를 한 셈인데도 오히려 자기 쪽에서 풀이 죽어 있었다. 한참 만에 좀 멍청한 듯한 시선을 나에게로 돌리더니,

"아마 장차의 젊은이들은 혈연이나 인습의 굴레를 부수기에 좀 더 대담하고 자기의 문제를 자기가 책임지기에 용감하고 성실해질 거야. 젊은이다운 세상이 될 거야."

그는 지금 문득 자기의 문제를 생각하고 자기의 이야기를 하고 있는 것 같았다. 단지 여자의 집이 지체가 낮다는 이유만으로 부모의 완강한 반대로 첫사랑을 이루지 못하고 여태껏 독신으로 버티고 있는 자기의 문제를.

그러나 그가 지금 단순한 회상을 하고 있는지 깊은 회한에 잠겼

는지까지 그의 표정에서 알아낼 순 없었다. 흡연이 끝나자 내가 착각한 우수도 말끔히 가시고, 역시 눈은 차고 얼굴은 빈틈없이 잘생겼다는 것 외에는 아무런 표정도 없었다.

이 차고 단단한 남자에게 자국을 남길 수 있었던 여자는 대체 어떤 여자였을까 하고 문득 궁금해졌지만 그는 아무의 궁금증도 받아들일 성싶지 않게 역시 차고 단단했다. 그가 지닌 품위와 위엄도 성품으로 지녔다기보다는 그 속에 자기를 깊이 가두고 있다는 표현이 적절했다.

나는 간신히 말했다.

"오빠. 무슨 소릴 하려는 거예요. 너무 어려운 소리만 하시면 곤란해요."

"간단해. 네가 자유롭다는 소리야. 어른들에게 마음 쓸 것 없어."

그는 냉랭하게 말하고 나는 나도 모르게 왈칵 격앙했다.

"훗후후…… 그거야말로 도로군요. 큰아버지의 헛수고보다 더 기막힌 헛수고예요. 도도하신 오빠가 여기까지 와서 그렇게 긴 이야길 했으니. 난 오빠가 자유 선언을 하기 훨씬 전서부터 자유로웠으니까요. 큰댁 체면 때문에 내가 뭐 못한 거 있는 줄 아세요? 나는 내 문제만 생각하고 내 맘대로 살고 있어요. 앞으로도 그럴 테니 걱정 마세요. 생활비 보조도 이제부터 거절하겠어요. 내가 큰댁 속셈을 모를 줄 아세요. 치사하게 몇 푼 생활비가 아까워서 별별 소릴 다한 거죠? 좋아요, 안 받겠어요. 나도 돈쯤은 버니까."

181

"왜 그렇게 옹졸하니?"

그의 냉랭하게 가라앉은 목소리가 내 격앙을 눌렀다.

"받아두는 거야. 큰아버진 부자니까. 좀 더 달래도 돼. 실상 우린 너희에게 그 이상 빚지고 있는 셈이기도 하고……. 이야길 좀 새겨 듣지 못하겠니?"

그는 말을 멈추고 안방 쪽에다 잠깐 신경을 쓰는 듯했다. 조용했다. 최소한도의 인기척도 잡을 수 없었다.

"넌 말귀가 어둡구나. 넌 우선 너의 어머니로부터, 그 다음은 이 음산한 고가로부터 자유로워져야 돼."

"네?"

나는 흠칫 놀라면서 소스라쳤다.

"우선 너의 어머니로부터 자유로워지라구."

"날 더러 어쩌라는 거죠?"

"너의 어머닌 이미 이 고가의 일부야. 그것이 그분의 가장 편한 처신이라면 우린들 어쩌겠니? 그렇지만 너까지 이 고가의 일부이 기에는 너는 너무도 젊고 발랄하다. 그러니 어머니에 대한 의무에 너를 얽매지 말란 말이다."

"그럼 엄만 어떻게 되는 거죠?"

"어머닌 아직은 신체상으론 정정하시구……."

그는 느닷없이 정정한 걸 신체상으로 국한시키고, 난 그게 듣기 에 심히 못마땅했다.

"아무튼 자기 신변을 자기가 돌볼 만은 하시구, 식생활이야 여전히 큰아버지가 돌보실 테니까. 아까도 말했지만 큰아버지는 부자고 그리고 내가 좀 헐뜯긴 했지만 좋은 분이야. 친척 간에 의리 지키는 것을 큰 자랑으로 삼고 계시니까. 이를테면 구대인을 대표하는 호인이시지. 그 호인에 기대는 거다. 어머니도 그리고 너도 한번 기대 봐. 알겠니? 맘 내킬 때 부산으로 내려오렴. 공부도 계속할 수 있을 테고 네 나이에 맞는 웅분의 생활을 가질 수 있을 테니까. 아무튼 그곳에선 좀 더 화안한 생활을 찾을 수 있을 거야."

그는 '화안한'을 어쩌면 그렇게 풍부한 감정을 곁들여, 고혹적으로 발음을 하는지 나는 단박에 가슴이 울렁거려왔다. 빛과 기쁨이 있는 생활에의 갈망이 세차게 고개를 들었다.

윗목에 엉거주춤 거북하게 앉아서 졸던 하사가 어느 틈에 자세를 무너뜨리더니 거침없이 코를 드르렁거렸다. 사지를 편히 늘어뜨리고 보기에도 쾌적한 깊은 잠에 빠져들어 갔다.

진이 오빠의 입가에 처음으로 미소다운 미소가 떠올랐다.

"녀석, 퍽 고단했나 보다."

나는 방바닥에 놓인 그의 라이터를 집어 엄지손이 아프도록 불을 켰다 껐다 하는 실없는 장난을 되풀이하며 설렘을 달래고 있었다. 그는 자신의 말의 효과에 충분한 자신을 갖고 유유히 나를 관찰하고 있었고, 나는 심상한 얼굴로 맞섰다.

그러나 나는 심하게 찢기고 있었다. 새롭고 환한 생활에의 동경과 지금 이대로에서 조금도 비켜설 수 없으리라는 숙명 사이에서 아프게 찢기고 있었다. 또한 나는 이 찢김, 이 아픔이 전연 무의미하다는 걸 알고 있었다. 이 아픔을 통해 내가 조금도 새로워질 리가 없을 테니까.

누가 뭐래도 결코 나는 놓여날 수 없는 것이다. 전전긍긍 전쟁을 기다리며 하루 한 번 한쪽이 달아난 검은 지붕을 경건하게 우러르며, 어머니를 미워하고 김칫국을 마셔야 하는 일에서 결코 나는 놓여날 수 없는 것이다.

나는 새삼 나를 충층이 얽맨 사슬을 느꼈다. 그 사슬의 시초가 궁금했다. 나는 가끔 그 사슬의 시초로의 소급을 시도하다가 우습게도 좌절당하고 마는데, 진이 오빠의 도움이 있다면, 어쩌면 나는 쉽사리 그 시초를 볼 수 있을 것 같았다. 그러나 난 두려웠다. 그 시초를 보기가. 난 그 시초를 결코 망각한 게 아니라 교묘하게 피하고 있을 뿐인 것이다.

"내일모레 나 가는 길에 같이 가자꾸나."

그는 심상하게 그러나 자신 있게 말했다.

"어쩌면 어머니 시중들 애도 생길 것 같다. 김 하사 누이동생이 얌전하다길래 내가 부탁했으니까 십중팔구 틀림없겠지."

그는 윗목의 하사를 턱으로 가리켰다. 그리곤 자기 일은 인제 완전히 끝났다는 듯이 얄팍한 입술이 안으로 굳게 닫히며 그 독특한, 타인에 대한 관심에 아주 인색한, 극도로 이기적인 눈매로 돌아와 있었다.

나는 계속 라이터로 손장난을 하고 있었다. 얼마나 여러 번 껐다 켰다를 되풀이했던지 이젠 좀처럼 불이 당겨지지 않고 불똥만이 몇 개씩 흩어졌다. 나는 라이터를 그의 앞에 밀어놓고 빨갛게 부풀다시피 한 엄지손가락의 지문에 호호 입김을 불어넣으며,

"안 가겠어요."

아무 망설임 없이 또렷이 말했다. 그는 별로 놀라지 않고 그렇다고 딴 말을 걸려고 들지도 않았다. 시계를 보더니,

"김 하사를 깨워라."

그가 조금이나마 남에게 관심을 갖기로 한 시간은 이미 지난 모양이다.

김 하사는 맹렬히 코를 골고 있었다. 꿇었던 무릎은 완전히 펴져서 커다란 발바닥이 거침없이 그의 오만한 상관을 향하고 있었다.

업어가도 모를 듯한 깊은 숙면에 빠져 있는 그가 나에게 웬일인지 이 커다란 집 속의 유일한 살아 있는 사람같이 여겨졌다.

"조금만 더 재워요. 별일 없으면."

"그럴까……."

그는 무료한 듯이 하품을 하고 다시 담배를 꺼냈다. 세 개비째였다. 나는 성냥불을 그어댔다. 든든해 보이면서도 여자같이 피부가 섬세한 손가락 사이에서 모락모락 연기를 뿜는 담배가 눈에 즐겁다.

"오빠도 전쟁을, 죽고 죽이고 하는 진짜 전쟁을 해보았수?"

나는 비꼬는 투로 말했다.

"물론, 지금은 후방 근무다만."

"사람도 죽이고 총도 쏴보구……."

나는 좀 더 노골적으로 비꼬았다.

"난 무용담은 질색이야."

그는 차게 내 야유를 거부했다. 난 좀 더 끈덕졌다.

"그래도 6·25 때나 1·4후퇴 땐 도망도 했드랬겠죠? 작전상 후퇴라나 하며……. 후후…… 오빠가 도망치는 모습이란 상상도 안돼요."

나는 어떡하든 그의 오만을 모멸로써 뭉개고 싶었다.

"그럼 단신 적진으로 들어가 수십 명의 모가지를 자르는 상상은 어떠니? 안됐지만 난 신라의 화랑도, 이조 시대의 의병도 아냐."

그는 교묘하고 선명하게 내 모멸을 피했다. 화제가 끊겼다. 우리 둘은 똑같이 숨을 죽였다. 드넓은 고가를 완전히 점령한 정적을 듣고 있었다.

김 하사는 여전히 방약무인하게 코를 고는데도 우리는 똑같이 그의 코 고는 소리를 청각에서 몰아내고 오로지 밖의 정적에만 귀를 기울였다. 가끔 고가의 허술한 곳에 바람이 지나는 소리가 안 나는 것도 아니었으나, 정확히 말해서 우리는 인기척을 찾고 있었다.

사람이 전혀 살고 있는 것 같지 않은, 산 적도 없었던 것 같은 그

공허한 정적은 도깨비가 나타나 아무리 그의 예민한 코를 벌름거려도 사람 냄새를 못 맡을 것 같았다. 장구한 폐허의 정적 같은 고요가 한동안 계속됐다. 드디어 견디다 못한 건 진이 오빠 쪽이었다.

"내 말대로 할 것이지 너마저 미치고 싶니?"

섭어뱉듯이 한마디 하고는 장갑과 라이터를 주머니에 쑤셔넣더니,

"김 하사."

하고 카랑한 목소리로 외쳤다. 용수철에 튕긴 듯이 김 하사의 몸이 방바닥에서 솟구쳤다.

그들이 댓돌에서 구두끈을 매는 동안 어느 틈에 어머니도 소리 없이 마루 끝에 서 있었다.

나는 어머니 귀에다 대고 자고 가라고 인사치레나 하라고 소근댔다.

"너마저 미치고 싶니" 하던 진이 오빠의 말로 미루어 분명히 어머니는 이미 미친 것으로 치부해놓은 모양이니 난 억울해서라도 정상적인 어머니의 모습을 보여주고 싶었다.

그러나 어머니는 숫제 못 들은 척, 말없이 그들의 인사를 받고 내가 하는 대로 대문간까지 따라 나와 지프차가 골목을 나가는 것을 멍청하니 바라보다가 대문을 걸고 소리 없이 안방으로 들어가버렸다.

나는 배가 고팠다. 김칫국을 못 먹어도 배가 고프다는 게 어쩐지

187

좀 슬펐지만 배가 고픈 건 속일 수 없었다.

'너마저 미치고 싶냐고? 흥 이렇게 또렷이 배가 고픈데 내가 미칠라구. 흥 제까짓 게 뭔데. 아무리 콧대를 돋우고 거만을 떨어도 누가 모를라고. 저도 6·25 땐 도망을 쳤겠지. 우리를 그 몸서리치는 살벌과 잔혹의 지배하에 동댕이쳐 놓고 비실비실 도망친 주제에 남아서 온갖 것을 인내하고 감수한 끝에 아직도 그 후유증을 앓는 우리를 아주 불쌍한 듯이 보다니, 아니꼽게. 별꼴이야 별꼴이야. 저까짓 게 뭐라구. 여자와 망령밖에 없는 집이라구 업신여기구.'

나는 자리를 깔고 몸을 뒤채며 거듭 진이 오빠를 욕해봤지만 좀처럼 직성이 풀리지 않았다.

'비겁한 새끼. 도망병. 누가 모를 줄 알구.'

나는 내가 마지막으로 생각해낸 말, 도망병이란 말이 마음에 썩 들어서 적이 속이 후련해졌다. 안방에서 두어 번 기침소리가 났다.

뒤이어 차양이 두어 번 덜그렁댔다. 그리고 다시 바스락 소리 하나 없는 깊은 정적이 왔다.

그러나 나는 미치지 않을 자신이 있었다. 나는 내 속에 감추어진 삶의 기쁨에의 끈질긴 집념을 알고 있다. 그것은 아직도 지치지 않고 깊이 도사려 있으면서 내가 죽지 못해 사는 시늉을 해야 하는 형벌 속에 있다는 것에 아랑곳없이 가끔 나와는 별개의 개체처럼 생동을 시도하는 것이었다.

그래서 나는 사랑을 시작하게 된 것일 게다. 그러고 보니 옥희도 씨를 만날 수 있었다는 건 얼마나 큰 축복이요, 구원일까. 그를 못 만났다면 지금쯤 어쩌면 나는 정말 지쳐서 허물어져 있을지도 모른다. 진이 오빠가 가엾어하기에 알맞은 꼴로 말이다. 나는 문득 아주 어린 날을 회상했다.

아버지는 나를 편애했다. 그러면서 누가 고명딸을 너무 편애한 달까 봐, 그래서 버릇없다고 여겨질까 봐, 그런 대수롭지 않은 남의 이목 따위를 꺼렸다. 그래서 가끔 느닷없이 엄하게 구셨다. 하찮은 일로 지나치게 가혹한 벌을 받는 일도 있었다. 그런 일로 가끔 어머니와 다투는 일까지 있었던 걸로 기억된다.

어머니가 외출한 어느 날 나는 학용품을 사고 남은 거스름돈으로 군것질을 했다는 이유로 사랑방의 높은 벽장에 갇혔다. 골방문은 밖으로 잠겼다. 까무러칠 듯이 울어대면 용서받을 수 있다는 걸 뻔히 알면서도 웬일인지 나는 안 울었다. 무서워서 발딱발딱 뛰는 가슴을 꽉 누르고 무서움을 잘 견디었다. 그리고 벽장 속이 그렇게 어둡지만은 않다는 것을 차차 알게 되었다. 눈이 어둠에 익어 차차 주위의 물건들을 식별하게 되자 나는 골방 속이 밖의 세상보다 훨씬 재미난 물건들로 차 있는 데 놀랐다. 오빠들이 쓰던 장난감들은 먼지만 털면 아직도 새것이었고, 제각기의 기능이 완전했다. 나는 운전수가 될 수도, 비행사가 될 수도, 금세 완전무장을 할 수도 있었다. 나는 그런 짓을 다 해보았다. 그러나 금세 싫증이 났다. 나는 그때 1학년이었으니까. 그리고 그것 말고도 첩첩이 쌓인 식구들에게 잊혀진 물건 하나하나의 신기함을 점검해야겠기에 마음은 조급했다.

꿀 항아리에 손가락을 넣어 꿀을 몇 번 찍어 먹어보고는 한구석에 쌓인 책으로 옮겨갔다. 재미난 책을 골라내기에는 역시 빛이 모자랐다. 이때 기적처럼 눈부신 빛이 쏟아져 들어왔다. 그 빛은 서쪽의 벽면과 기둥목 사이의 틈 사이로 새어든 오후의 햇살이었다. 나는 곰팡내 나는 책들을 표지만 보고 밀어놓기도 하고 혹시 그림이라도 있음 직한 책은 책장을 넘겨보기도 했다. 그러다가 문득 나는 '안데르센'을 만난 것이다.

좁은 벽장 속에 경이롭고 영롱한 꿈의 세계가 펼쳐졌다. 나는 인어요 백조요 동시에 공주였다.

귀가한 어머니의 비명소리가 들리고 벽장문이 황급히 열리고 나는 어머니에게 안겼다.

"에구구 경아야. 얼마나 놀랐니? 얼마나 울었니?"

어머니는 나를 꼭 껴안았다. 어머니의 가슴이 놀라 뛰고 있었다.

"아유 미련한 양반, 주책없는 양반, 우리 경아를 어떤 딸이라고 이런 데다 가두다니. 가엾어라. 하마터면 큰일 날 뻔했지. 어린 게 무섭에 지쳐 까무러치기라도 했으면 어쩔랴고. 내가 빨리 오기를 잘했지. 뭐가 짚이는 게 있어 그저 집에 빨리 오고 싶더라니."

어머니는 호들갑을 떨며 내 볼에 얼굴을 부비며 손수건으로 눈물도 안 흐른 눈언저리를 자꾸만 닦아주는 것이었다. 나는 할 수 없이 조금 훌쩍거렸다.

"아유 가엾어라. 어쩜 눈물도 말라붙어 버렸구나. 아유 이 미련한 양반은 어느 구석에 박혀서 내다도 안 보누."

나는 어머니의 계속되는 수다로 내가 그동안 가엾지 않았다는 설명을 할 기회를 놓치고 말았으므로 할 수 없이 어머니에 대한 대접성으로 앙 하고 울음을 터뜨렸다. 끽소리 못하고 있던 아버지가 내 울음소리에 황급히 뛰어나와 빨간 가루를 숟갈에다 풀어서 나에게 자꾸 먹으라고 했다. 놀란 데 좋은 약이라면서.

그 약을 먹었는지 안 먹었는지를 기억해낼 수는 없어도, 내가 형벌을 받는 동안 조금도 가엾지 않았다는 게 지금도 대견스럽게 회상됐다.

그렇지 나는 결코 나를 가엾게 내버려둘 수는 없지. 나는 내가 조금씩 소중스러워졌다. 소중한 나를 배고프게 내버려둘 수는 더군다나 없었다. 발딱 일어나 부엌으로 나갔다. 그리고 어머니가 눈치채지 않게 소리를 죽여가며 밥상을 챙겼다.

10

옥희도 씨와 나는 아무런 약속도 안 했으면서 매일 밤 어김없이 침팬지 앞에서 만났다. 눈이 몹시 온다든가 날씨가 유별나게 춥다든가 하면 완구점 앞의 구경꾼은 우리 둘뿐일 때도 있었다. 그럴 때는 주인에게 태엽을 틀어달라기도 미안쩍어서 한참 그놈의 무료한 얼굴만 보고 섰다가 가야 했다.

실상 나는 침팬지가 위스키를 마시든 안 마시든, 검둥이가 징을 치든 말든 그게 그닥 대수롭지 않았다. 어김없이 그 앞에서 그를 만날 수 있다는 데만 열중하고 있어 그 밖에는 매사에 심드렁했다.

삼한사온을 잊은 채 계속해서 춥던 날씨가 좀 풀리는가 싶더니 또 눈이었다. 추위도 유별나고, 눈도 유난히 잦은 겨울이었다.

"빌어먹을, 또 눈이야. 가뜩이나 잘 먹지도 못해 휘청거리는데, 나자빠지기 똑 알맞겠구나."

"녀석은 허기 귀신이 붙었나. 맨날 먹는 타령이니."

"그럼 인석아. 먹는 것보다 중한 게 이 세상에 뭐냐? 있거든 대봐라."

"돈이다 돈. 돈만 있어 봐라. 뭘 못 먹나. 갈비로 아침저녁 하모니카를 불어댄들 누가 뭐라나. 그저 원수는 돈이니라, 돈. 안 그렇습니까? 옥 형."

김 씨와 돈 씨가 입씨름을 하다가 슬쩍 옥희도 씨에게 말을 걸었다. 요즈음 그들이 말끝마다 옥희도 씨를 끌어들이려 드는 것은, 별 저의가 있어서라기보다는 그저 그렇게 하는 것이 옥희도 씨에 대한 큰 대접성으로 생각하는 모양이었다.

옥희도 씨는 글쎄요 하며 화필을 놓았으나 더 이상 말참견을 하지는 않았다. 피곤한 듯 어깨를 치며 웃음을 머금은 따뜻한 시선으로 거의 눈사람이 되다시피 되어서 들어오는 양키들을 보고 있었다.

"언니, 눈이 많이 오나 보지?"

미숙이가 밝은 얼굴로 내 곁으로 왔다.

"눈 오는 게 좋니?"

"응, 눈을 뭉쳐서 마구마구 던졌으면. GI들의 뒤통수랑, 가게 유리창이랑."

정말 당장에 그럴 듯이 두 손을 모으며 깡충 뛰었다. 국제결혼을 이야기할 때보다 눈싸움을 소망하는 그녀가 훨씬 어울리고 사랑스럽다. 그만큼 그녀는 아직 어린 것이다.

그녀는 타일 바닥을 깡충대는 것만 가지고는 직성이 안 풀리는

지 초상화부로 들어와 구쳐쳐하게 늘어진 잿빛 휘장을 활짝 한쪽으로 밀었다.

"아유 멋있어라."

그녀가 호들갑스럽게 탄성을 지르자 화가들도 나도 일제히 밖을 보았다.

"그 아가씨 한번 시원스러워 좋다."

하도 자주 와서 조금도 신기할 것 없는 눈이지만 미숙이의 천진한 수선에 모두 눈 오는 풍경을 싫지 않게 보고 있었다.

눈송이는 탐스럽고도 차분하게 내리고 있었다. 지긋지긋하도록 보아온 풍경—대부분이 군복인 행인, 길 건너의 조악한 선물 가게, 보기 싫게 헐벗은 가로수—그런 것들이 눈발로 부옇게 반투명으로 흐려진 공간 속에서 마치 애조 띤 흑백영화의 라스트 신 같이 허망하고도 슬프게 보였다.

미숙이도 입을 다물고, 모두 조용히 잔잔한 음악이라도 들릴 듯한 착각에 빠져 있었다.

"눈이 잦으면 보리 풍년이 든다는데."

진 씨의 지극히 상식적인 소리가 귀에 거슬릴 만큼 궁상맞게 들리는 것은, 지금 모두 약간의 감정의 사치를 누리고 있는 중이기 때문일 게다.

"눈이라면 나에게도 사연이 좀 있지."

김 씨가 가라앉은 소리로 한마디 했다.

"'가노조'와 만난 것도 눈 내리는 밤이요, '가노조'와 이별한 것도 눈 내리는 밤이었더라. 이런 사연인가?"

"에이 인석아, 헤어지긴 왜 헤어져."

"그럼 눈 내리는 밤에 만난 '가노조'가 지금의 너희 마누라라도 된다더냐?"

"바로 맞았다. 인석아."

"에이 쓸개 빠진 녀석 같으니라구, 네놈 때문에 김 확 빠졌다."

미숙이가 아쉬운 듯이 휘장을 밀었다. 어느 틈에 우리는 바깥 구경을 하고 있는 게 아니라 구경을 당하고 있음을 알았기 때문이다.

구두닦이 통이니, 껌, 양담배 목판을 가진 소년들이 유리창에 다닥다닥 붙어서 안쪽을 신기한 듯이 엿보고 있었다.

밖에서 들은 PX라면 마치 알리바바가 발견한 동굴만큼이나 별의별 값나가는 물건들로 가득 찬 걸로 아는 터라 구쥐쥐한 남자들이 그림을 그리고 앉았는 모습에 적이 실망도 하고 뭔가 납득이 안 가는 모양이었다.

환쟁이들은 다시 그림을 시작했다. 눈이 내린다 해서 소년들을 잠깐 실망시킨 것 외에는 아무것도 일어날 리 없는 오후다. 옥희도 씨만이 휘장이 닫혀진 것조차 의식 못 하는지 창으로 눈을 둔 채 꼼짝도 안 했다. 그는 어느 때보다도 오래 그런 자세로 있었고 나는 눈발 속에 잠겼던 그의 시선이 궁금해서 그가 돌아다보기를 기다리느라 오래 그의 뒤통수를 지켜봤다.

그러나 그는 우두커니 그대로였다. 나는 점점 궁금증이 지나 초조하게 그가 돌아보기를, 그의 따스한 시선과 만나기를 갈망했다. 갈망은 마침내 허기증으로 변하고 허기증이 나로 하여금 뭔가 아우성치고픈 충동을 일으켰다.

사려 깊고도 자혜로운, 착하고도 어리석지 않은 눈매를 만나고픔을, 크게 아우성치고 싶었다.

나는 가끔 미숙이가 생각에 잠길 때 하는 버릇인, 펜촉으로 종이를 잘게 찢어내는 일을 흉내 내서 노트장을 갈기갈기 부서가며 아우성을 달랬다.

그리고 열을 셀 때까지 안 돌아다보면, 그때 가서 아우성을 치리라 마음먹었다. 한꺼번에 여러 음색과 감정이 뒤섞인 아우성을 나는 칠 수 있을 것 같았다.

느리게 하나둘을 세었다. 그래도 그는 바위처럼 움직이지 않고 마침내 셈을 끝낸 나는 가까스로 아우성을 삼켰다. 그리고 딴 내기를 걸었다. 다시 열을 세기로. 그동안에도 안 돌아보면 오늘 밤 침팬지 앞에는 안 가리라고.

어쩜 나는 그런 소중한 걸 걸고 만 것일까? 침팬지 앞에서의 그 고마운 해후, 그리고 어두운 산책길에서의 그의 숨 막히는 열기, 그 열기에의 무분별한 이끌림과, 두렵디두려운 망설임. 이런 소중한 것들을 걸고 나는 셈을 세었다. 아까보다 느리게 셈을 세었다. 점점 더 느리게 여덟 아홉 열을 끝마쳤다.

셈을 끝낸 나는 마치 낯선 역에 내린 것처럼 조금 암담하고 조금 허허했다. 나의 내기를 엿본 사람이 없으니 나에게는 아직 그를 만날 수도 안 만날 수도 있는 자유가 있는 셈이었으나 나는 나의 내기를 지키기로 했다. 그에 대한 야속함을 그렇게 해서라도 풀고 싶게 나는 좀 토라져 있었다.

오늘 어느 순간, 풍성한 눈발 때문이었을까, 나는 그의 일별만으로도 가히 충일을 얻을 수 있는 아주 작은 그릇이었는데, 그는 그 일별을 끝끝내 거부하고 말았던 것이다.

미숙이가 입을 한껏 벌려서 하아 하고 입김을 불어가며 쇼케이스 유리를 말끔히 닦고 있었다. 눈 때문일까. 매장은 한산했다. 그녀의 건강한 볼이 시기가 날 만큼 오늘은 빛나게 아름답다. 나는 그 볼에 끌리듯이 유기부로 마실을 갔다.

유리를 닦고 있는 그녀를 뒤로부터 감싸안으며 등에 내 얼굴을 파묻었다. 빨간 털스웨터의 폭신한 감촉과 따스한 체온이 볼에 쾌적하게 느껴지며 울적함이 차츰 풀렸다.

"뭣 좀 팔았니?"

"통 못 팔았어. 언니는?"

"나도. 너 아직도 눈싸움하고 싶니?"

"응, 몸이 근질대 죽겠어요. 심한 운동이나 장난 같은 게 하고파서……."

"그래서 그렇게 유릴 몹시 닦나 보지."

우리는 함께 짧게 웃었다.

사랑스럽고 심신이 건강한 친구가 가까이 있다는 게 새삼 대견스러워졌다. 그리고 제 나이에 과분한 고뇌를 호소하던 때가 불과 며칠 전이었는데 어쩌면 그렇게 빠르고 말짱하게 회복되었는지 신통했다.

그녀가 자기 근심을 나누려 했을 때, 나는 무심히 방관한 데 그치고 만 게 조금 뉘우쳐지기도 했다. 지금이라도 그녀에게 도움이 되는 소리를 해줄까 궁리를 해보았으나 별로 신통한 생각이 떠오르지 않았다. 훌륭한 사람들이 만들어낸 격언 같은 게 생각나지 않는 것도 아니었으나 그런 점잖은 고층에 알맞은 엄숙한 표정을 지을 자신이 나에겐 없었다.

바로 맞은편에 곧바로 보이는 캔디 카운터에 다이아나 김의 단정한 옆얼굴이 보였다. 그녀는 열심히 손톱을 갈고, 린다 조는 크게 하품을 하고 나서 립스틱을 다시 칠하고, 아래층 책임자인 싸진 발콤은 수잔 정과 키득대고, 수로 셀 수 있을 만큼 드문드문 GI가 매장을 오갈 뿐 한산한 오후였다.

"저 여자 예쁘지."

미숙이가 다이아나 김을 턱으로 가리켰다.

"아아니, 조금도."

나는 앙칼지게 도리질을 하고 나서 저 여자보다는 네 쪽이 백배는 낫다는 표시로 미숙의 짧막하고도 끝이 뾰죽한 손을 꼬옥 쥐어주었다.

"저 여자 저렇게 젊어도 아들이 둘이나 있대요."

"그래? 처음 듣는 소린데. 물론 혼혈아겠지?"

"글쎄, 그게 아니래지 뭐유. 청소부 아줌마들이 그러는데 자기들도 놀랐대. 아무리 뜯어봐도 순전히 엽전이더래. 엽전치고도 아주 잘생긴 엽전이더라나."

"그래서?"

"극성맞게 돈을 모으는 것도 알고 보니 다 애들 때문이었더라고 그러던데요."

"흥 나쁜 년. 어머니라는 이름으로 어떤 파렴치한 짓도 이해받을 수 있다고 믿고 있나 보지. 낯가죽 두꺼운 쌍년 같으니라구."

"어머머…… 언니두 너무해요. 다들 갸륵하다고들 하던데."

미숙은 질겁을 하며 나를 흘겼다. 사람들이, 특히 착하고 어리석은 사람들이 어머니라는 이름에 너무 관대한 게 나에겐 견딜 수 없이 화가 났다. 난 그녀가 어머니라고 해서 그녀에 대한 내 모멸의 10분의 1도 상쇄시킬 수는 없었다.

"언닌 가끔 너무 쌀쌀맞아요. 남을 이해하려는 성의가 통 없어 보이기도 하고……."

"그럴까……? 그건 아무래도 상관없지만 너에게도 그랬다면 사과하고 싶다."

"언닌 늘 내게 친절했어요."

"저번 일만 해도 실은 너에게 좀 더 도움이 됐어야 하는 건데 실은……."

나는 무슨 소리를 하려는지 자신도 잘 모를 소리를 어물쩡거렸다.

"그때는 고마웠어요."

"그때 내가 뭘 했다고, 실은 그때……."

"그때 언닌 나에게 가장 적절하게 대했어요."

그녀는 마치 자기가 나를 크게 위로해야 될 일이라도 있는 것처럼 너그럽게 웃으며 토실한 두 손으로 내 손을 푹 감쌌다.

"나 그때만 해도 분별없이 뭔가 저지르지 않고는 못 배길 것 같았거든요. 그때 만약 언니가 내 응석을 받아줬어 봐요. 어찌 됐겠어요. 언닌 설교 같은 건 아예 할 생각도 안 하고도 내 흥분을 식히고 생각할 시간을 갖게 해줬거든요."

"그래서 뭘 생각했니?"

"도망하지 않기로 했어요. 내 나라와 내 집에서 내 문제를 피하지 않고 열심히 감당해 보겠어요. 그렇게 사는 게 옳겠죠?"

"……."

나는 별수 없이 고개만 끄덕였다.

"언닌 끝끝내 내 문제를 물어보지 않는군요."

"미안해."

"괜찮아요. 언니는 내 문제에 대해 개입하지 않고도 벌써 내게 어떻게 살 것인가를 가르쳐줬으니까요."

나는 적잖이 당혹했다. 내가 누구에게 어떻게 살 것인가를 가르쳐 줄 수 있다니, 그녀 스스로가 그것을 알고 처리했을 뿐인데, 그녀는 아직 어리기 때문에 스스로를 처리할 자유가 있다고 믿기보다는, 윗사람에게 순종했다고 믿는 것이 마음 편한 모양이다.

하여튼 미숙이는 또렷이 알고 있지 않은가, 어떻게 살 것인가를. 아마 다이아나 김도, 수잔 정도 스스로의 그것을 분명히 알고 있을 게다. 환쟁이 김 씨도, 돈 씨도, 옥희도 씨도 아마 알고 있을 게다. 나만 빼놓고 저희들 끼리끼리는 다 알고 있을 게다.

나는 미숙이에게 잡힌 손을 빼고 망연했다. 나만이 사람들의 어떤 질서, 대열에서 따돌림을 당하고 있는 것 같다.

나는 내가 도저히 견제할 수 없는 여러 갈래의 많은 '나'의 제멋대로의 아우성 속에서 살고 있는 것이다. 그 아우성들을 간추린다거나 억누를 생각 같은 건 해본 적도 없이 그 아우성들에게 나를 조금씩 나누며 빙빙 어지럽게 맴을 돌고 있을 뿐인 것이다.

옥희도 씨는 어느 틈에 그림을 그리고 있었다. 내가 잠시나마 그렇게 갈구했던 시선을 어떤 이국의 아가씨에게 떨군 채 천천히 꼼꼼히 그림을 그리고 있었다.

나는 모두, 옥희도 씨를 포함한 모두가 어떻게 살까를 알고 있다는 게 자꾸만 부럽고 불안했지만 실은 어떻게 살 것인가 하는 막연하고도 좀 건방지게 들리는 물음 자체가 대단한 철학 용어처럼 난

201

해했다.

나는 또 물구나무가 서고 싶어졌다. 악을 쓰며 물구나무를 서서 온 매장을 헤매며 여러 사람의, 자기가 살아갈 길을 충실히 지키고 있는 여러 사람의 시선을 받으며 소리쳐 묻고 싶었다.

오늘 저녁 침팬지 앞에 가는 것이 옳으냐, 안 가는 것이 옳으냐 하고. 나는 그것조차도 모른다고. 그러나 나는 물구나무도 못 서고 악도 못 쓴 채 멍하니 갈까 말까 만을 되풀이했다.

"언니, 손님이야, 가봐."

미숙이가 내 옆구리를 찔렀다. 양키들이 서너 명이나 초상화 구경을 하고 있었다.

그중 나이 지긋한 싸진이 천연색 가족사진을 내밀었다. 온후한 부부와 고만고만하게 귀여운 세 딸들이 햇볕 쏟아지는 푸른 잔디 위에 자연스럽게 웃으며 앉아 있었다.

밝고 아름답고, 저절로 미소로운 가족사진이라기보다는 인생을 못 견디게 사랑하는 어느 아마추어 화가의 그림 같은 느낌이 들었다. 나는 싸진에게 이 단란한 가족과 그와의 관계를 물었다. 그는 자기 가족이라고, 자기는 세 딸의 아버지노라고 하는 것이었다. 내가 놀라니까 그는 그 사진의 아버지가 바로 자기라는 것을 어떻게라도 증명하려는 듯이 그의 자애롭고도 천진한 얼굴을 내 눈앞에 바싹 들이댔다.

"미안해요."

나는 입 속에서 간신히 중얼댔다.

"괜찮아요. 군복은 사람을 많이 달라 보이게 하니까."

"미안해요."

"괜찮대두. 마음쓰지 말아요."

나는 결코 그를 못 알아봐서 미안해한 게 아니었다.

그가 그의 행복과 단란을 버리고 살벌한 이국의 싸움터, '갓댐 철원' '갓댐 장단' 영하 30도의 이름 모를 고지 같은 데서 끊임없이 죽음에 직면해야 한다는 게 죄송해서 몸이 오그라들었다. 그가 만약 죽는다면 그 죽어야 하는 명분은 무엇일까?

아아, 전쟁은 분명 미친 것들이 창안해낸 미친 짓 중에서도 으뜸가는 미친 짓이다.

그는 실크 바탕에 일가족을 함께 그려 달라며 가격을 물었다. 실크래야 싸구려 노방에다 잔뜩 풀을 먹여 쟁을 친 것을 그렇게 부르고 있었다.

나는 거저 그려주고 싶었다. 그에게 잠시 기다리라 해놓고 환쟁이들을 돌아다보았다.

그들은 마치 내 마음을 미리 알고 있어서, 내가 입을 열기 전에 내 부탁을 거절해야겠다고 생각하고 있기라도 한 것처럼 한껏 궁상맞은 모습으로, 한껏 이악스러운 눈초리로 그림을 그리고 있었다.

옥희도 씨라면? 그는 내 부탁을 들어줄 것이다. 이번에는 내 쪽에서 황급히 그 생각을 뭉갰다. 그를 위해서는 내가 먼저 이악해졌다.

결국 나는 그 싸진에게 아무것도 베풀 수 없음을, 베풂을 받는 게 제격임을 알았다. 서글픈 한숨이 절로 나왔다. 베풂을 받기만 해야 하는 서글픔, 베푸는 자의 여유와 보람, 그가 낯선 땅에서 죽을지도 모른다는 명분이 그런 데 있을지도 모른다.

그는 내가 아주 셈이 더딘 여자인 줄 알았는지 정가표에 8인치×12인치의 실크 바탕이 5달러로 되어 있으니 다섯 식구면 실크도 더 들 테고 하니 다섯 배로 하여 25달러를 내면 되지 않겠느냐고 후하게 셈을 해서 나에게 제안을 했다.

나는 그에게서 25달러를 받고 사진을 맡았다. 그가 간 후에도 사진을 오래오래 봤다. 보면 볼수록 미소로운, 그러고도 가족, 가정 그런 것에 대한 향수를 강하게 불러일으키는 사진이었다.

햇볕 쏟아지는 푸른 잔디, 착한 아내, 꼭 천사 같은 세 딸, 그런 곳에서 멀리 떨어져 그는 지금 황량한 이국의 거리에서 찬 눈을 맞고 서 있을 게다.

"씨이발."

김 씨가 지지개를 크게 켰다.

"제에기랄."

돈 씨가 붓을 던지고 담배를 물더니 라이터를 덜그럭댔다. 낡은 라이터는 불똥만 뛰길 뿐 좀처럼 불이 안 당겨졌다.

"인석아. 그것도 라이터라고 가지고 다니냐? 숫제 부싯돌을 가지고 다녀라. 부싯돌을."

김 씨가 먼저 자기 담뱃불을 붙이고 나서 찌그러진 성냥갑을 휙 돈 씨 앞으로 던져줬다.

"눈이 아물아물한다 했더니 벌써 시마이 시간이군."

나이 지긋하고도 그림은 더디고, 남하고 어울리려 들지도 않아 제일 존재가 희미한 백 씨가 니켈 딱지의 회중시계의 유리를 꾀죄 죄한 손수건으로 닦는 거였다.

우리 초상화부 유일의 시계. 그러나 아무도 그 시계의 권위를 인 정하려 들지 않았다. 김 씨는 주섬주섬 화구를 챙기면서도 결코 백 씨의 시계 때문은 아니란 듯이,

"아아 속 쓰리다. 요놈의 배꼽시계는 일분일초도 안 틀린단 말야."

청소부 아줌마들은 물뿌리개로 타일 바닥을 축이고 세일즈걸들 은 저녁 화장을 시작했다. 저녁 시간은 삽시간에 창밖에 어둠을 몰 고 오고 셔터를 서서히 내렸다.

나는 자꾸 초조해졌다. 세일즈걸들이 비틀어 올린 립스틱의 빨 간 대가리가 입술을 대담하게 그려가는 모습을 구경하는 게 전처럼 재미있지도 즐겁지도 않았다. 나는 구경을 그만두고 하루의 셈을 보기 시작했다. 근래에 드물게 보는 약소한 수입이었으나 계산은 자꾸만 틀렸다.

나는 입술을 깨물고 머리를 두 손 사이에 감싸고, 침팬지에게

들러서 가야겠다는 생각과 그럴 수는 없다는 고집 사이를 수없이 오갔다. 나는 아무것도 할 수 없고 오직 그것만을 할 수 있을 뿐이었다.

"왜 그러고 있어. 어디 아파?"

태수가 어깨를 쳤다. 나는 쌓인 카드와 주판을 내밀며,

"도무지 셈이 안 돼서…… 좀 해주시겠어요?"

"얘걔걔, 요까짓 걸. 응 알았다. 오늘 통 장사가 안돼서 풀이 죽었구만. 쯧쯧."

나는 엎드린 채 그가 제법 측은해하면서 나를 굽어보는 것을 느꼈다. 나는 고개를 들어 멍한 채로 조금 웃어주었다.

"굉장히 피곤해 뵈는데, 정말 어디 아픈 게 아냐?"

그는 입김이 닿을 만큼 얼굴을 바싹대며 내 안색을 심각하게 살폈다. 그제서야 나는 내가 갈까 말까 사이를 수없이 왕복하느라 얼마나 지쳐 있나를 느꼈다. 마치 시계추 같은 바쁘고 단조로운 왕복에서 벗어나 좀 쉬고 싶었다.

그의 얼굴이 너무 가까이 있어 나는 의자 뒤로 머리를 젖혔다. 그랬더니 그의 손이 이마를 짚었다. 찬 손이었다.

"열도 좀 있나 봐, 어쩌지? 오늘 미스 리한테 시간 좀 내달랠 참이었는데……."

그는 정말 낭패한 것같이 중얼거렸다.

"왜 무슨 일 있어요?"

"아아니. 그냥 저녁이나 같이하며 이야기나 좀 하려고……. 그런데 감기든 거 아냐? 열이 이렇게 있고 암만해도 독감 같은데."

"아녜요. 오늘은 맛난 것 먹고파요. 따라갈게요."

나는 별안간 마음을 정하고 아주 명랑해졌다. '갈까' '말까'의 지겹도록 어지러운 왕복에서 쉽사리 헤어날 수 있을 것 같았다.

"고마워. 식사 말고도 좀 할 일이 있긴 하지만 이따가 얘기할게. 정말 괜찮겠어?"

"괜찮대두. 다시 한번 짚어봐요."

"하여튼 고마워."

나는 고개를 들고, 바로 앞에 갈망과 동경이 서린 앳된 얼굴을 보았다. 나는 그의 갈망이 측은해서 좀 전 내 이마를 짚었던 그의 손을 잡았다. 알맞게 크고 사내답게 단단한 손을 부드럽게 애무했다. 싫지 않은 어쩌면 상당히 기분 좋기까지 한 감촉이었다.

그렇다고 상대가 반드시 태수이어야 할 필요가 별로 없는 그냥 남성이라는 신비한 성性이 불의에 나를 유인하고, 나는 부득이 그와의 접촉에 황홀하게 애착했다.

먼저 태수가 내 손 사이에서 자기 손을 빼서 점퍼 주머니에 찌르고 겸연쩍은 듯이 딴 곳을 봤다. 벌겋게 상기한 한쪽 볼을 나는 볼 수 있었다. 그리고 문득 여벌로 또 하나의 태수가 있었으면 했다. 내가 마음 편하게 무관심할 수 있는 태수와 가끔, 아주 가끔이지만 애착하고 접촉할 수 있는 태수가 따로 있어야 할 것 같았다.

한 사람에게 내 멋대로 애착과 무관심을 변덕스럽게 반복한다는 것은 암만해도 좀 잔인했다.

그러나 지금 나는 아직도 피부적인 쾌감의 여운 속에 있었다.

"우리 어디 조용한 데서 저녁 식사를 해요. 네?"

나는 달콤하게 속삭였다.

"으? 응."

그는 딴생각을 하고 있었던 것처럼 당황했다가 다시 상기했다.

태수의 도움으로 계산을 끝맺고 우리는 같이 거리로 나왔다. 눈은 멎었으나 쌓인 눈이 발목까지 파묻혔다. 눈을 맨손으로 뭉쳐 차도 쪽으로 팔매질을 몇 번 하고 나니 팔의 근육이 상쾌하게 풀렸다.

"뭘 사주려고 그래요?"

나는 새큼한 야채 무침, 따뜻한 생선 매운탕, 알맞게 구워진 두툼하고 기름진 스테이크, 그런 것이 함께 먹고 싶었다. 왕성한 식욕으로 입에 군침이 돌았다.

"중국 음식이면 안 되겠어?"

"난 중국 음식은 자장면밖에 못 먹어봤는데……. 딴 것으로 해요."

"실은 말야. 실은 나 오늘 저녁 또 하나의 약속이 있었어. 형님하고 형수님하고 지금 중국집에서 기다리고 계셔."

그가 하도 난처해하는 바람에 나는 내 미식에의 소망을 양보하기로 했다.

"괜찮아요. 내일 사 주면 될 걸 가지고. 그럼 나 혼자 갈게 마음 쓰지 말아요."

"아니야, 그게 아니라니까."

그가 내 소매를 황급히 잡았다.

"미스 리가 꼭 있어야 되는 일이야. 실은 말야, 미스 리 골내지 말아줘. 실은 말야, 미스 리와 내가 형님 내외분과 같이 식사를 할 약속을 해버렸거든. 미안해, 내 맘대로 정해서. 그렇지만 안 된다곤 말아줘, 응?"

그는 어린애처럼 소매에 매달리며 졸랐다.

"안 될 건 없지만 내가 왜 그 자리에 껴야 되나요?"

"그게 그렇게 됐어. 대수롭지 않은 일이니까 걱정 말고 같이만 가 줘."

"대수롭잖은 일이라면 더욱 나쯤 빠져도 상관없을 거 아녜요?"

"근데 실은 그게 아니란 말야. 형님, 특히 형수님이 미스 릴 봤으면 해서. 하도 그래서 말야⋯⋯. 그래서 그렇게 하기로 된 거니까."

그는 여전히 내 한쪽 팔을 잡은 채 민망하도록 허둥댔다. 나는 차츰 재미있어졌다.

"왜요? 왜 그분들이 나를 보고 싶어하는 거죠? 허둥대지만 말고 자세히 좀 말해봐요."

나는 곧 도망칠 듯한 자세를 고쳐 그의 옆을 나란히 걸으며 물었다.

"우리 형수님은 말야, 아주 마음 좋은 분이긴 한데 말이야, 치마 폭이 좀 넓다 할까. 늘 남의 걱정에 마음 편할 날이 없거든. 특히 나 때문에 밤잠도 제대로 안 온다는 거야."

"고마운 분이군요. 그런데 무슨 몹쓸 짓을 했었길래 형수님이 그렇게 마음을 못 놓는 거예요?"

"그게 아니라 내가 독신으로 자취 생활을 하는 걸 필요 이상으로 걱정해서 어찌나 어중이떠중이 색싯감을 갖다 대는지 넌더리가 나서 말야. 그래서 말야……."

"그래서요?"

"미안해. 그래서 말야, 난 색싯감이 있다고, 벌써부터 미래를 약속한 규수가 있다고 거짓말을 시키고 말았지 뭐야. 난 그것으로 어물쩍 넘어갈 줄 알았는데 그게 아니지 뭐야. 부득부득 만나봐야겠다지 않아. 만나보나 마나래두, 선본다고 생각 말고 시집 식구 생면하는 셈만 치라나. 그게 그거지만 미안해, 미스 린 그냥 암말 말고 내 옆에 있기만 하면 되는 거야. 꼭 있어줘. 응?"

별로 신통치 않은 흔히 듣던 이야기 줄거리 같았다. 나는 하품을 하고 고개를 끄덕여 승낙을 해버렸다.

"고마워. 별로 어렵진 않을 거야. 내 옆에 있어만 주면 돼. 그리고 우리 형수님은 좀 수다꾼이니깐 미스 린 좀 귀찮겠지만 적당히 웃으며 딴생각하며 듣고만 있어."

나는 또 고개를 끄덕였다.

"그리고 말야, 너무 내게 쌀쌀하게는 말아줘. 사랑하는 사이답게 해줘야 돼."

내가 덮어놓고 고개를 끄덕여주니까 그는 점점 만만하게 굴려들었다. 나는 피식 웃으면서 가게의 유리창과 부연 하늘을 보고 다시 한번 하품을 했다.

그는 한참 만에 명동 뒷골목의 복순루란 중국집의 유리문을 밀었다.

복순루가 시골 계집애 같은 이름이어서 절로 웃음이 났지만 장차 이 건물 속에서 내가 겪을 일들을 짐작하게 하는 이름이었다. 과히 세련되지 못한 채 인정미와 어수룩함이 듬뿍 곁들인 조금쯤은 우습고 조금쯤은 지루하기도 할 일들을.

2층으로 난 좁고 삐걱대는 계단을 오를 때 그는 눈을 찡긋하더니 내가 팔을 낄 수 있도록 자기의 팔꿈치를 나에게로 내밀었다. 나는 그의 팔을 끼고 계단을 조심조심 올라 그대로 구두와 고무신이 나란히 놓인 방으로 들어갔다. 나이 지긋한 촌의 면서기같이 좀 답답하고도 소심하게 생긴 그의 형님은 앉은 채였고, 형수인 듯싶은 여자가 후닥닥 일어나며,

"아이구 세상에, 도련님도……."

하며 영문 모를 웃음을 자꾸만 웃어댔다. 나는 팔을 낀 모습을 그들이 충분히 보았다 싶을 때 팔짱을 풀고 두 번 정중하게 허리를 굽혔다. 그리고 될수록 상냥하게 웃으며 때 묻은 방석 위에 얌전히 꿇

어앉았다.

태수의 형수는 입이 큰 데다가 넓적한 앞니가 앞으로 뻐드러져서 마음이 무한히 좋아 보이면서도 태수 말대로 여간 수다스러워 보이는 게 아니었다.

"아이구 세상에 도련님도. 참말로 이런 색시가 있었구려. 내 눈으로 보니까 믿지, 원 이럴 수가."

"왜 아주머니 마음에 안 드셔요?"

"에구 도련님도 큰일 날 소리. 하도 신통해서 그런다니까요. 황씨네 골샌님 집안엔, 부모가 짝지어주잖으면 생전 총각 귀신 못 면할 골샌님만 모인 줄 알았더니……. 세상에 도련님은 어쩌면 연앨 다 하고, 아이구 세상에 당신도 봤죠? 아이구 답답한 양반."

그녀는 작고 소심한 눈을 깜박거리고 앉았는 남편의 무릎을 꼬집기까지 하며 수선을 떨었다.

"그런데 나이는 참 몇 살이지? 우선 겉궁합이라도 맞춰봐야지."

그녀는 마디 굵은 손가락을 세워서 벌써 육갑 짚을 준비 운동부터 한다.

"1932년생이예요."

나는 슬그머니 좀 짓궂어졌다. 셈이 더뎌 보이는 그녀가 나의 난해로부터 내 나이를 산출하고 다시 난 해의 간지를 꼽아 올라가느라면 꽤 오랜 시간이 걸릴 테고, 나는 그동안만이라도 잠자코 있고 싶었다. 그러나 내 속셈은 맞아들지 않았다. 그녀는 육갑은커녕 내 나이도 꼽아보지 않고 부모가 다 생존해 계시냐는 둥, 학교는 어느 학교까지 나왔느냐는 둥, 거의 대답 같은 건 기다리지도 않고 줄줄줄 질문만을 퍼부었다.

"얘가 요릴 좀 시키잖구……."

처음으로 그의 형님이 입을 열었다. 태수가 엉거주춤 몸을 일으키자,

"에그머니, 내 정신 좀 봐."

하더니 손뼉을 요란스럽게 쳐서 사람을 부르는 눈치가 요리시키는 것까지 그녀가 도맡을 모양이었다. 그녀는 우리 의견 같은 건 묻지도 않고 자기 마음대로 몇 가지 요리를 시켰다. 나는 그녀가 득의에 찬 얼굴로 나열한, 귀에 설은 몇 가지 요리 중에 자장면이 없는 게 이상하면서도 다행스러웠다. 한층 다행한 것은 요리가 들어오기 시작하자 그녀의 수다가 딱 멎은 것이었다.

그녀가 먹음직스럽게 식사를 즐기는 모습은 흐뭇하면서도 딴 사람 입에까지 군침이 돌게 했다.

들척지근하고 느글느글한 음식을 나는 꽤 많이 들었다. 나는 이 앞니가 뻐드러진 여자가 점점 좋아졌다. 그녀의 수다와 식사를 동시에 즐기려 들지 않는 분별력만 해도 좋아하기에 충분했다. 나는 식사를 마치고 잘 먹었다고 특별히 그녀를 향해 고개를 숙이고 살짝 눈웃음까지 쳐주었다. 그녀는 무슨 생각에서인지 자리를 내 옆으로 옮겨오더니 내 손을 잡고 손등을 자기의 손바닥으로 쓱쓱 쓸

기 시작했다.

그런 동작이 조금도 어설프지 않고 무언가 수다만으로는 표현할 수 없는 깊은 신뢰와 애정 같은 것이 곁들여 있었다. 그녀의 손바닥은 거칠어서 내 손등은 알맞게 긁히는 것같이 시원했다.

"이런 예쁜 색시가 내 동서가 되다니⋯⋯."

그녀는 손등 쓸기를 멎고는 좀 아프리만큼 내 손을 꼭 쥔 채,

"여보 성례를 서둘러야겠어요. 이런 참한 색시를 하루바삐 우리 식구로 만듭시다."

"저희들이 어련히 알아서 할라구⋯⋯."

"아이구 이 딱한 양반아. 중이 제 머리 깎소?"

나는 그들의 대화를 무심히 듣다 말고 별안간 태수의 형님이 옥희도 씨의 오랜 친구였다는 사실이 생각났다. 나는 앉은자리가 자꾸 거북해졌다. 내가 맡은 배역에 자신이 없어졌다. 암만해도 태수의 부탁에서 빗나갈 것 같아 자꾸만 조마조마했다.

"뭐니뭐니 해도 아직도 혼인은 인륜대사 중에도 대산데 윗사람 된 도리로 마땅한 절차를 밟아줘야지. 젊은 혈기에 망신스런 일들이나 저질러봐요. 안 그렇소? 여보."

그녀는 남편 무릎을 상 밑으로 발길질까지 하며 졸라댔다.

"그만 가봐야겠어요. 엄마가 기다리실 거예요."

나는 가까스로 공손히 말하긴 했으나 거세게 그녀의 손을 뿌리쳤다.

"아유, 신식 색시가 부끄럽긴. 허긴 절차는 어른들끼리 의논해야 겠구먼. 그렇죠, 여보? 언제쯤 내가 색시 집으로 찾아가면 좋을까? 아무 때고 쉬 갈 것이니 어머니께 귀띔이나 넌지시 해봐요."

그녀는 치마를 주섬주섬 걷어쥐고 남편 옆으로 옮겨 앉더니 "그렇지 않아요?"를 끝마다 붙여가며 절차라는 것을 의논하고 남편은 "응"이라든가 "글쎄" 정도의 소극적인 맞장구를 치는 것이었다. 나는 중국 음식과 그녀의 수다가 동시에 체증을 일으킨 것처럼 속이 느글느글했다.

"나 좀 가게 해줘요. 미스터 황."

"곧 끝날 거야. 미안해. 조금만 참아줘, 조금만."

"더 견딜 자신이 없어요. 까딱하단 실수할 것 같아요."

"미안해."

나는 태수와 수근대며 양해를 얻기도 귀찮아져서 혼자 일어섰다. 태수도 난처한 듯 따라 일어섰다. 골치가 띵해서 태수에게 기댔다.

우리는 별수 없이 들어올 때처럼 정답게 팔을 낀 자세로 그 방을 나왔다.

그녀는 말없이 '건방진 년, 뉘 앞에서 꼭 팔짱이야' 하는 듯한 시선으로 우리를 배웅했다.

우리는 눈길을 걸었다. 길이 미끄러워 나는 팔짱을 풀지 않았다. 적막하고 부연 눈길을 팔짱을 꼈다 뿐 한 번도 서로의 마음끼리 화음을 이룬 적이 없는 사이라는 게 조금도 달라지지 않은 채 서성대듯이 걸었다.

나는 무의식중에 태수를 완구점으로 인도하고 있었다. 완구점은 벌써 폐점한 후여서 추녀 밑에 침팬지와 각종 장난감이 놓였던 널빤지가 세로로 비스듬히 세워져 있을 뿐 옥희도 씨도, 딴 아무도 없었다.

밤늦은 명동은 사람의 왕래가 거의 없고 불빛도 드문드문 남아 있고 거리는 졸음이 오듯 희미했다. 나는 완구점 앞에서 태수와 헤어졌다. 명동을 벗어나 별수 없이 집으로 향했다.

눈 때문에 어둠도 부옇고 어둠 때문에 눈도 부옇고, 고개를 젖히니 하늘도 자욱하니 별빛을 가로막고 암회색으로 막혀 있었다. 나는 명도만 다른 여러 종류의 회색빛에 갇혀서 허우적대듯 걸었다. 아무리 허우적대도 벗어날 길 없는 첩첩한 회색, 그 속에서도 나는 환상과도 같은, 회상과도 같은 황홀한 빛들을 간직하고 있었다. 완구점 앞에서의 옥희도 씨와의 만남이 그것이었다.

그것은 회상이라기에는 너무도 휘황해서 마치 환상 같으면서도 환상이라기에는 너무도 생동하는 감각을 지니고 있었다. 나는 곧 태수와 그의 가족들과 있었던 일은 잊었다. 그것은 그냥 부연 회색의 일부분일 뿐이었다.

11

어제 그를 허탕치게 한 보상으로 먼저 그를 기다리며 서 있고 싶었다. 나는 부지런히 퇴근해서 완구점 앞에 섰다. 별로 오래 기다릴 것 없이 나는 등 뒤에 그를 느꼈다. 마음이 푹 놓이고 주위의 모든 일들이 즐겁고 재미있어졌다.

술 마시는 침팬지, 징을 치는 검둥이의 재롱이 끝나자 여러 가지 장난감의 천진한 원색과 단순한 기능을 즐겼다. 나는 금발의 인형의 배를 눌러 단조로운 비명을 듣기도 하고, 빨간 불자동차를 굴리고 권총의 방아쇠를 당겼다. 만일 풍로와 솥과 세 사람분의 식기와 노란 꽃이 그려진 접시가 있는 소꿉장난 세트를 옥희도 씨로부터 선물받을 수 있다면 내 행복은 절정에 달할 것 같았다. 나는 그것을 그에게 조를 수도 있었지만 그렇게 하지는 않았다. 나는 행복을 그렇게 헤프게 써버리지 않을 만큼 조심스러웠다.

우리는 구경만을 즐긴 후 서서히 걷기 시작했다. 행인 중 남자는 대부분이 군복 아니면 군복을 염색한 두툼한 방한복 속에 고개를 깊이 움츠리고 여자들도 염색한 담요 오버쯤이 고작인데 쇼윈도의 마네킹은 벌써 진달래꽃 봄 코트를 걸치고 요염하게 서 있었다.

나는 이 성급한 이방인 앞에서 호콩을 팔고 있는 남루한 소년으로부터 호콩을 한 홉 사서 옥희도 씨와 한 움큼씩 나눠서 가졌다. 어금니 사이에서 호콩을 바수어서 고소한 물을 마시는 일을 될수록 서서히 하며, 그만큼 느리게 성당 앞 어둠에 접근하려 들었다. 나는 그에게 매달리듯이 체중을 의지했다.

"조금만 느리게 걸어요. 피곤해요."

"그래? 가엾어라."

그는 담담히 나를 부축했다. 드디어 환한 상가가 끝장이 나고 어두운 성당 앞 고갯길이 시작되었다. 비탈진 길이 우리를 자연스럽게 숨 가쁘게 했으나 우리는 서로의 숨 가쁨을 숨기느라 몹시 조심하고 있었다.

"왜 어제는 안 왔지?"

옥희도 씨의 목소리가 딴사람같이 갈라져 있었다. 나는 호콩을 우지직우지직 바수어서 빨리 고소한 국물을 삼켰다.

"얼마나 기다렸다구."

나는 느닷없이 그에게 억세게 휘어잡혔다. 그는 썩 남자다웠고 그의 그런 변모가 두려워서 나는 몇 걸음 뒷걸음질치다가 다시 그에게 거칠게 휘어잡혔다.

"얼마나 기다렸다구."

나는 고개를 젖혀서 성당의 첨탑을 보려 했으나 아주 못생긴 모난 집들이 눈에 들어올 뿐이었다.

그 네모난 지붕이 도저히 나에게 잊어버린 시의 구절, 그의 열기를 식힐 수 있는 시의 구절을 상기시키지는 못할 것 같았다.

나는 그의 열기 앞에 전혀 무방비 상태인 채 그의 광포한, 그리고 못 견디게 슬픈 몸짓에 유순하게 나를 맡겼다.

그러나 내가 아무리 유순해져도 그의 동작에는 아무런 진전도 없었다. 나는 그에게 세차게 안겼다가 놓여나고 다시 안기고, 따가운 턱이 볼과 이마를 아프게 부비고 그런 몸짓이 그렇게도 슬플 수가 없었다.

점점 그의 슬픈 몸짓의 상대는 내가 아닌 바로 그 자신이란 생각이 들었다.

"왜 어제는 안 왔지? 얼마나 기다렸다구."

대답이 필요 없는 독백인데도 나는 그의 슬픈 몸짓이 견딜 수 없어서 기어이 쓸데없는 소리를 하고 말았다.

"어젠…… 어제는 선을 봤어요."

말을 마치기도 전에 후회했으나 소용이 없었다. 그의 팔에서 힘이 빠르게 빠지고 나는 쉽사리 놓여났다.

"그럴려고 그렇게 된 게 아니라…… 어쩌다가 그만……."

"……."

"정말 본의는 아니었어요."

219

"……."

"태수 형님 아시죠. 그분하고 형수님에게."

"태수 형님?"

그가 비로소 입을 열었다. 나는 그에 힘입어 열심히 변명을 시작했다.

"글쎄 태수가 제 마음대로 나를 제 색싯감처럼……. 글쎄 순전히 제 마음대로 선을 뵈지 뭐예요."

내리막길은 몹시 미끄러웠다. 나는 허둥대며 몇 번이고 발길이 빗나갔으나 그때마다 옥희도 씨는 침착하게 나를 잡아주었고 덜 미끄러운 곳으로 인도해주었다.

"잘못했으면 용서해주세요. 정말 그럴 마음은 아니었는데……."

"……."

"제에발 태수와 저 사이를 나쁘게 생각진 말아주세요."

"무슨 소리야. 나쁘게 생각하긴…… 썩 잘 어울리는 한 쌍이라고 생각하고 있는데."

그는 완전히 평정을 회복하고 보기에 자애롭기까지 했다.

"농담하시면 싫어요. 어울리고 뭐고가 어디 있어요. 전 태수를 사랑하지 않는걸요. 저는 선생님을 사랑하고 있어요. 아시면서……."

나는 또렷이 말했으나 이내 섬뜩했다. 내가 그에게 사랑이라는 말을 써보긴 이번이 처음인데 그 말이 내 귀에 하도 공소하게 들려서였다.

역시 사랑이란 말은 하도 여러 사람의 입에 오르내리느라 옥희도 씨를 향한 내 지극한 열망을 담기에는 너무도 닳아 있었다.

마지막 상영을 끝낸 극장에서 사람들이 꾸역꾸역 쏟아져 나오더니 서서히 마지못한 듯이 흩어져갔다. 나도 마지막 관객의 한 사람이었던 것처럼 허탈한 심정이었다.

"어울리는 사이라는 건 사랑하는 사이라는 것보다 몇 배나 더 축복받을 만한 가치가 있다고 나는 생각해."

말을 마친 그도 마지막 관객이었던 것처럼 목소리에 망연한 허망이 담겨 있었다.

나는 한숨을 삼키고 별을 보았다. 그리고 총총히 박힌 별과 별 사이에 가로놓인 광년과 또 몇백 몇천의 광년을 어림했다.

언젠가 태수와 걸으며 입이 심심해서 지껄인 소리가 지금 와서야 그 허망감이 절실했으나 나는 그 허망감을 몰아내듯이 세차게 고개를 저으며,

"저는 선생님을 사랑하고 있어요. 죽도록. 선생님도 절 사랑하시죠. 그뿐이에요. 딴소리는 다 무의미한 군소리예요."

나는 별수 없이 또 사랑이란 소리를 강조하면서 그와 나 사이엔 암만해도 딴 낱말이 필요하다고 느꼈다. 아무도 안 써본 슬프고 진한 어휘가.

"지금 나에겐 어울린다는 게 훨씬 부러워. 조화, 균형……."

나는 그의 입을 내 손으로 막고 그의 한 손을 끌어다가 손등에 오

래오래 정성껏 입을 맞추었다. 마치 불쌍한 강아지가 주인에게 깊은 신뢰와 애정을 호소하듯이.

"오오, 우린 어쩌려는 걸까? 우리는, 더구나 난 철부지도 아닌데."

그의 풀죽은 목소리가 슬프게 떨렸다.

"저도 철부진 아네요."

"나는 거진 경아만 한 딸도 있는데."

"알고 있어요."

"이럴 수는 없어, 정말로 이럴 수는."

그는 단호히 멈춰 섰으나 이내 자신이 없는 듯 풀이 죽었다.

"왜요? 어울리지 않는다는 시시한 외관 때문에요?"

"어울리지 않는다는 게 절대로 시시한 외관에 불과할 수만은 없어. 남녀 간에 어울리는 사이란 고층 건물의 기초 같은 거야. 얼마든지 미래를 쌓을 수 있지만 우리는 파국을 목전에 둔 모래성을 쌓고 있을 뿐이야. 나는 괜찮지만 경아를 파멸로 인도할 순 없어. 정말 어쩌려는 걸까? 내게 그만한 분별은 있어야 하는 건데."

"그럼, 그럼 저에게 긴 미래가 없다면 괜찮겠군요?"

"무슨 소리야, 경안 이렇게 젊은데. 두렵도록, 부럽도록 젊은데."

그의 팔이 나에게 어깨동무를 해오며 손바닥으로 내 뺨을 어루만졌다. 그는 다시 가늘게 떨고 있었다. 나는 그를 안심시키고 싶어서 다시 한번 내 뺨께를 더듬고 있는 그의 든든한 손을 끌어다가 정성껏 경건하게 입을 맞추었다.

"염려 말고 저를 사랑하고 가지세요. 어차피 저에겐 긴 미래가 없을 테니까요."

"무슨 소리야? 왜 그런 생각을? 나 때문인가?"

"선생님 때문이 아녜요. 전쟁 때문이에요. 이 미친 전쟁이 머지않아 우리들을 차례차례 죽일 테니까요. 아무도 그 미친 손으로부터 놓여날 수는 없을걸요."

나는 신들린 무당처럼 자신 있게 말했다.

"못써요. 그런 어리석은 생각이 어디 있어? 전쟁은 곧 끝나야 되고 경안 살아남아야 되고 그리고 오래도록 행복해야 돼."

"후후후."

나는 대꾸 없이 짧게 웃었다.

"경아가 그런 엉뚱한 생각을 하고 있을 줄이야. 아마 나 때문일 게야. 그래 맞았어. 분명히 나 때문이야."

그는 혼자 입 속에서 우물우물 웅얼거렸다.

나는 구태여 그렇지 않다고 우기지도 않았다. 내 점괘는 내 마음 속 깊이에서만 생채기를 내는 나만의 것이어서 애써 남의 이해나 공감을 필요로 하지 않았다. 더군다나 누구 때문이라는 핑계 따위가 뭐 그리 대수로울 까닭이 없었다.

우리는 헤어져야 할 갈림길에 왔다. 나는 가로수의 수척한 나신에 몸을 기댔다.

그는 멈춰 서서 나를 굽어보는 자세인 채 오래 그대로 있었다. 나는 그를 실컷 보고 또 보았다. 그의 착하고도 어진, 맑으면서도 깊은 상심이 침전된 시선을 오래오래 볼 수 있다는 건 얼마나 큰 기쁨이요, 또 아픔일까.

이윽고 내가 먼저 그로부터 시선을 비껴 부연 불투명한 공간에 까닭 모를 한숨을 내뱉었다.

그는 어디까지나 후하게 자기를 나에게 나누어주려 들었을 뿐 그의 전부를 주려 들지는 않고 있음을 알았기 때문이다. 더구나 그는 그의 아주 중요한 부분을 나로부터 은닉하고 있음 직했다.

나는 문득 머리 위에 굵게 얽힌 가로수 사이로 별을 보고 싶었다. 별은 가지에 걸려 있으면서도 너무도 아득했다. 별수 없이 나는 저만치 보이는 흐릿한 전등 불빛 속에서 설렁탕 곰탕 떡만두의 글자를 읽고, 성냥갑 같은 전차가 불을 달고 가까워졌다 다시 멀어져 가는 모습을 전송했다.

"자아, 이제 가봐야지."

"먼저 가세요. 전 좀 쉬었다 갈 테니까요."

"쉬긴 집에 가서 쉬고 자아, 어서. 엄마가 기다리실 게 아냐?"

나는 와락 모멸을 느끼고 쏜살같이 혼자서 길을 건넜다. 그리고 그가 보이지 않도록 여러 골목을 꼬부라진 후, 한꺼번에 여러 가지 생각을 하기 시작했다.

딴 사랑하는 사람들끼리는 그 지독한 반쪽의 슬픔과 허기증에서

224

어떻게 하나가 되는 환희와 포만을 얻는 것일까고. 어떡하면 가끔 가끔 엄마의 딸이 되기를 그만둘 수 있을까고. 어머니한테 의치를 다시 끼우게 할 수는 없을까고. 그렇지, 의치를 끼우게 해야지, 강제로라도 내가 어머니의 딸인 게 아무리 거북해도 못 면하듯이, 엄마도 거북한 의치로부터 결코 자유로울 수는 없으리라.

의치를 끼우게 해야지. 강제로라도, 애원을 해서라도.

그러고는 죽고 싶다는 생각을 했다. 곧이어 살고 싶다로 고쳤다. 죽고 싶다, 살고 싶다, 죽고 싶다, 살고 싶다. 두 상반된 바람이 똑같이 치열해서 어느 쪽으로도 나를 처리할 수 없다.

어머니는 그림자처럼 나와서 문을 열었다. 문득 어머니는 긴 낮동안 무슨 생각으로 소일하였을까가 궁금해졌지만 묻지는 않았다. 나도 어머니의 대답을 미리 알고 있기 때문이다. '아니 아무것도' 틀림없이 이렇게 대답할 것이다. 아무것도 생각 않는 상태, 완전한 허虛, 이런 걸 나는 짐작도 할 수 없다.

내가 어머니를 미워하면서도 두려워하는 것은 바로 어머니의 완전히 허일 수 있는 상태인지도 모른다.

나는 어머니의 식사하는 모습, 특히 저작咀嚼하는 추한 입 모양에서 눈을 떼지 않았다. 손질 안 한 회색빛 머리가 이마며 귓바퀴에 함부로 늘어져 있으나 얼굴에는 별로 주름이 없는 대신 잘다란 주름이 의치를 빼놓은 입술 둘레에 모여 입술을 보기 싫게, 마치 잘못 꿰맨 상처 자국처럼 닫아놓고 있었다.

와락 어머니에게 의치 얘기를 꺼낼 용기가 솟았다.

"어머니, 의치는 어떻게 하셨어요?"

나는 어머니하고 단둘이서 생활을 하기 시작한 후로 어머니를 엄마와 어머니의 두 가지로 부르는 습관이 생겼다. 오늘은 어머니 쪽이다.

"의치? 무슨 소리냐?"

"틀니 말예요."

"글쎄다. 빼놓은 지 하도 오래돼서."

"찾아다 끼세요."

"싫다."

"왜요?"

"거북해서. 그걸 끼면 잇몸이 얼마나 아픈 줄 아니."

"전엔 늘 끼고 계셨잖아요. 누구도 엄마 이가 의친 줄도 모를 정도로 늘 끼고 계셨잖아요."

"글쎄다. 그랬던가. 그야 뭐……. 아무튼 그때하고 지금하고야 다르지 않니?"

"뭐가 달라요. 뭐가 어떻게 다르냐 말예요?"

"애는, 넌 그걸 몰라서 묻니? 쯧쯧."

그녀는 혀를 차고 숟가락을 놓았다.

"뭐가 달라요 네? 뭐가 달라요, 끼세요. 찾아서 끼세요. 제가 찾죠."

226

나는 별안간 피가 머리로 모이는 듯한 화끈하고도 서먹서먹한 기분으로 장롱을 열어젖혔다.

삼층장의 커다란 서랍들과 문갑의 서랍을, 그리고 이불장 양복장의 큰 서랍과 반닫이의 깊은 구석까지를 마구 뒤졌다.

어머니는 조금도 상관하려 들지 않고 언제나와 마찬가지로 느리게 그릇들을 챙기더니 무릎에서 딱 하는 소리를 내며 뭉기적하고 일어나서 상을 들고 나갔다.

나는 마구 장롱 서랍을 뒤엎으며 점점 이상한 생각이 들기 시작했다. 서랍이 너무나 깨끗이 정돈되어 있어서였다.

어머니는 본래 부지런한 살림꾼이었으나 빈틈도 많아 가끔 자기가 둔 물건의 행방도 몰라 아버지에게 핀잔을 맞아가며 서랍을 들쑤시기가 일쑤였고, 그래서 그런지 서랍 속은 늘 좀 뒤범벅이 되어 있어 잊은 물건은 또한 어머니 아니면 못 찾게 되어 있었다.

더구나 피난을 워낙 늦게 갔다가 일찍 돌아와서 잃은 물건이 많지는 않아도 형편없이 뒤범벅이 되어 있던 장롱 속을 이렇게 깨끗이 정돈할 경황이 어머니에게 있었다는 건 너무도 의외였다.

쓸모 있는 것보다 쓸모없는 것이 더 많던 서랍에서 쓸모없는 것은 다 버렸는지 빈 서랍에는 또한 곧 나들이라도 나갈 수 있게 잘 손질된 옷들이 계절별로 차곡이 쌓여 있었다.

흠잡을 나위 없는 완벽한 정돈, 그러나 거긴 통 생활의 냄새가 없었다. 한기가 돌았다. 그것들은 아버지와 오빠들의 유품인 동시에 어머니의 유품인 것도 같았다.

그것들은 언제까지나 그 완벽한 정돈 속에 남겨질 뿐 그것들이 그것들 본연의 기능을 발휘할 날이 있을 것 같지 않았다. 나는 맥이 탁 풀려서 뒤지던 손을 놓았다.

생활의 냄새가 없는 공허한 서랍들. 생각을 완전히 몰아내고 빈 채일 수 있는 어머니의 머릿속같이 완전한 '허'의 서랍들. 나는 뒤지기를 아주 단념했다.

아니 어쩜 그것들이, 그 서랍 속의 유품들이 내 손길을 차게 거부하고 있는 것도 같았다.

나는 장롱들을 먼저처럼 꼭꼭 닫아놓았다. 어머니에게 의치를 끼우게 하려던 것이 얼마나 무의미한 헛수고였던가를 깨달았다. 그 의치는 어머니가 미련없이 내다 버린 쓸모없는 쓰레기의 일부였음이 분명하니까.

어머니는 아직도 느리게 간간이 양은그릇 부딪치는 소리를 내가며 설음질하고, 나는 어머니가 설음질을 하며 띠고 있을 엷은 비웃음을 보는 것 같아 내 머리를 마구 쥐어뜯다가 내 방으로 가서 뒹굴었다.

아무리 뒹굴어도 나는 내가 이 드넓은 고가, 한쪽 날개를 잃은 흉가에서 완전히 혼자서 살고 있다는 무시무시한 생각을 덜 수는 없었다.

나는 이 고가 밖에는 그래도 사람이 살고 있다는 생각으로 나를 달래며 밖의 사람과의 대화를 궁리했다.

편지지와 만년필을 꺼냈다. 그리고 '사랑하는 ○○에게'라고 쓰고 그 빈칸을 어떤 이름으로 메울까를 궁리했다.

나는 꼭 '사랑하는'이라고 서두를 쓰고 싶게 지금 절실히 사랑하고픔을 주체 못하고 있었다. 우선 옥희도 씨를 생각했다. 그러나 그의 이름 위에 씌우기에는 '사랑하는'은 초라한 관이다.

'사랑하는 태수' 거짓말이 좀 지나친 것 같아 마음이 내키지 않는다.

그럼 좀 더 멀리 부산으로 띄울까. '사랑하는 말이' 그녀는 늘 누군가를 염려하고파서 못 견디는 애니까 틀림없이 나는 기다란 답장을 받게 될 것이다.

답장이 필요 없는 편지를 쓰고 싶다. 답장이 올까 봐 조마조마하지 않아도 되는 편안한 편지를 쓰고 싶다.

'사랑하는 진이 오빠' 나는 진이 오빠의 금속성으로 비정한 눈과 굳게 닫힌 얄팍한 입술을 생각했다. 그는 절대로 너절한 답장 따위는 안 쓸 게다.

'사랑하는 진이 오빠' 그러고 보니 친척 중에서 그를 가장 좋아하고 있는 것도 같았다.

　　사랑하는 진이 오빠에게
　　저는 오빠에게 안부도 묻기 전에 제일 먼저 엄마가 얼마나 정상적인가를 알려드리고 싶습니다. 엄마는 아주 잘 정돈된 서랍을 갖고 계셨습니다. 저는 오늘에야 그것을 알았습니다. 여자의 서랍이라든가 핸드백 속은 곧 그 마음속과 일치한다고 저는 믿고 있습니다. 어머니는 외면이나 내면이 똑같이 단순하고 평화로움에 틀림이 없습니다. 사람이 미친다는 것은 너무도 많은 생각을 처리 못하고 뒤죽박죽이 된 상태가 아닐까요. 그런데 오빠, 저는 오늘 너무도 많은 생각을 했습니다. 저만 한 계집애들이 흔히 하는 좀 부끄러운 생각과 그리고 아무도 안 해본 것 같은 생각도 좀 했습니다. 죽고 싶다와 살고 싶다를 똑같이 바랐는데 둘 다 거짓말이 조금도 안 섞인 간곡한 바람이었습니다. 제가 왜 이런 소리를 하는지 아십니까? 저는 오빠도 지난날 어쩌면 그런 모순된 바람을 동시에 한 적이 있었던 것같이 짐작이 되어서입니다. 그것이 틀린 짐작이었대도 저를 나무라지는 말아주십시오. 만약, 그런 적이 있었다면 오빠는 어떤 처리를 하셨는지 궁금합니다. 그러나 답장은 안 주셔도 좋습니다. 사랑하는 진이 오빠. 좀 쑥스럽지만 이렇게 부르고 싶습니다. 이웃의 개 짖는 소리도 안 들리게 넓은 집에 외롭게 살고 있기 때문인가 봅니다. 이 무섭도록 완벽한 적막을 견디는 길은 사랑하는 여러 사람들을, 사랑하는 남자, 사랑하는 친구, 사랑하는 혈연을 가졌다는 믿음뿐입니다. 그럼 안녕—

어머니의 그 독특한 마른기침 소리가 나고 그것에 호응해서 문풍지가 울고 분합문과 채양이 떨었다.

"요새 난 자꾸 이상한 생각이 들어."

이제는 시들해진 침팬지의 재롱도 끝나 망연히 서 있는 내 손목을 잡으며 옥희도 씨가 푸듯이 말했다.

나는 그의 목소리만 들어도 오늘 그의 눈에 따뜻함보다는 상심이, 상심이라기보다는 섬뜩하도록 처량한 풍경 같은 것이 담겨 있는 것을 알 수 있다.

나는 그런 짐작만으로 가슴이 아려온다. 우리는 매일 하루도 안 거르고 침팬지 앞에서 어쩔 수 없이 만나고 있는 것이었다. 정말 어쩔 수 없이 만나고 있는 것이었다.

나는 아까 그가 한 말의 대꾸를 안 하고 그대로 서 있었다.

"무얼 사주고 싶군."

나는 자꾸만 침팬지 앞에서의 만남이 오늘로 마지막이 될 것 같은 예감이 들어서 암담했다.

"말해봐. 무엇이든지 마음에 드는 걸."

"글쎄요. 모르겠어요."

"바보. 자기가 갖고 싶은 것도 몰라."

나는 내가 이미 장난감이 탐이 날 나이가 아니라고 소리치고 싶은 것을 꾹 참고 있었다. 그는 오늘 기어이 나를 장난감이 필요한 어린애로 만들고 싶은 눈치였고 나는 그것을 거역해서는 안 될 것 같았다.

"소꿉장난을 사주시겠어요?"

나는 풍로와 솥과 식기와 노란 꽃이 그려진 접시가 한 세트인 소꿉장난감을 가리켰다.

그가 그것을 달라자 주인 영감은 퍽 어리둥절한 눈치였다. 영원한 구경꾼인 줄만 알았더니 물건 살 날이 다 있군. 그러면 그렇지. 저도 덩칫값을 해야지. 맨날 공짜 구경만 하고 배길라구, 하는 듯한 엷은 미소를 띠고 장난감을 쌌다.

그가 그것을 받아든 후에도 나는 그 앞을 선뜻 떠나지를 못했다.

"그만 가지."

"잠깐만 더 있어요."

"뭐 더 사고 싶어?"

"네. 이번엔 제가 뭘 사드리고 싶어서요."

"나에게? 장난감을?"

나는 처음으로 그가 밉살스럽다고 생각했다.

"아아뇨. 선생님 막내 아드님에게 선물을 하려고요."

나는 내 무릎에서 사과를 사근대던 그 실팍한 사내애를 생각했다. 그 맹렬한 식욕과 건강과 사랑스럽고 고소한 체취를.

우리는 참 부질없는 짓으로 자신을 견제하려고 안간힘을 쓰고 있었다.

나는 이것저것 장난감을 뒤적였다.

그 녀석이 무엇을 좋아할까는 거의 생각 안 하고 그냥 오래도록 장난감을 이것저것 주물렀다. 그러다가 손에 잡히는 대로 빨간 트럭을 싸 달랬다.

길에서 주운 예쁜 돌이나 자기가 신었던 신발쯤은 넉넉히 벗어서 실을 수 있을 만큼 큰 트럭이었다.

우리는 완구점을 떠나 느릿느릿 걸으며 묵묵히 선물을 교환했다.

"우리는 현자賢者일까. 우자愚者일까?"

나도 그때 마침 O. 헨리의 「현자의 선물」 이야기를 생각하고 있던 중이므로 아주 모를 소리는 아니었다.

"둘 다 틀려요. 교활한 자라면 또 몰라도."

나는 기어이 좀 토라진 소리를 하고 말았다.

한 손으로 포장지 속의 풍로와 솥과 접시를 더듬으며 나는 일부러 옥희도 씨로부터 좀 떨어져서 걸었다.

양품점에서 눈 서툴지 않게 생긴 한 쌍의 젊은 남녀가 주인 마담의 아첨 섞인 전송을 받으며 활짝 웃는 얼굴로 나왔다. 여자의 손엔 붉은 리본을 매화꽃처럼 예쁘게 맨 선물 꾸러미가 들려 있었다. 나는 그들이 멀어져갈 때까지 물끄러미 전송했다.

"부러워?"

"네."

"뭐가?"

"적어도 저 여잔 소꿉장난거리는 안 받았을 테니까요."

그가 깊은 한숨을 쉬었다.

"용서하세요. 공연한 소리를 해서."

"아냐. 나도 부러워서 그래."

"뭐가요?"

"저들이 잘 어울리는 게. 저들이 아름다운 한 쌍인 게."

이번에는 내 쪽에서 깊은 한숨을 쉬었다. 또 그 답답한 소리를 시작할 모양이고 나는 도저히 그를 내 광적인 생각으로 끌어들일 자신이 없었다.

성당 앞 어두운 비탈길이 시작되었다.

"요새 난 자꾸 이상한 생각이 들어. 침팬지 앞에 서기만 하면 말야."

그는 다시 아까 침팬지 앞에서 하려다 만 소리를 이었다.

"어떤 생각인데요?"

"나도 경아도 침팬지가 돼가는 느낌이 들지 않겠어?"

"어떻게 진화가 거꾸로 됐네요."

"글쎄 말이야. 그놈이 태엽만 틀면 술을 마시는 게 처음엔 신기하더니만 점점 시들하고 역겨워지기까지 하더군. 그놈도 자신을 역겨워하고 있는 눈치였어. 그래서 그런 슬픈 얼굴을 하고 있을 게야. 그러면서도 어쩔 수 없이 태엽만 틀면 그 시시한 율동을 안 할 수 없

고……. 한없이 권태로운 반복, 우리하고 같잖아. 경아는 달러 냄새
만 맡으면 그 슬픈 '브로큰 잉글리시'를 지껄이고 나는 달러 냄새에
그 똑같은 잡종의 쌍판을 그리고 또 그리고."

그는 몸을 떨었다.

이제 그는 나 때문에 떨고 있지는 않았다. 성당 앞까지 왔다.

"사람이고 싶어. 내가 사람이라는 확인을 하고 싶어."

그는 나를 끌어안았다.

그의 온몸의 곳곳에서 맥박이 힘차게 뛰는 것을 나는 느꼈다. 물
론 나는 시도 읊지 않고 선본 얘기도 하지 않았다. 그런 후회할 짓을
세 번씩이나 할 수는 없었다.

기쁨과 충족감에 순순히 몸을 맡겼다. 그의 입술이 덮쳐오며 덜
거덕 하고 그의 손에서 장난감 트럭이 떨어졌다. 이어서 내 손에서
소꿉장난감이 땅으로 뒹굴고 나는 두 팔로 거침없이 그의 목을 감
았다.

우리는 서로를 깊이깊이 탐했다. 탐해도 탐해도 포만이 없는 탐
욕에 몸부림쳤다.

그가 먼저 나를 밀치고 장난감 트럭을 주워들었다. 나도 저만치
나가 뒹구는 소꿉장난 꾸러미를 주워들었다.

황홀한 입맞춤 끝에 형언할 수 없이 깊은, 아프고도 깊은 슬픔이
여운처럼 남았다.

우리는 열기를 식히며 내리막길을 내려갔다. 또 극장의 마지막

상영이 끝난 뒤였다. 관객들이 꾸역꾸역 몰려나와서 흩어지고 극장 문들이 휑하니 열린 채 어둑한 내부가 보였다. 커다란 간판에는 분홍 '토슈즈'를 신은 '모이라 시어러'가 퉁퉁 부은 피맺힌 발로 어쩔 수 없는 숙명적인 광란의 춤을 추고 있었다.

"내일은 좀 일찍 나와요. 우리도 이제 침팬지 구경은 그만 하고 영화 구경이나 해요. 네?"

그는 대답 없이 부시럭거리더니 담배에 불을 붙여 깊이 빨았다. 그의 표정은 나를 안기 전이나 조금도 달라진 게 없는 채 내 이해가 닿지 않는 깊은 상심에 잠겨 있었다. 나는 답답하고 초조했다.

"무슨 생각을 하고 계셔요. 제발 그런 얼굴을 하지 마세요. 저를 안은 것만 가지고 사람이라는 확인이 부족하다면 더 마음대로 하셔도 돼요. 그러니 제발."

그는 담뱃불을 저만치 던지고는 쫓아가서 그 둔탁한 군화로 필요 이상으로 오래 비벼 끄곤,

"나 며칠만 좀 쉬어야겠어. 며칠이면 될 거야. 괜찮겠지?"

"왜요? 안 돼요."

나는 다급하게 가로막았다.

"그래야겠어."

그는 한결 단호해지더니,

"내가 아직도 화가인가 알고 싶어."

"네? 뭐라고요?"

"난 오랫동안 그림을 못 그렸어. 너무 오랫동안……. 아직도 내가 화가인지 궁금할 만큼 오랫동안. 나는 내가 사람이 아니란 것보다 화가가 아닌 것이 더 두려워. 화가가 아닌 난 무엇일 수 있을까 도무지 짐작도 할 수 없어. 며칠 동안만 내가 화가일 수 있게 해줘."

"그렇게 화가이고 싶으세요?"

"그냥 그림이 그리고 싶어. 미치도록 그리고 싶어. 정진과 몰두의 시간을 마음껏 누리고 싶어."

그는 이글대고 있었다. 부끄럼 없이 거친 숨결을 내뿜고 있었다. 그러나 이미 나 때문은 아니었다.

그는 지금 자기만의 일을 가지려 하고 있고 그 일엔 어떤 동반자도 필요 없는 것이다.

우리는 언제나와 같은 길목에서 담담히 헤어졌다.

혼자가 되자 성당 앞에서의 숨막히는 일 같은 건 아예 있었던 일 같지도 않았다.

그 우람한 사나이가 나 때문에 떨었던 일도, 나 때문에 뜨거웠던 일도 전연 있었던 것 같지 않았다.

그것은 아마 한겨울 밤의 환각이었나 보다.

불쌍한 성냥팔이 소녀가 꾼 것과 같은 꿈, 굶주렸던 그녀가 칠면조 고기와 따뜻한 난로를 환각했듯이 오랜 외로움 끝에 인자한 할머니를 환각했듯이 나도 내가 굶주렸던 것을 환각한 것뿐이다.

나에게 분명 있었던 일은 다만 소꿉장난감을 선물 받았다는 일

뿐인 것이다.

　나는 그 장난감을 얼어붙은 땅으로 힘껏 동댕이쳤다.

　그러고도 모자라, 다시 저만치 구르는 희끄무레한 뭉치로 힘껏 달려가 구두굽으로 바싹 눌렀다.

　마치 갓 구워낸 센베이를 어금니 사이에서 부수는 듯한 상쾌한 음향이 들리고 그런 쾌감이 구두굽을 타고 전신에 흘렀다.

12

중앙 계단의 난간을 비스듬히 짚고 서서 싸진 발콤이 태수를 나무라는 눈치였다. 쇠붙이로 된 삐죽삐죽한 연장을 대여섯 종류나 뒷주머니에 꽂은 태수가 머리를 긁적이며 어색하게 웃고 있었다.

심각한 얼굴이던 발콤이 갑자기 태도를 누그러뜨리며 태수의 어깨를 툭툭 치더니 아주 관대한 표정을 지었다. 그리고 그 관대한 표정을 바꾸지 않은 채 매장을 한 바퀴 서성댔다.

태수는 약간 풀이 죽어 싸진이 짚고 섰던 난간에 기대선 채 주머니를 부시럭대는 꼴이 담배를 찾는 눈치였다.

싸진 방에서 시중드는 쇼리 녀석이 계단을 오르다가 태수를 보더니 자기 모가지를 자기 손으로 칵 자르는 시늉을 하며,

"파이어?"

하고 묻는다. 태수는

"낫 옛."

하더니 그 짧은 대화를 계기로 재빨리 기분을 돌이킨 듯 얼굴에

그 본래의 장난스러움이 담기더니 뒷주머니에서 연장을 두어 개 빼내서 손장난을 치며 내 쪽으로 왔다.

그의 궁둥이가 거침없이 내 책상 위에 올라왔다. 나는 그의 주머니에 남은 연장을 빼내 쇳소리를 내보고 그 성능을 물었다.

"이건 뭐 하는 거예요?"

"전깃줄 까는 거."

"이건?"

"전깃줄 끊는 것."

"이건?"

"쇠파이프 자르는 거."

"아이그 이것들만 죄다 있으면 은행 금고라도 털겠네요."

"쳇, 도둑질이 쉬운 줄 알아. 남의 속도 모르고."

"왜 무슨 일 있었어요?"

"전지 다말 빈 상자 사이에 숨겨가지고 나가다가 들켰지 뭐야. 그게 어디 훔친 건가. 달러 주고 산 건데도 숫제 도둑놈 취급이니 더러워서."

"여기가 어디라고 엽전이 달러로 물건을 사요. 무엄하게끔……."

"돈 벌기도 생각보다는 어려워."

그가 어울리지 않게 심란한 표정을 했다.

"이거나 안 당했어요?"

나는 아까의 쇼리 모양 손으로 목을 치는 시늉을 하며 물었다.

240

"이번만 용서해준다나? 치사해서⋯⋯."

"봐줬군요."

"남들은 도라꾸 띠기도 하는데 전지 다마 한 상자로 걸리다니 창피해서⋯⋯. 밑천은 얼마나 들었다구. 전기용품 매장의 수잔 정을 며칠 전부터 따라다녀서 처음 튼 거랜데 망신만 톡톡히 당했지."

"에이 쌍."

김 씨가 붓을 던지고 기지개를 켰다.

"씨이발 잡것들."

돈 씨도 따라서 붓을 던졌다.

오후의 권태와 피곤이 서서히 시작되고 있었다.

"에이 쌍, 씨이발 잡것들."

태수가 한술 더 떠서 걸직하게 호응하며 크게 기지개를 켰던 양손을 깍지 껴서 뒤통수에 대고 고개를 젖혔다. 무심히 천장을 보고 있었다. 그의 머리 위엔 부연 먼지 덮인 갓을 쓴 백 촉짜리 전구가 곧바로 그를 비추고 있었다.

그는 한동안이나 멍청했다. 아직은 맑은 눈이었다. 그의 시선이 닿는 곳에 전깃불이 아닌 딴것이 마련되어 있었으면 싶었다. 한 조각의 하늘쯤이라도.

"싫증 나죠? 뺑소니치고 싶잖아요? 옥 선생님처럼."

"응 뭐라고? 옥 선생님이 어디로 뺑소니를 쳤다구?"

그가 재빨리 자세를 바로잡으며 다그쳐 물었다.

"아녜요."

나는 모호하게 얼버무렸다. 옥희도 씨 일은 나만이 알고 있고 싶었다.

"오늘 안 오셨구만. 그래 어디로 도망을 쳤다구?"

"아니래도요. 며칠 쉬겠댔어요. 그건 그렇고 미스터 황은 전공 아닌 딴 것이고 싶은 적 없어요?"

"전공 노릇도 제대로 못하는 판에 무슨 딴것을 꿈꾸겠어. 왜 어디 좋은 자리라도 있어?"

"직업을 바꾼다거나 그런 것 말고 말예요. 생활의 방편 말고 좀더 다른 것에 자기를 몰입시키고 싶잖아요?"

"글쎄, 막연하군."

"막연하게라도, 문득이라도 자기가 지금의 자기 말고 딴것이고 싶다는 생각 없어요?"

"무슨 소리를 하려는 거야? 딴것이고 싶은 게 딱 하나 있지. 미스 리의 애인이고 싶다든가 장차의 남편이고 싶다든가 그런 걸 겸할 수 있다면 전공을 죽도록 해도 나쁘지 않을 것 같아."

그의 시선이 어린애처럼 보채왔다. 나는 그의 커다란 뒷주머니에 그 신기한 연장들을 하나하나 차례로 꽂아주었다.

"그만 가봐요. 가뜩이나 싸진 눈 밖에 났는데 태업까지 하면써요?"

그는 순순히 다시 전공이 되고 환쟁이들은 다시 그림을 그렸다.

나는 열심히 어수룩한 GI가 내 앞에 얼씬거리기를 기다렸다. 그리고 입 속에 '메이 아이 헬프 유?'를 대기시키고 하품을 삼켰다.

모두 조금씩 자기 일에 싫증을 내고 있으면서도 아무도 감히 자의로 자기의 궤도를 이탈할 것 같지 않다.

미숙이가 하품을 하며 나에게로 왔다. 나는 그녀의 토실한 손을 꼭 쥐며,

"어때. 요샌 아무 일 없어? 아무 일도 안 저지르구."

"염려 마, 언니."

나는 부시시 그녀의 손을 놓았다. 아무 일도 못 저지를 사람은 지금의 나에겐 시들하다.

점점 나는 내가 뭔가 저지르고 싶어서 견딜 수 없어졌다. 내가 기껏 내 자의로 저지를 수 있는 일이란 뻔하다. 물구나무를 서서 매장을 휩쓸고 싶다든가 중앙 계단에 올라서서 마음껏 아우성을 쳐보고 싶다든가. 그러나 그것도 생각뿐이지 실제로는 절대로 그렇게 할 수 없음을 나는 너무도 잘 안다.

건장한 양키가 쇼핑한 물건들을 한아름 내 테이블에 올려놓고 편지 봉투를 한 묶음 꺼내 겉봉을 쓰기 시작했다. 나는 내 장사를 시작할 맞춤한 기회를 잡느라 침을 꼴깍 삼키며 그가 겉봉을 다 쓰기를 기다렸다.

양키들 특유의 아슬아슬할 정도의 속필로 그는 여러 주소를 거침없이 써 내려갔다. 나는 보다 못해 기어이 한마디 하고 말았다.

"조심하세요."

"뭘?"

"암만해도 수취인과 편지 내용이 뒤바뀔 것 같아요."

그는 잠깐 쓰기를 멈추더니 입을 삐죽하고 어깨를 움츠리곤 두 팔을 크게 펴 보이는 양키들 특유의 알 게 뭐냐는 몸짓을 한다.

나는 아직도 그를 내 손님으로 만들 생각이었으므로 상냥하게 웃으며,

"정말 그렇게 마구 써도 괜찮아요?"

"상관없어. 비슷한 내용이니까."

"그래도 수취인이 모두 다른데."

"다 계집애들이거든. 계집애들이 좋아할 소린 뻐언하잖아."

나는 어이가 없어 다음 말을 잇지 못했다. 그는 깊은 녹색의 눈을 가지고 있었다. 아름다운 눈이었다. 콧대는 오만한 게 끝이 갈고리 처럼 약간 굽었고 얇팍한 입술은 안으로 굳게 닫혀 있었다. 진이 오 빠와 흡사한 이기적인 입모습이었다.

나는 그에게 초상화를 그리게 하려던 생각을 단념했다. 나는 그 간의 경험으로 몇 마디만 주고받으면 초상화를 그릴 손님을 가려낼 수 있었다. 좀 어리석다든가, 이것저것 닥치는 대로 해보고 싶은 좀 주책없이 호기심이 강한 친구라든가, 하다못해 동정심이 남보다 헤 퍼 한국 사람과의 거래는 무조건 베푸는 셈치고 있는 아니꼬운 친 구라든가. 그는 이 중 아무하고도 달랐다.

그 녹색의 눈은 쉽사리 남의 말에 솔깃해할 것 같지도 않거니와 좀처럼 호기심 같은 게 일것 같지도 않은 매사에 시들한 권태가 막처럼 덮여 있었다.

"그렇게 무더기로 편지를 보내니 답장도 무더기로 받겠네요."

"메이비."

"대개 어떤 답장을 받나요?"

"물론 내가 한 소리와 비슷한 소리를 다시 듣게 되지."

"당신이 어떤 소릴 했는지 궁금하군요."

"사랑한다고, 당신 생각뿐이라고."

"맙소사."

그는 다시 입을 삐쭉하며 어깨를 움츠려 보였다.

"당신은 여복도 많군요. 행복하겠어요."

"아아니. 조금도."

"왜요?"

"난 그녀들의 말을 안 믿으니까."

"왜요?"

"나도 그녀들에게 거짓말을 했거든. 내가 한 소리도 안 믿는데 더군다나 그 답장을 믿어?"

"그럼 왜 그런 헛수고가 필요한가요?"

"헛수고라니. 아주 헛수고랄 수만은 없어. 나는 가끔 사랑한다는 말을 허공에다라도 안 하곤 못 배길 때가 있거든."

245

나는 문득 그의 눈에 서린 권태 저편에 아주 깊숙이 감춰진 어떤 기갈을 엿보았다. 그건 아주 섬뜩한 느낌이었다. 나는 이유 없이 혼자 당황하고 나서 안 할 소리를 하고 말았다.

"당신은 여자를 살 걸 그랬나 봐요."

"내가 여자를 안 샀다고? 누가 이 나라에서 여자를 안 사고 배겨? 그 싸구려 여자들을 5달러라도 오케이, 1달러도 오케이, 세계에서 가장 싸구려 섹스를 가진 여자들. 그렇지만 사고 보면 1달러도 아깝지. 세상에 그렇게 운치 없이 섹스를 거래하는 계집들이 이 나라밖에 또 있을까. 이것들은 숫제 무인판매기야. 상품은 실용성 말고 쇼핑의 즐거움도 있어야 한다는 장사의 초보 상식도 모르면서 달러에만 허겁지겁하는 엉터리 장사치들."

그는 내가 마치 그 엉터리 장사꾼이었던 것처럼 그 깊고 아름다운 눈을 불태우다시피 이글대며 덤비는 것이었다.

"미안해요."

나는 얼떨결에 내가 예전에 그를 사기 친 일이라도 있었던 것처럼 사과를 했다.

"네가 왜 미안해. 너는 보아하니 동방예의지국인가 본데."

"베그 유어 파아든."

그는 동방예의지국을 우리 말로 서툴게 발음했고, 나는 그것을 어려운 영어로 알았기 때문에 몇 번이고 '베그 유어 파아든'을 되풀이한 후 겨우 동방예의지국을 알아들었어도 그가 말하려는 뜻을 모르기는 마찬가지였다.

"무슨 뜻이죠?"

"창부 아닌 여자들 말이야. GI들만 보면 섹스 따위는 오래전에 떼어버렸습니다, 하는 점잖은 표정을 짓고 있다가 혹시 윙크라도 한 번 하면 강간이라도 하려고 덤비는 줄 지레짐작을 하고 엄살을 떠는 여자들 말야."

그는 좀 전의 격앙을 쉽사리 잊고 졸리우리만큼 권태로운 표정으로 띄엄띄엄 설명을 했다.

"바이 바이, 동방예의지국."

그는 시들하게 말하고 훌쩍 가버렸다. 2층으로 오르는 중앙 계단을 두 층씩 성큼성큼 오르는 그의 뒷모습을 나는 물끄러미 배웅했다. 좀처럼 잊혀질 것 같지 않은 GI였다.

그는 아마 2층 우체국에서 그 많은 러브레터를 부치고 무인판매기에서 섹스를 사야 할 밤을 예감하고 있으리라. 나는 그를 붙들고 내가 창부도 아니요 동방예의지국도 아니라고, 꼭 그 한마디만을 해줄 걸 그랬다고 슬그머니 후회가 됐다.

녹색 눈의 GI가 다녀간 지 사흘째가 되니 옥희도 씨도 벌써 사흘째 결근한 셈이었다.

"이 양반이 어디가 또 아픈 모양이로군. 생기긴 기걸차게 생긴 이가 강단이 우리만도 훨씬 못하니…… 쯧쯧."

"미스 리, 우리 모두 문병 좀 가게 양놈 하나만 꼬여서 무과수나

247

몇 통 사주구레."

"인석아, 주책 좀 작작 떨어라. 가뜩이나 요새 미스 리한테 눈독 들인 양놈들이 많아서 조마조마한데 그까짓 무과수 몇 통 때문에 양놈이 우리 미스 릴 넘보게 해?"

"인석아, 아무리 미스 리가 무과수에 넘어갈 여자냐. 우리 미스 린 순금이다 순금이야."

나는 그들에게 좀 많은 양의 일거리를 분배하고 옥희도 씨는 병이 아니라 집안일로 며칠 더 쉬게 될 테니 무과수 걱정일랑 말라고 일렀다.

그는 자기가 화가임을 증명하는 데 앞으로 며칠이나 더 걸릴 것인가. 나는 그의 자리에 앉아서 멍하니 회색 휘장을 마주봤다. 처음에는 하늘색이었다가 바래고 때 묻어서 회색을 이룬 휘장, 그는 이 회색에서 탈출해서 지금 마음껏 현란한 색채들을 부리며 몰두와 정진을 누리겠지.

나는 끝없이 혼돈 속에 혼자 버림받은 듯한 불안을 느꼈다. 아우성쳐서 그에게 구원을 청하고 싶을 만큼 불안이 나를 조였다.

그러나 지금의 옥희도 씨는 내 아우성의 침범이 용납되지 않는 곳, 돌아가신 아버지만큼이나 먼 곳에 있는 것이다.

회색 휘장은 미동도 안 하고 나는 다시 무언가 저지르고 싶다는 간절한 소망으로 설렌다. 이 회색을 탈출하지는 못하더라도 이 탁탁하고 두터운 회색에 파문이라도 균열이라도 일으키고 싶었다.

"미스 리, 손님이야."

진 씨가 붓끝으로 내 옆구리를 찔렀다. 나이 어린, 좀 심술궂게 생긴 PFC가 영수증을 내밀었다. 그는 선뜻 싸 달라지 않고 고개를 갸우뚱대며 찌뿌드드한 얼굴을 만드는 꼴이 말썽깨나 부릴 것 같다.

나는 그림을 다시 그려주면 그려주었지 서툰 영어로 그를 달랠 일이 아득해서 아예 딴전을 피고 있었다.

"오오, 이 그림 참 좋은데. 아주 예술적이야. 여봐요, 아가씨. 이거 어떤 화가가 그린 거지?"

사흘 전 녹색의 눈, 조였다. 좀 놀라워하는 나에게 그는 한 눈을 찡긋했다. 나도 재빨리 장단을 맞추어 환쟁이 중에서 그래도 제일 풍채가 그럴듯한 진 씨를 가리키며,

"저분이 그린 거죠. 저분이야말로 존경할 만한 예술가랍니다. 저분의 그림을 가질 수 있는 사람은 행운이죠."

"그래 잘됐어. 내 그림도 저 사람에게 부탁해야겠군. 꼭 저 사람에게 그리게 하는 것, 잊지 말아요."

그는 수선스럽게 안주머니를 뒤지며 사진을 찾는 시늉까지 한다. 나이 어린 PFC는 심술궂은 표정이 점점 멍청하게 누그러지더니 그림을 싸 달란다. 나는 짓궂게 그림이 마음에 들었느냐 안 들었으면 다시 그리도록 딴 화가에게 부탁하겠다고 하니 썩 마음에 들었단다.

그가 가자, 조는 꺼냈던 사진을 어름어름 다시 넣어버리고 말았다.

"안 그릴 건가요. 초상화를?"

"난 달러의 가치를 남들보다는 좀 더 알고 있어."

"아무튼 도와줘서 고마워요."

"뭐 또 도와줄 게 있나 서슴지 말고 말해봐."

"다시 만나 기뻐요."

"정말? 내 생각을 했었나?"

"아뇨. 그렇지만 오늘부턴 할 것 같아요."

"고맙군."

그가 처음으로 활짝 웃었다. 그는 의외로 한쪽 뺨에 보조개를 갖고 있었다.

그 보조개는 그의 남자다움을 조금도 다치지 않은 채 그의 방약무인한 인상을 대번에 누그러뜨리며 와락 안기고 싶을 정도의 친근감을 일으켰다.

나는 그가 걷잡을 수 없이 좋아지고 있었다.

그와 나는 말없이 마주 본 채였다. 막처럼 덮였던 권태가 서서히 걷히고 대신 거침없이 기갈을 드러낸 녹색의 눈에 나는 깊이 빨려들고 있었다.

"네 귓전에 사랑한다고 속삭여주고 싶다."

그의 목소리가 별안간 아주 섹시하게 들렸다.

"오늘은 러브레터를 안 썼나요?"

"어쩌면 안 쓸 수 있을 것도 같다. 너 때문에."

나는 가빠오는 숨을 깊은 한숨으로 얼버무렸다.

나는 그의 기갈을 통해 나를 보며 내 나름으로 그를 이해하고 있었다.

그는 좀 욕심꾸러기인 것이다. 무인판매기에서 섹스를 사는 것만으로 위로받을 수 없는 사치한 영혼과 러브레터를 수백 통 써봤댔자 해결 지을 수 없는 왕성한 성을 아울러 가진, 또 그것들을 아울러 누리기를 집요하게 추구하는 욕심꾸러기인 것뿐이다.

팽팽하게 맞섰던 시선을 그가 먼저 허물어뜨리고 '올드 골드'를 한 개비 뽑아 달게 빨았다.

그는 미동도 안 하고 연기를 깊이 탐했다. 나는 그의 그런 모습을 통해 섹스에의 강한 동경을 느꼈다.

나는 그 다음 날, 문득문득 조를 기다렸다. 드디어 털복숭이의 그의 억센 손에 내 작은 손이 아프도록 잡혔다.

주린 짐승처럼 기갈 들린 눈이 내 온몸을 핥듯이 지나갔다. 마치 마술에라도 걸린 듯이 내가 관능적인 암짐승으로 변하는 걸 느꼈다.

나는 환쟁이들 앞이라 그에게 잡힌 손을 조심스럽게 빼냈다. 그러나 민망하게도 생동하기 시작한 어떤 의식으로부터 나를 빼낼 수는 없었다.

"어쩌려는 거죠? 나를?"

목소리가 갈라져 들렸다.

"너와 사랑을 하고 싶다. 나와 더불어 많은 재미난 일을 꾸밀 수 있을 게다. 너를 통해 이 나라까지도 사랑하고 싶다."

그는 내 귓전에 나직이 고혹적으로 속삭였다. 그의 기갈 들린 눈에 꿈이 깃들이니 약간 눈이 부셨다.

나는 그가 갖고 온 페이퍼북을 두서없이 펄럭펄럭 넘기며 두서없는 내 생각들을 넘겨갔다.

그의 오만한 콧대와 이기적으로 얄팍한 입술은 이국의 여자와 앞이 긴 사랑을 원할 것 같지는 않다. 그는 다만 충분한 연애 감정을 누리고 나서 여자를 안고 싶어할 뿐이다.

단순한 배설이 아닌 이국에서의 정사쯤을. 내가 구태여 그의 정사의 피해자일 필요가 있을까. 공범자가 될 수도 있지 않은가. 그와 멋진 정사를 공모해야겠다. 그와 즐거운 이야기를 나누고 그의 푸른 눈을 보며 음악을 들을 수 있으면 더욱 좋겠다. 난롯가에서 그의 어린 날의 이야기를 들을 수 있을 게다. 내 어린 날의 이야기는 그를 충분히 웃길 것이다. 나는 그의 보조개를 마음껏 즐길 수 있을 게다.

책을 덮었다. 표지의 요란한 원색 그림의 윤곽이 차차 눈에 들어왔다.

슈미즈가 반쯤 어깨에서 흘러내린 여자가 침대에 비스듬히 누워 있고, 그녀의 발치에 한 사나이가 꿇어앉아 머리를 쥐어뜯고 있었다. 남녀가 욕정에 일그러진 얼굴을 하고 있는 품이 창부의 방이 분명했다. 나는 책의 제목을 보았다. 의외로 도스토옙스키의 『죄와 벌』이었다.

나는 도스토옙스키를 정독하지는 못했어도 문학청년이었던 혁이 오빠의 영향으로 무조건 그를 경외했고 『죄와 벌』의 소냐를 성녀쯤으로 알고 있었으므로 저속한 그림이 심히 못마땅해서 책을 뒤집어 놓았다.

"왜 그런 얼굴을 해? 이 그림이 싫어?"

"『죄와 벌』에 이런 그림은 너무해요. 싸구려 책이긴 하지만."

"왜 나빠? 이 그림이. 이것이 남자와 여자의 본연의 모습인데."

그는 금방 격앙해서 싸울 듯이 덤볐다.

"그래도……."

"넌 역시 동방예의지국이군. 잊을 뻔했어."

그는 단박 격앙했듯이 쉽사리 격앙을 식히고 웬일인지 낭패한 얼굴이 됐다. 표정이 풍부한 눈에 다시 권태가 막처럼 덮였다.

"잊을 뻔했어. 네가 동방예의지국이란걸."

그는 또 한 번 푸듯이 말했다. 나는 발칵 화를 냈다.

"왜 툭하면 동방예의지국을 쳐들죠? 이국인인 당신이 무슨 권리로 하필 이 나라의 대대로 내려오는 긍지를 헐뜯어다가 요령부득의 슬랭을 만들려 드는 거죠?"

"난 적어도 이 나라를 위해 싸우러 왔어. 어쩌면 이 나라에서 내

생애를 마치게 될지도 몰라. 물론 그렇게 안 되길 바라지만. 좀 더 이 나라를 알고 싶어. 특히 이 나라 여자를. 그렇지만 이 나라 여자들이란 얼마나 두터운 터부에 둘러싸였는지, 이방인이 뚫을 수 없는 터부, 돈으로 살 수 없는 여자들이 지닌 터부를 통틀어 그렇게 불러본 것뿐이야. 잘못됐으면 용서해."

그는 꽤 심각하게 의외의 소리를 했다.

"당신은 단지 이방인끼리의 서먹서먹한 걸 너무 과장하는군요."

"과장이라구? 천만에. 나는 이 나라의 높은 담장 작은 창 속의 신비에 쌓인 생활이 궁금했다. 나는 너를 통해 그 신비의 베일 안을 보고 싶었어. 그렇지만 너는 못 할걸. 네가 만일 창녀가 아니고 양가의 처녀라면 너는 나를 절대로 네 집에 초대는 못 할걸. 어때 맞았지?"

"글쎄요, 그건……."

나는 몹시 당황했다. 이 사나이와 우리 집 문을 두드리고 부연 어머니의 마중을 받는 상상을 나는 도저히 할 수 없다.

"난 이 황량한 도시 어디에나 있는 아름다운 궁전에 잔디가 돋으면 너와 그 궁전의 뜰을 거닐 것을 공상했다. 잔디를 뒹굴며 너를 애무하길 바랐어. 너 그럴 용기가 있니? 있으면 너는 분명히 창불걸."

언젠가 미숙이가 미군과 정식 결혼을 해도 양갈보라고 할까 하며 근심하던 생각이 났다. 그 어린것도 결혼에 따른 두려움이나 동경보다는 남의 이목에 대한 두려움이 더 강했던 것이다. 그러고 보니 우리들은 얼마나 남의 시선에 예민한 족속일까. 양갈보, 실상 나라고 뭇사람의 그런 시선으로부터 초연할 배짱이 있을까.

"번화가를 너와 거닐고 쇼핑을 하고 커피숍에서 음악을 들을 수 있을까. 네가 그것을 용납할까. 용납한다면 넌 분명히 양가의 처녀가 아닐걸."

그는 자꾸 빈정댔다. 다시 흥분하지는 않은 채 권태의 막을 쓴 시선을 졸린 듯이 가느스름히 뜨고 나를 조롱했다.

"그리고 마지막엔 네 옷을 벗겼으면 했지. 이렇게 말야."

그는 엎어놓았던 페이퍼북을 발딱 젖혔다.

"넌 절대로 이런 끔찍한 짓을 안 할 거 아냐? 그림만 보고도 얼굴을 붉히던데. 넌, 너희들 동방예의지국 여자들은 사나이 앞에서 옷을 벗는 일 따위는 절대로 없을걸. 안 그래?"

그의 야유는 여기서 끝났다. 그와의 만남은 오늘로 파탄이 나고만 것 같았다.

그러나 난 그다음 날도 그를 기다렸다. 장사에는 별로 마음이 없이 여러 군복들 사이에서 그를 가려내는 수고를 수없이 되풀이했다. 나는 그가 틀림없이 오리라는 걸 알고 있었다. 그는 어제 페이퍼북을 놓고 간 것이다. 우리는 한 번쯤은 다시 만날 수 있는 구실을 갖고 있는 셈이었다.

나는 자꾸자꾸 그를 다시 보고 싶어하며 한편으로는 그의 핥는 듯한 기갈 들린 시선이 점액질의 끈적끈적한 액체처럼 내 몸 여러 군데에 묻어 있는 것 같은 불쾌감도 느꼈다.

그의 회상은 이렇게 단순치가 않아서 그만큼 내 감정의 처리도 선명할 수가 없었다. 나는 내 감정의 처리가 선명치 못할 때 겪는 조바심을 그를 기다리는 데 모으고 있었다.

그에 대한 기다림은 내가 겪는 어떤 기다림하고도 다른 점액질의 끈끈한 것이었다. 나도 어느 틈에 그로부터 오염당하고 있는지도 모를 일이었다.

"씨이발."

환쟁이 김 씨가 스카프를 뭉쳐서 옆으로 밀어놓더니 늘어지게 기지개를 켰다. 그는 오늘 두 장째 스카프를 망치고 있었다.

"인석아, 웬일이냐. 뭐 못 먹을 거라도 먹고 나왔냐?"

"씨이발. 아침부터 여편네가 재수 없게 바가질 긁어대더니 통 손속이 안 나는구나."

"우리도 마찬가지다. 내일모레가 음력설 아니냐? 그럴수록 부지런히 그려서 떡국도 끓여먹고 마누라에게 베루벳도 치마라도 해줘얄 게 아니냐."

돈 씨의 말투가 심난해졌다. 나는 왈칵 옥희도 씨의 빈자리를 의식했다.

그는 자기가 화가임을 증명하기 위해 다섯 아이들을 굶겨도 좋단 말인가? 설에 떡국도 못 끓여줘도. 그리고 그 목이 긴 여자가 그 궁상스러운 군복을 벗고, 벨벳은 아니라도 조금만 정상적인 여자의 의상을 걸친다면 얼마나 돋보일 수 있을까, 상상이라도 한 적이 있

256

을까? 그가 그렇게도 절실히 추구하지 않으면 안 되는 일이란 도대체 무엇일까? 그에 대한 야속함이 오열처럼 치밀었다.

내가 그 끈적끈적한 양키를 기다리는 조바심도 다 옥희도 씨 때문인 것으로 여겨졌다. 무슨 일을 저지르고 싶음도 다 그 때문인 것이다. 그의 따뜻한 시선이 지켜준다면 얼마든지 나는 착할 수도 있는데. 그는 그것을 거부하고 자기만의 일을 갖고자 하고 있다. 그에게 보여주기 위해서라도 나는 무슨 일이고 저질러놓고야 말 테다.

나는 아무도 받아줄 리 없는 무분별한 생떼를 쓰고 있었다.

조는 끝내 와주지 않았고 나는 아직도 그가 와줄 구실이 될 수 있는 페이퍼북을 서랍 밑 깊숙이 간직하고 퇴근했다.

"언니, 나 좀 도와줘."

미숙이가 뒤에서 나를 불러 세웠다.

"뭘?"

"나하고 대폿집 좀 같이 가요."

"얘는 새록새록 맹랑한 소릴 하네."

"언니도 내가 설마 막걸리 마시잘까 봐? 빈대떡을 몇 조각 사려고 그래요. 순녹두빈대를요."

"그게 그렇게 먹고 싶니?"

"아아뇨. 엄마가 좋아하시거든요. 요새 그 몹쓸 감기를 앓고 나시더니 통 식사를 못하셔서 오늘 그거나 좀 사다 드려볼까 하고. 그래서 주인 아저씨한테 순녹두를 돼지고기도 넉넉히 넣고 부치는 집을 알아놨는데 혼자 가긴 좀 무서워서."

"그러렴."

마음이 훈훈해지면서 훈훈해진 김에 그녀와 더불어 나도 빈대떡을 살 것 같은 예감이 들었다. 어머니도 빈대떡을 좋아했던 것 같다.

부엌 같은 데서 결코 군입정질을 하는 일이 없는 어머니가 섣달그믐께 빈대떡을 부칠 때면 빈대떡은 따끈따끈할 때 먹어야 제맛이 난다면서 제일 먼저 지져낸 놈을 미처 남에게 권할 생각도 안 하고 초장에 찍어서 눈을 가느스름히 뜨고 맛보던 모습이 눈에 선하다.

명동에 이런 골목이 있었나 싶을 만큼 으슥하고 협소한 뒷길을 미숙이가 앞장서서 인도해 갔다. 협소하지만 구수한 냄새와 소음으로 활기를 띠고 있었다.

"이 집이야, 바로."

미숙이가 유리문도 아닌 볼품없는 널쪽문이 달린 집을 가리켰다. 문은 부드럽게 열렸다. 그 안은 훈훈한데 밝지 않은 전등불이 연기인지 김인지 잔뜩 서려 부옇게 흐려 보였다.

남자들이 술 마시는 광경이 궁금하지 않은 것은 아니었으나 우리는 의식적으로 술꾼 쪽으로 한눈팔지 않고 곧장 주모 쪽으로 걸어갔다. 널따란 번철에서 여나문 조각이나 되는 빈대떡과 누런 기름덩이가 한꺼번에 지글대고 있었다. 가마솥의 솥뚜껑만큼이나 커다란 번철이었다.

노랫가락까지 섞인 소요와, 음식과 술과 사람들의 짙은 냄새로 나는 상기했다.

"아주머니, 따끈한 걸로 주세요. 될 수 있는 대로 갓 지진 걸로요."

미숙이가 다섯 조각을 사는 바람에 나도 다섯 조각을 덩달아 샀다. 우리는 쫓기듯이 대폿집을 나와서 휴우 한숨을 쉬고 마주 보고 웃었다.

제법 대단한 경험이나 한 듯이 자랑스럽기까지 했다.

걷는 사이에 빈대떡이 주체 못하게 부담이 됐다. 나는 그것을 산 것을 순전히 미숙이 탓으로 돌리고 짜증스러워했다. 나의 이런 눈치를 알 리 없는 그녀는 오버를 들추더니 빈대떡을 가슴에다 품었다.

"얘는 옷에서 냄새 나게시리."

"괜찮아요. 빈대떡은 식으면 암 맛 없대."

그녀와 헤어지고 나서도 나는 다섯 조각의 빈대떡을 주체 못하고 있었다. 그것은 내 손 속에서 점점 따끈한 기를 잃어가고 있었다.

어느 길목에서 드디어 나는 그것을 오버를 들추고, 한술 더 떠서 스웨터까지 치켜올리고 내의 위에 얹고 스웨터와 오버를 여미고 두 손으로 안았다.

"그 계집애 때문에 공연한 걸 사 가지고 이 고생이야."

나는 아직도 그것을 산 것을 미숙이 탓으로 돌리고 있었다. 그러나 집이 가까워질수록 나는 엉뚱한 기대를 하고 있었다. 어머니의 부연 눈에 어쩌면 감정이 깃들게 할 수도 있으리라는 바람이었다. 나는 엄마를 야단스럽게 부르며 대문을 덜컹댔다. 가슴이 훈훈했다. 아직도 식지 않은 빈대떡 때문이었다. 나는 한 손으로 어머니의 손을 잡고 한 손으론 불룩한 가슴을 안고 어느 때보다도 어머니에게 몸을 밀착시켰다.

"엄마. 엄마 무슨 냄새 안 나요? 좋은 냄새, 알아맞히세요, 흠흠."

"냄새?"

어머니는 시들게 대꾸하고 마른 나뭇가지 같은 손은 결코 마주 잡아오지 않았다.

나는 댓돌에 서고 어머니는 희미한 전등이 매달린 부엌으로 들어갔다.

"엄마, 빈대떡."

나는 불쑥 그것을 내밀었다.

"식기 전에 잡숴보셔요. 식을까 봐 가슴에 품고 왔어요."

이번에야말로 설마 어머니의 눈빛이 무슨 뜻을 지녀오겠지 기대하며 주시했다. 어머니는 시들하게 받아놓고 습관화된 딴 일을 시작했다. 국을 데우고 상에다 수저와 그릇들을 올려놓고. 어머니의 눈은 결코 딴 뜻을 지니지 않았다. 죽지 못해 살고 있을 뿐이라는 완강한 고집 외에는.

나는 빈대떡 산 것을 후회했다. 가슴에 품고 왔음도. 특히 내가 한 나중 말, "식을까 봐 가슴에 품고 왔어요"를 후회했다. 물건이라면 뺏고 싶도록 그 말을 돌려받고 싶었다.

마루로 올랐다. 빈대떡이 얹혔던 가슴이 분노로 타고 있었다. 나는 느닷없이 북창문을 열어젖혔다. 겨우내 한 번도 연 적이 없는 문이다.

매읍도록 찬바람이 휘몰아쳐 들어왔다. 양키를 데려올 것을. 내일은 오겠지 조가. 그의 팔짱을 끼고 대문을 두드리면 설마 어머니의 눈이 그렇게 부옇게만은 열릴 수 없으리라. 별수 없이 무슨 감정을 지녀오겠지. 그를 이 높은 담장 속, 우아한 '亞' 자 창 속으로 초대해야지. 설마 그때야 어머니도 놀라겠지. 나는 어머니의 놀라움에 아랑곳없이 조를 데리고 이 집을 횡행해야지. 설마 어머니도 놀라겠지. 아버지가 늘 앉았던 푹신한 의자에도 앉히고 오빠들의 소유물이었던 이것저것들을 만지게 하고 그를 위해 부엌에서 불고기를 구울 테다.

후원의 나무들이 온몸을 흔들며 나에게 바람을 보내왔다. 그러나 아직도 빈대떡이 데워논 자리는 식지 않고 있었다.

그에게 말해야지. 이 나무들이 지금은 이렇게 볼품없어도 작년 가을엔 얼마나 눈부시게 노오랬던가를. 얼마나 아낌없이 그 노오란 빛을 땅으로 흘리고 또 흘렸던가를. 어머니 앞에서 그에게 그런 말을 도란도란 속삭여야지. 설마 그러면야 어머니도 부연 눈으로 시들하게 딸을 바라볼 수만은 없을 게다.

어머니를 놀라게 할 일은 그 다음 날도 일어나지 않았다. 꼭 올 것 같은 조는 좀처럼 와주지 않았다.

마침 화가들의 주급이 나오는 날이어서 나는 옥희도 씨 몫의 돈을 맡아가지고 있었다.

환쟁이들은 그들이 번 돈을 어떻게 적절하게 쪼개 써서 세월의 마디를 무사히 넘길 수 있을까를 의논 겸 한탄하고들 있었다.

나도 5만 원이 채 안 되는 옥희도 씨의 목돈으로 내 나름으로 떡국과 설빔을 장만하다가 설빔의 수효가 너무 많아 그만 아득해졌다. 그러나 다행히도 그것을 쪼개는 일이 결코 내 일일 수는 없는 것이다. 나에게 용납된 그 돈의 용도란 옥희도 씨를 자연스럽게 찾을 수 있는 구실이 될 수도 있다는 것뿐일 것이다.

나는 그것을 안주머니에 넣고 퇴근을 해서도 선뜻 연지동으로 향하지는 못했다. 구실 없이, 또 다섯 아이나 목이 긴 여자의 입회 없이 그를 만났으면 싶었다.

내일쯤은 그가 불쑥 자기 의자에 앉아 있을 수도 있을 게고, 참 어쩌면 아니 분명히 이 허허하고 어두운 밤 그가 불쑥 자기 침팬지 앞에 우두커니 서 있을 수도 있을 게다.

나는 천천히 내 바람을 즐기며 완구점으로 갔다. 한산했다. 구경꾼은 한 명도 없고 주인 영감이 꾸벅거리고 졸다가 날 보고 희미하게나마 아는 척을 했다. 침팬지도 껌둥이도 보이지 않았다. 기어이 그놈들이 주인 영감을 위해 돈을 좀 벌어준 모양이다.

나는 갑자기 미아가 된 것처럼 막막해졌다. 나는 뜻 없이 손에 잡히는 대로 인형의 배를 눌러보고는,

"파셨군요, 침팬지를."

"비싸도 그놈들은 나오기가 무섭게 팔린다우. 요샌 그게 잘 안 나와서."

그는 하품을 하며 자못 다정하게 설명을 했다. 그러고 보니 그놈들은 다만 팔려가고 팔려오고 했을 뿐, 내가 생각한 한 놈은 아니었나 보다.

"할아버지, 혹시 제가 안 온 동안 저하고 늘 같이 오던 남자분 안 왔던가요?"

"글쎄, 못 봤는데."

"잘 생각해보세요."

그가 그림을 그리다가, 암만해도 나에게는 미지인 몰두와 정진을 누리다가 문득 이 앞으로 달려와서 나를 기다렸을지도 모른다고 나는 굳이 그렇게 생각하고 싶었지만 노인은 두세 번이나 고개를 저었다.

그럼 그는 그동안 한 번도 그의 정진과 몰두에서 비켜서지 않았단 말인가? 다시 한번 나도 무언가 저지르고 싶다는 격한 감정에 휩싸였다.

나는 연지동으로 향했다.

"어머나 웬일이야요. 이렇게 늦게."

"오늘이 간조오 날이기에⋯⋯."

"저런 고마워라."

그녀가 내 손을 꼬옥 잡았다. 나는 뿌리치지 못하고 잡힌 채 시무룩하니 그녀를 조금도 미워하지 못하는 나에게 화내고 있었다.

"그렇지 않아도 저이한테는 말도 못하고 속으로만 간조오 날이거니 하고 돈 생각이 굴뚝 같았다우."

그녀는 내 귀에다 대고 나직이 속삭였다.

"타가지고 오시라고 그러시지 그랬어요."

"어떻게 그럴 수가 있어요? 저이는 오랜만에 그림을 그리고 있는데 돈 걱정 같은 걸 시킬 수야. 얼마나 오랜만이라고요."

그녀는 남편이 그림을 그리기 시작했다는 사실로 뭇사람들의 축복이라도 받고 싶게 행복한 얼굴을 하고 있었다.

"참 그러시겠군요. 그건 그렇고 이 주일에 노셨으니 요 다음 주일엔 간조오도 없을 텐데 어쩌나."

"염려해줘서 고마워요. 없으면 없는 대로 살게 되겠죠, 뭐."

그녀는 돈 걱정 따위는 아예 시시한 걱정으로 넘기며,

"좀 들어왔다 가요. 차를 대접하고 싶어요."

그녀는 좀 들떠 있었다. 돈이 생겨서일까 남편이 그림을 그리기 시작해서일까.

들떠 있는 그녀는 전번보다 훨씬 젊고 발랄해 보였다. 복장도 전보다는 여성적이었다. 흰 동정이 정갈한 자주 저고리 위에 허름하지만 그래도 여자용 스웨터를 걸치고 있었다.

그녀는 확실히 그녀 자신의 용모의 가치를 알고 있었다. 그래서 항상 정갈한 흰색으로 떠받들고 있었다.

"여보, 미스 리 학생이 왔어요. 오늘이 간조오 날이라나 봐요. 일 부러 갖고 왔군요. 우린 깜박 잊고 있었는데."

"들어와서 몸 좀 녹여 가라지 그래."

식구가 몽땅 한 방에 모여 있었다.

무릎에 막내아들을 앉히고 신문을 보고 있는 옥희도 씨는 무척 수척해 보였다. 내가 들어가니 큰아이들은 조금씩 윗목으로 물러가고 막내만이 자랑스럽게 아버지의 무릎을 점령한 채,

"사과 안 사 왔어?"

"이런 뻔뻔한 녀석 좀 봐."

옥희도 씨가 그놈의 궁둥이를 들썩거려 한 번 치니 온 식구가 다 웃었다. 화기애애한 저녁 한때였다.

나도 조금 웃으며 방 안을 휘둘러보았다. 그림을 그리고 있었다는 흔적은 아무 데도 없었다.

투박한 찻잔에 생강차가 나왔다. 노리끼리한 액체가 따끈하고 알맞추 맵싸하고 알맞추 단 것이 추위에 맞춤한 차였다.

"그림은 다 그리셨어요?"

제일로 궁금하던 것을 조심스럽게 물었다.

"어디 있어요. 좀 봐도 될까요?"

무릎에 앉았던 막내가 벌떡 일어나더니 윗방으로 난 장지를 열었다. 나는 그제야 오늘 부인이 애들을 윗방으로 보내지 않은 이유를 알았다. 전등이 없는지, 있는데도 안 켰는지 윗방은 어둑한데 80호 정도의 캔버스가 벽에 기대여 놓여 있고 넓지 않은 방바닥은 온통 빈틈없이 어지러져 있었다. 테레빈유의 냄새가 확 끼쳤다.

나는 캔버스 위에서 하나의 나무를 보았다. 섬뜩한 느낌이었다.

거의 무채색의 불투명한 부연 화면에 꽃도 잎도 열매도 없는 참담한 모습의 고목이 서 있었다. 그뿐이었다.

화면 전체가 흑백의 농담으로 마치 모자이크처럼 오톨도톨한 질감을 주는 게 이채로울 뿐 하늘도 땅도 없는 부연 혼돈 속에 고목이 괴물처럼 부유하고 있었다.

한발에 고사한 나무―그렇다면 잔인한 태양의 광선이라도 있어야 할 게 아닌가? 태양이 없는 한발―만일 그런 게 있다면, 짙은 안개 속의 한발…….. 무채색의 오톨도톨한 화면이 마치 짙은 안개 같았다.

왜 그런 잔인한 한발이 고사시킨 고목을 나는 그의 캔버스에서 보았을까?

잠시도 가만히 있지 못하는 꼬마는 잽싸게 장지문을 닫아버렸다. 향긋한 생강차가 식어가는데 나는 마실 구미를 잃었다.

나는 그림에 대한 전문적인 감상안이 거의 없지만 그림을 단순하게 사랑하고 즐겨왔다. 국민학교 교실 벽을 장식한 그림에서부터 화랑에 전시된 유명 무명 화가의 그림들, 또 인쇄 잘된 화첩의 대가의 그림들을 사랑했다.

나는 그런 그림들에서 어떤 언어를 시작했다기보다는 그냥 그 빛과 빛깔을 즐겼었다. 삶의 기쁨이 여러 형태의 풍성한 빛깔로 나타난 그림들을 사랑했다. 이렇게 나의 그림에 대한 눈은 오색 풍선을 동경하는 아이들처럼, 포목점 앞에서 아름다운 천을 선망하는 여인처럼 소박하고 단순했다.

내 이런 소박한 감상안은 그의 그림에 적잖이 당혹해하고 있었다.

꼬마가 내 무릎으로 옮겨 앉았다.

"요 다음엔 사과 사 올 거야?"

"응, 그래."

나는 그에게 천 원짜리를 두어 장 쥐어주었다. 그리고 식은 생강차를 남겨놓은 채 일어섰다.

혼자가 되어 내가 겪은 혼란을 정리하고 싶었다. 옥희도 씨도 부인도 별로 붙들지 않았다.

그들은 다 같이 꼬마가 장지문을 연 후 말이 없었다.

부인이 골목까지 따라나왔다.

"왜 그런 그림을 그리셨을까요?"

"왜요? 그분 그림이 마음에 안 들었어요?"

"아주머닌 좋아하세요?"

"그러믄요. 그분 그림인걸요."

"아주머닌 좀 더 그분을 위해 뭔가 해드려야겠다고 생각 안 하세요?"

"왜 그런 생각이 없겠어요. 그분이 살림 걱정 없이 마음껏 그림만 그릴 수 있게 해드리지 못하는 것이 학생한테도 부끄러워요. 원체 애들이 많아 놔서……."

"아주머닌 생활의 어려움을 말하고 계시군요."

"부끄럽지만 그래요."

"아주머니가 부끄러워할 건 그게 아니란 말이에요."

"학생은 무슨 소릴 하려는 거야? 모르겠구먼."

"제가 보기엔 아주머니는 화가의 부인으로서 자격이 없어요."

그녀가 흠칫 멈춰 섰다. 나도 걸음을 멈추고 우리는 마주섰다.

"뭐라고? 난 거의 20년 동안 그분을 모셔왔어."

"흥, 그게 그렇게 자랑이 될 수 있을까요."

"도대체 학생 따위가 뭘 안다구……. 20년의 세월을 그림밖에 모르는 남자를 보살피고 행복하게 해드린 게 자랑이 될 수 없단 말인가?"

"자부심이 대단하군요."

"여봐요 학생. 나는 학생이 두려워지는군. 왜 느닷없이 나에게 시비를 걸려 드는 거지?"

"시비가 아네요. 옥 선생님이 불쌍해서 그래요."

268

"말 함부로 말아요. 왜 그분이 불쌍해요? 학생 따위가 불쌍해해야 할 이유가 없어요. 난 적어도 20년이나 화가의 아내였으니까 알고 있어요."

우리는 달도 없는 그믐밤에 눈에 횃불을 켜고 맞섰다. 그녀는 나에게 '학생 따위'란 소리를 두 번씩이나 했다. 나는 나대로 그 '따위'에 앙갚음을 하려고 안간힘을 썼다.

"그분의 그림에서 그 절망적인 궁상을 못 읽다니……."

"궁상이 어디 나만의 책임인가요? 난 그분이 가난을 직접 피부로 느끼지 않게 방파제 노릇을 하기만도 벅차요."

"난 물질적인 가난을 말하는 게 아녜요. 빛과 빛깔의 빈곤, 그러니까 삶의 기쁨에의 기갈이 그대로 나타나 있어요."

"학생은 아직 어리고 그림에 너무 무지해요. 울긋불긋해야만 좋은 그림이 아녜요."

그녀는 나를 의젓이 타이르려 들었다. 나는 왈칵 그녀를 짓밟아 버리고 싶었다.

"그림은 시각언어예요. 전 그분의 그림을 보고 곧 그분의 빈곤과 절망을 읽었어요. 아주머닌 좀 더 그분에게 삶의 기쁨을 줄 수도 있었을 텐데."

"아무도 나만큼은 그분을 모실 수는 없을걸."

"전 할 수 있어요."

"어떻게? 도대체 어떻게 하겠다는 건가?"

"저라면 선생님이 죽은 나무등걸 따위를 그리는 걸 보느니, 차라리 옷을 벗고 제 몸뚱이를 그리도록 하겠어요."

나는 그때까지 조금도 생각하고 있지 않던 소리를 불쑥했다. 말을 하고 나니 정말 그렇게 하고 싶다고, 그렇게 하는 것이 나를 위해서나 옥희도 씨를 위해서나 꼭 필요한 일 같았다.

"뭐라구? 네 옷을 벗기느니 차라리 내가 옷을 벗겠다."

"아주머닌 애를 다섯이나 낳았다는 걸 잊었나요? 선생님이 누굴 원하실 것 같아요."

"넌, 도대체 뭐니?"

그 여자는 분명히 두려워하고 있었다. 음성이 떨렸다.

어둠 속에서 흰 동정과 가냘프고도 우아한 목을 볼 수 있었다. 나는 그녀가 그분을 위해서라면 그 섬세한 목 위에, 자기 체중의 몇 배나 되는 짐도 서슴지 않고 일 수 있으리라는 것을 뻔히 알고 있다.

그리고 나는 그 여자를 좋아하고 있다. 그런데도 나는 기어이 그 여자가 나를 싫어하게 만들고 말았다.

전혀 예상치 않은, 전혀 계획된 바 없는, 그러고도 이유 없는 저항을 나는 그녀에게 하고 있었다. 그러나 나는 한 번 시작한 저항을 멈출 수가 없었다.

"내가 뭔지 몰라서 물어요?"

"몰라 몰라, 넌 정말 뭐니?"

"차차 가르쳐드리죠, 내가 뭔지."

나는 그를 내버려둔 채 골목을 달음질쳐 빠져나왔다. 곧 그녀가 마음 언짢아할 일 같은 건 잊고, 안개인지 매연인지 모를 불투명한 공간에서 죽어간 나무둥치를 생각하고 있었다.

그 그림은 물론 그녀 때문일 리는 없었다. 그것은 필경 그 회색 휘장 때문일 게다. 부옇게 그의 시선을 가로막은 휘장 때문일 게다. 그 휘장이 그의 영감을, 그의 상상력을 억압했을 게다.

아니 어쩌면 환쟁이들 때문일지도 모른다. 궁상맞고 수다스러운 속물들을 견디기가 얼마나 괴로웠을까.

어쩌면 전쟁 때문인 것도 같다. 살벌한 거리와 회색의 건물들과 촉루 같은 가로수 때문인 것도 같다.

그 모든 것 때문일 것도 같다. 그 모든 것이 그로 하여금 심한 기갈을 앓게 했을지도.

그도 역시 기갈을 앓고 있음이 분명하다. 녹색 눈의 GI가 앓고 있는 기갈하고는 또 다른 기갈을.

나는 GI의 기갈을 도울 수는 있어도 옥희도 씨의 기갈을 도울 수는 도저히 없음을 서글프게 깨닫는다.

13

"하이, 베이비."

오래간만에 조였다. 나는 그를 몹시 기다린 적도 있었는데 그를 보자 그가 별로 반갑지도 싫지도 않았다.

나는 서랍에서 그의 책을 꺼내서 아무렇지도 않은 얼굴로 그에게 내밀었다. 그가 다만 책을 찾으러 왔을 뿐이라고 그와 나에게 다짐하는 셈이었다.

"보고 싶었다."

그의 깊은 눈이 내 몸의 각 부분을 핥듯이 지나갔다. 나는 황급히 눈을 내리깔았다.

그에의 이끌림은 다분히 피부적이고, 말초적이어서 그를 못 보는 동안에 쉽사리 잊을 수 있었던 것이 그를 보자 욱신욱신 되살아났다.

"나도요."

나는 나도 모르게 복잡한 표정으로 그에게 속삭이며 내 속삭임이 전연 내 목소리 같지 않게 쉬어 있음에 수치감을 느꼈다.

만약 그가 원하기만 한다면 그와 더불어 무슨 일이고 저지르게 되리라는 예감이, 아니 확신이 들었다.

그의 대담하고 육감적인 시선 속에서 나는 내 육신을 구성한 여러 관절들이 그가 나를 망가뜨리기에 알맞게 허술하게 풀려감을 느꼈다.

나는 망가진 나를 상상하는 게 조금도 두렵거나 측은하지 않았다. 내가 망가진대도 그것은 내 탓이 아니니까. 나는 망가지는 당사자가 바로 나라는 게 조금도 중요하지 않았다. 다만 내 탓이 아니라는 사실만이 중요하고 그 사실을 누구에게나 외쳐주고 싶었다.

옥희도 씨 때문이라는 것, 그가 내 곁에 좀 더 가까이 있었더라면 절대로 그런 일은 안 일어났을 거라는 변명만이 더없이 소중했다.

"너를 여기 말고 어디 딴 곳에서 만날 수 없을까?"

"우리 집으로 초대할까요?"

"정말?"

"정말이고 말고요. 오늘 저녁에라도 좋아요."

그는 잠깐 생각에 잠기는 듯하더니

"그만두겠어. 너에게 초대되는 걸."

"왜요, 당신은 그것을 원했을 텐데."

"너의 집 대문은 좀처럼 쉽사리 열리면 안돼, 그래야만 나에게 너는 양갓집 처녀일 수 있는 거야. 너를 창부로 생각하긴 싫다."

"그럼 번화가를 산보할까요? 쇼핑은 어때요. 내 발에 예쁜 구두를 신기고 내 목에 실크 스카프를 감아주면⋯⋯."

"그것도 안 돼. 넌 역시 겹겹의 터부로 둘러싸여 있어야 돼. 그래야만 너는 나에게 창부가 아닐 수 있는 거야."

"까다롭군요."

나는 그의 의도하는 바가 난해해서 살피듯이 그를 응시했다. 아름답지만 여전히 기갈 들린 눈. 나는 까닭없이 으스스한 한기를 느끼며 옥희도 씨가 그리고 있는 고목을 생각했다.

"펜과 종이를 좀 주겠어?"

그는 방위표를 그리고 도로를 그리고 하더니 나에게 설명을 하기 시작했다.

그는 회현동 뒷길의 어떤 호텔의 위치를 나에게 가르치려는 눈치였다.

"경서 호텔이라고⋯⋯. 큰 건물이라고 생각하면 못 찾아. 정원이 좀 널찍한 일본식 건물이야. 7호실, 내가 예약한 방이야. 너는 곧장 들어오면 되는 거야. 키고 뭐고 소용없어. 일본식 후스마 문이니까. 다시 한번 일러두지만 호텔이라고 호텔다운 건물을 상상하면 못써. 그 집에 그런 간판이 붙었으니까 그렇게 일러주는 것뿐이야. 정원수에 둘러싸여 낡은 일본식 건물이 잘 보이지도 않는 그런 곳이야. 내가 먼저 가 있을 테니까 꼭 오겠지?"

"어쩌려는 거죠?"

"글쎄…… 네 의상을 벗기고 싶다."

"자신 있어요? 난 양갓집 처녀고 창부가 아닌데. 더군다나 동방 예의지국일지도 모르는데."

나는 그의 흉내를 모조리 냈다.

"그래도 상관없어."

"자신만만이로군요."

"그럼, 네가 배꼽이 있는 한 자신이 있다."

"후후후……."

나는 입을 크게 벌리고 높게 들뜬 소리를 냈다. 그도 덩달아 웃었다. 얇고 크고 비정해 보이는 입이 활짝 벌어지며 한쪽 볼에 보조개가 깊게 패었다. 나는 내 육신에서 어쩔 수 없이 배꼽을 느꼈다.

"어때? 배꼽은 있겠지?"

"글쎄요. 있던가 없던가 미리 확인을 해봐야겠군요. 있으면 7호실을 찾고, 없으면 그만두겠어요. 당신에게 헛수고를 시키고 싶지 않으니까요."

"있을걸."

"글쎄요. 없을지도."

"있을걸."

우리는 또 같이 웃었다. 점점 나는 내 몸에서 배꼽이 확대되어 가는 기분이었다. 배보다 배꼽이 크다는 우리나라 속담이 문득 생각나서 나 혼자 또 한 번 웃었다. 나는 백치처럼 자꾸 킬킬대며 다만 배꼽만을 느꼈다.

"왜 웃어?"

그는 내가 혼자 웃는 게 못마땅한지 따져들었다. 그러나 나는 애써 속담을 설명하지는 않았다. 그것은 나만 우습지 그와 나와 더불어 재미있어 할 화제 같지는 않았다.

그가 다시 한번 배꼽이 꼭 있을걸, 하는 자신을 남겨놓고 간 후 나는 그가 그려놓은 삐뚤삐뚤한 약도를 잘 접어서 백 속에 간직했다.

폐점 후, 나는 2층 휴게실에서 정성들여 양치질을 하고, 청소부 아줌마들이 내미는 껌까지 받아서 입 구석구석을 굴렸다.

그러나 거리로 나온 나는 회현동을 등지고 명동 쪽으로 걸었다.

급한 볼일이라도 있는 듯이 서둘러서 완구점으로 갔다.

완구점 앞은 여전히 쓸쓸했다. 여태껏 침팬지가 그 집의 주인이었던 것 같은 착각이 들 정도로 주인 영감도 있고 상품도 많은 이 완구점이 나에겐 쓸쓸했다.

"할아버지, 침팬지는 또 안 들어오나요?"

"요샌 아마 그게 안 나오나 봐. 그게 국산 물건이 아니고 일본서 직접 들여오는 거라. 왜 사려구 그래? 혹시 나오면 팔지 말구 두어두랄까?"

"아, 아아뇨."

여기도 내가 쉴 곳은 못 됐다. 나는 성당 앞까지 올라갔다가 되돌아 내려왔다.

나는 집으로 곧장 가지도 못하면서 배꼽에 심한 저항을 느꼈다.

큰길을 여러 번 산책하고 뒷골목의 빈대떡 냄새나는 대폿집 앞
도 서성대봤다.

나는 춥고 좀 지쳤다. 크리스마스용으로 만든 빌딩 모양의 데커
레이션 케이크가 아직도 쇼윈도에서 치워지지 않아 무척 화려한 느
낌이 드는 양과점의 문을 밀었다.

나는 난롯가에 허물어지듯이 주저앉았다. 엽차는 향긋하고도 따
끈했다.

나는 비로소 마음이 놓였다. 몸이 풀리니 소르르 졸음이 왔다. 폭
신한 의자에 편히 기대 눈을 감았다.

"혼자서?"

바로 난로를 사이에 둔 옆자리에 다이아나가 앉아 있었다. 나는
졸던 것이 겸연쩍어 어설프게 웃으며 필요 이상으로 눈을 크게 떴
다. 다이아나의 옆자리에는 귀여운 사내애들 둘이 나란히 앉아 있
었다. 미숙이가 말한 그 엽전의 아들임이 분명했다.

애들은 건강하고 어딘지 모르게 품위까지 있었다. 엷은 화장으
로 바꾼 다이아나가 딴사람같이 유순하고 따뜻한 시선으로 아들들
을 지켜보고 있었다.

"혼자면 이리로 오렴."

나는 멍하니 애들만 보고 있었다.

"누굴 기다리니?"

"아아뇨."

"그럼 이리 와. 빵 사줄게."

그녀가 꾸밈없이 소탈하게 웃었다. 오늘은 그녀의 주름살이 조금도 추하지 않다. 앞에 앉힌 아들들 때문일 게다. 제기랄, 제법 다복해 뵈는 모자다. 나는 그녀의 옆자리가 아닌 애들의 옆자리로 옮겨 앉았다.

"인사해, 엄마 회사에 같이 있는 아줌마란다."

"안녕하세요."

"응, 인사성도 발라라. 누가 형이지?"

"저요."

좀 큰 듯한 애가 자랑스럽게 가슴을 펴 보였다.

"꼭 쌍둥이 같네요."

"응, 연년생이라."

그녀는 나를 위해 케이크와 빵을 주문하고는, 볼이 미어지게 빵을 먹어대는 애들에게 좀 천천히 꼭꼭 씹어 먹으라는 둥, 물을 마셔가며 먹으라는 둥 잔소리를 했다. 그 잔소리가 별로 듣기 싫지 않았다.

'제기랄 어머니이기 때문일까? 쌍, 저 따위가 어머니라니.'

울화통이 부글부글 치밀며 쌍소리가 목구멍을 뿌듯하게 치받쳤다.

"몇 살이지?"

"여섯 살."

"난 다섯 살."

"애들이 똑똑하군요. 잘생겼구요. 언니 안 닮았어요."

"꼭 저의 아버지를 빼놨지."

그녀는 담담했다. 나도 별로 그 애들 아버지까지 궁금하지는 않았다. 별수 없이 화제가 끊겼다.

나는 자혜롭고 어떤 기품까지 곁들인 그녀가 낯설어 거북하기 짝이 없었다.

그녀는 애들을 데리고 먼저 자리를 떴다. 정중한 인사를 아이들에게 시키고 자랑스럽게 아이들을 앞세우고 내 몫까지 계산을 치르고 나갔다.

나는 혼자 슈크림을 터뜨려서 찐득한 내용물을 핥으며 어떤 게 진짜 다이아나 김일까를 곰곰이 생각했다.

그녀는 여러 벌의 옷을 바꿔 입듯이 여러 벌의 자기를 갖고 있어서 수시로 바꿔 입고 있다. 구미호처럼 능란하게. 어떤 것이 여벌의 다이아나고 어떤 것이 진짜 다이아나일까? 다이아나란 이름도 실은 여벌일 게다. 진짜는 복순이나 순득이쯤일 게다.

악착같이 달러에 집착하고 껌둥이에게 안기고 연년생으로 잘생긴 아이를 낳고, 그 아이의 아버지의 아내이기도 하고, 옥희도 씨를 모욕한 게 다이아나 김이었으면서도 그중 몇 개는 가짜임에 틀림없

279

고, 그녀 자신은 아마 어머니인 자기 배역이 가장 마음에 들어 그게 진짜로 보이고 싶은 눈치지만 나는 절대로 그렇게 속아주진 않을걸 하고 부질없이 마음을 도사려 먹었다.

어쩌면 그녀는 온통 가짜투성이고, 어머니고 갈보고 수전노고 다 가짜고 가짜를 빼면 그녀는 마치 빈 동굴 같을 게라고, 완전한 허 虛인 그녀, 나의 어머니 같은 허만 남겨진 그녀를 상상하고 나는 비 로소 복수의 쾌감 같은 걸 느꼈다.

나는 슈크림을 다 먹고 계속해서 몇 개의 빵을 먹어치웠다. 아무 도 물을 마셔가며 먹으라고 일러주지 않았기 때문에 나는 목이 메 도록 미련하게 빵을 먹어치웠다.

다 먹고도 나는 꽤 오래 그렇게 앉아 있었다. 문득 나는 오버가 견딜 수 없이 무거워졌다.

난로는 잘 달고 창마다 두터운 모직의 커튼이 드리워져 있었다. 외투를 벗어서 무릎 위에 뭉쳤다. 그래도 나는 거북했다. 나는 모든 의상을 벗고 싶었다.

훨훨 훨훨 의상을 하나하나 벗어서 발길로 시원스럽게 차던지고 싶었다. 쾌적한 실내 온도 때문만은 아니었다. 나는 지금 밖의 어디 쯤을 서성대고 있어도 역시 옷을 벗고 싶었을 게 틀림없다.

그렇다. 나는 지금 경서 호텔로 가기를 원하고 있는 것이다. 조에 의해 옷이 벗겨지기를 원하고 있는 것이다. 그는 틀림없이 내 의상 을 벗길 것이다. 동시에 여러 겹의 터부도 누더기처럼 벗겨 던져줄 게다.

그리고, 또 하나의 기대로 가슴이 울렁거려왔다. 그 기대야말로 가장 중요한 의의를 지닐지도 모른다.

나는 그를 통해 수많은 군더더기의 나를 벗기를 원하고 있었다. 때로는 나를 찢고, 때로는 내 뒤에 숨고 내 뜻과는 상관없이 제 나름으로 요변하는 여러 개의 나를 벗기를 갈망하고 있는 것이다.

조의 도움으로 나는 그럴 수 있으리라 믿었다. 그는 틀림없이 진짜 나를 보여줄 것이다. 그를 통해 나는 내 영육의 적나라한 모습을 보고 싶었다.

나는 무서워하지 않고 떳떳하게 이지러진 지붕을 대낮에도 볼 수 있었으면 싶었다. 똑바로 용마루를 꿰뚫은 구멍을 보고, 부서진 기왓장을 보고 싶었다. 미워하지 않고 어머니를 볼 수 있었으면 더욱 좋겠다.

조는 내 육신의 의상을 벗기고 나는 그를 통해 영혼의 남루 벗기를 꾀하고 있었다.

나는 다시 오버를 입고 핸드백에서 지도를 꺼냈다. 지도에 그려진 길들을 머리에 간직하고 거리로 나왔다.

경서 호텔은 쉽게 찾을 수 있었다. 상록수에 가린 커다란 일본식 주택은 철문 위에 '경서 호텔'이란 붉은 네온사인만 없다면 여느 주택과 조금도 다르지 않았다.

철문은 활짝 열린 채였다. 현관까지 곧장 디딤돌이 놓여 있고, 정원은 불빛 없이 어두운데 상록수들은 눈을 희끗희끗 이고 있었다.

현관 옆에 유리문이 달린, 수부인 듯싶은 꽤 넓은 사무실에는 벽에 여자의 옷이 몇 벌 걸려 있을 뿐 아무도 없었다.

나는 아무도 만나지 않고 곧장 7호실을 찾을 수 있었다. 7호실 앞에서 잠시 머뭇거렸다. 7이란 싫지 않은 숫자라는 생각 외에 망설임 같은 건 없었다.

순 일본식 집인데도 조의 말과는 달리 복도로 난 방의 문이 도어로 개조되어 있었다. 키 없이도 도어는 부드럽게 열렸다.

조가 창틀에 걸터앉아 두툼한 책을 읽고 있었다. 나도 창틀에 가 나란히 앉았다.

다다미를 여남은 장이나 깐 넓은 방. '도코 노마'에는 청솔가지에 노오란 국화가 곁들여 꽂혀 있고 한 길체로 분홍빛 시트를 씌운 더블베드가 놓여 있었다.

다다미방에 침대라는 어색한 배치가 나에겐 왠지 불안했다. 더군다나 분홍빛 시트는 천박해 보여서 마음에 걸렸다.

"밖이 추워?"

그는 능숙하게 내 외투를 벗겨 옷걸이에 걸며 물었다. 나는 고개만 좀 흔들어 보이고 그가 읽던 갈색의 술이 두꺼운 책을 넘겼다.

"소설책인가요?"

"아니."

그는 책을 저만치 밀어놓으며 예의 기갈 들린 눈으로 나를 바라보았다. 잘생긴 숫짐승 같은 눈은 나를, 빠르게 암짐승으로 만들어 가고 있었다.

그러나 나는 거칠게 다가오는 그의 가슴팍을 밀며 엉뚱한 소리를 했다.

"무슨 책이에요? 당신이 지금까지 뭘 생각하고 있었나쯤은 알고파요."

"역사책 같은 거야."

"어느 나라? 물론 당신 나라겠죠?"

"아니, 사람들의 역사. 사람들이 어떻게 짐승으로부터 갈려서 문화를 만들고 예술을 창조했나 하는 이야기야."

"재미있겠군요. 이야기해주지 않겠어요?"

"너에게 그런 것보다 더 재미있는 걸 가르쳐주고파."

조는 내 목을 따뜻이 감싼 스웨터의 깃을 젖히고 목덜미에 입술을 문질러댔다.

나는 몸을 비틀어 빼고 스웨터의 깃을 다시 단정히 여미었다.

"당신은 본국에서 그런 공부를 했나 보죠. 그런 공부를 뭐라고 하나요. 역사학? 사회학?"

"너를 기다리기가 지루해서 읽고 있었다 뿐이야. 제발 이 따위를 우리 사이에 끼우지 말라구."

그는 두터운 책을 더 멀리 발로 밀었다. 그의 녹색 눈이 초조와 갈증으로 충혈돼 보였다. 나도 초조했다. 특별히 그 갈색의 책이 필요할 것은 없어도 그가 내 의상을 완전히 벗기기 전에 그를 조금 더 알아두고 싶었다. 그가 매혹적인 숫짐승이란 것 말고 좀 더 딴것을 알아둬야만 할 것 같았다.

"너를 사랑해."

그의 턱수염이 목덜미를 찌르고 고혹적인 저음이 귓전에 속삭였다. 스웨터 깃과 앞단추가 허술하게 열렸다. 나는 다시 여미지를 못했다.

그러나 나는 가빠오는 숨을 죽이며 안간힘을 쓰고 있었다. 옷을 벗기 전에 할 일이 꼭 있을것 같았다.

좀 더 대화를, 아무튼 나는 그와 나 사이의 철두철미한 피부적인 이끌림을 조금이라도 심화하고 싶었다.

어째서 옷을 벗기 전에 그런 과정이 필요하다고 지금 깨닫기 시작했는지 모를 일이었다. 진작 그런 걸 짐작했다면 아마 이 분홍빛 침대가 있는 방에 오는 것을 며칠 늦출 수도 있었을 게다.

이 방은 다만 옷을 벗기 위해 마련된 방이었다. 분홍빛 침대가 그러했고 침대 머리에 달린 화장대 위에 얹힌, 진홍빛 갓을 쓴 전기 스탠드도 그러했고, 침대에 누우면 똑바로 볼 수 있게 나직이 붙여진 여러 포즈의 누드 사진이 그랬다.

갈색 책은 저만치 나동그라져 있어 나에게 어떤 도움을 주기에는 너무도 멀었다. 그리고 나는 점점 능동적으로 그의 애무를 받아들이고 있었다.

마침내 보랏빛 스웨터가 완전히 벗겨져 갈색 책 위로 날아갔다. 그러나 추위를 몹시 타서 겹겹이 껴입은 내 속옷들을 다 벗기려면 아직도 멀었다. 그는 별로 초조해하지 않고 내 여러 곳을 애무했다. 그러면서 그는 어김없이 옷을 벗겨가고 있었다. 나도 이제 완전히 옷을 벗는 쾌감에만 탐닉했다.

다다미 위에 여러 색깔의 옷이 너절하게 흩어졌다. 꽤 별러서 꽤 고르다가 산 옷들도 벗어 동댕이쳐놓고 보니 영락없이 남루였다. 추하고 쓸모없는 누더기였다.

나는 희미하게나마 내 내부에서도 어떤 탈피가 일어나고 있다고 짐작했다. 아니 바랐다.

나는 고치를 벗고 훨훨 날개를 가질 수 있을 것 같았다. 날개를, 나를 꼼짝 못 하게 가둔 두터운 고치로부터 자유로워질 수 있는 날개를 갖는 것이다. 날개를.

이윽고 나는 실제로 날개를 가진 듯이 공중으로 둥실 떠올랐다. 내 비상을 막는 아무런 저항도 없었다. 나는 완전히 체중을 잃었다.

나는 얄따란 슈미즈를 한쪽 어깨에만 걸친 채 가볍게 안기고 있었다. 드디어 그가 나를 분홍빛 침대로 나르고 있었다.

그것은 아무래도 좋았다. 나는 날개를 가질 것이다. 편협한 번데기의 방을 벗어날 것이다. 탄력 있는 침대가 나를 반쯤 묻었다. 그가 내 옆에 눕는 것을 느꼈다. 그의 입술과 손길이 나의 여러 곳에 빠짐없이 닿았다. 그는 마술사처럼 나에게 깊이 감추어진 감각들을 찾아내어 나에게 푸짐한 육감의 향연을 베풀어주고 있었다. 그의 숨결이 점점 고르지 못하게 흩어졌다.

그러나 나는 아직도 향연의 손님일 따름이었다. 미식美食에 초대된 손님치고는 좀 교활한 손님이었다. 다시 말해서 나는 음식 맛을 너무도 잘 알고 있었다. 감칠맛 있고도 조금씩 다른 맛들을 너무도 또렷이 감별해가며 맛보고 있었다.

어쩌면 미식은 곧 식상할지도 모른다. 그리고 미식은 어디까지나 미식일 따름이지, 주인이 주인일 따름인 것과 손님이 손님일 따름인 것을 변경시키지는 못한다.

우리의 향연에는 무엇인가가 빠져 있었다. 이를테면 미식에 곁들인 향기 높은 미주美酒가, 향연을 무르익게 하고 주인과 손님을 혼연일체로 묶어버리며, 딴 음식까지도 발효시켜 취기로 이끄는 미주가 아쉬웠다.

조도 그것을 느끼는 것 같았다. 연방 사랑한다고 속삭이며. 그러나 그의 애무는 점점 초조하고 거칠어졌다.

하여튼 나는 그의 능숙한 애무를 예민하고 성숙한 감각으로 받아들였을 뿐 결코 도취하지는 못했다.

"불을 끌까 봐요."

초조한 나머지 나는 그에게 그런 제안을 했다. 스위치는 도어 옆에 있었다. 그는 어청어청 걸어가서 까만 스위치를 눌렀다.

칠흑의 어둠이 뒤덮였다. 그의 숨결이 한결 거세게 들렸다. 짐승의 냄새 같은 짙은 그의 체취가 확 끼쳤다.

나는 그가 어둠 속에서 거침없이 변모해 있을 것 같아서 두려웠다.

"불을 켜요, 불을."

그는 대답도 안 하고, 간신히 한쪽 어깨에 붙어 있는 슈미즈 끈을 낚아챘다.

"불을 켜라니까요."

나는 슈미즈를 부둥켜안고 단호히 악을 썼다.

그는 투덜투덜 필시 쌍소리인 듯싶은 소리를 지껄이고는 상반신을 일으켜 침대 머리를 더듬었다. 그는 필경 진홍빛 갓을 쓴 전기 스탠드를 찾고 있을 것이다.

스위치가 만져졌는지 찰칵 소리가 났다. 진홍빛 갓 속에 진홍빛 꼬마전구가 켜졌다.

나는 조의 얼굴을 찾기 전에 핏빛으로 물들어 보이는 침대 시트를 보았다. 핏빛 시트…… 핏빛 시트. 오오, 핏빛 시트…….

내 기억은 터진 봇물처럼 시간을 달음질쳐 거슬러 올라갔다.

노오란 은행잎, 거침없이 땅으로 땅으로 떨어지던 노오란 은행잎, 눈부시게 슬프도록 아름답던 그 노오란 빛들도 마침내는 내 기억의 소급을 막지는 못했다.

나는 잊은 줄 알았던, 아니 교묘하게 피하던 어떤 기억과 정면으로 부딪쳤다. 막다른 골목으로 쫓긴 도망자처럼 체념하고 나는 그 기억을 맞아들였다.

어머니가 정성 들여 다듬이질한 순백의 홑청을 붉게 물들인 처참한 핏빛과 무참히 찢겨진 젊은 육체를. 얼마만큼 육체가 참담해지면 그 앳된 나이에 그 영혼이 그 육체를 떠나지 않을 수 없나, 그 극한을 보여주는 끔찍한 육신과, 그 육신이 한꺼번에 쏟아놓은 아직도 뜨거운 선홍의 핏빛을 나는 본 것이다.

"꺄악."

나는 내 목청이 낼 수 있는 한도껏 날카로운 비명을 지르며 슈미즈를 움켜잡고 침대에서 다다미 바닥으로 굴러떨어졌다.

"왓츠 메러 위즈 유?"

의외의 사태에 기겁을 한 조가 침대에서 몸을 일으키며 나에게로 가까이 오려 했다.

"꺄악."

나는 다시 이 건물 구석구석까지 흔들릴 만큼 찢어지는 듯한 비명을 질렀다.

나는 방금 내가 느끼고 있는 위기를 어떤 말로도 표현할 수가 없었다. 나는 지금 당장 내 육신이 조에 의해 처참하게 망가질 것 같았다. 혁이 오빠와 욱이 오빠의 육신처럼 시트를 붉게 물들이며 참담하고 추악하게 조각날 것 같았다.

도망쳐야지, 도망쳐야지.

"왓츠 매러?"

그가 다시 나에게 접근해왔다.

"오 노오, 플리이즈 플리이즈 돈 브레이크 미."

나는 나를 제발 망가뜨리지 말아 달라고 애걸을 하며 손을 모아 싹싹 빌었다.

털복숭이의 팔과 가슴을 드러낸 조는 마치 거대한 성성이나 고릴라 같았다. 밖이 두런두런하더니 도어를 노크하는 소리가 들렸다. 이 건물 구석구석이 내 비명으로 모두 잠을 깬 듯이 어수선했다. 조가 도어를 빠끔히 열더니 뭐라고 몇 마디했다. 나는 그 사이에 재빨리 내의 하나를 걸쳤다. 도어가 닫히고 다시 조와 나만이 남겨졌다.

"왓츠 매러? 아 유 크레이지?"

나는 고개를 끄덕이며 흘금흘금 옷을 주웠다. 미쳐도 좋고 아무래도 좋았다. 나는 피를 쏟고 망가지기만은, 그 아픔만은, 그 추악함만은 면하고 싶었다.

"겁내지 마, 내 옷 입는 걸 도와줄게."

"오 노우. 플리이즈 돈 브레이크 미."

나는 다시 두 손을 모아 빌고 나서 그 여러 겹의 옷들을 민첩하게 주워 입었다.

내가 옷을 다 걸치자 그는 오버를 꺼내 입혀주려 하였으나 나는 질겁을 하며 가까이 오지 말고 던지라고 찢어질 듯 소리를 질렀다.

그는 내가 알아들을 수 없는 욕지거리를 지껄이고는 오버를 던졌다. 나는 오버를 집어들고 도어를 밀었다. 밖에는 근심스러운 듯이 사람들이 모여 있었다. 나는 그들이 나에게 무엇을 물을 틈을 주지 않고 몸을 날려 복도를 지나 현관에서 재빨리 구두를 신고 긴 정원을 지났다.

철문을 지나 비탈길을 달음질쳤다. 돌아다보니 경서 호텔이란 네온사인이 선명했다.

나는 다시 뛰었다. 큰 거리로 나와서 다시 돌아보았다. 아무도 쫓아오지 않고 붉은 네온사인도 보이지 않았다. 피곤이 한꺼번에 밀려오고 비로소 찬 야기夜氣를 느꼈다. 나는 팔을 꿰기가 귀찮아서 그대로 어깨에 오버를 걸치고, 가로수를 껴안았다. 가로수의 거친 피부에 뺨을 부비며 안도의 눈물을 주룩주룩 흘렸다.

골치가 한결 개운해지며 좀 더 선명하게 잊었던 날들이 되살아났다.

14

아버지의 죽음이 그다지 슬픈 일로 회상되지 않는 것은 이상한 일이다. 나는 아버지의 사랑을 거의 독차지하다시피 했고, 아버지의 죽음은 갑자기 왔는데도, 그의 죽음보다도 그 무렵에 겪은 대학 입시의 낙방이 한층 충격적인 것으로 회상된다. 물론 한 가장의 죽음과 한 계집애의 대학 낙방 따위는 비할 바가 아니지만, 아버지의 죽음은 오빠들과 더불어 겪을 수 있었고, 대학 낙방은 나만의 일이었기에 그렇게 회상되는지도 모르겠다.

아무튼 초상 당시도 결코 침울한 분위기는 아니었던 것 같다. 욱이 오빠도 혁이 오빠도 한 번 실컷 몸부림쳐 울고는 빠르게 슬픔에서 회복되어갔다. 초상 당시보다는 사십구재를 치를 때의 한결 정리된 아릿한 슬픔이 지금도 생생하다.

피부가 장밋빛으로 곱고, 이목구비가 빈틈없이 아리따운 젊은 이승尼僧의 회심곡이 법당 안에서 낭랑히 울려 퍼졌다.

—우리 부모 날 기를 제 어떤 공력 들였을까. 진 자리는 어머님이

누웠시고 마른 자리는 아기를 뉘며 음식이라도 맛을 보고 쓰디쓴 것은 어머님이 잡수시고 달디단 것은 아기 먹여—

법당 뜰에는 금잔화며 채송화, 봉숭아가 한창이었다. 난데없는 포성이 은은히 들렸다.

어머니는 자주 부처님 앞에 깨끗한 새 지전을 놓고 정성껏 절을 되풀이했다.

어머니의 표정은 조용하면서도 침범할 수 없이 엄숙했다. 만수향이 푸르고 가는 연기를 계속 올리고 회심곡은 낭랑히 계속되었다.

포성이 또 은은히 들렸다. 그러나 법당 안팎은 태고처럼 고즈넉했다. 금잔화의 탐스러운 꽃송이가 부옇게 흐려 보이고 콧등이 시큰한 것은 새삼스럽게 아버지의 죽음이 슬퍼서인 것 같지는 않았다.

회심곡이 슬프디슬퍼서, 이승의 목소리가 너무도 앳되고 낭랑해서 가슴이 아팠다.

어머니도 손수건으로 눈물을 닦았다. 비통한 모습으로 시종 묵묵히 서 있던 오빠(哥)들도 중단(中쀼) 소매 속에서 손수건을 꺼내 눈을 눌렀다.

회심곡은 슬프디슬펐다.

—인간 칠십은 고래희요, 팔십 장생, 구십 춘광. 장차 백 세를 다 산다 해도 병든 날과 잠든 날이며 걱정 근심을 다 제하면 단 사십을

못 사는 초로 같은 우리 인생, 아차 한 번 죽어지면 싹이 나느냐 움이 날까 이내 일신 망극하다. 명사십리 해당화야 꽃진다고 설워 마라—

그러나 사십구재에서 돌아오는 길은 즐거웠다. 오빠들은 흔히 하던 유쾌한 농담은 물론 삼가는 중이었지만, 상복을 벗고 신사복으로 갈아입어 장성한 준수한 청년임을 과시하며, 아직도 좀 멍하니 슬픔에 잠긴 어머니를 양쪽에서 정성껏 부축하고 있었다. 어머니는 그런 부축이 여간 흡족하지 않으신 듯했다.

"조금만 더 사시지. 며느리 볼 일, 사위 볼 일, 온통 경사만 남겨놓고. 욕심도 지지리도 없는 양반이."

어머니는 대청마루에서 사십구재 음식으로 반기를 나누며 푸듯이 말했다.

"어머니, 이제 아버지 생각은 그만하시고 어머니나 오래 사셔요. 아버지 몫까지 오래오래 사셔야 해요."

욱이 오빠가 어머니 무릎을 흔들며 어리광부리듯이 말했다.

"그래요. 참 어머니, 며느리만 보실라구요. 손자도 보셔야죠. 손주며느리는 못 보실라구요. 이렇게 젊으신데 오래오래 사셔요."

혁이 오빠가 어머니 뺨에 자기 뺨을 댔다.

"에이 징그럽다. 다 큰 녀석이……."

어머니가 처음으로 활짝 웃었다. 고운 얼굴이었다. 아버지가 돌아가신 후로는 기름을 바르지 않아 약간 잔머리가 일어서 보이나 그래도 자연의 윤기를 지닌 검은 머리를 곱게 빗고, 윤곽이 고운 얼굴과 아름다운 치아도 여전했다.

나는 어머니가 너무도 좋았다. 그러나 내가 하고픈 이야길 오빠들이 다 해버리고 어리광까지도 펴 보였으니 나는 다시 되풀이하기도 쑥스러워 가만히 있었다. 좀 쓸쓸했다. 늘 아버지는 내 차지였고 어머니는 오빠들 차지였는데 아버지가 안 계신 지금 어머니를 오빠들로부터 나누어 갖고 싶었으나 오빠들은 그런 내 눈치에 너무 무심했다.

포성이 또 들렸다. 조금 또렷이 들리고 또 들렸다. 멀리지만 콩 볶듯이 계속해 들리기도 했다. 그러나 아무도 불안해하지는 않았다.

2백 평 가까운 대지에 들어앉은 운치 있는 고가는 법당 속보다 더 고즈넉했다.

뒤뜰에서는 두 번째 핀 사철장미가 한잎 두잎 지고 있었다.

다음 날은 좀 달랐다. 포성이 너무도 지척에 들리고 큰길에는 피난민이 넘친다 했다. 그러나 우리 집은 큰길에서 너무도 깊숙이 있어서 피난민을 실제로 보지는 못했다.

큰아버지가 몇 번 다녀가고 오빠의 친구들이 부산히 오갔다. 황혼 무렵이 되자 큰아버지의 안색이 좀 더 나빠지고 어머니와 오래 무엇을 상의하는 눈치였다. 아들들만 피난을 보내기로 합의가 된 모양이다. 작은집 큰집 아들들이라야 모두 네 명인데 큰집 진이 오빠는 국군 장교였으니 집에 있을 리 없고, 실은 그 때문에 큰집에서는 더 경황이 없고 초조해 보였다.

294

찹쌀로 미숫가루를 만들고 김밥을 싸고 마른반찬을 챙기고 어머니는 분주했다. 나도 어머니를 도와 오빠들의 내복을 챙기고 륙색을 꿰맸다. 커다란 피난짐이 세 개 만들어진 것은 꽤 어두워진 뒤였다. 오빠들은 아직도 전쟁을 실감하고 있는 것 같지가 않았다. 등산이라도 떠나는 듯이 좀 떠들썩하게 집을 나섰다.

어두운데도 불안하고 궁금해서 밖에 나와 섰는 동네 사람들에게까지 여유 있는 농담을 섞어 인사를 하고, 골목 어귀 구멍가게에서 군것질거리를 사서 피난짐에 추가하는 등 철없이 굴며 떠났다.

결국은 이렇게 광고치듯이 여러 사람들에게 보이고 떠난 게 훗날 여러모로 도움이 되었다.

그들은 다음 날 새벽에 돌아왔기 때문이다. 그들은 전날 밤 너무 여러 친구 집에 들러서 인사도 하고 같이 갈 친구와 합세도 하느라고 그만 한강을 못 건너고 만 것이다.

다행히 돌아올 때는 아무의 눈에도 안 띄게 살짝 돌아왔다. 결국 이웃 간에 오빠들은 피난 간 것으로 돼버리고 말았다.

같이 피난 떠났던 큰집 민이 오빠도 자기 집으로 가고 오빠들만의 답답한 은둔 생활이 시작되었다. 우리는 충분한 식량과 넉넉한 밑반찬을 갖고 있었다.

우리 집은 터가 넓다 뿐 이웃에 새로 들어선 문화주택에 비한다면 보잘것없는 고가였고, 이웃 간에는 인심 좋은 착한 이웃으로 통했고, 우리의 생활은 거리에서부터 너무도 깊이 은닉되어 있었다.

좀 답답하고 무료하다 뿐 더할 나위 없이 좋은 조건 속에서 6·25를 맞고 바뀐 세상을 탈없이 조용히 지내고 있었다.

　　물론 느닷없이 들이닥치는 민청원입네 여맹원입네들의 눈에서 오빠들을 보호하기 위해 용의주도하게 은신처를 마련해놓고 있었다. 찬마루 위 천장은, 다락하고는 분리되어 있으면서, 천장이 베니어판이 아닌 든든한 판자로 되어 있어서 어머니와 나는 판자의 한쪽을 뜯어내어, 그 위에 감쪽같이 훌륭한 방을 꾸몄다.

　　라디오와 기타와 전기 스탠드에 책까지 비치되었는데도 그들은 거기에 푹 배겨 있지를 못했다. 그들은 하루에도 몇 번이고 천장을 오르내렸다. 전쟁이 났대서, 잠시도 가만히 있지 못하는 그들의 버릇에 신통한 변화가 생길 리 만무했다.

　　신나는 뉴스를 들었다고 어머니에게 보고하러, 군것질거리를 찾아서, 담배를 피우러, 찬물에 발을 담그러 그들은 분주히 오르내렸고 그들의 발랄한 젊음은 그만한 운동을 안 하고는 못 배겼다.

　　어머니는 오빠들이 앞마당이나 뒷마당을 서성대는 걸 제일 꺼렸다. 서울 집이 제아무리 커도 이웃으로부터 완전히 차단될 수는 없었다. 앞마당에서는 원경으로나마 국민학교 옥상이 보였고, 옥상에는 가끔 군복 입은 군인이 서성대는 게 보여 어머니는 그게 마치 우리 집 마당을 망보는 것 같아 질색이었다. 뒷마당은 한 번도 전지를 한 적이 없는 향나무니 전나무니 하는 상록수와 한창 녹음 짙은 은행나무가 짙은 숲을 이루고 있어, 한낮에도 으슥하고 시원해서 무더운 날이면 훌쩍 나무 그늘에서 낮잠들을 자기를 즐겼지만, 앞마당보다는 좀 더 가까이에 이웃 양옥의 창이 바라보였다.

"에그, 그만 올라가거라. 반장 올라."

어머니는 또한 매일 드나들다시피 하는 인민 반장을 가장 무서워했다. 남자의 신발은 모조리 치우고 하다못해 빨래까지도 남자들 것은 방구석에서 말리는 등 한시도 마음을 못 놓는 것도 다 인민 반장 때문이었다.

모든 것이 감쪽같이 잘돼갔다. 게다가 세상도 잘돼가는 모양이었다. 오빠들은 자기들이 자유로워질 날이 멀지 않았다고 벌써부터 설레고 있었다.

"사내 자식이 이거 할 노릇인가. 국군만 다시 돌아와봐라, 단박에 입대해서 분풀이를 실컷 해줘야지."

"내가 입대할 테니 형은 어머니나 잘 모시구 있어. 장남은 옥체 보중하시라구."

그들은 아령으로 단련한 팔뚝을 허공에다 대고 휘두르며 날쳤다.

"진이가 살았을까. 국군도 숱하게 상했다던데."

장남 소리에 어머니는 큰댁 장손인 진이 오빠를 생각한 모양이다.

"어머니도, 진이 형은 쫄병이 아니란 말예요. 소령인데 그렇게 호락호락 총에 맞았을라구요."

그들은 소령 계급장을 방패쯤으로 아는 모양이었다.

"그건 그렇고 큰댁은 어디에 잘 가 계셨으면 좋으련만. 그날 민이나 붙들어둘걸."

마음이 좋은 어머니는 가끔 그 일로 한숨을 쉬었다. 피난 갔다가 그대로 돌아온 날, 민이는 집이 궁금하다고 즉시 집으로 돌아가고 나서는 소식이 없길래 내가 가봤었다. 큰댁에는 웬 민청 간판이 붙어 있어 가까이 가보지도 못하고 이웃에서 대충 알아보니, 군인 가족이어서 미리 겁을 먹고 온 가족이 피신을 한 모양이었다. 다행히 아무도 그들에게 잡히지는 않은 것 같았다.

폭격이 한결 잦아지고 포성이 밤낮없이 들리기 시작했다. 인천이 함포 사격을 받고 있다는 뉴스를 오빠들은 신이 나서 전했다.

세상이 다시 한번 바뀌려는 단말마의 몸부림으로 거대한 도시가 숨가쁘게 허덕이고 있었다.

우리도 차츰 인민 반장이나 동 인민위원회로부터 피난 간 가족이란 눈총을 심상치 않게 받아가며 마포강에다 방공호를 파는 일에 동원되기도 하고, 심야에, 소속도 계급도 분명치 않은 군복들이 난입해서 곳곳에 흙 발자국을 남기고 구석구석을 뒤지는 일도 겪어야 했다. 그들이 찾는 게 곡식인지 사람인지조차 분명치 않은 채 우리는 곡식도 사람도 들키는 일이 없었다.

그러나 이런 괴로움쯤은 산고와도 같다 할까, 절박하지만 희망찬 진통이어서 조금만 더 조금만 더 참으면 하고 서로를 위로하며,

차라리 그들의 발악이 더해갈수록 진통으로부터의 해방도 가까우리라는 기대로 참을 만했다.

그런 어느 날 밤, 우린 통 소식을 모르던 큰아버지와 민이 오빠의 방문을 받았다.

그들은 몰라보게 야위고, 행색은 영락없는 거지였다. 시골 처가로 전전하다가 세상이 험악해지니 거기도 만만찮아 여자들만 남겨놓고 이리로 온 모양이었다. 군인 가족―이것이 그들이 아무 데도 발붙일 곳 없는 죄명이었다.

그들은 어머니가 급히 지은, 보리가 듬성듬성 섞인 밥을 한 그릇씩 게 눈 감추듯이 비웠다. 입이 까다롭고 도도하던 모습은 찾아볼 수 없었다.

그들을 통해 우리는 비로소 흉흉한 세상을 피부로 느꼈다.

얼마나 무고한 많은 사람들이 끌려가고, 죽어갔나를, 얼마나 혹독한 굶주림들을 겪고 있나를 들으며 우리는 기적처럼, 무자비한 액신으로부터 외면당하고 있음을 알았다.

큰아버지가 알려준, 죽음을 당하고 혹은 끌려가고 혹은 바뀐 세상의 동조자가 되기도 한 젊은이들은 우리가 아는 집안 내의 거의 모든 젊은이를 포함하고 있었으므로 우리 모녀는 이 세상에 온전히 살아남은 젊은 남자가 욱이와 혁이 오빠 두 사람밖에 없는 것처럼 여기게 되었다.

어머니가 조용히 합장하며 엄숙하게 말했다.

"다 너희 아버님이 돌보심이니라."

우리는 물론 큰아버지와 민이를 감춰주는 것을 당연한 일로 알았다. 어머니는 그들의 참담한 몰골을 보고 진작 우리 집으로 오지 않은 것을 거듭거듭 섭섭해할 지경이었다. 여기까지의 내 회상에는 '나'가 없다. '우리'가 있을 뿐이다. 특별히 나라는 개체가 필요 없는 가족이란 '우리'를 통해서 사고하고 우리의 애환이 곧 나의 애환이었다.

그날 밤 그들을 한 집에 재우며 나는 몹시 불안했다. 나는 웬일인지 그 불안을 아무에게도 내색 안 했다.

포성이 너무도 크고 가까웠다. 전쟁이 다가오고 있었다. 미구에 머리 위를 지날 것이다.

식구들을 다치지 않고 지나가게 해주십시오. 나는 어머니가 엄숙하게 아버지가 돌보심이니라 하던 것을 생각하고 내심 든든해졌다. 나는 아버지의 고명딸이었고, 아버지는 생전에도 내 부탁이라면 거절한 적이 없고, 지금의 아버지는 적어도 인간 이상인 것이다. 신? 신선? 유령? 아무래도 상관없다. 아무튼 그는 신비한 힘으로 우리를 도울 수 있는 한층 높은 데 있음에 틀림없으니까.

나는 밤새 포성에 잠을 못 이루며 아버지와 대화를 나누고, 절실히 가족의 무사를 빌었다.

그래도 해가 뜨니 불안했다. 여태껏 우리 식구만 유독 안온과 만복을 누렸다는 게 마음에 걸려서 견딜 수 없었다.

어쩌다가 액신의 눈이 우리를 비껴갔을 뿐, 매도 먼저 맞는 놈이 낫다고 더 무서운 보복이 대기하고 있을 것 같은 예감이 들었다.

포성은 더욱 가깝고 오빠들은 신이 나서 싱글싱글 연방 천장과 찬방 사이를 오르내렸다.

나는 그런 그들이 나보다 훨씬 손아래의 철부지로 느껴졌다. 암만해도 심술궂은 액신의 눈에 띌 것 같았다. 나는 그들을 좀 더 깊숙한 곳에 은밀히 감추고 싶었다.

"애야, 큰아버님과 민이 잠자린 어디다 마련하면 좋겠니?"

"글쎄요. 찬마루 위는 너무 좁고."

"넓어도 함께 계시게 할 수야……."

"어때요. 큰아버지도 이 난리통에 그쯤 고생이야 각오하셨겠죠."

"누가 고생스러울까 봐 그러니?"

"그럼요?"

"식량도 몇 군데로 나누어 감추지 않니? 혹 무슨 일을 당하더라도 함께 몽땅 당하게 할 수야 없지 않니?"

나는 이리저리 또 하나의 은신처를 궁리하며, 교활하게도 좀 더 안전한 곳을 욱이나 혁이 오빠의 거처로 삼으리라 마음먹었다.

"행랑채의 벽장이 어떻겠어요?"

"너무 외져서……."

"그렇지만 여태껏 아무도 행랑채를 열어본 사람은 없었잖우? 아무도 그쪽은 거들떠도 안 보던데."

"원체 오래 비워두고, 또 퇴락해서."

"그러니 좀 좋아요, 그렇게 해요."

"글쎄다."

어머니도 솔깃해했다. 첩첩이 닫힌 행랑채는 내가 철들고도 한 번도 열어놓거나 치우는 것을 본 적이 없다. 회색으로 변한 창호지가 찢겨진 채 너덜너덜 매달린 덧문은 굳게 닫힌 채, 특별히 잠긴 것도 아니지만 또 특별히 열어볼 까닭도 없었다.

행랑 제도가 없어지자 자연히 잊혀진 한 모퉁이에 지나지 않았다. 세를 놓을 만큼 집안이 궁색하지도 않았고, 많지 않은 식구에 그외에도 빈방이 많은데, 행랑방이란 천한 명칭이 붙어 내려온 방을 꾸며서 쓸 까닭도 없었다.

"오빠들을 그리로 보내요."

"왜?"

"거기가 더 안전할 것 같아요."

"원 애도……."

어머니는 좀 흠칫하며 민망해하더니 묵인하려는 눈치였다. 이 판에 좀 더 자기에게 가까운 육친을 한층 소중하게 꼽으려는 것은 아주 당연했다.

나는 행랑채의 벽장을 치우기 시작했다. 거미줄을 걷어버리고 먼지를 털고 쓸고 걸레질을 하고 돗자리를 깔았다. 청결을 좋아하는 어머니는 너절한 벽이 꺼림한 눈치였지만 지금이 어느 때냐고 난 어머니를 미리 윽박질렀다. 그래도 어머니는 빤작빤작하도록 다듬질한 홑청을 온통 돗자리 위에 깔고 요를 깔았다.

오빠들은 순순히 이사를 했다. 나는 이삿짐을 날랐다.

"우리가 그리로 갈 걸 그랬죠? 괜히 부산만 떨게 해서……."

큰아버지가 송구해했다.

"아이구, 아주버님을 어떻게 그 구질구질한 행랑방에 모실 수가……."

어머니는 능청맞도록 천연스러웠다.

먼저 껑충 뛰어올라간 욱이 오빠가 불쑥,

"잘 꾸며놨는데, 꼭 관 속 같구나."

"어머머…… 오빠도 사위스럽게시리."

나는 느닷없이 가슴이 두방망이질 치듯이 두근대기 시작했다.

"너도 계집애라 별수 없구나. 벌써 사위를 쳐드는 걸 보니."

그들이 벌렁 누우니 벽장 속이 꽉 찼다.

"너무 좁잖아? 좀 더 넓은 데로 할걸."

"괜찮으니 이사는 이것을 마지막으로 해두자."

포소리가 가까이 들리다 못해 이제는 막 머리 위를 날기 시작했다. 포탄과 공기가 스치는 소리가 날카롭게 신경을 건드렸다. 그것은 견디기 힘든 소리였다. '쌔—앵' 하는 소리가 길게 어미를 끌다가는 반드시 우르르 쾅 하는 파괴음으로 끝을 막았다.

폭격은 밤낮없이 계속되고 마침내 지상의 화염이 하늘까지 붉게 물들였다. 그러나 아직도 이 도시는 붉은 치하에 있었다. 전쟁이 6·25 때처럼 쉽게 머리 위를 지나지 않고, 오래오래 머리 위에 머물면서 그 광기의 극을 다하고 있었다.

달이 처절하도록 밝은 밤이었다. 나는 새벽녘까지 잠을 못 이루고 달의 초연한 고요와 전쟁의 광란하는 소음을 동시에 받아들이고 있었다.

걷잡을 수 없는 불안 공포를 지성스러운 기도로써 달래려고 안간힘을 썼다. 나는 아버지를 수없이 불렀다.

"평화가 오면 제일 먼저……."

옆에 누운 어머니도 여태껏 못 잔 듯 맑은 목소리로 말을 걸어왔다.

"제일 먼저?"

나는 반문하면서, 평화가 오면이란 평범한 서두가, 내가 새가 되면 어쩌구 하는 불가능을 전제한 가정법쯤으로 들렸다.

"네 오래비를 장가들일까 보다."

"엄마두, 장가가 뭐 그리 급해서."

"장간 안 급할지 몰라두 손주는 급하다. 더구나 세상이 이래 놓으니 빨리 씨를 받아놓고 봐야지."

종족 보존의 본능은 좀 미련하고 좀 잔인하다. 난 돌아누웠다.

"말을 들을까?"

"글쎄요. 결혼까지는 또 몰라도 애 아버지가 되는 오빠들은 상상도 하기 싫어요. 너무 일러요."

"이르긴 뭐가 일러? 나는 너의 아버지 열여섯에 시집을 왔어도 신랑이 어찌나 어려웠는지 한 달이 지나도록 신랑 얼굴 한 번을 똑똑히 정면으로 쳐다보지 못했느니라."

"그럼 프로필만 봤겠네."

"갑자기 프로펠라는……."

나는 다시 어머니 쪽으로 돌아누웠다. 나야말로 어머니의 프로필이 보고 싶었다. 즐거웠던 날의 회상과 즐거운 일에의 꿈이 서렸을 어머니의 고운 프로필을, 푸른 달빛을 받은 프로필을.

그러나 나는 그것을 못 보고 말았다. 우리 모녀는 외마디 소리를 지르며 서로 얼싸안았다. 방바닥이 크게 들썩이며 귀가 굉굉했다. 그러나 굉굉한 건 어떤 큰 음향의 여운일 뿐 최초의 큰 폭음은 너무도 커서 뚜렷한 청각의 기억이 없었다. 다만 그 폭음의 여운들이 기둥을 흔들고 분합과 들창의 유리들을 박살내는 소리만을 들을 수 있었다.

우리 집 어느 곳을 폭탄이나 포탄이 명중했으리라고 어렴풋이 느끼며 나는 눈을 감은 채 우선 내 사지를 움직여보고 어머니의 얼굴을 더듬었다.

어머니는 내 손길을 뿌리치고 악을 쓰며 일어났다.

"어디냐? 어디냐?"

어머니가 미친 듯이 뛰어나갔다. 아직도 멍멍한 귀에 어머니

305

의 맨발이 마루에 흩어진 유리 조각을 딛는 소리가 소름끼치게 들렸다.

나는 벌떡 일어나 앉은 채 어머니가 부연 흙먼지와 푸른 달빛 속을 쏜살같이 가로질러 중문을 박차고 나가는 모습을 멍하니 보고만 있었다.

뒤미처 곧 비단을 찢는 듯한 처절한 비명이 길게 들리고 주위가 고요해졌다. 실지로는 그동안이라고 전쟁의 소음이 우리를 위해 멎었을 리 없겠지만 내 회상으로는 어머니의 비명과 큰아버지가 찬마루 천장에서 겁에 질린 얼굴로 내려오기까지의 시간처럼 길고도 처절한 고요를 다시 생각해낼 수 없다.

"경아야! 경아 게 있니?"

큰아버지가 안방을 기웃댔다.

"네."

나는 간신히 혀를 아물며 소리를 냈다.

"응, 넌 살았구나. 그럼 행랑챈가?"

행랑채, 행랑채! 나는 그제야 정신이 번쩍 들면서 아까 어머니처럼 맨발로 마루와 댓돌에 흩어진 유리 조각을 마구 밟으며 마당을 가로질러 행랑으로 내달았다.

방바닥에 쌓인 흙덩이와 아스러진 기왓장 위에 어머니가 길게 정신을 잃고 쓰러져 있고 나는 휑하니 뚫어진 지붕의 커다란 구멍으로 마구 쏟아져 들어오는 달빛으로 처참한 광경을 또렷이 보왔다.

검붉게 물든 홑청, 군데군데 고여 있는 검붉은 선혈, 여기저기 흩어진 고깃덩이들. 어떤 부분은 아직도 삶에 집착하는지 꿈틀꿈틀 단말마의 경련을 일으키고 있었다.

그 싱싱한 젊음들이 어쩌면 저렇게 무참히 해체될 수 있을까?

나는 악을 쓰려 했으나 목이 콱 막혀 아무런 음향도 이루지 못하고 거듭거듭 몸을 떨며 몸서리를 치며 황급히 도망치려 했으나 발이 휘청거렸다.

휘청거리는 발에 붉은 홑청이 치근하고 감긴다 싶더니, 다시 내 시야를 온통 붉은 홑청이 뒤덮었다.

나는 붉은 홑청에 걸려 붉은 홑청으로 온몸을 감은 채 방바닥에 뒹굴며 차츰 정신을 잃었다.

나는 깨끗하고 폭신한 침대에 동화 속의 공주처럼 누워 있었다. 나는 아마 좀 아픈가 보다. 어쩌면 꾀병을 앓고 있을지도 모른다. 아무 데도 뚜렷이 아픈 곳은 없으니 말이다.

그래도 나는 큰아버지, 큰어머니, 또 사촌 언니 오빠들로부터 중환자 취급을 받으며 극진한 보살핌을 받고 있었다. 그들은 번갈아가며 자꾸 맛난 것을 나에게 먹이려 들었고 말이는 시 같은 것도 읽어주고 방에는 향기가 짙은 꽃이 꽂혔다.

그러니 나는 병일 수밖에 없지 않은가. 나는 모든 것이 편안했다. 그렇다고 큰댁 2층 말이의 아담한 침대에 여러 날 누워서 사과즙과 우유와 반죽한 계란을 받아먹는 일을 그만둘 기력이 있는 것도 아니었다.

나는 매일 침대에서 세수와 양치질을 하고 거울을 보았다. 수척한 얼굴에 좀처럼 화색이 돌지 않았다. 그래서 나는 쓰디쓴 한약도 받아먹었다.

이 집 어디엔가 어머니도 앓고 있음을 나는 알고 있었다. 나는 세상이 바뀐 것도 알고 있었다. 그리고 나는 어머니와 내가 왜 빨리 건강해지지 못하나도 알고 있었다.

그것은 사루비아 때문인 것이다. 큰댁의 과히 넓지 않은 아담한 정원은 여름 동안 많이 황폐해졌으나 한쪽 구석에 사루비아만은 기승스럽게 자라 선홍빛 꽃이 만발하고 있었다.

나는 사루비아를 좋아했다. 너무 애련하거나 연약하지 않은 그 건전함을. 줄기찬 선홍빛 생명력이 허약한 나에겐 엄숙하게조차 느껴졌다. 나는 물끄러미 창밖의 사루비아를 바라보다가 혼곤하게 낮잠에 빠지곤 했다. 그리고 나는 붉디붉은 홑청을 꿈꿨다. 피 묻은 홑청에 휘감기는 악몽은 매일 낮 계속되고 잠 못 이루는 밤이 뒤따랐다. 집으로 가고 싶었다.

나는 꼭 선홍빛 사루비아 때문에 그런 꿈을 꾸고 그런 악몽이 차츰 나를 좀먹는다고 생각하기 시작했다.

어머니는 어느 방에 누워서 저 선홍빛을 봐야 하는 걸까? 가엾은 어머니, 어머니가 저런 걸 봐야 하다니. 아무도 모를 게다. 어머니가 저런 걸 봐서는 안 되는 까닭을. 가엾은 나의 엄마. 나는 어머니에 대한 연민과 사랑으로 몰래 오열했다.

나는 제일 내 곁에 많이 있는 말이에게 부탁했다.

"집으로 가게 해주렴."

어머니를 위해서라도 하루빨리 집으로 가고 싶었다.

"언니두, 이런 몸으로 어떻게."

"몸이 불편할수록 제 집이 좋은 법이란다."

그녀는 친절하고 다정했기 때문에 여러 번 거듭해서 그녀를 졸랐다.

기온은 상쾌하고, 하늘은 높푸르고 마당의 사루비아는 허구한 날을 지칠 줄 모르게 붉디붉었다.

그러던 어느 날 마침내 어머니와 나는 진이 오빠의 지프차에 실렸다. 큰어머니가 어머니를 부축하고 말이가 나를 부축했다.

나는 비로소 의치를 빼놓은 어머니를 보았다. 어머니는 내가 아는 어머니보다 20년은 더 늙어 보였고 아주 낯선 부연 눈을 멍하니 뜨고 있었다.

나는 눈물이 나려는 것을 억지로 참느라 눈을 씀벅대며 시선을 아무데도 고정시키지 못한 채 두리번거렸다.

차창 밖의 거리는 활기에 넘쳐 있었다. 나는 그것이 어떤 먼 이국의 거리처럼 신기했다. 더욱 신기한 것은 건강한 활기찬 젊은이들이 얼마든지 눈에 띄는 것이었다. 나는 어머니가 그런 광경을 봐야

하는 게 사루비아를 봐야 하는 것만큼이나 견딜 수 없었다.

낯익은 가게 모퉁이를 지나 우리 집이 보이는 골목으로 차가 꺾였다.

나는 우리 집을 보았다. 한쪽 지붕이 날아간 우리 집을. 나는 악을 쓰려 했으나 악이 써지지 않았다. 입술을 떨며 말이의 치마폭에 얼굴을 묻었다. 눈을 꽉 감고도 모자라 검정 스커트에 얼굴을 파묻었는데도 내 시야에는 선홍빛이 넘쳤다. 처음의 그것은 큰댁 마당의 사루비아였다. 녹색의 잎도 푸른 하늘도 안 가진 그냥 선홍빛이 흐드러지게 만발한 사루비아였다.

나는 그 선홍빛이 역겨워 고개를 절레절레 저었다. 고개를 저을수록 그 선홍빛은 점점 진홍으로 변하고 그 진홍은 점점 끈적한 액체로 번졌다.

"안 돼, 안 돼."

나는 고개를 계속 흔들며 중얼댔다.

"언니, 가엾은 언니."

말이가 울먹이며 내 등을 쓸었다.

지프차가 멎고 우리는 그리운 집의 낡은 대문과 또 중문을 지나, 안마당과 세벌대의 화강암 댓돌을 지났다. 안채만은 말끔히 치워져 있었다. 분합에는 두터운 물결 무늬의 새 유리가 끼워져 있었다.

어머니는 안방에 눕고 나는 건넌방에 누웠다. 큰댁에서 심부름하는 아이가 오고 큰어머니도 매일 다녀갔다.

"네가 빨리 나아야 하느니라. 너의 어머니 생각을 해서라도."

큰어머니는 매일 그날이 그날인 어머니보다는 나를 더 열심히 보살펴주었다.

"어서 기운을 좀 차려라. 너까지 어떻게 돼봐라, 너의 어머니 신세가 뭐가 되나."

이런 말만 곁들이면 쓴 한약도 꿀꺽꿀꺽 잘 마셨다.

"그래도 경아가 무사했기에 천만다행이지, 어쩔 뻔했누."

그렇지 참 어쩔 뻔했누, 가엾은 엄마를. 나는 새삼 내가 소중해서 열심히 나를 보살폈다.

나는 점점 빠르게 좋아져갔다. 사과즙 대신, 알이 단단한 사과를 껍질째 먹을 수 있게 되고 비릿한 우유보다는 밥이 좋았다.

한옥의 높은 창은 푸른 하늘만을 한아름 안겨줄 뿐 아무런 풍경도 담아내지 못했고 미닫이를 열면 안마당의 장독과, 사슴과 소나무와 불로초가 그려진 화초담이 보였다.

나는 점점 어머니 시중까지도 들게 되었다. 어머니는 변함없는 부연 혼미 상태에 있었다. 깨어 있을 때도 의식이 있는지 없는지 분간 못할 부연 눈을 뜨고 있을 뿐 어떤 감정도 읽어낼 수는 없었다.

"가엾은 엄마."

나는 점점 건강해지며 점점 정성을 다해 어머니를 간호했다. 영양 있도록 궁리를 다한 미음을 끓여드리기도 하고 허옇게 센 머리를 곱게 빗기기도 하고 옷도 자주 갈아입혔다.

어머니는 이런 일을 착한 아이처럼 순순히 받아들였다. 이런 나를 큰어머니는 퍽이나 측은해했다.

"쯧쯧, 경아가 철부진 줄 알았더니 그 끔찍한 일로 단박에 어른이 돼버리고 말았구나. 암 그래야지. 너의 어머닌 이제 너 하나뿐이구나. 많이많이 효도를 해야지. 행여 이 다음에라도 섭섭하게 해드리면 못쓴다."

까닭 모를 신열과 혼수상태가 며칠씩 계속될 때도 있었다. 그럴 때는 굳게 닫힌 입술이 숭늉도 거부했다. 나는 급히 큰댁에 연락하고 큰아버지가 보낸 의사가 묵묵히 주사를 놔주고 가면 나는 병상에서 밤을 새웠다. 그런 밤은 몹시 근심스러우면서 한편 흡족했다. 나는 어머니의 아직도 부드러운 손을 마음껏 어루만질 수도 있었고, 하고 싶은 이야기를 도란도란 속삭일 수도 있었으니까. 나는 실상 깨어 있는 어머니를 두려워했다. 그 부연 눈을 보면 내 모든 것이 위축됐다. 어머니에 대한 애정도 나 자신에의 꿈도.

"가엾은 엄마."

나는 어머니의 까실한 손이 똑 알맞게 말랑말랑해질 때까지 정성껏 애무하며, 어머니에 대한 사랑과 나의 미래에의 꿈을 마음껏 누렸다.

"가엾은 나의 엄마. 엄마가 그런 걸 보셨다니. 우리 엄마가 그런 걸 보실 수가 있을 줄이야. 그렇지만 엄마, 저를 위해서라도 오래오래 사셔야 돼요. 이렇게 제가, 엄마의 딸이 있잖아요. 제가 엄마를 행복하게 해드리겠어요. 오빠들 몫까지 효도를 하고 말고요. 가엾은 나의 엄마, 빨리빨리 나으셔야 돼요."

나는 어머니의 손을 내 손 사이에 받들고 기도 드리듯이 경건하게 어머니의 쾌유를 빌었다.

어머니가 별안간 눈을 크게 떴다. 처음엔 눈이 부신 듯이 가늘게 그러다가 점점 크게 열리며 내 눈과 마주쳤다.

"엄마, 나예요, 경아."

나는 벅찬 탄성을 질렀다. 참으로 오랜만에 어머니의 눈에 부연 안개가 걷히고 어떤 감정이 담겼다. 나는 내 시선을 조금이라도 어머니로부터 비끼면 모처럼 돌아온 어머니의 영혼이 다시 훌쩍 떠나버릴 것 같아 열심히 어머니의 눈에 눈을 맞추었다.

그러나 빛나던 어머니의 눈이 점점 귀찮다는 듯이 게슴츠레 감기며 나에게 잡혔던 손을 슬그머니 빼내고 부시시 돌아눕더니 휴하고 땅이 꺼질 듯한 한숨을 쉬었다.

"어쩌면 하늘도 무심하시지. 아들들은 몽땅 잡아가시고 계집애만 남겨놓으셨노."

나는 비실비실 일어섰다. 간신히 안방 미닫이를 열고 대청으로 나왔다. 시야가 부옇게 흐려 보였다. 나는 그 부연 것을 헤치려고 자꾸만 눈을 꿈벅이며 북창문을 열었다. 우수수하고 스산한 바람이 치마폭으로 펄렁 안겨왔다. 나는 맥없이 몸을 떨었다. 바람이 다시 뒷마당을 골고루 휩쓸었다. 쏴아 하고 정원수들이 상쾌하고도 춥디추운 소리를 냈다. 나는 비로소 자지러지게 노오란 은행나무를 보았다. 화려한 광경이었다.

그는 얼마나 풍부한 의상을 걸쳤기에 저렇게 노오란 빛들을 마구 쏟아놓고도 저렇게 변함없이 아름다울 수 있는 걸까? 그것은 꽃보다도 훨씬 찬란했다.

나는 휘청휘청 뒷마당으로 내려섰다. 나무 밑은 노오란 융단을 깐 것처럼 알맞게 푹신했다. 나는 그 화려한 융단 위에 몸을 던졌다. '어쩌면 계집애만 남겨놓으셨노.' 원성과도 같은, 주문과도 같은 끔찍한 소리가 귀에 쟁쟁하다.

"그만, 그만."

나는 고개를 절레절레 흔들고 또 흔들었다. 그러고도 모자라 몸을 뒹굴렸다. 우수수 금빛 조각들이 때로는 한 잎 두 잎 날고, 때로는 한꺼번에 쏟아져왔다.

나는 돌연 뒹굴기를 멈추고 세차게 흐느꼈다. 오열은 한번 시작하자 멈출 수가 없었다. 마치 노오란 잎들이 땅으로 쏟아지듯이 나는 그렇게 울었다. 노오란 잎이 하나라도 나무에 있는 한 낙엽은 계속될 것이고, 나는 내 속에 축적된 눈물만큼만 울면 되는 것이다. 조금치의 슬픔도 동반되지 않은 그냥 순수한 울음일 따름인 울음 끝에 나는 부드러운 융단 위에서 혼곤한 숙면에 빠졌다.

그 후부터 나는 어머니의 병상을 지키기보다는 은행나무 밑에서 많은 시간을 보냈다.

아무리 쏟아져도 다할 날이 없을 것같이 풍성하던 황금빛 의상도 점점 희박해갔다. 나는 두터운 융단 위에 누워, 성긧한 노란 잎 사이로 푸른 하늘을 마음껏 바라볼 수 있었다. 나는 그런 시간이 좋았다. 무엇보다도 살아 있다는 것이 조금도 거리낌없어 좋았다.

그날 이후 나는 어머니를 될 수 있는 대로 피하고 있었다. 어머니를 보면 살아 있다는 것이 송구스러워 절로 몸이 오그라들고 고작 어머니로부터 피한다는 게 은행나무 밑이었다. 나는 나도 모르게 은행나무 밑에서 하루하루 어머니에 대한 미움을 키우고 있었다.

어머니를, 지금의 내가 비참한 것만큼의 다만 얼마라도 비참하게 만들어주고 싶었다.

"너까지 어떻게 돼봐라. 너의 어머니 신세가 뭐가 되나."

큰어머니가 분명 그랬겠다. 어머니를 남들이 불쌍하게 여기도록 해줘야지. 자식이라고는 없는, 딸도 없는 불쌍한 여인으로 만들어주어야지.

죽고 싶다. 죽고 싶다. 그렇지만 은행나무는 너무도 곱게 물들었고 하늘은 어쩌면 저렇게 푸르고 이 마당의 공기는 샘물처럼 청량하기만 한 것일까. 살고 싶다. 죽고 싶다. 살고 싶다. 죽고 싶다.

문득 전쟁이나 다시 휩쓸었으면 싶었다. 오빠들이 죽은 후에도 내 인생이 있다는 건 참을 수 있어도 내가 죽은 후에도 타인의 인생이 있다는 건 참을 수 없다. 다시 전쟁이 몰려왔으면. 지금의 나는 전쟁에 의해 구제받을 수밖에 없지 않은가?

315

이렇게 해서 비롯된 내 전쟁에 대한 갈망은 하루하루 그 열도를 더해갔다. 전쟁이 끊임없이 되풀이됐으면.

그러나 전쟁이라면 곧 떠오르는 핏빛 홑청과 젊은 육신의 처참한 파편들, 나는 그 부분은 망각하려고 고개를 미친 듯이 흔들고 낙엽 위를 뒹굴었다. 나는 매일같이 이렇게 푹신한 낙엽 위에서 몸부림치고 낙엽은 하루하루 두텁게 쌓여 나를 포근히 안았다.

어머니는 내 간호 없이도 차츰 회복되어 가는 눈치였다. 정확히 말해 어머니 신체의 기능이 과거의 습관을 되찾기 시작한 것이었다.

문득 걸레질을 하고 문득 설음질을 했다. 여전히 아무런 뜻도 담기지 않은 부연 눈을 한 채 간단히 묻는 말에 대답도 했다. 어머니를 처음 보는 사람이라면 좀 말수 적고 멍청할 뿐 정상적인 노인으로 여길 만했다. 어머니가 얼마나 발랄하고 적극적으로 살았는지를 모르는 이에게는 말이다.

큰댁 심부름하는 아이도 돌아가고 큰댁 식구들의 방문도 뜸해졌다. 집안 살림이 다시 어머니에게로 돌아오고 나는 어쩔 수 없이 자주 어머니와 마주치지 않으면 안 되었다. 그럴 때마다 나는 어머니의 부연 눈에 공포와 증오를 동시에 느꼈다.

나는 웅얼웅얼 변명 비슷한 소리를 했다. 곧 또 난리가 날 거라든가 또 난리가 나면 이번에는 살아남을 사람이 없을 거라든가. 나는 이렇게 내가 살아 있다는 게 민망해서 구구한 변명을 늘어놓지 않으면 안 되었다.

때로는 오빠들의 친구들이 다녀갈 때도 있다. 그들은 오빠들의 죽음이 믿어지지 않는 듯 아주 서툰 조의를 표하고 갔다. 실상 그들 나이에 친구의 죽음에 조의를 표하는 일에 능란한 이가 있어도 이상하다.

나는 어머니의 부연 눈으로부터 그런 그들의 젊음과 그들의 삶을 가려주고 싶었다. 그래서 그들이 다녀가면 으레 하는 소리가 있었다.

"아직 난리가 끝난 게 아니거든요. 쉽사리 끝장이 안 난대요. 저들도 아마 살아남지는 못할걸요."

이런 조심스러운, 약간 겁먹은 듯한 중얼거림도 도수가 거듭됨에 따라 점점 자신과 앙칼짐을 더해 갔다. 어느 틈에 나는 어머니를 위해 시작한 바람을, 제법 절실한 나 자신의 바람으로 만들고 있었다. 어머니의 눈에 다시는 어떤 느낌이 담기지 않았다. 부연 눈이 다만 죽지 못해 살고 있을 뿐이라고 말하고 있는 듯 목숨을 끊을 수 있는 사람보다 더 확실하게 삶을 거부하고 있었다.

승승장구 통일과 승전으로 끝마칠 줄로만 여겨지던 동란에 중공군이 끼어들었다. 유엔군의 후퇴가 시작되었다. 서울은 다시 술렁이고 분노에 치를 떨며 피난짐들을 챙겼다. 다시 전쟁이 머리 위로 다가오고 있었다. 내가 예언한 대로.

나는 어머니의 부연 눈이 한결 집요하게 나를 쫓고 있다고 생각했다. 그 눈이 나로 하여금 꼼짝없이 이 전쟁을 앉아서 겪도록 강요하고 있는 것 같았다.

나는 어머니 모르게 피난짐을 챙겼다 풀고, 풀었다가는 또 챙겼다. 그것은 피난을 갈까 말까보다 훨씬 복잡하고 절실한 내 몸부림의 일부였다.

나는 이미 내 갈등을 마음껏 동댕이치고 뒹굴 수 있는 폭신한 낙엽 더미를 상실하고 있었다. 계절은 이미 깊은 겨울로 접어들어 내 핏빛 추억을 먹은 은행나무 잎들은 칙칙하게 퇴색한 채 바람에 날려 담장 밑에 추한 쓰레기 더미를 만들고 있었다.

나는 매일 전쟁이 금세 덜미를 쳐올 듯한 공포와, 전쟁이 어서 밀려오고 밀려가며 사람들을 죽여주었으면 하는 열띤 바람에 찢기며 피난짐을 쌌다 풀었다 했다.

이미 이런 모순은 어머니의 저주나 핏빛 호청의 추억 때문만은 아닌, 그냥 나의 것이었다.

나는 이미 핏빛 홑청도, "어쩌다 계집애만 살아남았노" 하던 어머니의 탄식도 완전히 망각할 수 있었으니까. 그것들은 이제 썩어간 낙엽들의 것이지 내 것은 아니었다.

이렇게 나는 뿌리를 상실한 채 무성한 모순만을 넘겨받아, 그 모순이 나를 찢게 내맡기고 있었다.

어느 몹시 춥던 날, 몇몇 가족과 피난짐이 실린 대형 트럭 위에 어머니와 나는 마치 피난짐처럼 무력하게 실렸다. 큰댁에서는 그들의 피난길에 우리를 동반하는 것을 의무로 알았고 나는 못 이기는 척 받아들였다. 우리는 부산에 짐짝처럼 내려졌다.

큰댁 식구와 섞여서 떠들썩한 생활이 시작되었다. 나는 점점 더 어머니를 피했다. 실상 단둘이 마주할 만한 호젓한 시간도 없는 생활이었지만, 마주치면 으레 지껄이던 변명거리를 잃고 말았으니 어머니가 한층 두려울 수밖에 없었다.

"곧 또 난리가 날 거래요"라는 내 말을 통해 이번 난리가 나면 난들 살아남겠느냐, 나도 곧 죽을 것이라고 말한 셈이었는데, 난리를 피해 도망와 있으니 무슨 낯으로 어머니를 볼 수 있을 것인가.

처음 몇 날 동안은 영문을 몰라 그런지 어리둥절한 채 순순하던 어머니가 의외로 끈덕지게 서울로 보내 달라고 집을 비워둘 수 없다고 보채기 시작했다. 서울이 갈 수 없는 고장임을 아무도 납득시킬 수 없었다. 난리고 중공군이고 어머니에겐 조금도 대수롭지 않았다. 어머니에겐 한쪽 지붕이 달아난 고가만이 모든 것이었다. 어머니는 서울 고가에 대한 집착으로 하루하루 여위어갔다.

서울이 수복되자 진이 오빠의 주선으로 우리는 텅텅 빈 서울에 먼저 돌아왔다.

15

나는 옷을 황급히 주워 입었다 뿐 여밀 곳을 제대로 여미지 못해 거북했다. 뭉쳐 있는 소매 속의 내복을 빼내고 단추를 끼고 지퍼를 올렸다. 그리고 오버를 걸쳤다. 머리를 손질하고 스카프를 썼다. 집으로 향하다 말고 문득 집으로 가기 싫어졌다.

내가 갑자기 지난날의 어떤 순간을 기억해낼 수 있었다고 해서 나의 어머니와 나와의 관계가 달라질 수 있을 건가가 의심스러웠다. 조금쯤은 달라질 수도, 어쩜 많이 달라질 수도, 조금의 변동도 없을 수도 있겠고, 그건 당해봐야 알 노릇이었다.

그러나 난 당해보기 전에 미리 정하고 싶었다. 나는 갑자기 어떤 일을 당하는 건 딱 질색이었다.

어머니를 계속 미워할 것인가 연민할 것인가, 그런 걸 미리 정해놓고 싶었다. 그건 아주 난해한 수학 풀이 같았다. 난 도저히 그 문제를 풀 수 있을 것 같지 않았다.

나는 지금 의사이고도 환자인 모양인데 그 둘을 겸하기가 좀 벅

찼다. 그렇지만 그 둘 중의 하나를 누구에게 양보할 수는 도저히 없는 것이다. 너무 피곤해 더 생각을 이을 수가 없었다. 쉬고 싶다, 집 아닌 곳에서, 다시 가로수의 거친 몸을 안았다. 볼이 사정없이 따가웠다. 나는 목이 긴 여자를 생각했다. 그 긴 목이 어깨가 되어 흐르는 그 유려하고도 따스한 고장에 내 얼굴을 묻을 수 있었으면.

나는 며칠 전에 그녀에게 미움 살 짓을 거침없이 저지른 것을 잊고, 다만 그녀에게 푹 안기고 싶다고만 생각했다.

나는 집으로 가기를 그만두었다. 오버 깃에 고개를 묻고 그녀를 생각하는 것만으로도 마음이 누그러졌다.

전차가 멎었다. 나는 탈까 말까 망설이고 있었다. 차장이 냉냉줄을 잡아당기며 "막차요, 막차" 했다. 나는 냉큼 올라탔다. 막차에 탔다는 게 더할 나위 없이 기분이 좋았다.

길게 누워도 좋을 만큼 의자는 비어 있었으나 종로5가는 금방이었다. 나는 차장에게 고맙다는 인사까지 하고 막차에서 내려 연지동 골목을 더듬었다.

남을 방문하기엔 너무도 늦은 시간이었으나, 나는 방문이 아니니깐 상관없다고 생각했다. 방문은 다시 돌이켜 나오는 것을 전제로 하지만 나는 거기서 잘 것이니까.

그의 창에 불이 켜져 있었다. 나는 대문을 흔들지 않고 창문을 두드렸다.

"아주머니, 아주머니."

나직이 한두 번 불렀을 뿐인데 방에서 인기척이 나고 황급히 대문이 열렸다. 그녀는 아직도 안 자고 있었는지 평상복이었다.

나는 그녀의 눈치도 살피기 전에 먼저 와락 안겼다. 그리고 그녀의 아름다운 목덜미에 얼굴을 묻었다. 향긋하고 따뜻했다.

아주 끈적한 슬픔이 복받쳐왔다. 그래도 눈물이 되지는 않았다. 눈물 따위가 돼서 쏟아지기에는 너무도 짙은 끈적끈적한 슬픔이 목을 메웠다.

"웬일이야? 경아. 무슨 일이 있었어?"

그녀는 학생이라 그러지 않고 처음으로 내 이름을 불렀다. 나는 그것이 그렇게 고마울 수가 없었다.

"자고 가고 싶어요. 재워주세요."

"어머니가 기다리시잖겠어? 혼자 계시다며."

"지금이 몇 시라고요. 집에 다녀오는 길이에요. 말씀드렸어요."

나는 거짓말을 했다.

"그래요? 들어와요."

그녀가 나를 채근했지만 나는 그녀에게 안긴 채 움직이지 않았다.

"자, 어서 들어가요."

그녀가 다시 나를 채근했다.

"조금만 더 이대로 계셔요. 추워서 그래요."

"그래? 방이 따뜻한데."

그러면서도 그녀는 춥다는 나를 꼭 안아주었다. 풍부한 가슴과 따뜻한 체온과 아무것도 묻지 않는 관대함. 나는 편안했다.

"거 누구요?"

방에서 옥희도 씨의 소리가 들렸다. 우리는 포옹을 풀고 방으로 들어갔다.

아이들은 나란히 잠들고 옥희도 씨도 누운 채였다. 그녀는 아마 아이들과 남편을 재우고 혼자 뜨개질을 하고 있었던 듯 머리맡에 뜨개질거리가 놓여 있었다.

"경아가 좀 재워달라는군요."

옥희도 씨는 아무 말 없이 머리맡에서 담뱃갑을 집어다 불을 붙였다.

그녀는 내 자리를 마련하느라 아이들을 아래쪽으로 밀고 윗목에다 자리를 깔았다.

"어서 벗고 누워요. 추울 텐데."

다시 뜨개질감을 들며 그녀가 눈웃음을 보내며 말했다.

"아주머닌 어디서 주무시려고."

나는 이 방이 마치 이들 가족을 위해 짜놓은 뒷박 같아서 내가 끼어 든 게 송구스러웠다.

"염려 말아요. 어디로 비집고 들어갈 수 있을 테니까."

"그래도……. 제가 윗방에서 잘 걸 그랬나 봐요."

"염려 말래두, 경안 만원 전차도 못 타봤나 봐. 아직도 몇 사람쯤은 문제없어요. 후후후……."

그녀는 아주 천진하고 맑게 웃었다. 어쩜 그녀는 가난을 저리도 궁상맞지 않게 다스리는 것일까?

나는 대강 윗옷만 벗고 자리에 누웠다. 몇 번을 돌아눕고 이불을 뒤집어쓰고 해도 좀처럼 잠이 오지 않았다.

"여보. 그만 전깃불을 끄구려. 경아가 잠이 안 오나 본데."

"참 그렇겠군요. 미처 생각을 못했어요."

뜨개질을 밀어놓고 불을 껐다. 짙은 어둠이 덮여왔다. 부시럭부시럭 옷 벗는 소리가 들렸다. 나는 숨을 죽이고 기다렸다. 나는 그녀가 내 곁에 눕기를 간절히 바랐다.

그녀의 풍부한 가슴 언저리나 따뜻한 목덜미께에 머리를 대고 혼곤히 잠들고 싶었다.

옷 벗는 소리, 이불 들치는 소리가 멎었다. 그리곤 잠잠해졌다. 아무리 기다려도 잠잠한 채였고, 내 자리나 내 옆의 자리가 좁아지지도 않았다.

분명 옥희도 씨가 그녀를 맞아들였을 게다. 행여 아이들의 자리가 좁아질세라, 불편해질세라 자기 몸을 모로 눕히고 그녀를 자기 품에 밀착시켰을 게다.

그녀 또한 행여 아이들이 깰세라 자기 몸을 될 수 있는 대로 작게 오무려 그의 가슴에 안겼을 게다. 두 부부는 지금 아이들과 나를 위해 그들 자신의 몸의 부피를 최소한으로 줄이고 있음이 분명했다.

나는 이불을 조심스럽게 걷고 어둠 속에서 동공을 크게 열고 숨을 죽였다. 야릇하고도 긴박한 느낌이었다. 나는 철들고 여태껏 부부의 침실에서 같이 자본 적이 없었다. 나는 두근대는 가슴을 누르고 막연히 알고 있는 어떤 일을 기다렸다. 그러나 아무리 시각과 청각을 곤두세워도 희끄무레한 이불깃이 뵈고 잠든 얼굴들이 숨을 쉬고 있을 뿐 아무 일도 일어나지 않았다.

내 이불 속도 점점 따뜻해졌다. 누운 자리도 너무 좁거나 너무 넓지 않고 맞춤하게 안락했다. 그러나 나는 잠을 이룰 수가 없었다.

지금 옥희도 씨에게 밀착되어 있는 여인은 이미 아까 나의 끈적한 슬픔을 달래주던 풍요한 모성은 아니었다. 지금의 그녀는 "넌, 넌, 뭐니" 하고 치를 떨며 대들던 며칠 전의 바로 그녀였다.

그 두 여인은 전연 딴 여인이었고, 난 그게 조금도 이상하지 않았다.

나는 만일 내가 기대한 일이 벌어진다면 "꺄악" 하고 악을 써주리라. 그래서 아이들이 모두 일어나서 그들의 추태를 볼 수 있게 해주리라고 짓궂게 별렀다. 그러나 아무 일도 일어나지 않고 그들은 고른 숨을 쉬고 있을 뿐인데, 나는 그따위 속임수에는 안 넘어가야지 하고 까딱하면 잠이 올 것 같은 나를 일깨웠다.

여러 가족들은 한결같은 고른 숨을 쉬고 나는 몸이 완전히 녹고 또 피곤했다. 나도 어느 틈에 고른 숨을 쉬다간 깜짝 놀라서 눈을 크게 비벼 떴다가 다시 고른 숨결에 이끌렸다.

나는 부드러운 침상에 비스듬히 누워 있었다. 옥희도 씨의 화실이었다. 넓은 화실의 한쪽 벽은 온통 커다란 창뿐인데 광선을 마음대로 조절할 수 있게끔 풍요하게 주름 잡힌 비로드 커튼이 육중하게 늘어져 있었다. 지금 그 커튼은, 거의 창을 가려 화실은 박명과도 같고 황혼과도 같은 부드러운 어둠 속에 잠겨 있었다.

내 침상은 부드럽고도 향긋했다. 나는 마구 뜯어다 놓은 여러 풍성한 빛깔의 꽃송이에 거의 묻히다시피 드러누워 있었다.

나는 꽃잎에 묻힌 부분 이외는 거의 전라였다. 내 몸은 장밋빛으로 빛나고 있었다. 나는 내 몸이 꽃보다도 훨씬 아름다운 데 만족했다.

내 나신 앞에서 꽃들이 점점 그 하나하나의 생채를 잃고 마침내 환상적인 화면으로 변했다. 내 나신을 돋보이게 할 아름답고 환상적인 화면 속에서 내 나신만이 살아서 누워 있었다.

나는 지금 옥희도 씨의 모델인 것이다. 나는 그의 모델임에 손색이 없는 게 기뻤다. 그런데 옥희도 씨는 무엇을 하고 있는 걸까? 어서 그의 모델을 위해 경이의 탄성을 지르며 화필을 잡을 것이지. 나는 차츰 초조했다. 나는 내 윤기 흐르는 장밋빛 나신이 수명 짧은 화사한 꽃처럼 퇴색하기 전에 옥희도 씨의 캔버스에 담겨지길 바라고 있었다.

이윽고 나는 어두운 방 한구석에 웅크리고 있는 옥희도 씨를 보았다. 그는 그 구석에 경건히 꿇어앉아 무언가 열심히 어루만지고 있었다. 그가 쓰다듬고 있는 건 목이 긴 백자의 술병이었다. 때깔과 자태가 빼어나게 고운 이조 백자다 싶었다.

그는 어쩔 셈인지 백자를 쓰다듬기에만 몰두하고 있어 침상에 누운 나에게는 일별도 주지 않았다.

그가 백자에게 바치는 애착이 보기에 너무도 지극해 나는 엷은 질투를 느꼈다.

나는 그의 주의를 나에게 돌리려고 무슨 말을 걸려 하였으나 목구멍이 탁 막혀 아무 소리도 낼 수 없었다.

마침내 백자를 쓰다듬던 그의 손길이 백자를 경건히 받쳐 들더니 백자의 주둥이에서부터 목으로 서서히 입을 맞춰 내려갔다. 그의 이런 동작은 이미 경건을 지나 어쩌면 극히 관능적인 몸짓이었다.

내 질투도 걷잡을 수 없이 타올랐다. 나는 악을 쓰려 했으나 좀처럼 목구멍이 트이질 않았다. 하다못해 손에 잡히는 뭐라도 백자를 향해 던지고 싶었으나 내 주위는 온통 부드러운 꽃잎, 아니 환상적인 몽롱한 화면 속에 나만이 살아 부유하고 있어 내 손엔 아무것도 잡히는 실체가 없었다.

나는 이 고요한 화실에 바스락 소리 하나 일으키지 못한 채 지글대는 질투를 견디지 않으면 안 되었다. 그것은 모진 형벌보다 가혹했다.

그의 입이 백자의 긴 목을 지나 풍요한 몸체로 더듬어 내려갔다.

그러자 맑고 차가워 보이기만 하던 백자의 몸에 점점 핏기가 돌았다. 그럴수록 그의 입맞춤은 그 열기를 더해가고 그의 눈은 신들린 사람처럼 타고 있었다.

백자는 드디어 완연한 생명을 지닌 우아한 여인의 모습으로 변했다. 그것은 틀림없이 옥희도 씨 부인, 목이 긴 여자였다.

나는 단숨에 무슨 욕설이라도 퍼부으며 그들에게 달려가려 했으나 몸이 말을 듣지 않았다.

나는 꼼짝도 할 수 없었다. 나도 생명이 없는 것일까? 두려워하며 다시 내 나신을 훑었다. 어쩐 일일까. 내 나신은 그 찬란한 장밋빛 생기가 가시고 여위고 보잘것없이 평범했다.

어쩌자고 이런 빈약한 자태를 부끄러움 없이 벗을 수 있었단 말인가. 나는 내 몸을 가릴 것을 찾으려 했으나, 이미 내 주위에는 꽃잎도 환상적인 색채도 없고 부연 혼돈만이 있었다. 부연 혼돈 속에 추한 나신을 어쩔 수 없이 드러내고 있었다.

나는 비탄의 몸부림과 통곡을 마음껏 하고 싶었으나 여의치 않았다. 겨우 짐승 같은 신음 소리를 괴롭게 쥐어짰다. 나는 내 미운 신음 소리에 잠에서 깨어났다.

방 속은 꿈속의 화실처럼 어슴푸레한 박명이었고 다행히 내 신음에 깬 사람은 아무도 없는 채 역시 꿈속의 화실처럼 고즈넉했다.

옥희도 씨 옆에 가지런히 누운 그녀의 단정한 얼굴을 정갈한 순백의 이불깃이 받들고 있는 것이 박명 속에서도 아름답게 보였다.

그리고 그들 부부와 다섯 아이들, 맨 끝에 누운 암만해도 군더더기인 나. 나는 비로소 어젯밤 이 집을 찾은 것을 후회했다. 그렇다고 집으로 갈걸하는 생각도 없이 그냥 고아처럼 처량했다.

나는 이불 속으로 깊게 파묻혔다. 그리고 그녀가 일어나는 소리를 듣고 밥 짓는 소리, 막내아이의 요란한 기상, 쉬야 하는 소리, 그런 걸 샅샅이 듣고도 자는 척 숨을 죽이고 있었다.

"어쩌나, 벌써 여덟 신데."

"그대로 좀 더 놔두구려. 무척 고단한가 본데, 늦게 가도 뭐랄 사람은 없으니까."

아마 그들은 나를 두고 하는 말인 것 같았다. 나는 선하품을 하며 일어났다. 그녀의 자상한 시중으로 낯선 집에서의 아침 소세가 조금도 불편하거나 겸연쩍지 않았다.

따뜻한 콩나물국과 향긋한 김쌈이 놓인 아침상을 받았다. 나는 가정에 초대된 고아만큼이나 이런 밥상이 신기하고 눈부셨다.

"언제쯤 나오시겠어요?"

"글쎄……. 경아가 보고 싶어 오늘쯤 나가려 했는데, 경아를 봤으니 2, 3일 더 있다 나가지 뭐."

만일 그가 좀 더 은밀하게 그런 소리를 했다면 나는 조금쯤 행복할 수도 있는데, 그는 여러 식구와 두리기상에 둘러앉은 채 아무런 저의도 없는 듯이 밝게 말했다.

"그림은 끝내셨나요?"

"응, 마지막 손질이야 두고두고 하지 뭐."

나는 굳게 닫힌 장지문을 흘낏 보며 으스스한 기분으로 그 고목을 회상했다. 그러나 옥희도 씨의 표정은 한껏 밝고 담담했다.

그 마른 가지에 꽃이나 잎이라도 달아줬단 말인가. 새라도 머물게 했단 말인가. 나는 불현듯 장지문을 열고 싶었지만 그렇게 하지는 못했다.

나는 아이들의 요란한 배웅을 받으며 그 집을 나섰다. 부인이 골목까지 따라 나왔다.

"도시락을 싸 넣었는데 입에 맞을는지."

"고맙습니다."

"좀 늦더라도 집에 다녀가요. 어머니가 밤새 얼마나 기다리셨겠어요."

"알고 계셨군요. 그러면서도 왜 어젯밤 저를 내쫓지 않으셨나요."

"너무 춥고 너무 늦었었잖아요."

그녀는 내 기분을 안 거슬리려고 자기가 한 일을 조심스럽게 미안해하고 있었다.

차갑게 맑은 아침이었다. 동네가 온통 빈 것 같았다.

그녀의 옷깃은 늘 좀 헐렁했다. 목이 상큼해서 그렇게 보이는지 그래서 목이 한층 상큼해 보이는지 모를 일이었다. 상큼하고 흰 목이 40대를 바라보는 여인답지 않게 가련하고 연약해 보이고 오늘 아침은 좀 춥게도 보였다.

그러나 아무걸 입어도 우아하고 단정하고 비할 나위 없이 관대한 그녀. 그러나 나에게 있어서 지금 그녀는 옥희도 씨의 열띤 입맞춤을 받던 꿈속의 그녀였다.

나는 그녀에게 맹렬한 적의를 느꼈다. 미움으로 가슴속의 온갖 것들이 사납게 꿈틀대더니, 드디어 미움이 팽팽하게 온몸에 충만했다. 나는 그녀에 대한 내 증오에 만족했다. 비로소 그녀에 대한 내 감정이 선명해진 셈이니까. 그리고 나는 남을 미워한다는 게 이다지도 흐뭇하고 기분 좋은 것인 줄을 처음 깨달았다.

"신세 많이 졌어요. 꼭 갚고야 말 테니까 그렇게 아세요."

"무슨 소리야, 경아……."

그녀는 뭐라고 나직나직 계속해서 말했으나 나는 들은 척도 안 하고 구두굽으로 언 땅을 힘있게 두들기며 골목을 빠져나왔다.

남을 사랑할 때도 도저히 누릴 수 없었던 충족감을 미움을 통해 얻을 수 있을 줄이야.

나는 차를 타지 않고 곧장 집으로 향했다. 물론 그녀의 부탁 때문은 아니었다. 공기는 매웁도록 찼지만 화사하고 밝은 아침이었다. 햇살만 퍼지면 제법 따뜻한 겨울날일 수도 있을 것 같았다. 대한을 지난 지도 벌써 오래니 입춘이 멀지 않았거나, 어쩜 지났을지도……. 나는 오늘이 며칠인지를 생각해내려 했으나 통 생각나지 않았다.

나는 서서히 긴 골목을 걸어 들어갔다. 똑바로 지붕을 우러르며 자세와 호흡을 흐트러뜨리지 않고 태연히 대문 앞에 섰다.

동향 대문인 고가는 기왓장이 서리를 함빡 인 채 아침의 양광 속에 숙연했다. 서리 덮인 고가는 비할 데 없이 아름다웠다.

나는 달아난 한쪽 지붕의 기왓장과, 진흙덩이와 부서진 서까래 조각이 너덜너덜 달린 보기 싫은 구멍을 눈 하나 깜빡 안 하고 똑똑히 보았다.

'나 때문이었을까?'

망설이며 물었다.

'나 때문이었을까?'

좀 더 대담하게 그 문제와 대결했다.

내가 전전긍긍 두려워한 건 실은 부서진 지붕이 아니라, 바로 오빠들의 죽음이 꼭 나 때문일 것 같은 가책이었다. 오빠들을 행랑방 벽장에 감추자는 생각을 해낸 것이 바로 나였으니까.

나는 오빠들의 죽음이 나 때문이라는 생각이 미치도록 두려워 그 생각을 몰아낸 대신 헐어진 고가라는 새로운 우상을 외경으로 섬겼던 것이다.

순전히 내가 서둘러서 그 관속 같은 골방 속에 그들을 밀어넣지만 않았던들 그 속에서 벌어진 처참한 일이 아무리 충격적이었대도 헐어진 지붕 앞에서 허구한 날을 그렇게 떨지는 않았을 게다.

비록 한쪽 날개를 잃었어도 남은 추녀는 여전히 하늘을 향해 우아한 호孤를 그리고, 담장의 사괴석은 오랜 연륜과 전화에도 불구하고 품위 있고 고고했다.

아름다운 고가. 나는 아버지가 차남이었으면서도 할아버지가 분재分財하실 때 딴것을 다 마다하고 왜 이 고가를 상속받으셨는지 알 것 같았다. 다시 한번,

'나 때문이었을까?'

나는 내가 던진 질문의 화살에서 여유 있게 비켜났다.

나 때문이기도 했지만 전쟁 때문이기도 했고 어쩌면 그럴 팔자일 지도 모른다.

나는 내 허물을 딴 평계들과 더불어 나누어 갖기를, 나아가서는 내가 지은 허물만큼 그동안 나도 충분히 괴로워했다고 믿고 싶었다. 우상 앞에서 한껏 우매하고 위축됐던 나는 진상 앞에서 좀 더 여유 있고 교활했다. 나는 오빠들의 죽음에 나 말고 좀 더 딴 평계를 대기로 했다. 그리고 나에겐 좀 더 관대하기로. 관대하다는 것은 얼마나 큰 미덕일까.

나는 전상戰傷을 지닌 고가를 비로소 연민과 애정으로 바라봤다. 오랜만에 고가를 고가로서만 바라봤다.

고가로부터 놓여나 자유로워진 나는 밝은 아침 햇살에서 섣불리 봄을 느끼기까지 하고 있었다. 그러나 나는 대문을 두드리지는 않았다. 나는 돌아섰다.

내가 내 허물에 관대해졌다 해서 어머니의 허물에까지 관대할

수는 없었다. 나는 결코 어머니를 용서할 수는 없는 것이다.

"어쩌다 딸만 남겨놓으셨노."

그 야속한 기억을 다시는 잊어주지 않을 테야. 어머니는 밤새 나의 안부를 궁금해하지 않았을 테고 나 역시 어머니의 안부가 궁금할 리 없으니 새삼 문을 두드려 어머니를 보아야 할 까닭이 없었다.

나는 옥희도 씨 부인과 헤어졌을 때처럼 힘차게 구두굽으로 땅을 두드리며 긴 계동 골목을 돌아나왔다. 또박또박 상쾌한 음향이 들리고 전신이 뿌듯하도록 활기가 넘쳤다.

점심때 휴게실에서 무심히 도시락을 끄르다가 잠깐 어리둥절했다. 김치 아닌 반찬들이 이상했다. 봉투에 넣은 김쌈, 콩자반, 계란말이. 옥희도 씨 부인의 정성스럽고 깔끔한 솜씨였다.

나는 자랑스럽게 느릿느릿 식사를 즐겼다. 세일즈걸들이 들락거려도 도시락을 감출 까닭이 없었다.

다이아나가 커다란 붉은 백을 멋지게 어깨에 메고 들어왔다.

"이제 점심이니?"

그녀는 막 점심을 마치고 오는 모양이다. 루주가 벗겨진 입술을 콜드로 말끔히 닦아내더니 본래의 입술보다 크고 대담하게 진홍빛 루주를 칠하고 얼굴을 몇 번 두드리고는 가운데 손가락으로 눈귀의 잔주름을 뱅글뱅글 돌려가며 문지르고는 백을 닫았다.

"어제는 잘 먹었어요."

나는 내가 그동안 무척 사교적이 되었다고 느끼며 어제 빵 먹은 인사를 상냥하게 했다.

"뭘……."

"애들하고 그렇게 자주 다니세요?"

"애들은 그러길 바라지만 어디 짬이 있어야지. 어제도 며칠 별러서 데리고 나온 거야. 데리고 나와야 어디 갈 데가 있던? 애들 갈 곳 말이야."

"어른이 갈 데는 많은가요?"

"많지 않구. 댄스홀이 없니, 호텔이 없니, 극장이 없니, 말만 전쟁이지, 엔조이할 데야 많지."

나는 내가 아이일까 어른일까 하는 생각으로 비실비실 웃었다.

기껏 완구점 앞에서 성당 앞까지를 오르락내리락했을 뿐, 어른들의 고장엔 생소한 대로 얼마나 성숙한 번뇌와 환희를 경험했던가.

"아이들이 잘생겼던데요."

어제도 그 소리를 한 것 같지만 또 해주었다.

"꼭 저희 아범을 빼놨어."

어제도 그와 똑같은 소리를 들은 것 같다.

"아버진…… 걔들 아버진 어디 있나요?"

"흥."

"왜 돌아가셨나요?"

"죽긴 두 눈이 시퍼렇게 살았단다."

"그럼 같이 지내고 있어요?"

"어머, 망측해라. 애는 사람을 뭘루 알아, 내가 아무리 그렇게 지독한 화냥년일 줄 아니? 서방을 두구 샛서방을, 그것도 껌둥이 흰둥이 막 붙어먹는—."

그녀는 끔찍하다는 듯이 소름끼치는 시늉까지 했다.

"그럼 애들 아빠는 군인이라도 나갔나요?"

"애는 점점 더 지독한 소리를 하네. 내가 그래 남편을 전쟁터에 내보내놓고 그새를 못 참아 샛서방을……."

"아…… 알았어요."

그녀가 똑같은 사설을 되풀이하려 들자 나는 황급히 가로막았다.

"뭘 알아? 응 네가 알긴 뭘 알아. 내 기막힌 사정을 네가 어떻게 알아?"

나는 정말이지 그녀의 그 기막힌 사정을 알고 싶지가 않아서 다 먹은 도시락 통을 싸서 가방에 넣고 양치질을 하며 그녀를 모른 척했다.

"애는 얘기를 하다 말고 가려고만 하면 어떻게 해. 다 듣고 가야지."

"괜찮아요."

"뭐가 괜찮아? 넌 괜찮아도 난 안 괜찮은걸."

"글쎄 괜찮대두요."

"네가 날 그렇게 화냥년으로만 아는 걸 내가 참을 수 있겠니?"

"그럼 뭘로 알아주길 바라요?"

나는 정색을 하고 좀 깐깐하게 따졌다.

"저것 봐. 날 꼭 화냥년으로 알았지. 나처럼 불쌍한 년도 없단다."

"간단히 말하세요. 우리 매장이 비었어요."

"그래그래. 내 점심시간도 10분밖에 안 남았을 거야. 애 아범이 날 속였지 뭐니? 총각이라구. 멀쩡하게 처자식 있는 놈이……."

"그래서요?"

"어쩌겠니? 내가 물러났지 뭐."

"왜요?"

"왜라니? 첩 노릇을 하겠니, 남의 남편을 아주 빼앗겠니? 내가 물러나는 게 제일 깨끗하고 도리에 합당하지."

아니꼽게도 그녀의 체념에는 도덕적인 만족이 있다.

"언닌 화냥년만도 훨씬 못하군요."

나는 그녀의 대답을 기다릴 것도 없이 휴게실을 빠져나왔다. 그렇다고 내가 정말 그렇게 생각하고 있는 건 아니었다. 나는 다만 그녀를 경멸할 욕설이 필요했을 뿐이었다.

나는 내 자리로 와서도 맛있게 먹은 점심이 그녀 때문에 메스껍게 올라올 것 같았다.

지금의 나에게 메스꺼운 건 그녀뿐만 아니라, 온갖 도덕적인 것이 포함되어 있었다.

나는 여태껏 옥희도 씨를 사랑하는 일과 그의 부인과를 결부시켜 민망하게 생각한 적은 한 번도 없었다. 심지어 그녀를 미워할 수조차 없었으니까. 그럴 수 없었던 것은 전쟁 때문이었다. 전쟁이 모든 것을 종결지어주리라는 광신 때문에 그런 일이 조금도 대수롭지 않았다.

그러나 지금은 달랐다. 나는 전쟁을 기다리지도 바라지도 않아도 되는 것이다. 나도 여느 사람들처럼 전쟁을 조금쯤 두려워하며, 전쟁으로부터 자기의 행복을 지키기 위해 용감해질 수도 있어야겠다.

나는 옥희도 씨와 더불어 좀 더 긴 사랑을 설계하고 싶었다. 목이 긴 여자로부터 그를 빼앗아 나에게 몰두시키고 싶었다. 그런데 느닷없이 윤리 도덕 따위에 훼방을 당할 수는 없는 것이다. 나는 혼신의 힘으로 온갖 도덕적인 것을 배척해야만 하는 것이다.

'쌍년, 갈보 년이 국으로 갈보 년인 척이나 할 것이지.'

나는 한동안 그녀에게 필요 이상 화를 냈다. 그러고 보니 나는 갈보에다 구두쇠고 파렴치한 그녀가 가장 마음에 들었다. 그녀가 어머니란 것도 아니꼽지만, 생각해보면 짐승도 어머니는 될 수 있을 테니 어머니가 뭐 그리 자랑스러울까보냐고 깔봐줄 수도 있는데, 도덕적인 체하는 것만은 참을 수 없었다.

"언니, 우리 매장 좀 부탁."

미숙이가 도시락 통을 번쩍 들어 보이고는 어린애처럼 경쾌하게 계단을 뛰어 올라갔다.

점심을 마치고 들어온 돈 씨가 성냥개비를 갈라 이를 쑤셨다.

"인석아 아니꼽다. 갈비라도 뜯은 시늉 말아."

"말도 마라. 벌레 먹은 이에 생강 조각이 꼈는지 냄새가 고약하다."

"물배라도 채우려고 김치를 냅다 쓸어넣은 모양이로구나. 짜아식, 공兲거라면 쓰고 단 것도 모르니, 쯧쯧."

"아닌 게 아니라 남자들에게도 휴게실이나 하나 만들어줬으면 밥을 두둑이 싸다가 먹을 텐데……. 우동 한 그릇 가지고야 간에 기별이나 가야지."

"그만해둬라, 인석아. 난 우동도 걸렀는데 네 녀석이 먹는 타령을 하니 배 속의 회가 동하는구나."

"먹어라 먹어. 먹는 것 아낀다고 돈 모아보겠니. 언제 죽을지 모르는 세상에 먹구나 보자."

"요새 마누라가 골골해서 사는 게 말씀이 아니라."

"그거 안됐구나. 없는 백성은 몸이나 성해야 하는데, 병원에나 가봤니?"

돈 씨가 정색을 하며 근심스러운 얼굴을 했다. 김 씨는 대답 없이 아까 비벼 끈 꽁초에 불을 붙이려니까 진 씨가 얼른 담배를 갑째로 던져준다. 마누라의 병으로 금방 동정을 받는 게 당장은 좀 우습다. 김 씨가 담배를 한 개비만 꺼내고 나서 다시 진 씨에게 던져주니 자

기도 한 개비를 붙여 물고는,

"옥 씨는 웬일인가요? 그이도 마나님이 병이라도 난 게 아닌가…….'"

"그림 좀 빨리 그리셔야겠어요. 밀린 게 너무 많아 큰일났어요."

나는 그들의 화제를 중단시켰다.

"옥 선생은 그림을 그리고 계시니까 염려들 마세요."

"뭐? 집에서 그림을 그리다니? 뭔 그림을?"

"그분은 화가거든요. 알 만한 사람은 다 알아주는 진짜 화가예요.'"

"우리도 대강은 알고 있었어. 이런 데서 썩을 이가 아니란걸. 근데 무슨 큰 수지맞을 그림이라도 주문받았나?"

"그렇겠지. 모르긴 해도 몇백만 원씩 가는 그림도 있다던데."

"서울에 웬 돈 있는 사람이 있어 그런 큰 그림을 맡았을까?"

"우리 그림이 급하대두요. 빨리 좀 시작하세요."

나는 짜증을 내고는 밀린 그림들을 대충 챙겨보고 창가로 가서 휘장을 밀었다.

을씨년스러운 보도와 총총히 지나가는 행인, 벌거벗은 가로수의 보기 싫은 몸뚱이, 나는 어쩔 수 없이 또 그가 그린 고목을 생각했다.

그 그림을 처음 보았을 때의 섬뜩한 느낌이 생생하게 되살아났다.

그가 아득하게 느껴졌다. 외로움이 오한처럼 엄습했다.

"언니두 우리 매장 좀 봐달랬더니."

미숙이가 눈을 곱게 흘겼다.

"미안, 미안."

그러나 그녀도 자기 매장으로 가지 않고 내 곁에 섰다. 성질이 깔끔한 그녀가 유리창에 입김을 불어넣고 닦아내니 좀 시야가 맑아졌다.

카랑하게 맑은 하늘과 회색빛 낡은 건물들, 바로 앞이 미8군의 버스 정류장이라, 한 떼의 GI들이 방한복에 양손을 찌르고 버스를 기다리는지 사람을 기다리는지 우뚝우뚝 서 있는데 누렇고 윤기나는 버스가 같은 빛깔의 GI들을 한 무더기 토해놓고, 그만큼 싣고 미끄러지듯이 떠나갔다.

다시 똑같은 풍경이 계속됐다.

가끔 쇼리들이 미군들에게 물건을 팔려는지 구걸을 하려는지 팔에 대롱대롱 매달렸다간 욕설을 듣고 나가떨어지기도 하지만 조금도 민망하거나 측은하지 않다. PX 앞에서 온종일 일어나는 시들한 일일 뿐이다.

우린 어떠한 변모도 기대할 수 없는 풍경 앞에 망연히 서 있었다. 나는 나도 모르게 압축된 호흡을 토하듯이 내뱉었다.

쇼리들이 한두 명씩 모여들더니 유리창에 다닥다닥 매달렸다. 어떤 녀석은 손으로 이상한 시늉을 하며 우리를 놀려댔다.

우리는 우리빠 속에 갇힌 원숭이인 것이다. 유쾌한 구경꾼들이 자꾸만 몰려들었다. 우리는 그들을 위해 아무런 재주도 부릴 줄 모르는 무능한 원숭이일 뿐, 우리의 절망이 그들에게 미칠 리 없고 또한 그들의 애환이 우리에게 생소하다. 우리는 휘장을 밀었다.

16

나는 대문을 연 어머니의 손을 잡지 않았다. 나는 혼자 어두운 중문과 중정을 지났다.

어머니는 어젯밤의 딸의 행방을 궁금해하는 눈치가 조금도 없었다. 나도 어머니의 지난밤에 무관심하기로 했다. 어머니는 이미 나에게 무관심이 어떤 형태의 증오보다도 가혹할 수 있다는 걸 가르쳐주었고 나도 어머니를 그런 무관심한 동거인으로 대하리라 마음먹었다.

어머니는 나에게 김칫국조차 생략한 김치뿐인 밥상을 갖다 놓고는 미리 깔아놓은 자리에 눕고 말았다.

"먼저 잡수셨어요?"

"아니, 몸이 좀 아파서."

어머니는 요 밑에 넣어놓은 밥그릇을 힘없이 밀어내며 시들하게 말했다.

색이 바랜 연두 양단이불 위에 힘없이 얹힌 까실한 손에, 정맥만이 딴 생명체처럼 비대하게 솟아 보였다.

나는 어머니의 손을 만져보았다. 따끈따끈했다. 머리를 짚었다. 꽤 높은 신열이 있다고 짐작되었다. 관자놀이가 빠르게 뛰고 있는 게 보였다.

"열이 있군요. 어디가 어떻게 편찮으세요?"

"감기겠지 뭐."

그녀는 귀찮은 남의 일처럼 말하고 돌아눕고 말았다.

허술하게 풀린 쪽에서 흑각 비녀가 흘러내려 낡은 베개 모서리에 비스듬히 걸려 있고, 부수수하게 일어선 회색 머리 속에 실제의 머리통이 너무 작아 애처로웠다.

나는 식사를 끝마친 후에도 한동안을 어머니 옆에 멍하니 앉았는데 어머니가 높은 신열을 지녔다는 게 믿기지 않는 심정이었다. 다시 머리를 짚었다. 어머니는 귀찮은 듯이 낯을 찡그리며 바로 눕더니,

"상 게 놔두고, 가 자거라."

어머니는 그 짧은 소리를 마치 기차가 가파른 언덕을 오르듯이 띄엄띄엄 헐떡이며 말했다. 말을 마친 후에도 어머니의 가슴은 두터운 솜이불을 크게 파도치게 할 만큼 높이 헐떡이고 있었다.

어머니의 초췌한 얼굴은 마치 코만 있는 듯, 코의 양쪽 콧방울이 무섭게 벌름대며 고통스러운 호흡을 유난히 빠르게 되풀이하고 있었다.

나는 상을 들고 나와 대강 설음질을 했다. 어머니의 괴로운 기침 소리와, 목구멍에서 글컹대는 소리가 부엌까지 들렸다.

나는 곧장 건넌방에 가 누웠다. 기침 소리는 자꾸 반복되었다. 늘 귀에 익은 목기를 두드리는 것 같은 공허한 소리가 아닌 탁하고도 고통스러운 울림이었다.

나는 도저히 그 기침 소리를 들으면서 잠들 수가 없었다. 기침 소리 사이사이에 그르렁그르렁 가래 끓는 소리까지도 육간대청을 지나 건넌방에까지 잡힐 듯이 들렸다. 그뿐, 앓는 소리라든가 헛소리라든가 그런 건 들리지 않았다.

나는 숨을 죽이고 어머니가 나를 부르기를 기다렸다. 하다못해 물을 달라든가 고통을 호소한다거나 하기 위해 딸을 부름 직했다. 그러나 육성이라고는 아이고 소리 하나 들리지 않았다.

나는 기다리다 못해 부엌으로 나와 보리차를 준비해다가 화로 위에 얹고 거리로 나왔다. 약방은 꽤 멀리 있었다. 막 빈지를 닫으려는 시간이었다. 약방 주인이 나이 지긋한 남자여서 마음이 좀 놓였다.

"약을 좀 지어주세요. 감기약을……."

"감기도 여러 가진데 증세가 어떤가요?"

"열이 심하고, 아주 심해요. 아마 40도쯤, 어쩌면 더 될지도 몰라요."

"그리고?"

약사가 빙긋이 웃었다.

"기침도 꽤 하고 숨이 차 보이구 목구멍에서 이상하게 그르렁 소리가 나구요."

"호, 그리고?"

"그리고, 가슴이 이만큼씩 솟았다 내렸다 할 만큼 숨이 차고 코가 무섭게 벌름대고."

"호, 그리고?"

빙긋빙긋 웃고만 있던 약사가 비로소 정색을 하며 내 이야기를 귀담아듣는 눈치였다.

"그것뿐이에요. 그런 증세가 다 심해요. 기침 소리만 들어도 목구멍이 얼마나 아플까 싶게 갈라지는 소리를 내요."

나는 눈살을 찌푸리고 호소하듯이 그에게 말했다.

"애기가 몇 살인데요?"

"애기라니요? 노인인데요. 저희 어머닌걸요."

"그래요? 연세가 어떻게 되셨는데요?"

"쉰다섯이세요."

"다행이군요."

"뭐가요?"

"십중팔구는 폐렴 같은데, 나이가 너무 어리다든가 너무 노쇠한 분은 좀 어렵거든요. 쉰다섯이면 한창이시니까."

"어쩌나. 그렇지도 않아요. 실지로는 예순쯤……. 아네요, 일흔쯤. 그 기력밖에 없을걸요."

그가 또 빙긋 웃었다. 그리고 약을 조제하기 시작했다. 캅셀에 든 약과 노리끼한 분말을 따로따로 주며 분말은 식후에, 캅셀은 네 시간에 두 개씩 두 시간을 맞춰서 복용시키며 경과를 관찰하라고 친절히 일러줬다.

나는 그 약을 받아가지고 집으로 달음질쳤다. 화로에서는 보리차가 뚜껑을 들썩대며 끓고 있었다. 어머니는 여전히 목구멍에서 높은 소리를 내며 반듯이 누워 있었다. 입술이 고열로 까맣게 타 보였다. 나는 보리차를 호호 식히며 어머니를 흔들었다.

"약 좀 잡수세요. 네? 약 좀."

"약은 무슨……."

어머니는 의외로 의식이 똑똑했다. 나는 막연히 어머니가 의식 불명인 것으로 생각하고 있었으므로 흠칫 놀랐다. 다시 한번 어머니가 "어쩌다가 계집애만 남겨놓으셨노" 하며 부연 눈에 짙은 원망이 담길 것 같아 덜컥 겁이 났다. 그러나 어머니의 눈은 높은 신열로 몽롱하게 충혈되었을 뿐 별 딴 뜻은 지녀오지 않았다.

나는 어머니의 상반을 일으켜 캅셀을 권했다. 그녀는 순순히 입을 벌려 두 개의 약을 꼴깍 삼키고는 나를 뿌리치고 덜컥 누우며,

"가 자렴. 무슨 복에 죽을 병이 들겠니?"

입가에 까닭 모를 미소까지 희미하게 떠올랐다.

나는 꾸벅 졸다가도 깜빡 깨면서 어머니의 병상을 초조하게 지

켰다. 빨리 시간이 가서 약이 몸 속에서 녹아 여러 기관으로 흐르고 또 약 먹을 시간이 오기를 바랐다.

어디 그런 기운이 숨어 있나 싶을 정도로 어머니의 가슴은 지칠 줄 모르게 높이 솟았다 내렸다를 되풀이하고 있었다.

"아유 가슴이야."

어머니의 마른 나뭇가지 같은 손이 자기 가슴을 쥐어뜯으며 처음으로 고통을 호소해왔다.

"어디가요?"

나는 황급히 되물으며 어머니의 가슴을 헤쳤다. 나는 가슴 어디에 종기나 상처 같은 것을 생각했었는데 그런 흔적은 없었다.

담벼락 같은 달라붙은 가슴 양쪽에 까만 젖꼭지가 매달려 있을 뿐, 늑골을 셀 수도 있을 만큼 피골이 상접한 가슴은 섬뜩하도록 처참한 느낌이었다. 생명이 깃들어 있을 것 같지도 않은 수척한 육신이 그러나 높은 신열로 타고 있었다.

이 삭정이 같은 육신 어디메에 이 뜨거운 열원이 있는 것일까? 그리고 이 노한 파도 같은 격렬한 운동원은 어디 있는 것일까?

나는 헤쳤던 내의를 여며놓고 세 시간밖에 안 지났는데도 또 두 개의 캡셀을 어머니에게 권했다.

어머니는 귀찮다는 듯이 몸을 뒤틀더니 눈살을 찡그리고 드러누운 채 입만 약간 벌렸다. 나는 약을 하얗게 백태가 낀 혀 저쪽으로 밀어넣고 물을 퍼부었다. 이상한 소리를 내며 물만 넘어가고 캡셀

348

은 그대로 남아 뒹구는데 어머니는 다시 심한 기침의 발작을 일으켰다. 나는 약도 뱉게 할 겸 기침의 고통도 덜 겸 상반신을 일으키고 등을 토닥거렸다. 어머니는 기침으로 상기한 안면을 이상한 모양으로 일그러뜨리고 헛손질로 무언가를 찾았다. 얼떨결에 들이댄 사기 대접엔 적갈색의 가래에 노란 약이 멍클멍클 얽혀 있었다.

나는 재빨리 세 번째의 캅셀을 꺼내고 몽롱하게 누워 있는 어머니를 뒤로부터 일으키며, 먼저 보리차 물을 한 숟갈 떠넣었다. 어머니는 맛있게 받아 마시고는 좀 더 달라는 시늉까지 했다. 나는 컵에다 보리차를 따라놓고 어머니의 입에다는 캅셀을 처넣었다. 어머니는 완강하게 머리를 흔들어 약을 뱉어버리고는 헛소리처럼 "물 물" 했다.

나는 할 수 없이 컵을 들이댔다. 어머니는 몇 모금 마시더니 내 팔에서 요 위로 미끄러져 떨어졌다.

나는 끝내 어머니에게 약을 먹일 수 없었기 때문에 더욱 그 갸름한 베개같이 생긴 캅셀이 신통력을 지닌 영약같이 생각되었다. 어떡하든 그 약을 어머니의 내부에 밀어넣을 수만 있다면 단박에 모든 것이 거짓말같이 좋아질 것 같았다.

그렇지. 주사라는 게 있지. 왜 진작 병원을 찾지 않고 알량한 양약방 따위를 찾았던고 하는 뉘우침으로 미칠 것 같았다.

나는 탁상시계의 초침이 너무 늦게 선회하는 게 견딜 수 없어 일어서서 안방을 어지럽도록 맴돌았다.

그뿐, 실상은 어머니를 위해 아무것도 할 수 없는 채 좀처럼 창이 밝아오질 않았다.

나는 어머니가 아주 나쁜 상태라는 걸 막연히 알았다. 아버지나 오빠들의 죽음을 보았지만 그 죽음들은 슬픔이나 놀라움을 준비할 새도 없이 일순에 기습해왔었다.

등잔에 기름이 다하듯이 사람의 생명이 차츰 다해가는 모습을 혼자서 보기는 처음이었다. 혼자서라니.

나는 여태껏 이 흉흉한 고가에서 혼자 살아왔다고 생각했었는데 이제 생각하니 그래도 어머니와 같이 살아온 것 같다. 이제야말로 혼자인 것이다. 아주 혼자라니.

나는 어머니의 가래 끓는 소리와 헐떡이는 숨결과 혼자라는 생각에서 도망치듯이 건넌방으로 건너오고 말았다. 이불을 썼다. 그리곤 어린애처럼 빨리 깊은 잠에 빠지고 말았다.

눈을 떴을 때는 거짓말처럼 환한 아침이었다.

어머니의 용태는 밤과 조금도 다름이 없었다. 그러나 나는 단잠을 잤기 때문인지 맑은 아침이기 때문인지 새로운 용기가 솟았다. 어머니의 병이 보통 심한 감기 정도로 여겨지기도 했다. 주사만 맞을 수 있으면 금세 나을 수 있을 것 같았다. 나는 거리로 나왔다. 좀처럼 병원 간판이 눈에 안 띄었다. 거의 안국동까지 왔다.

의사들은 모조리 군의관 아니면 부자인 것이다. 서울 같은 어중간한 곳에 있을 양반들이 아닌 모양이었다.

350

나는 좀 짜증이 났지만 아주 실망하지는 않았다. 설마 서울에 의사가 없을라구. 그렇지만 왕진이니 좀 가까운 곳에서 병원을 찾고 싶었다.

무심히 들여다본 좁은 골목 속에서 어제의 양약방보다 더 초라한 병원 간판을 하나 발견했다.

소아과였지만 의사는 늙고 믿음직했다. 나는 어젯밤 양약방에서 하듯이 어머니의 용태를 자세히 설명했고 의사는 간호원도 없이 혼자 왕진 준비를 했다.

나는 그의 왕진 가방을 들고 앞섰다. 생각보다 가방이 무거운 게 믿음직했다.

어머니는 의사의 손길을 아는지 모르는지 깊은 혼미 상태 속에서 여전히 높은 신열로 타고 있었다.

의사는 어머니를 가슴에서 등으로 청진기도 대보고 두드려도 보고 눈꺼풀도 까보았다. 그동안 나는 마른침을 삼키며 그의 눈치만 살폈다.

진찰을 끝마치고도 의사는 묵묵한 채 어머니의 앙상한 궁둥이에 주사를 꽂았다. 나는 댓돌에 놓인 그의 구두를 솔로 문지르는 척하며

"선생님, 저의 어머니 상태는 어떤가요? 곧 나을 수 있을까요?"

하고 간신히 물었다.

"지금 뭐라고 말할 수는 없지만 상당히 위독한 상탠걸."

"선생님, 저희 어머닐 살려주셔요."

"가족은 학생뿐인가?"

"네. 오빠들이 있지만 다 군인 나갔어요."

나는 거짓말로 그 의사의 동정을 사려 했다.

"거 안됐군. 내 최선을 다하리다. 주사를 네 시간 간격으로 놔야겠는데."

"어떡허죠?"

"내가 네 시간마다 오기로 하지. 용태의 변화도 관찰할 겸."

"선생님, 정말 고맙습니다."

"방을 따뜻하게 하고 공기가 건조하지 않게 물수건 같은 걸 널어 놓도록 하지. 보리차 정도는 찾으면 얼마든지 드려도 좋고."

의사는 네 시간마다 어김없이 와서 주사를 놓고 갔으나 어머니는 그대로였다. 그렇다고 더 나빠지고 있는 것 같지는 않은 게 다행이었다.

"밤에도 와주실 건가요?"

밤 열 시, 네 번째로 왕진 온 의사에게 나는 우선 그것부터 물었다. 그는 다시 면밀히 어머니를 진찰하고는 묵묵히 마루 끝까지 나와서야 혼잣말처럼 중얼거렸다.

"나로선 최선을 다했는데……."

"네? 어머니는 나아가고 있는 게 아닌가요?"

"오늘 밤이 고비가 될 것 같은데……."

그는 무척 나를 측은해하는 눈치였다.

"도와주세요."

나는 그의 묵직한 왕진 가방을 부여잡았다. 그 가방이 마치 기적을 만드는 요술 주머니같이 생각되었다.

"의술로서 할 최선을 다했소. 이제 환자의 살려는 의지가 앞으로의 경과를 좌우하게 될지도 모르지."

살려는 의지, 나는 슬그머니 그의 가방을 놓았다.

"학생, 낙심하지 말아요. 거듭 말하지만 최선을 다했으니 우리 같이 환자의 의지를 믿읍시다. 오늘 밤이야 별일 없을 테니 너무 근심하지 말고."

의사의 말대로 어머니는 밤새 별일 없었다. 새벽녘이 되자 숨결과 목구멍의 가래 끓는 소리까지 많이 가라앉았다.

즐거운 꿈이라도 꾸는지 얼굴에 희미하게 미소까지 어렸다.

헛소리처럼 웅얼거리는 말 속에 가끔 여보라든가 욱아, 혁아라든가 하는 낱말을 골라 들을 수 있었다.

그런 어머니의 표정은 그녀가 아주 즐겁던 날의 표정을 닮아가고 있었다. 어머니는 지금 꿈속에서 고인들과 더불어 있는 것일까.

어쩌면 어머니는 회복돼가고 있는 것도 같았다.

나는 문득 어머니가 회복돼가고 있다는 게 두려웠다. 어머니는 지금 행복한데, 깨어날 것이, 어머니의 정신과 육체가 유명을 달리할 것이 두려웠다.

의사의 말은 틀린 것일까? 그녀는 분명히 살려는 의지 없이도 회복돼가고 있고, 나는 죽음보다도 살려는 의지 없는 삶이 더 두려웠다.

나는 어머니의 헛소리를 피해 건넌방으로 왔다. 그리고 환자가 회복되고 있다는 사실로 한꺼번에 피로가 덮쳐왔다.

창밖에서는 날이 밝아오는데 꿈 같은 단잠이 늪처럼 나를 빨아들였다.

깨어났을 때가 몇 시쯤인지 짐작이 안 되는 채로 나는 막연히 한낮이거니 했다.

환자를 위해 미음이라도 끓일까 보다 하고 부엌으로 내려가다가 마루에 휘청 하고 주저앉았다. 온몸이 찌뿌드드했다.

"이번엔 내가 앓아누우려나."

나는 어머니의 간호를 받는 내가 좀처럼 상상이 안 돼, 쓴웃음을 짓고 말았다.

안방의 어머니는 너무 조용했다. 나는 조심스럽게 이마를 짚다 말고 오싹하는 전율을 느꼈다. 너무도 찼다. 불길한 어떤 예감으로 황급히 가슴을 헤치고 심장께를 더듬었다. 심장이 미미하게 뛰는 것도 같고 어쩌면 벌써 멎어버린 것도 같았다.

나는 대문을 박차고 거리로 뛰어나와 병원을 향해 달음질치려 했으나 마음뿐 하반신이 자꾸 후들거려 좀처럼 앞으로 가지질 않았다.

비실비실 겨우 계동 어귀를 빠져나올 때였다.

"에구 세상에, 여기서 경아 학생을 만날 줄이야."

태수 형수였다. 나는 그대로 지나치려 했다.

"에그, 나 좀 봐요. 히히히, 지금 막 경아 학생네를 찾아가는 길이라우."

"왜요?"

"왜라니? 혼사 매듭을 지을랴구 그러지, 도련님은 뭬 급하냐고 한사코 안 가르쳐주는 걸 내가 억지로 졸라서 겨우 이 근처라는 걸 알구 찾아나서기는 나섰는데, 못 찾으면 어쩌나 겁도 나드니 요렇게 쉽게 학생을 만날 줄이야. 히히히."

그녀는 어이없이 뻐드러진 이를 드러내고 키들댔다. 내가 부끄럼이라도 타고 있다고 생각하는 모양이다.

투박한 검정 외투 밑으로 다홍 뉴똥 치마가 흐드르하게 늘어진 게 더할 나위 없이 촌스러우면서도, 친근감이 가는 소박함이 있었다.

나는 별안간 지금의 나에게 의사보다도 그녀가 필요하다고 느꼈다. 아무런 까닭도 없는 직감이었다.

"도와주세요."

나는 그녀의 거칠고도 큰 손을 덥썩 잡았다.

"뭘 말이유?"

그녀는 그 언젠가처럼 거친 손바닥으로 내 손등을 대견한 듯이 쓸면서 물었다. 거칠지만 추운 날씨인데도 따뜻한 체온을 잃지 않은 손이 미더웠다.

"같이 가요. 사람이 죽어가고 있어요. 저희 어머니가요."

"뭐? 뭐라구?"

그녀와 나는 손을 잡은 채 겅정겅정 뛰었다. 그녀에게 이끌리어 내 발에도 힘이 생겼다.

그녀는 뛰면서도 잠시도 입을 다물지 않고 나에게 여러 가지를 다그쳐 묻는 모양인데 나는 하나도 귀담아듣지 않고 적당히 고개를 가로로 저었다 세로로 저었다 하기만 했다.

밖에서 뛰어든 때문일까. 대낮의 안방이 동굴처럼 침침했다. 나는 한구석에 비켜서서 눈만 씀뻑했다.

그녀는 주저 없이 어머니에게로 다가가 처음에는

"사돈어른, 사돈어른, 정신 좀 차리세요. 네? 사돈어른."

하고 귓전에다 대고 악을 썼다.

그녀의 '사돈어른'이란 기발한 호칭으로 나는 며칠째의 긴장감이 확 풀리며 미소까지 떠오를 뻔했다.

어머니가 대답이 없자 그녀는 의사보다도 능숙하게 맥을 짚고 가슴을 헤치고 자기 귀를 갖다 심장 근처에 대보고 나서 눈꺼풀을 뒤집어보더니 엄숙하게 선언했다.

"임종이야."

머리끝까지 홑이불이 씌워졌다.

"내가 한발 늦었어."

진작 와서 임종을 지킬 걸 늦었다는 소리인지, 자기가 어머니를 살릴 수 있었는데 늦었다는 소리인지 분명치 않았으나 그녀는 그 소리를 "임종이야" 하는 소리만큼이나 엄숙하게 말했다.

나는 그녀에게 민망하도록 슬프지가 않았다.

어머니는 눈치 보이고 거북한 딸네 집에서 마음 편한 아들네 집으로 홀홀히 가버린 것이다. 그뿐인 것이다. 나는 다만 좀 피곤했다. 그뿐이었다.

태수의 형수는 마치 이런 궂은 일을 위해서 태어난 사람처럼 능숙하게 또 신이 나서 '사돈어른'의 장사를 도맡았다.

촌스러운 다홍치마를 홀떡 벗어놓고 스스럼없이 어머니의 회색 치마로 갈아입은 그녀는 안팎 일을 분주하고 신속하게 처리해나갔다.

나는 망연히 방관만 하며 작고 큰 돈의 쓰임새만 관리하다가 그것도 아예 그녀에게 맡기고 말았다.

부산 큰댁에 전보도 치고 환쟁이들에게도, 태수에게도 부음이 갔다.

서울에 남아 있는 친척 — 대개는 노인들 — 에게도 기별이 가 일흔이 넘는 대고모 할머니가 제일 먼저 오시고 밤부터는 환쟁이들까지 모여들었다.

빈소가 마련되고 부엌에서는 크고 작은 솥에서 국이 끓고 항아리에는 부연 막걸리가 그득그득 넘쳤다.

357

동회에서 몇몇 사람들이 밤샘을 하겠다고 오고 낯선 남자들이 오래 비워둔 사랑방에서 노름판을 벌였다.

집안이 온통 구수한 냄새와 사람들의 높은 담소 소리로 생기에 넘쳤다.

나는 어머니의 죽음 직후의 이런 생기가 아직은 생소해서 생기와는 인연이 먼 북창 밖의 나무들을 바라보며 홀로 축축한 무상감에 젖었다.

'어머니는 기어이 오빠들 곁으로 가버렸구나.'

어머니가 생전에 조금치도 생에 집착한 바 없기 때문일까. 어머니의 사후에도 별로 그의 흔적이 없었다. 고인을 생각케 하는, 고인이 아끼던 물건이라든가 고인이 하다 만 일 따위가 조금도 안 남아 있는 상가에서 고인이 한 번도 본 적이 없는 '사돈댁'이 부산하게 설쳤다.

어머니는 오직 어머니가 인지한 적이 없는 '사돈댁'에 의해서 '사돈어른'이란 호칭으로 자주 불리고 이야기되고 있었으나 물론 그것이 어머니의 생전의 참모습일 리 만무했다.

대고모 할머니도 어떻게 되는 사돈 간인가 묻기 전에 우선 부르기 편한 대로 그녀를 '사돈댁'이라 부르고 차차 사랑의 술꾼들도,

"사돈댁, 여기 막걸리 좀. 사돈댁, 여기 찌개 좀" 하게끔 되었다.

나도 무심코 '사돈댁' 하기가 일쑤였다. 마치 어머니가 전에 부리던 부엌 여인을 '상주댁' 하고 부르듯이 그렇게 부른 셈인데 그녀는

질겁하며 굳이 형님이라고 부르란다.

"에그 망측해라. 누가 들으면 어쩔랴고……. 나한테는 형님이라고 하는 거라우. 알아들었수? 쯧쯧 그저 한 발자국만 내가 일렀어도 사돈어른이 유한 없이 돌아가게 해드리는 건데. 다 큰 딸을 여의지도 못하고 눈을 감는 사돈어른 심사가 어쨌을꼬."

그녀는 훌쩍이며 어머니의 부연 치맛자락에 눈물인지 콧물인지를 닦았다. 또 가끔, 상가에서 곡성이 안 나면 남이 흉본다면서 아이고 아이고 구성지게 곡까지 했다. 그녀의 곡성은 기름지고도 구슬퍼서 옆의 사람까지도 저절로 눈물이 솟게 했다.

나도 그런 그녀의 선창으로 몇 번 눈시울을 적셨지만 순전히 그녀의 곡의 효과이지 어머니의 죽음과는 무관한 눈물이었다.

장사 준비는 빈틈없이 진행되었다. 어머니는 큰댁에서 보내온 생활비와 내가 벌어온 돈으로 쌀을 사는 것 외에는 거의 안 썼기 때문에 큰댁에서 목돈이 오기를 기다릴 것도 없이 풍족하게 여러 일을 치를 수 있는 모양이었다.

다만 내일이 3일째인데도 삼일장으로 할 것인가 오일장으로 할 것인가를 결정짓지 못하고 있었다. 부산에서 아직 아무도 상경하지 않았기 때문이었다.

준비는 삼일장을 전제로 진행 중이었으므로 모두 대문만 바라보고 있었다.

옥희도 씨가 부인을 앞세우고 들어왔다. 다른 환쟁이들은 어제

359

부터 사랑에서 제일 떠들썩한 조객 노릇을 하고 있는데 그에겐 부음이 늦게 간 모양이었다.

나는 아주 서툰 상제였지만 옥희도 씨 부부의 조상弔喪도 아주 서툴렀다. 특히 그녀는 아무 말도 못하고 입만 쫑긋대다가 맑은 눈이 젖어갔다.

검정 세루 두루마기 밑으로 검정 치마가 엿보이는 검은 차림의 그녀는 차라리 나보다 더 창백했다. 그러나 물론 태수의 형수처럼 곡을 하는 일은 없이 눈물 어린 눈을 천장께로 돌리고 두루마기와 같은 천의 숄을 벗었다.

흰 동정과 우아한 목이 드러났다. 나는 그녀에게 몸을 던졌다. 그리고 처음으로 서럽게 서럽게 호곡했다.

"어쩌다 이런 일을……."

그녀도 흐느끼며 겨우 한마디 했다. 나는 한동안 세찬 호곡을 가라앉히면서 띄엄띄엄,·

"저 때문이었어요. 저 때문이란 말예요. 그때 있잖아요? 제가 아주머니댁에서 자고 온 날 어머니는 밤새, 저 골목 밖에서 떨면서 저를 기다리셨대요. 노인네가 그 추운 밤에 그래서 그만 급성 폐렴이 돼서 그만 그만……."

나는 다시 울음을 이었다.

"그랬군요. 어쩌면, 그랬군요."

그녀가 내 등을 어루만졌다. 그녀는 딴 아무 말도 안했지만 그녀의 부드러운 손길로 나는 충분히 위로받고 있었다.

"그랬구만 쯧쯧."

사돈댁이 또 한 번 울먹한 소리를 하며 치마끈으로 눈물을 찍어 내는 눈치였다.

나의 한마디로 어머니의 죽음에 생판 새로운 뜻이 주어지고 안방에 모여 앉은 여자 조객들은 숙연한 채 한동안 말들을 잊고 있었다.

나의 호곡은 제풀에 훌쩍임으로 변하고 마침내 멎었다.

그리고 어머니의 죽음이 나 때문이라는 생각에서도 차츰 꿈에서 깨듯이 깨어났다.

나는 그런 엉뚱한 생각 때문에 호곡을 했는지 호곡을 하고 싶어 그런 엉뚱한 생각을 꾸며댔는지 모를 일이었다.

아무튼 늦게나마 다행히 그 생각에서 완전히 깨어났다. 그리고 적지 아니 당혹했다. 어쩌자고 나는 또다시 또 하나의 죽음의 평계가 되려는 것일까?

그럴 수는 없었다. 또다시 그럴 수는 없었다.

나는 목이 긴 여자의 우아한 어깨에서 잠깐 슬픈 꿈을 꾸고 싶었을 뿐인데. 슬프고도 좀 아름다운, 그러나 어리석은 꿈을 꾼 것뿐인데.

나는 와락 내 꿈에, 또 내 꿈꾸는 버릇에 혐오감을 느꼈다. 그것은 내가 어머니 생전에 어머니에게 품은 혐오감과도 비슷했다.

내가 어머니를 기피하고 미워한 만큼 앞으로의 나는 내 꿈을 기피하고 혐오할 것 같았다.

나는 옥희도 씨 부인을 쌀쌀하게 밀었다. 그리고 주위의 사람들이 깜짝 놀라게 코웃음을 쳤다.

"흥, 후후후. 제가 지금 한 말 곧이들었어요? 거짓말이에요. 순전히 제가 꾸며낸 새빨간 거짓말이에요. 어머니가 돌아가신 건 저하고는 아무 상관도 없어요."

"그럼 그럼. 상관없고말고……."

그녀가 아까보다 더 측은하게 가라앉은 소리로 다시 울먹한 표정이 됐다.

"우리 어머닌 실상 저 같은 건 상관도 안 하려 드셨어요. 후후후……."

"알았으니 그만해두. 아무렴 학생 때문일라구. 사돈어른 명이 그뿐이셨겠지."

사돈댁까지 다시 울먹였다.

"아무렴 그렇구말구. 가엾은 것!"

대고모 할머니가 내 상반신을 안았다. 나는 대고모 할머니를 쳐다보았다. 그리고 나는 그도 내 말을 믿지 않고 있는 것을 알았다. 그는 내가 처음 한 말, 어머니의 죽음이 나 때문이란 말만 믿고 있었다.

딴 사람들도 마찬가지였다. '사돈댁'도, 옥희도 씨 부인도, 당고

모도, 당숙모, 그 밖에 촌수 모를 친척들도 온통 내 처음 말만 믿고 나중 말은 내 가책이 빚어낸 슬픈 거짓으로 알고 있었다.

그들은 한결같이 슬픈 이야기를 좋아하고, 단 하나의 상제인 나를 한껏 비극적으로 만들어놓고 마음껏 동정하고픈 눈치가 역력했다.

나는 아니라고 악을 쓰고 또 썼다. 어머니의 죽음과 상관없다고 악을 썼지만 그럴수록 나는 어머니의 죽음과 깊은 상관을 맺어가고 있었다. 어쩔 수 없이 나는 내가 조작한 사건에 갇히고 만 것이다.

나는 방바닥을 미친 듯이 뒹굴며 아니라고 외쳤으나, 그럴수록 여러 사람의 동정을 점점 더 받아가며 최루제처럼 여러 사람들을 울릴 따름이었다. 어쩔 수 없었다.

며칠 동안의 불면과 제때에 식사를 못한 탓으로 가뜩이나 쇠약해진 나는 허공과 씨름하는 듯한 몸부림으로 기진맥진하고 말았다.

사돈댁은 부랴부랴 나를 위해 팥죽을 쑤고 싫다는 나에게 강제로 퍼부었다.

"상제가 지나치게 애통해서. 쯧쯧 가엾어라."

"안 그렇겠어요? 어머니 한 분마저 여의었으니 인제 천애고안데."

"고안 왜? 백부가 엄연히 살았는데."

대고모 할머니가 점잖게 나무랐다.

나는 기진한 채 누워서 지나치게 애통해하는 상제요, 또 하나의 죽음의 핑계임을 체념하고 감수했다.

그리고 나는 전연 타의로 또 하나의 내가 되고 있었다.

의외로 옥희도 씨 부인과 사돈댁은 서로 잘 아는 사이였다. 그러나 그것은 나에게 의외일 뿐, 그녀들이 같은 고향이고 또 옥희도 씨와 태수 형님이 죽마지우고 보면 당연했다.

다만 나는 그녀들의 인상이 하도 동떨어져서 그녀들이 서로 반기고 공통의 화제를 가졌다는 게 자꾸 이상했다.

옥희도 씨 부인은 뻔질나게 불리는 '사돈댁'이란 호칭의 내력과, 사돈댁이 이 상가에서 궂은 일을 도맡아 치르게 된 내력을 물을 수밖에.

"에그 여태껏 몰랐수? 하긴 모를 수밖에. 당신 남편이나 내 남편이나 알량들 해서 벌이 씨앗 닷곱 해오느라 변변히 만날 새도 없이 지내니. 우리 시동생 있잖우? 그래 맞았어. 그래, 그 코흘리개가 글쎄 벌써 의젓한 신랑감이 돼서, 히히히, 경아 학생과 정혼한 사이라우."

대고모, 당고모, 모두 다 수군수군 이 말들을 주고받았다. 그날 밤 늦게 상경한 큰아버지 내외분에게 이 새소식은 전해지고 모두 차라리 잘됐다는 듯한 표정이었다. 아무도 앞으로 나를 책임지지 않아도 되니까.

그로부터 '사돈댁'은 진짜 융숭한 사돈댁 대우를 받기 시작했다. 다만 코믹하게만 들리던 '사돈어른' '사돈댁'의 호칭이 실은 엄연히 나를 매개로 이루어지고 있었다.

다행히 그들은 문득문득 혼사라는 현실적인 문제를 꺼내다가도 지금이 상중이란 걸 깨닫고 입을 다물어 자중하는 눈치가, 오늘내일로 어떤 구체적인 협의가 이루어질 것 같지는 않았다.

아무튼 나는 이런 일들을 말똥말똥 듣고 보면서도 항거나 해명을 할 기력이 없었다. 나는 너무 내 기력을 헛되게 써버린 것이다. 변명은 차차 하기로 했다. 차차 해도 늦지 않을 것 같았다.

어머니를 언 땅에, 그러나 아버지와 오빠들 곁에 뉘었다. 그리고 부득이 나는 고가의 주인이 되었다.

삼우제도 끝났으니 내 거취만 결정되면 큰아버지에게는 우리 집일을 어느 정도 일단락 짓는 셈이 되는 것이다.

이 드넓은 고가에 계집애 혼자 놔두고 갈 수도 없고 부산으로 데리고 가든지 사돈댁에 맡기든지 나를 처리하는 방법은 두 가지였다. 나중 방법은 '사돈댁'이 강력히 원하는 바요, 내가 '사돈댁' — 나에게는 시댁이 되겠지만 — 에 머물게 된다는 건 실질적인 약혼을 의미하게 될 것이고, 실은 큰아버지도 그것을 바라고 있었다. 실상 자기가 데리고 내려가 봤댔자 일시적인 처리가 될 뿐이지 이 기회에 영구적으로 처리하기를 바라고 있는 눈치가 역력했다.

그러나 나는 고가에 남아서 세일즈걸의 생활을 계속하기를 택했다.

심부름하는 아이까지 생겨서, 나는 덜 외롭고 조금쯤은 행복하기도 했다.

옥희도 씨는 다시 초상화를 그리고 나에게는 더할 나위 없이 다정했다. 나는 그에게 부탁하면 언제고 그에게 의지한 채 허물어진 지붕을 담담히 우러르며 긴긴 계동 골목을 외롭지 않게, 춥지 않게 걸어 들어올 수 있었다.

나는 그에게 헐어진 지붕의 내력을 먼 옛이야기처럼 들려줄 수도 있었고, 가끔 대청마루까지 청해 들여 아버지가 즐겨 앉던 낡은 안락의자에 그를 앉히고 부엌에서 구수한 커피를 끓일 수도 있었다.

그가 북창 밖의 나무들을 보며 무심히 담배 연기를 뿜다가 차를 날라온 나를 보고 빙긋이 웃을 때의 기쁨을 무엇과 바꿀 수 있을까?

"커피를 더 좋아하세요? 생강차를 더 좋아하세요?"

"둘 다."

"둘 다는 곤란해요."

"잘 끓였군. 솜씨가 점점 느는데."

그가 화제를 슬쩍 돌릴 때, 그의 눈에 상심보다 더 깊은 아픔이 지나간다.

그는 그가 해결지어야 할 이 조그만 현실도 미결인 채 피하려고만 들었다. 나는 구태여 더 깊이 추궁하려 들지 않았다.

미결인 상태, 그 몽롱하고 무책임한 상태가 주는 휴식이 지금의 나에게는 필요했다.

나는 아직도 좀 피곤했다. 아직도 나는 달도 안 가신 상제였으니까.

그러나 사돈은 나에게 그런 휴식이나마도 주려 들지 않았다. 마치 제집 드나들듯, 나의 고가를 수시로 드나들며 온갖 살림 걱정을 도맡으며 수선을 떨고 나서는 반드시 혼사 이야기를 꺼내게 마련이었다.

"에그 학생도 생각해봐요. 내가, 글쎄 애새끼가 다섯씩 딸린 내가 두 집 살림하기가 얼마나 벅찬가. 에그 내 정신 좀 봐. 두 집 살림이 뭐야. 도련님 뒤까지 거두어야 하니 세 집 살림이지. 그러니 날 봐서라도 어서 혼사를 서둡시다. 나도 내 살림하고 차분히 좀 들어앉았어야 할 게 아뉴."

나는 차분히 들어앉았는 그녀를 상상할 수 없다. 세 집 살림이 필요한 건 그녀지 결코 이쪽이 아니란 걸 일깨워 줄 혹독한 말이 생각나지 않는 것도 아니었지만 아직도 어머니 장례 때 진 신세 때문에 그녀에게 핀잔 주는 건 망설여졌다.

요사이 그녀는 가끔 '경아 학생' 대신 나를 숫제 '새댁'이라 부르기까지 했다. 나는 이제 그만 그녀로부터 놓여나고 싶었다. 그녀가 필요한 시간은 이미 지난 것이다.

"미스터 황, 오늘 시간 있어요?"

"그럼."

장례 후 태수와 나는 서로 변변한 시간을 못 가져봤기에 그는 반색을 했다.

"유토피아, 어때요?"

"오케이."

그가 휘파람을 불면서 처음으로 활짝 웃었다. 요새 나만 만나면 상제라는 걸 염두에 두고 으레 슬프디슬픈 근엄한 얼굴을 하려고 애쓰는 것이 민망할 정도였다.

"오늘 차 사주실래요?"

나는 언제나와 같이 옥희도 씨와 퇴근하며 물었다.

"나는 오늘 경아가 끓인 커피를 먹고 싶었는데."

"저는 선생님 차가 먹고 싶어요."

나는 슬쩍 응석을 부려가며 그를 유토피아로 이끌었다. 태수는 먼저 와 있었다.

그는 나를 보고 손을 번쩍 들다 말고 뒤따르는 옥희도 씨를 보자 좀 의아한 눈치였다.

그들은 띄엄띄엄 재미없는 이야기를 겨우 잇고 있었다. 그들의 공통의 화제란 태수 형님의 신변 이야길 수밖에 없는데, 그 형님이 워낙 심심한 위인이고 보니 그들의 화제 역시 활발할 수가 없었다.

그들은, 특히 태수는 상대방이 먼저 일어섰으면 하는 눈치가 역력했다. 겨우 잇던 시원찮은 화제가 드디어 끊겼다.

"미스터 황, 이번에 미스터 황 형수님 신세를 너무 졌어요."

"뭐 그쯤은 당연하지."

"우리 사이가 아무것도 아니라도 당연할까요?"

"무슨 뜻이지?"

"형수님은 고마운 분이지만 오버센스가 지나친 것 같아요."

"미안해. 알겠어. 지금 경아가 그런 문제를 생각할 시기가 아니란 것쯤 나도 알고 있어. 그래서 나도 형수님께 제발 서두르지 말라고 그렇게 일렀는데도 워낙 그분은 좀 주책이라……."

하다가 말끝을 얼버무리며 옥희도 씨 눈치를 흘끗 살피고는,

"형수 문제는 사과하겠어."

"이 기회에 우리 사이를 분명히 해두고 싶어요."

"사과한대지 않아. 그러니 제발 우리 문제는 우리끼리 해결할 기회를 따로 갖자구."

물론 옥희도 씨를 두고 하는 말이었다. 옥희도 씨가 피우던 담배를 미리 비벼 끄며 엉거주춤했다.

"앉아 계셔요."

나는 단호히 말하고 그의 소매를 잡았다.

"내가 있을 자리가 아닌 것 같은데……."

"두 분이 다 같이 필요하기 때문에 제가 마련한 자리예요."

태수의 얼굴이 창백해졌다.

"미스터 황, 우리는 그냥 알고 지내는 사이일 따름인 걸 똑똑히

말해두겠어요."

"알고 있어. 아직은 그렇다는걸."

"아직은?"

"그래 '아직은' 야. 우리 사이에 그만큼의 여유는 둘 수 있다고 생각하는데."

"우리는 쭉 알고 지내는 사이일 뿐일걸요."

"그런 선언을 하는 데 꼭 입회인이 필요한가?"

그는 아직도 옥희도 씨의 존재를 꺼림칙하게 여기고 있었다.

"필요하니까 모신 거예요. 옥 선생님과 저는 사랑하는 사이니까요."

나는 그들이 둘 다 똑같이 놀라는 것을 보기가 민망해서 한동안 딴전을 보고 있었다. 그러나 내가 하도 남의 말 하듯 불쑥 말했기 때문인지 둘 다 별 반응이 없었다.

"농담이겠지? 경아."

태수가 비교적 태연히 말했다.

"정말이에요. 선생님 그렇죠? 정말이라고 말해주세요."

나는 옥희도 씨가 어름어름 비켜날 수 없게 빠안히 쳐다보면서 다그쳤다.

내가 이런 자리를 마련한 의도는 비단 '사돈댁'으로부터 풀려나야겠다는 이유 때문만이 아닌 또 하나의 이유, 옥희도 씨로 하여금 정면으로 어떤 문제와 부딪치게 하고픔이었다.

"선생님, 정말이십니까?"

옥희도 씨가 대답이 없자 태수까지 한마디 거들었다.

"정말일세."

나는 험한 고개를 겨우 오른 것처럼 마음이 놓이고 한편 뿌듯한 승리감을 느꼈다.

"그럴 수가, 선생님 그럴 수가……."

태수는 분노했다기보다는 차라리 아연했다는 편이 옳을 게다. 그는 차차 놀라움을 가라앉히고는 옥희도 씨 앞이라 삼가고 있던 담배를 비교적 여유 있게 피워 물었다.

"경아 어쩔려구……. 그런 철부지 같은. 선생님은 더구나 그만한 분별력쯤은 있을 만큼 나이 지긋한 분이, 도대체 어떻게 하겠다는 겁니까?"

그는 아직도 아연해 있고 그 최초의 아연함으로 차라리 자기 문제를 잊고 있었다.

"선생님도 참 딱하십니다. 이제 고아나 진배없는 경아를 잘 이끌어주시지는 못할망정 신세를 망치려 드십니까. 더구나 그 착하디착한 사모님 생각을 해서라도 속 좀 차리셔야죠. 아이들은 또 어떡하실 작정입니까?"

그는 정말로 기가 찬 듯이 한숨을 쉬고 말을 중단했다. 말이 모자라는 게 아니라 말을 할수록 더욱 기가 차서 이쯤 해두자는 눈치였다.

"부끄럽네."

"이게 부끄러운 것만 가지고 될 문젭니까? 저는 이 문제를 사모님과 의논해서라도 적극적으로 무슨 결말을 내고야 말겠습니다. 분명히 말씀 드리지마는 제 목적을 위해서 이러는 게 아닙니다. 지금 비겁하게 제 문제를 사모님의 도움으로 해결하고 싶지는 않습니다. 우선 여러 사람의 비극을 막고 싶습니다. 더구나 의지할 데 없는 경아의 비극을 방관할 수는 없습니다. 제 문제는 그 다음입니다."

옥희도 씨는 어쩔 수 없이 수세에 몰리고, 내 눈에도 지금 태수 쪽이 훨씬 떳떳해 보임 또한 어쩔 수 없다.

"우리 집사람을 개입시키지 말아주게. 우리 집사람은 자네와 경아가 맺어지는 걸로 알고 있으니까."

"점점 더 파렴치한 소리를 하시는군요. 그래서 도대체 어쩌시겠다는 겁니까?"

그는 더 지독한 말을 가까스로 참는 듯 침을 꼴깍 삼키고는 입술 언저리가 부들부들 떨렸다.

나는 그들의 다툼을 흥미 있게 구경하다가, 내 자리 바로 옆의 벽에 걸린 풍경화를 감상하다 했다.

"나는 아내와 아이들을 사랑하네."

옥희도 씨는 막다른 골목에 몰린 유약한 짐승의 비명처럼 비참한 소리를 냈다. 나는 흠칫 놀라 숨을 죽이고 그를 응시했다.

"왜 이러십니까? 선생님. 제발 제가 아주 선생님을 경멸하지 않도록 해주십시오. 더구나 경아까지 선생님을 경멸하면 어쩌려구 그러십니까? 나잇값을 하셔서라도 남들이 납득할 소리, 이해할 소리를 하셔야죠."

"남의 이해 같은 건 바라지도 않네."

"흥, 고고한 예술가시다 이 말씀이군요. 속인의 이해 따위는 오불상관인……."

"나를 그만 조롱해주게. 나는 말주변이 없어 그대로 진실을 말했을 뿐인데."

"정말 너무하시는군요. 선생님이 진실이란 소리를 하시니 구역질이 치미는군요. 변명이라도 좋으니 좀 이치에 닿는 소리를 해보세요."

"이치? 사막에서 목마른 자가 신기루나 환각으로 오아시스를 보는 데도 이치가 있을까?"

"무슨 말씀을 하시려는 겁니까? 지금 우리는 경아와 선생님과 사모님이 당면한 아주 현실적이고도 절박한, 좀 추잡하기도 한 이야기를 하고 있는 중인데 느닷없이 추상적인 말을 끌어내어 얼버무리려 들지 마시죠."

"오, 어떡하면 자네가 알아줄 수 있을까? 내가 살아온, 미칠 듯이 암담한 몇 년을, 그 회색빛 절망을, 그 숱한 굴욕을, 가정적으로가 아닌 예술가로서 말일세. 나는 곧 질식할 것 같았네. 이 절망적인 회색빛 생활에서 문득 경아라는 풍성한 색채의 신기루에 황홀하게 정

373

신을 팔았대서 나는 과연 파렴치한 치한일까? 이 신기루에 바친 소년 같은 동경이 그렇게도 부도덕한 것일까?"

"선생님은 마치 육신을 해탈한 도사 같은 소리를 하시는군요."

"너무 남의 아픈 곳을 찌르지 말아주게. 나도 사람이니까. 그 때문에 무척 괴로워했고 경아를 안 다칠 수 있었던 게 지금의 나에겐 유일한 위안이라니까."

"슬쩍 변명이 능란하시군요."

"자네에게 이런 책망을 듣기 전에 경아와의 사이가 끝나 있어야하는 건데……. 실은 그럴 작정이었는데 내가 우유부단한 탓도 있지만, 이번 경아의 불행이, 어쩌면 그것을 핑계 삼아 경아를 잊는 것을 잠시 늦추려 들었는지 모르지만, 아무튼 이번 경아의 불행으로 내 결심이 흔들렸네. 내가 경아의 외로움을 덜고 있다는 데 기쁨과 보람을 느꼈거든, 나 좀 먼저 가겠네. 너무 긴 말을 한 것 같아 혼자가 되고 싶구만."

"혼자 가시면 어떻게 해요."

나는 그를 다시 끌어앉히려고 붙들었다.

"경아. 경아는 나로부터 놓여나야 돼. 경아는 나를 사랑한 게 아냐. 나를 통해 아버지와 오빠를 환상하고 있었던 것뿐이야. 이제 그 환상으로부터 자유로워져 봐 응? 용감히 혼자가 되는 거야. 용감한 고아가 돼봐. 경아라면 할 수 있어. 자기가 혼자라는 사실을 두려움 없이 받아들여. 떳떳하고 용감한 고아로서 모든 것을 다시 시작해

봐. 사랑도 꿈도 다시 시작해봐."

그는 훌쩍 가버렸다. 우리는 둘만이 남겨졌다. 고아끼리인 셈인가. 고아들은 남을 사귀기에 서툴다. 내가 먼저 일어나고 우리는 같이 다방을 나왔지만 의식적으로 다른 방향으로 헤어졌다.

퇴근한 나는 막막했다. 저만치 미숙이가 가고 있었다. 나는 헐레벌떡 뒤따랐다.

"미숙아, 오늘은 빈대떡 안 살 거니?"

"빈대떡은 뭘……."

그녀는 내 눈치를 봐가며 말끝을 흐리는 꼴이 아마 내가 어머니를 생각하고 있는 것으로 지레짐작을 하는 모양이었다. 어쩌자고 요새는 내 주위의 사람들이 나를 돌아가신 어머니와 결부시켜 보려고만 드는 것일까.

얼굴 표정 하나 내 마음대로 가질 수 없었다.

"우리 같이 빈대떡 먹지 않을래? 내가 살게."

"언니두 하필 빈대떡을. 우리 케이크집으로 가요. 내가 살게."

"아냐, 빈대떡으로 해. 내가 살게."

나는 굳이 그녀를 끌고 전에 그녀와 빈대떡을 산 적이 있는 대폿집으로 갔다. 나는 서슴지 않고 빈지문을 열고 드럼통을 엎어놓은 상으로 가 앉아서 소독저의 종이를 벗기며 빈대떡 한 접시를 청했다.

"언니. 사 가지고 안 가고 먹고 가려구 그래? 난 몰라."

미숙이는 얼굴을 붉히며 어쩔 줄을 몰라 했다.

아직 초저녁이라 술꾼이 붐비지는 않았으나 그래도 몇몇 술꾼들이 일제히 우리 쪽을 보고 있었다.

"야아, 경아가 이런 델 다 오고."

저만치서 혼자 대포 사발을 들이키던 태수가 내 쪽으로 왔다. 의외였다.

"태수 씨야말로 이런 델…… 자주 드나드나요?"

"나야 올 자격이 충분하지. 불알 두 쪽을 엄연히 달았거든."

그는 어지간히 취해 있었다. 미숙이는 내 옆구리를 찌르며 안절부절못했다.

"너 먼저 갈래? 그렇게 거북하면."

"정말 그래도 되는 거지?"

그녀는 살았다는 듯이 뺑소니를 쳤다. 태수는 부연 막걸리를 다시 한 사발 들이켜고는 게슴츠레한 눈으로 나를 오래오래 쏘아보기만 했다.

앳된 갈망이 깃들였던 눈이 붉게 충혈돼 있을 뿐 아무런 이야기도 읽을 수 없었다. 이번엔 막걸리 사발이 내 쪽으로 넘어왔다.

"자 마셔."

나는 거역할 수 없는 명령에라도 복종하듯 맛도 모르고 꿀꺽꿀

격 막걸리를 들이마셨다. 시척지근하고도 속이 후련했다.

"안주를 먹어야지."

그는 다 식은 빈대떡 한 쪽을 찢어내어 내 입에다 쑤셔넣을 듯이 들이댔다. 나는 그것도 순순히 받아먹었다.

그리곤 할 일이 없었다. 그도 술을 별로 즐기지 않는 편인 듯, 막걸리를 더 청하지 않고 내 거동만 빤히 살피고 있었다. 어쩌면 조금도 안 취해 있는 것도 같았다.

"이런 데서 만날 줄이야."

불쑥, 그러나 차분히 중얼거렸다.

"신기루는 무엇으로 이루어졌을까요?"

나도 불쑥, 차분히, 그러나 약간 뚱딴지같은 소리를 했다.

그는 입귀로 삐뚜름히 웃을 뿐, 내 물음을 묵살했다.

"수증기 같은 걸까?"

나는 다시 혼잣말처럼 중얼거렸다.

나는 그가 하도 바라만 보는 것이 민망해서 드럼통 위에서 깍지를 끼고 있던 내 한 손을 불쑥 내밀며

"나를 만져보고 싶잖아요?"

"왜, 뭣하러."

"내가 수증기로 돼 있는지 뼈와 살로 돼 있는지 알아보고 싶잖아요?"

그가 내 손을 아프게 쥐었다. 점점 더 아프게 쥐었다. 나는 비명

377

을 참고, 그의 눈에 취기가 가시고, 서서히 갈망이 타는 것을 대견하게 지켜보았다.

나에게 가장 현실적이고 상식적인 소망을 품은 그가 처음으로 고맙게 생각되었다.

지금 손이 조이고 아픈 것 이상의 아픔, 사람이 육신을 지녔기에 맛을 볼 수 있는 여러 형태의 아픔을 그를 통해 경험하고 싶었다.

그에 의해 내가 육신을 지닌 인간이란 확인과 육신을 지닌 기쁨을 얻고 있었다.

"센데."

자기가 아무리 조여도 내가 비명을 안 지르니까 슬그머니 힘을 빼면서 말했다.

"힘이 겨우 그것뿐이에요?"

"으스러뜨릴 수도 있지만 차마 그럴 수야……."

"아유, 겁보."

이번에는 내 쪽에서 그의 손을 애무했다. 적당히 크고 든든한 손이었다. 사람들이 육신을 지녔다는 건 얼마나 크나큰 축복일까?

"아직도 볼이 붉은 소년이 있는 집을 꿈꾸나요?"

"왜 나빠? 볼이 붉은 사내아이, 착한 아내, 찌개 끓는 화로, 커튼 늘어진 창, 그런 건 너무 평범해서 경아야 뭐 흥미 있을라구."

"흥미가 있어지는군요, 점점."

"점점?"

378

"네, 점점 색칠을 하듯, 눈에 보이게 그런 것이 흥미 있어지는군요. 꿈이 아닌 모든 것이, 수증기 아닌 모든 것이. 다시는 꿈을 꾸기도, 남의 꿈이 되기도 싫어요, 다시는."

나는 푸념하듯 말하고 그에게 기대며 눈을 감았다.

"막걸리 한 사발로 취하는 거 아냐? 가자구. 자, 남들이 모두 보잖아."

"그래, 가요."

나는 비틀비틀 일어섰다.

눈꼴 사납게 계집애가 어디서 술주정이냐는 듯한 여러 시선을 받으며 나는 유유히 대포집의 넓지 않은 토방을 가로질렀다. 실은 나는 조금도 취해 있지 않았다.

그까짓 부연 막걸리 한 사발쯤으로 정신이 어떻게 될 리가 없는데 나는 그저 취하는 체하는 게 재미있었다.

비틀거리며 내 체중을 좀 남에게 기댄다든가 곧장 갈 길을 마음 내키는 대로 곡선으로 휘저으며 걷는다든가 하며, 옆에서 쩔쩔매며 난처해하는 것을 보는 게 재미있었다.

그렇게 비틀비틀 계동 어귀까지 왔다. 나는 자세를 바로잡으며 의젓해졌다.

"좀 괜찮아? 미안해. 경아에게 술을 먹이다니. 나야말로 취했었나 봐."

"취한 기분이란 어떤 걸까?"

379

"지금 당해보고도 몰라. 조금 어지럽고 조금 유쾌하고 그런 거지."

"그럼 고추 먹고 맴맴, 담배 먹고 맴맴 하고 맴을 돈 기분과 흡사하겠군요."

"글쎄 그렇든가."

"어렸을 땐 맴을 돌고, 커가면 술을 배우고, 사람들은 원래가 똑바로 선 채 움직이지 않는 세상이 권태롭고 답답해 못 견디게 태어났나 봐."

"다 왔어. 들어갔다 가도 되겠지?"

"뭐 하러요?"

"차 한잔쯤 대접해봐."

"그뿐이에요? 겨우 그뿐?"

"그럼 식사라도 대접할 거야?"

"나를, 내 육신을 아프게 상처내보지 않겠어요? 아까 팔을 비틀듯이 그것보다 훨씬 더 아프게. 내 육신이 다시 수증기가 되어 허공에 걸려 있지 못하도록 깊은 상처를 내보지 않겠어요?"

나는 태수를 내 방으로 청해 들였다. 알맞게 따습고, 고즈넉하고 은밀한 내 처소로. '亞' 자 창과 덧문까지 첩첩이 닫고 나는 그에게 안겼다. 나는 그의 것이 되었다.

17

청량한 가을 아침이었다. 2층 침실에서 늦잠을 즐기고 있는 남편의 머리맡에 묵묵히 커피와 조간신문을 대령했다.

커튼을 젖히니 밝은 빛과 비췻빛 하늘이 한꺼번에 침실로 넘쳐왔다. 깊은 가을인 것이다.

마당에서는 노오란 은행잎이 한 잎 두 잎 떨어지고 또 떨어지고 있었다. 바람이 지나가나 보다. 갑자기 잔가지들이 떨더니 낙엽이 한결 찬란해진다. 필시 나무들은 우수수 하는 그 춥디추운 울음을 울 것이다.

두터운 유리 때문에 나는 그 소리를 들을 수 없었다. 나는 그 소리가 듣고 싶었다. 마치 목마름처럼 걷잡을 수 없이 그 소리가 듣고 싶었다. 나는 신경질적으로 주레주레 달린 방범용 쇠붙이들을 젖히고, 돌려 빼고 창문을 활짝 열었다.

창밖 공기가 좀 더 찰 뿐, 바람은 이미 멎어 있었다. 그러나 나는 몸을 으시시 떨고 춥디추운 아우성 소리를 듣고 있었다. 그것은 어쩌면 나무들의 울음이 아닌 은밀한 속에서 울려오는 또 하나의 나의 몸부림 소리인지도 모를 일이었다.

남편 태수가 미처 소유하지도 상처 내지도 못한 또 하나의 나. 그의 체온이 끝내 덥힐 수 없었던 또 하나의 나.

문득 가슴 한구석에 둔탁한 아픔이 온다.

"창문을 좀 닫구려. 감기 들겠소."

남편의 짜증 섞인 음성을 못 들은 척 나는 또 한 번의 바람이 지나가기를 기다렸다.

우수수 나무들은 몸서리를 치며 찬란한 황금빛 조각을 땅으로 땅으로 떨구었다. 폭신하면서도 까실한, 아늑하면서도 서럽던 융단의 감촉이 전신에 생생히 되살아온다.

"창문 좀 닫으라니까."

재채기를 크게 한 남편이 드디어 큰소리를 지른다.

저 융단 위에 뒹굴기에는 나는 너무 늙은 것일까? 아니 너무 많은 군더더기들을 거느린 것일까?

노오란 조각이 한 잎 창문으로 가볍게 날아들었다. 나는 그제서야 창을 닫고 돌아섰다.

남편은 신문에 날아와 앉은 은행잎을 먼지처럼 무심히 떨구고 신문을 집어들다 말고 나를 쳐다본다.

부수수한 머리에 피곤한 눈, 문득 낮이라도 가리고 싶게 이 평범한 중년의 사나이가 낯설다.

"원 사람두. 일요일인데 늦잠 좀 잤기로서니 그렇게 해서 사람을 깨울 게 뭐람."

"차…… 참 그렇군요."

나는 어설프게 웃고,

"오늘이 벌써 일요일이군요."

아무 뜻도 없는 소리를 입속에서 웅얼거리며 그의 곁에 앉았다.

"오늘 좀 푹 쉬었으면 좋으련만 훈이란 놈이 어디 가자고 또 졸라대지 않을까 몰라."

그는 서서히 나를 상식적인 그의 아내의 궤도로 끌어들인다.

나는 방바닥에 떨어진 은행잎을 집어 코끝에 대고는 그의 어깨 너머로 신문의 활자를 훑었다.

문화란. '고故 옥희도 씨 유작전 S회관에서─' 먼 옛날 같은 앳된 날, 그지없이 향기로운 관을 씌우고 싶었던 옥희도란 이름 위에 '故' 자가 붙은 것이다.

좀 전에 둔탁한 아픔을 느낀 자리가 예리하게 쑤셔왔다.

오열이라든가 하다못해 신음이라든가, 그런 아픔을 나눌 엄살이 전혀 마련되지 않은 온전한 나만의 비통.

나는 숨을 죽이고 지그시 아픔을 견디며, 또 하나의 아픈 날을 회상한다. 꼭 이만큼이나 아팠던 날을.

그것은 아마 나의 고가가 헐리던 날이었을 게다.

남편은 결혼식을 치르자 제일 먼저 고가의 철거를 주장했다. 터무니없이 넓은 대지에 불합리한 구조로 서 있는 음침한 고가는 불필요한 방들만 많고 손댈 수 없이 퇴락했으니, 깨끗이 헐어내고 대지의 반쯤을 처분해서 쓸모 있는 견고한 양옥을 짓자는 것이었다.

너무도 당연한 소리였다. 반대할 이유라곤 없었다.

고가의 철거는 신속히 이루어졌다. 나는 그 해체를 견딜 수 없는 아픔으로 지켰다.

우아한 추녀와 드높은 용마루는 헌 기왓장으로 해체되고, 웅장한 대들보와 길들은 기둥목, 아른거리던 바둑 마루는 허술한 장작더미처럼 나자빠졌다.

숱한 애환을 가려주던 '亞' 자 창들이 문짝 장사의 손구루마에 난폭하게 실렸다.

남편은 이런 장사꾼들과 몇 푼의 돈 때문에 큰소리로 삿대질까지 해가며 영악하게 흥정을 했다.

남편 하나는 참 잘 만났느니라고 사돈댁―지금의 동서― 은 연신 뻐드러진 이를 드러내고 내 등을 쳤다.

이렇게 해서 나의 고가는 완전히 해체되어 몇 푼의 돈으로 바뀌었나 보다.

아버지와 오빠들이 그렇게도 사랑하던 집, 어머니가 임종의 날까지 그렇게도 집착하던 고가. 그것을 그들이, 생면부지의 낯선 사나이가 산산히 해체해놓고 만 것이다.

그러나 생각해보면 고가의 해체는 행랑채에 구멍이 뚫린 날부터 이미 비롯된 것이었고 한 번 시작된 해체는 누구에 의해서고 끝막음을 보아야 할 것 아닌가.

다시는, 다시는 아침 햇살 속에 기왓골에 서리를 이고 서 있는 숙연한 고가를 볼 수 없다니.

그러나 나는 나 자신의 육신이 해체되는 듯한 아픔을 의연히 견디었다. 실상 나는 고가의 해체에 곁들여 나 자신의 해체를 시도하고 있었는지도 모를 일이었다.

남편이 쓸모없이 불편한 고가를 해체시켜 우리의 새 생활을 담을 새집을 설계하듯이, 나는 아직도 그의 아내로서 편치 못한 나를 해체시켜, 그의 아내로서 편한 나로 뜯어맞추고 싶었다.

쓸모 있고 견고한, 그러나 속되고 네모난 집이 남편의 설계대로 이루어졌다. 현대식 시설을 갖춘 부엌과, 잔디와 조그만 분수까지 있는 정원이 있는 아담하고 밝은 집. 모두가 남편의 뜻대로 되었다. 다만 나는 후원의 은행나무들만은 그대로 두기를 완강히 고집했다. 넓지 않은 정원에 안 어울리는 거목들이 때로는 서늘한 그늘을 주었지만 때로는 새집을 너무도 침침하게 뒤덮었다.

그러나 나는 아직도 그것들의 빛, 그것들의 속삭임, 그것들의 아우성을 가끔가끔 필요로 했다.

그러고 보니 아직도 해체되지 않은 한 모퉁이가 내 은밀한 곳에 남아 있는지도 몰랐다.

"옥희도 씨 유작전이 있군."

남편도 지금 그 기사를 읽고 있는 모양이다.

"죽은 후에 유작전이나 열어주면 뭘 해. 살아서는 개인전 한 번 못 가져본 분을."

"……."

"흥, 그분 그림이 외국 사람들 사이에 꽤 인기가 있는 모양인데 모를 일이야."

'흥, 잡종의 쌍판을 헐값으로 그려준 대가를 제법 받는 셈인가.'

"죽은 후에 추켜세우는 것처럼 싱거운 건 없더라. 아마 어떤 비평가의 농간이겠지……."

'흥, 당신이 생각해낼 만한 천박한 추측이군요.'

"에이 모르겠다. 예술이니 나발이니. 살아서 잘 먹고 편히 사는 게 제일이지."

'암, 몰라야죠. 당신 따위가 알 게 뭐예요. 그분은 그렇게밖에 살 수 없었다는 걸 당신 따위가 알 게 뭐예요.'

남편은 신문을 떨구고 기지개를 늘어지게 폈다.

나는, 젖힌 그의 얼굴에서 동굴처럼 뚫린 콧구멍과 그 속을 무성하게 채운 코털을 보며 잠깐 모멸과 혐오를 느꼈다.

"아빠, 일어났어?"

훈이란 녀석이 도어를 빠끔히 열고 기웃대다가 침대에 걸터앉아 있는 아빠를 보더니 달음질쳐와 덥썩 안긴다.

손에 사과는 안 들었을망정 볼이 붉은 소년이다. 볼이 붉은 소년 뿐이랴. 눈매 고운 소녀도 있다.

"누나는 아직 안 일어났니?"

"누나는 벌써 일어나서 세수까지 한걸. 그리고 나보고 아빠 깼나 보고 오랬어."

"왜 아빠 깨는 것이 그렇게 궁금들 할까?"

"흐응, 아빠 이번 공일엔 꼬옥 어디 데리고 간대 놓고……"

"그랬던가……"

"흐응, 꼬옥이라 그래 놓고 또 약속 안 지키려고……"

다정한 부자다.

나는 우두커니 은행잎을 코에 댄 채 있을 리 없는 훈향 같은 걸 더듬는다.

"여보, 오늘은 암만해도 아이들을 데리고 좀 나가야 체면이 서겠 는데……. 어디가 좋을까?"

"글쎄요……"

우수수……. 창 너머로 나무들의 떨림만 보고도 나는 자꾸 그 소 리를 듣는다.

"방향이야 천천히 정한다고 하고……. 여보, 어서 준비를 하구려. 도시락도 좀 쌀까?"

"그래그래. 엄마 김밥 싸줘 응?"

시종 시들하게 듣고만 있던 내가 못마땅한지 훈이는 내 무릎으로 옮겨와 그 실팍한 궁둥이로 궁둥방아를 찧으며 조르기 시작한다.

"그래그래. 엄마가 김밥 맛있게 싸줄게. 아빠하고 누나하고 그렇게 잘 다녀와요."

"아아니, 그럼 당신은 안 가겠단 말요?"

"글쎄요. 그럴까 봐요."

"그럼 나 혼자 홀아비처럼 청승맞게 아이들을 몰고 다니란 말야? 무슨 소리야."

그는 천부당만부당하다는 얼굴이었다.

"어디 좀 갈 데가 있어서요."

"어딜 혼자서?"

"옥희도 씨 유작전에요."

나는 그 짧은 소리를 필요 이상으로 결연히 말했기 때문에 훈이도 칭얼대기를 멈추었다. 잠시 어색한 침묵이 흘렀다.

어른들의 영문 모를 침묵에 움찔했던 훈이가 다시 아까보다 더욱 격렬하게 엉덩방아를 찧는다.

"몰라 몰라. 엄마 땜에 다 망친다. 난 몰라, 난 몰라."

건강한 몸부림이 내 무릎에 상쾌하다. 나는 훈이를 꼭 안으면서 와락 격한 모정을 느낀다.

그러나 어쩔 수 없는 것이다. 오늘 옥희도 씨의 유작전을 봐야 한다는 내 갈망은 도저히 어쩔 수 없는 것이다.

"훈아, 이리 온."

남편이 가라앉은 소리와는 반대로 좀 난폭한 동작으로 훈이를 자기 무릎으로 끌어갔다.

"오늘은 아빠가 훈이하고 재미나게 놀아주지. 뭐든지 해주지……."

남편은 계속해서 칭얼대는 훈이를 용케도 계속해서 좋은 말로 달래고 있었다.

나는 덤덤히 그의 자제를 지켜보다가 아래층으로 내려왔다. 아침 식사는 너무 조용하고 좀 맛없게 진행되었다. 남편이 어떻게 타일렀는지 아이들은 시무룩해 있을 뿐 보채지는 않았다. 나는 새로 맞춘 코발트 블루의 실크 코트를 걸치고 은행나무 밑에서 잠시 서성댔다.

내 의상이 은행나무의 노오란 빛과 그지없이 화사한 조화를 이룬 데 나는 만족했다.

고가가 즐비하던 어둡던 골목은 대부분 양옥으로 개조되어 밝고 깨끗했다.

"같이 갈까 봐."

문득 남편이 겸연쩍은 듯이 내 옆을 따르고 있었다.

"아이들은 어떡허고요?"

"적당히 잘 달랬어. 우리 아이들이야 나 닮아서 다 유순하니까."

될수록 혼자이고 싶었으나 나는 지금 그를 뿌리칠 수 있을 만큼

모질지 못하다.

"하루쯤 아이들 좀 보시면 어때서."

"나도 그분의 그림이 보고 싶군."

"그뿐이에요?"

"당신이 오늘은 좀 더 예뻐 보이는군. 달갑게 에스코트하고 싶게 말야."

"고맙군요."

S회관 화랑은 3층이었다. 숨차게 계단을 오르자마자 화랑 입구였고 나는 미처 화랑을 들어서기도 전에 입구를 통해 한 그루의 커다란 나목裸木을 보았다.

나무 좌우에 걸린 그림들을 제쳐놓고 빨려들 듯이 곧장 나무 앞으로 다가갔다.

나무 옆을 두 여인이, 아이를 업은 한 여인은 서성대고 짐을 인 한 여인은 총총히 지나가고 있었다.

내가 지난날, 어두운 단칸방에서 본 한발 속의 고목枯木, 그러나 지금의 나에겐 웬일인지 그게 고목이 아니라 나목이었다. 그것은 비슷하면서도 아주 달랐다.

김장철 소스리 바람에 떠는 나목, 이제 막 마지막 낙엽을 끝낸 김장철 나목이기에 봄은 아직 멀건만 그의 수심엔 봄에의 향기가 애

닳도록 절실하다.

그러나 보채지 않고 늠름하게, 여러 가지들이 빈틈없이 완전한 조화를 이룬 채 서 있는 나목, 그 옆을 지나는 춥디추운 김장철 여인들. 여인들의 눈앞엔 겨울이 있고, 나목에겐 아직 멀지만 봄에의 믿음이 있다.

봄에의 믿음. 나목을 저리도 의연하게 함이 바로 봄에의 믿음이리라.

나는 홀연히 옥희도 씨가 바로 저 나목이었음을 안다. 그가 불우했던 시절, 온 민족이 암담했던 시절, 그 시절을 그는 바로 저 김장철의 나목처럼 살았음을 나는 알고 있다.

나는 또한 내가 그 나목 곁을 잠깐 스쳐간 여인이었을 뿐임을, 부질없이 피곤한 심신을 달랠 녹음을 기대하며 그 옆을 서성댄 철없는 여인이었을 뿐임을 깨닫는다.

〈나무와 여인〉 그 그림은 벌써 한 외국인의 소장으로 돼 있었다. 나는 S회관을 나와 잠깐 망연했다. 오랜 여행 끝에 낯선 역에 내린 듯한 피곤인지 절망인지 모를 망연함, 그런 망연함에서 남편이 나를 구했다.

"어디서 차라도 한잔하고 쉬었다 갈까?"

"저기가 어때요?"

나는 턱으로 바로 눈앞에 보이는 덕수궁을 가리켰다. 덕수궁 속에 은행의 낙엽은 한층 더 찬란했다.

우리는 은행나무 밑 벤치에 앉아서 황금빛 세례에 몸을 맡겼다. 아이들이 뛰고, 연인들이 거닐고, 퇴색한 잔디에 쏟아지는 가을의 양광은 차라리 봄보다 따습다.

"아이들을 데려올걸."

남편이 다시 나를 상식적인 세계로 끌어들인다.

빨간 풍선을 놓친 계집아이가 자지러지게 운다. 구름 한 점 없는 하늘로 빠져들듯이 풍선이 멀어져간다.

드디어 빨간 점을 놓치고 만 나는 눈물이 솟도록 하늘의 푸르름이 눈부시다.

옆에 앉은 남편도 풍선을 좇았던가 고개를 젖힌 채 눈이 함빡 하늘을 담고 있다.

그러나 그뿐, 이미 그의 눈엔 10년 전의 앳된 갈망은 없다. 그뿐이랴. 여자를 소유하고 가정을 갖고 싶다는 세속적인 소망 외에는 한 번도 야망이나 고뇌가 깃들여 보지 않은 눈. 부수수한 머리가 늘어진 이마에 어느새 굵은 주름이 자리 잡기 시작한 중년의 그가 나는 또다시 낯설다.

저만치서 고등학생들이 배드민턴을 친다. 공이 나비처럼 경쾌하게 날아와 라켓에 부딪치는 소리가 마치 젊은 연인들의 찰나적인 키스의 파열음처럼 감각적으로 들린다.

나는 충동적으로 그의 이마의 주름진 곳에 그런 키스를 퍼부었다. 그가 낯선 게 견딜 수 없어서였다. 그가 아주 타인처럼 낯선 게 견딜 수 없어서였다.

나무들의 그림자가 길어지고 우수수 바람이 온다.

이미 낙엽을 끝낸 분수가의 어린 나무들이 벌거숭이 몸을 애처롭게 떨며 서로의 가지를 비빈다.

그러나 그뿐, 어린 나무들은 서로의 거리를 조금도 좁히지 못한 채 바람이 간 후에도 마냥 떨고 있었다.

전쟁상태적 신체의 탄생,
혹은 점령당한 영혼에 관한 보고서

권명아(문학평론가, 동아대학교 교수)

1 전쟁상태적 신체의 탄생

그녀는 왜 달리는 것일까?

박완서의 『나목』을 다시 읽기 위해, 이런 질문에서 시작해보려 한다. 『나목』을 읽다 보면, 숨이 차다. 특히 주인공 경아의 동선을 따라, 그녀의 발걸음과 마음의 리듬을 따라 읽다 보면, 읽는 내내 숨이 차다는 것을 느낄 수 있다. 여러분도 한번 해보시라. 서울 충무로의 'PX'(현재 신세계 본점 건물)를 나서서, '번화가였던' 충무로와, 중앙우체국을 지나, 을지로, 화신 백화점 앞을 지나, 계동에 있는 집에 다다르기까지, 경아는 내내 달린다. 『나목』은 사실 PX에서 계동의 부서진 고가古家 사이를 왕복하는 그녀의 내달리는 발길, 그 숨 가쁜 호흡에 실린, 어떤 마음 상태에 관한 이야기이다.

그녀의 숨찬 발걸음을 따라, 그 시절, UN의 서울 수복(1950년

9월 28일) 이후 어느 날의 서울로 가보자. 그녀는 지금 퇴근 중이다. 그녀는 혼자다. 지금 그녀의 간절한 소원은 "집 근처까지라도 동행할 만한 친구" 한 명을 찾는 것이다. 그런 간절한 눈길로, 그녀는 PX를 나서는 사람들을 바라본다.

특히 폐점 후 이맘때 온종일 시야를 가로막던 누런 군복들이 썰물처럼 빠지고 청소부 아줌마들이 물뿌리개로 타일 바닥을 축여가며 비질할 무렵이면 공기가 어찌나 투명해지는지 나는 그녀들이 날렵한 솜씨로 비틀어 올린 립스틱의 빤들한 대가리의 빛깔들이 제각기 조금씩 다르다는 것까지도 식별해낼 수가 있었다.

다이아나 김, 린다 조, 수잔 정 따위 이그조틱한 이름을 가진 그 어여쁜 아가씨들이 쓰고 있는 립스틱의 조금씩 다른 빛깔까지 알고 있으면서도 나는 그녀들 중의 아무하고도 아직 친하지는 못했다.

나는 항상 집 근처까지라도 동행할 만한 친구를 아쉬워했지만 친구는 생길 듯 생길 듯하면서도 좀처럼 생기지 않았다. 특히 퇴근할 때 종업원 출입문으로 통하는 어둑하고 긴 복도에서 서로 체온을 나눌 수 있을 만큼 빽빽이 붐비며 보초 순경들의 몸수색 차례를 기다리노라면 불쾌한 몸수색에 대한 공통의 피해 의식으로 제법 서로 다정해져서 흥허물없는 대화를 나누기도 하지만 이런 종류의 유대 의식이란 고작 고무풍선 속에 압축된 공기 같은 것이어서 풍선의 좁은 주둥이인 출입문만 벗어나면 그만이었다.(16쪽)

누런 군복의 무리, 청소부 아줌마들, 이그조틱한 이름의 세일즈 걸들과 여러 종업원들. 이 짧은 퇴근의 순간, 경아의 눈에 포착된 풍경은 수복 직후 서울의 삶의 편린을 압축적으로 담고 있다. 수복된 서울에서 PX에 매달려, 겨우 삶을 살아가는 이들. PX는 이들에게 생계의 원천이지만, 생계를 위해서는 몸수색을 당하는 '정도의' 모욕감은 감내해야 한다.

『나목』은 작가 박완서의 개인적 체험의 기록으로 평가되어왔고, 박수근 화백과의 만남에 논의의 초점이 모아졌다. 『나목』의 많은 부분이 박수근의 분신인 옥희도와 경아의 만남에 할당되고 있긴 하지만, 실제로『나목』의 작품 세계는 PX에 목을 매고 살아가는 인간 군상에 대한 세밀한 관찰에 집중되어 있다.

『나목』은 PX와 계동의 고가 사이를 왕복하는 경아의 동선을 따라 구성된다. PX와 고가는 경아에게 생존과 죽음이라는 두 축의 공간적 분할을 상징하는데, 이 공간은 그 이면에서는 점령의 현실과 학살의 기억이라는 두 축을 따라 분할되어 있다. 이 두 공간은『나목』의 세계에서 공간적으로 동시적으로 병존하는 것처럼 보이지만, 실상은 현재와 과거의 기억이라는 시간의 축으로 분리되어 있으며, 본질적으로는 점령과 학살, 점령자의 공간과 학살당한 자의 공간이라는 비화해적 형태로 분열되어 있다. 그리고 이 두 공간을 달리는 경아의 가쁜 호흡에는 무서움과 두려움에 떠는 어떤 마음의 움직임의 동선이 아로새겨져 있다.

먼저 경아가 달리며 마주하는 세계의 모습을 보자. 몸수색을 마치고, 길로 나선 경아의 눈에 비친 것은 "두터운 어둠" 온통 어둠뿐이다. 그 어두운 거리로 나서기 전 그녀는 숨을 고른다. 그리고 자, 이제 달린다.

　　나는 종종걸음으로 어두운 모퉁이를 재빨리 벗어나 환한 상가로 나섰다. PX를 중심으로 갑자기 발달한 미군 상대의 잡다한 선물 가게들―사단이나 군단의 마크를 수놓은 빨갛고 노란 인조 머플러, 담뱃대, 소쿠리, 놋그릇, 별로 신기할 것도 없는 그런 가게 앞에서 나는 기웃거리며 될 수 있는 대로 늑장을 부리다가 어두운 모퉁이에서는 숨이 가쁘도록 뜀박질을 했다.
　　그러나 번화가인 충무로조차도 어두운 모퉁이, 불빛 없이 우뚝 선 거대한 괴물 같은 건물들 천지였다. 주인 없는 집이 아니면 중앙우체국처럼 다 타버리고 윗구멍이 뻥 뚫린 채 벽만 서 있는 집들, 이런 어두운 모퉁이에서 나는 문득문득 무서움을 탔다.(17쪽)

불빛이 있는 곳에서는 한숨 돌리고, 다시 거대한 괴물 같은 건물들 사이, 불타버리고 무너져 내린 건물들 사이를 달린다. 그녀는 달린다. 숨이 가쁘다. 헌데 이 숨 가쁨은 단지 달리는 데서 오는 호흡의 가쁨만은 아니다. 이 숨 가쁨은 무섬증 때문이다. 그녀는 달린다. 달릴수록 무섭다, 아니 무섭기 때문에 더 달린다. 무서워서 달리지만, 달릴수록 더 무서워지는. 그녀는 무엇이 무서운 것일까?

나의 빨랐다 느렸다 하는 걸음은 을지로를 지나 화신 앞에서부터
는 줄창 뜀박질이 되고 말았다.

외등이라든가 구멍가게라든가 그런 아무런 표적도 없는 죽은 듯
이 어두운 비슷한 한식 기와집 사이로 미로처럼 꼬불탕한 골목길을
무섭다는 생각에 가위눌리면서 달음박질쳤다.

드디어 집이 가까워지면서 어둠만이 보이던 나의 눈에 별이 박힌
부연 하늘이 들어오고, 그 부연 하늘을 이고 서서 한쪽이 보기 싫게
일그러져 나간 채인 우리 집의 지붕이 이상하리만큼 선명하게 보인
다. 그러면 내 무서움증은 드디어 절정에 달해 금세 심장이 멎을 것
같아진다.

"엄마, 엄마."

나는 빗장이 부러져라 하고 어머니가 문을 열 때까지 계속해서
흔들어댄다.(17~18쪽)

PX를 나설 때 경아는 조금 외로웠다. 뛰면서, 그녀는 문득문득
무섬을 타다가, 무서움의 강도는 가위눌림에 가깝게 상승되고, 마
침내는 심장이 멎을 것 같은 쇼크 상태에까지 이른다. 사실『나목』
을 다시 읽어나가기 위해서는 바로 이 무서움의 동선, 결국은 쇼크
상태에까지 이르게 되는 무섬증에 시달리는 경아의 정신 상태를 역

사적인 맥락에서 살펴보아야 한다. 『나목』 전체는 이렇게 무섬증에 시달리는 경아의 분열적인 정신 상태, 즉 무서움과 두려움, 때로는 저주와 증오와 광기로까지 내달리는 그녀의 정신 상태를 따라 달려간다. 그렇다. 실상 『나목』에서 경아가 내달리는 발걸음은 두려움과 증오와 불안과 공포로 미쳐 달려가는 그녀의 정신 상태의 동선과 일치한다.

『나목』은 박완서의 개인적 체험의 기록으로, 특히 박수근과의 만남의 기록을 담은 작품으로 주로 회자된다. 물론 『나목』은 작가 박수근에 대한 소중한 기록으로서도 가치를 지니고, 작가 박완서의 개인사적 체험의 기록으로서도 가치를 지닌다. 이와 함께 『나목』은 이른바 서울 수복 직후, 그 과정에서 자행된 학살과, 그 학살을 경험하고 살아남은 학살자 유족의 내면의 기록으로서도 다시 살펴볼 필요가 있다. 쇼크 상태에까지 이르는 경아의 무섬증은 이런 차원에서 역사적 의미를 지닌다. 그녀는 왜 이토록 '근거를 알 수 없는' 무섬증에 시달리는 것일까? 소설 내내 그녀의 무섬증의 원인에 대해서는 자세한 분석이 생략되어 있다. 전쟁 중에 오빠들이 폭격으로 죽게 되었고, 그 죽음에 경아의 책임도 있었다는 식의 설명이 부연되기는 한다.

그러나 앞서 살펴본 예문을 다시 주의 깊게 살펴보자. 달려가는 그녀의 발걸음을 따라 읽어나가면, 우리는 그녀의 무섬증이 서울 거리를 달려가면서 점차 더 가중된다는 것을 알 수 있다. 또 그녀는 달려가는 거리의 표지들을 정확하게 읽어나가고 있다. 즉 이 거리는 그저 전쟁 이후의 폐허나, 어둡고 황량하다는 점에서 다 비슷비슷한 그런 장소들이 아니다. 그녀에게 이 거리는 무엇인가를 환기하는 장소이다. 쇼크 상태에까지 이르게 하는 무섬증을 일으키는 무엇, 어떤 기억들.

『나목』에서 또 하나 살펴볼 지점은 경아의 의지로도 제어할 수 없이 환기되는 기억에 대해, 박완서는 그 기억을 통해 환기되는 어떠한 사실들에 대해서는 끝내 말하고 있지 않지만, 이렇게 말할 수 없음에 대해서는 기록을 남기고 있다는 점이다. 즉 박완서는 『나목』에서 '나는 말할 수 없다'는 지표를 곳곳에 남겨두고 있다. 앞서 살펴본 예문들에서도 그러한 말할 수 없음의 표지를 찾아낼 수 있지만, 다음 대목들에서는 이런 표지가 더욱 선명하게 나타난다.

큰댁 덕에 비교적 윤택하던 피난살이, 아니 그전일 게다. 황량하던 피난길, 그때도 아니다. 그전, 어수선하던 크리스마스였던가. 피난을 갈까 말까 어머니 몰래 보따리를 챙겼다간 풀고, 다시 챙기고. 그때도 아니다. 그전, 수복 후의 나날들, 텅 빈 집과 뒤뜰의 은행나무들, 그 자지러지게 노오란 빛들, 비췻빛 하늘을 인 노오란 빛들, 아낌없이 쏟아지던 노오란 빛들, 지금도 눈이 부시다. 그때도 아니다. 그럼 그전, 그렇다. 그전, 그러나 나는 여기서 기억의 소급을 정지시켰다. 몇십 년이나 묵은 은행이 그 가을엔 왜 그렇게 처절하도록 노오랬던가. 난 그것을 보며 왜 그렇게 살고 싶고, 죽고 싶고를 번갈아가며 격렬하게 소망했던가. 지금도 그것이 궁금할 뿐 내 기억의 소급은 노오란 빛 속에 용해되어 다시는 헤어나질 못했다.(127~128쪽)

앞서 PX와 계동 집이 생존과 죽음, 점령자와 학살당한 자의 공간으로 분할되어 있는 동시에 현재와 기억의 시간으로도 분할되어 있다는 점을 논한 바 있다. 또 PX에서 계동 집을 오가는 경아의 동선은 이처럼 생존과 죽음, 점령자와 학살당한 자, 현재와 기억의 시간 사이를 왕복하는 진자 운동에 다름 아니다. 이러한 구성 방식은 『나목』 전체를 관통하는 것이다. 즉 이러한 시간성은 경아가 살아내고 있는 어떠한 시간의 양태를 상징적으로 드러내는 것이다. 이를 뒤에서 살펴볼 '전쟁상태적 신체의 시간성'이라고 할 수 있을 것이다. 전쟁상태적 신체의 시간은 과거로 자꾸 소급한다. 그 소급된 과거의 시간 속에 무언가가 있다. 그러나 그 무언가는 "텅 빈 집"이나 "노오란 빛"이라는 이미지로만 현현된다.

『나목』 자체에는 그 기억의 원천을 읽어낼 표지가 없지만, 우리는 작가 박완서의 전쟁 체험에 대한 여러 기록들을 통해서, 이 무섬증이 서울 수복 직전 오빠가 살해된 과정의 기억, 그리고 그 와중에 부역자 가족으로 벌레 같은 시간을 감내해야 했던, 그 기억들이 여기 숨겨져 있다는 것을 읽어내야 할 것이다.

무섬증에 시달리며, 가쁜 숨을 몰아쉬고, 두려움과 증오와, 분노와 광기를 오가는 경아의 상태는 멀리서 들려오는 포성처럼, 여전히 전쟁 상태를 앓고 있는 어떤 신체의 증상이라 할 것이다. 그러하니,『나목』의 경아는 다들 평온한 일상으로 돌아간 뒤에도 여전히 전쟁을 '살고' 있는 신체의 전형으로 읽어낼 필요가 있지 않을까. 분열과 강박으로 가득 찬 경아의 존재 양태를 그런 점에서 전쟁상태적 신체라 불러봄 직하다.

현실의 전쟁은 끝이 났지만, 그녀는 전쟁을 여전히 몸으로 앓고 있다. 이런 몸을 전쟁상태적 신체라는 말 외에 달리 무엇이라 부를 수 있을 것인가. 그리고 이 전쟁상태적 신체에 대한 탐구가 박완서 필생의 작업이었다 할 것이다. 그리고 이 전쟁상태적 신체에 대한 탐구와 자기 분석이 이른바 한국의 근현대사를 전쟁상태적 신체라는 차원에서 고찰할 수 있게 된 동력이기도 할 것이다.

『나목』을 전쟁상태적 신체의 탄생에 대한 보고서라는 차원에서 살펴보면 또 다른 중요한 독해의 열쇠를 얻게 된다. 그것은『나목』이 실은 PX, 즉 미군 부대 내의 세일즈 샵에 대한 보고서이기도 하다는 점이다. 이는 단지 박완서가 실제로 PX에 근무한 적이 있다는 개인적 체험의 기록으로만 보아서는 안 될 것이다. 왜 PX일까.

2 왜 PX일까: 점령당한 영혼에 관한 보고서

『나목』의 첫 문장은 다음과 같다.

갈색 털이 무성한 손이 불쑥 내 코앞까지 뻗어와 멈추었다. 그의 손아귀에 펴 든 패스포트 속에서 긴 머리의 아가씨가 활짝 웃고 있었다.(11쪽)

이 첫 문장은 매우 상징적이다. 앞서 경아라는 존재 양태가 전쟁상태적 신체의 표상이라고 논의한 것을 상기해보자. 그리고 그 전쟁상태적 신체가 어떤 모습으로 현현하는지를 그려보자. 경아/전쟁상태적 신체는 무엇을 대면하고 있는가? 이런 차원에서 첫 문장을 다시 읽어보자. "갈색 털이 무성한 손이 불쑥 내 코앞까지 뻗어와 멈추었다." 즉 경아/전쟁상태적 신체는 "갈색 털이 무성한 손", 그 손아귀에 거의 잡힐 것 같은 상태로 대면하고 있다. "갈색 털이 무성한 손"은 그녀의 밥줄이고, 그녀/전쟁상태적 신체는 거기에 매달려 있다.

『나목』에서 경아가 "갈색 털이 무성한 손"에 사로잡혀 있다는 것이, 『나목』의 세계가 전후에 만연한 인종 공포를 반성 없이 반복하고 있다는 뜻은 아니다. 오히려 "갈색 털이 무성한 손"과 경아/전쟁상태적 신체의 대면 관계는 점령자와 피점령자의 위치를 투영하는 것이다. 아래 예문은 이 두 위치 사이의 간극, 그 격차를 선명하게 보여준다.

그가 자못 험악하게 노리고 있는 쪽을 보니, 바의 주방에서 홀을 향해 뚫린 창구로 대여섯 명의 GI들이 머리가 비좁게 끼어서 홀 내의 아귀다툼, 문자 그대로의 아귀다툼을 흥미진진하게 관람하고 있었다. 그중에는 아래층 담당의 마스터 싸진도 끼어 있고, 그들은 자기들이 연출한 연극의 기대 이상의 성과에 만족한 듯이 득의의 미소를 짓고 있었다.

태수의 목덜미가 붉어지며 치욕을 참지 못하는 눈치였다.

"자아, 춤을 추든지 하다못해 팝콘이라도……."

"싫어. 미스 린 창피하지도 않아?"

"창피하긴요? 딴 사람들이 다 그렇게 하는데. 우리도 순순히 딴 사람들과 같이 되는 거예요. 이 사람들과 다른 척하기란 피곤하고 무의미해요."

"그렇지만 양키들이 보고 있잖아? 저렇게 재미나 하면서."

"난 흠뻑 재미나 하고픈데 왜 미스터 황은 멋없이 비분강개만 해요? 저들은 저들대로 좋아하게 내버려두면 되잖아요. 특별히 그들이나 우리의 국적 같은 걸 들추니까 속상한 거예요. 실상은 굶주린 자와 포만한 자의 차이뿐인데. 저들도 우리처럼 전쟁을 겪고 오락과 먹을 것에 오래 굶주리면 우리보다 몇 배 추태를 부릴걸요. 만일 우

리도 남에게 베풀 수 있는 처지라면 저치들보다 몇십 배 거드름을 피웠을테구…….'(98~99쪽)

크리스마스라고 PX에 근무하는 한국인 종업원들에게 파티라며 콜라와 팝콘 따위를 나눠주고 구경하는 '양키'들과, 이 와중에 하나라도 더 챙기려고 아귀다툼을 벌이는 한국인 종업원들. 멀리서 포성이 아직도 들리는 '수복' 직후 서울의 한복판 PX의 풍경은 전후 한국 사회의 원형처럼 보인다. 『나목』의 곳곳에서 우리는 미군 하우스보이, 세일즈걸들을 만나는데, 이들은 단지 미군 관련 업종 종사자라는 어떤 특수한 직업군의 양태가 아니라, 전쟁을 통해 탄생한 새로운 주민의 모습처럼 보인다.

죽음의 기억이 아직도 생생한 서울 거리에서 경아는 온통 세일즈걸들, 하우스보이들과 만난다. 오빠가 죽고 난 서울 거리에, 이제 하우스보이들이 번성한다. 오빠의 웃음소리로 가득 찼던 고가古家가 무덤과 다름없는 곳이 되어버린 대신, 곳곳에 '하우스'가 만연하다.

전쟁은 이처럼 오빠를 학살하고, 대신 그 자리에 하우스보이들을 낳고 있다. 전쟁은 집을 무덤으로 만든 대신, 집이 있던 거리를 하우스 촌으로 (군부대에서 기지촌까지) 변형시켰다. 그리고 이제 이 거리의 주민들은 모두 어떤 의미로든 하우스보이고, 세일즈걸들이다. 그들의 생존이 모두 '하우스'에 달려있으니 말이다. 그래서 『나목』의 중심 공간인 PX는 단지 서울 충무로 신세계에 있던 미군

내의 PX만을 지시하는 것이 아니다. '수복된' 서울, 그곳이 바로 PX
인 것이다. 그리고 그 PX의 주민들은 모두 전쟁 따위는 잊고, '양키'
가 던져준 콜라와 팝콘에 몸을 던지며, 추태를 마다하지 않고, 저만
잘살겠다고 달려간다. 경아는 PX에 매달려 사는 존재라는 점에서
이 주민들과 다르지 않지만, PX를 나서서 고가라는 무덤, 학살당한
자의 집, 학살의 기억으로 회귀하는 존재라는 점에서는 이 주민들
과 같아질 수가 없다.

　PX의 주민들이 콜라와 팝콘에 몸을 던지며, 저만 잘살겠다고 달
려 나가는 것을 성장, 개발의 이름으로 합리화해 나가지만, 경아는
학살당한 자의 집으로 계속 귀환한다. PX와 고가 사이를 달리는 경
아의 가쁜 호흡, 그것은 이 둘 사이를 이동하는 특정한 주체 위치의
표상이다. 이 주체 위치는 PX 주민으로서의 위치와 학살당한 자의
유족으로서의 위치 사이의 비화해적 분열 속에서 구성되는 매우 특
이한 위치다. 일찍이 누구도 한국전쟁 이후 한국 사회를 이러한 비
화해적 분열의 주체 위치 속에서 탐색한 이는 없었다. 이것이 작가
박완서, 그녀의 독보적인 위치이기도 하다. 이러한 주체 위치 속에
서 박완서는 한국 사회를 전쟁상태적 신체의 시선 속에서, 그 양가
적 진동 속에서 냉정하게 비판할 수 있었던 것이다.

3 '우리'가 잘 알지 못하는 '박완서'로의 초대

『나목』은 잘 알려진 작품이다. 박완서의 대표작이자, 작가의 개인 사적 체험의 대표 사례로『나목』은 잘 알려져 있다. 그러나 정말 우리는『나목』을 잘 알고 있을까?『나목』을 비롯한 박완서의 많은 작품들에 대한 사람들의 '인상'은 '잘 알고 있다'는 것, 혹은 박완서의 작품들은 다 비슷비슷한 작가의 체험들의 반복이라는 것이다. 오빠의 죽음, 남겨진 모녀의 고통, 박수근과의 짧지만 애절한 만남, 『나목』은 이렇게 널리 알려져 있다.

그러나 과연 그럴까? 어쩌면 우리는 '잘 알고 있다'는 그 인상으로 박완서를 반복해서 읽거나 읽지 않고 있는지도 모른다.『나목』에 국한해서 말해보자면 실상『나목』은 작가인 박완서, 그 자신에게조차 잘 알지 못하는 그런 텍스트라고도 할 수 있다.

그것은 비슷하면서도 아주 달랐다.(390쪽)

그날, 서울 거리를 무서움에 시달리며 달리던 그날로부터 10여 년이 흐른 후, 경아는 문득, 그 '그림'이 자기가 알던 그 그림과는 "비슷하면서도 아주 달랐다"는 느낌을 곱씹는다. 무엇이 다른 것일까? 그때, 그날, 수복 후 서울을 달려가던 그 시간을 그려내는 박완서의 소설은 대부분 회고적 시점으로 종료된다. 그날에서, 오늘, 여

408

기까지의 동선, 그리고 그 동선들 속에서 그때 그날의 이야기는 조금씩 변형되고 다시 살아나고 달라진다. 왜, 무엇 때문에 달라지는 것일까? 아니 그녀는 이 '비슷하면서도 아주 다른' 이야기를 왜 그토록 오랜 세월 곱씹어 왔던 것일까? 『나목』의 마지막 장면을 통해 그 비밀을 조금 엿들어 보도록 하자.

마당에서는 노오란 은행잎이 한 잎 두 잎 떨어지고 또 떨어지고 있었다. 바람이 지나가나 보다. 갑자기 잔가지들이 떨더니 낙엽이 한결 찬란해진다. 필시 나무들은 우수수 하는 그 춥디추운 울음을 울 것이다. 두터운 유리 때문에 나는 그 소리를 들을 수 없었다. 나는 그 소리가 듣고 싶었다. 마치 목마름처럼 걷잡을 수 없이 그 소리가 듣고 싶었다. 나는 신경질적으로 주레주레 달린 방범용 쇠붙이들을 젖히고, 돌려 빼고 창문을 활짝 열었다.

창밖 공기가 좀더 찰 뿐, 바람은 이미 멎어 있었다. 그러나 나는 몸을 으시시 떨고 춥디추운 아우성 소리를 듣고 있었다. 그것은 어쩌면 나무들의 울음이 아닌 은밀한 속에서 울려오는 또 하나의 나의 몸부림 소리인지도 모를 일이었다.(381~382쪽)

그때 그날들, 수복 직후의 서울 거리를 무섬증에 시달리며 구조 신호를 보내듯, 문을 두드리던 고가는 이제 허물어졌다. 남편 태수는 결혼을 하면서 제일 먼저 고가를 철거할 것을 주장했고, 경아 역시 그 뜻을 따른다. 그러나 고가를 철거하면서도, 은행나무들은 고스란히 남겨둘 것을 경아는 고집한다. 왜 은행나무일까? 앞서 그녀(경아/박완서)가 그날의 기억을 말하지 않는 대신, 그 말할 수 없음의 표지를 "노오란 빛", 그토록 처절했던 은행나무의 노오란 빛으로 표상하고 있었다는 점을 여기서 다시 환기할 필요가 있다.

몇십 년이나 묵은 은행이 그 가을엔 왜 그렇게 처절하도록 노오랬던가. 난 그것을 보며 왜 그렇게 살고 싶고, 죽고 싶고를 번갈아가며 격렬하게 소망했던가. 지금도 그것이 궁금할 뿐 내 기억의 소급은 노오란 빛 속에 용해되어 다시는 헤어나질 못했다.(128쪽)

세상이 변하고 "살아서 잘 먹고 편히 사는 게 제일"인 시대가 되었지만, 그 "노오란 빛", 그 은행나무는 여전히 그녀 곁에 있다. 이 '평화로운' 시대에 그녀는 여전히 그 은행나무의 "춥디추운 아우성"을 듣고 있다. 아니 그 "춥디추운 아우성"은 실은 "은밀한 속에서 울려 나오는 또 하나의 나의 몸부림 소리"이다. 그렇다. 그 은행나무의 노오란 빛과 아우성은 경아의 집 마당을 지키고 있을 뿐만 아니라, 경아 그녀 몸 안 깊숙한 곳에서 여전히 자라고 있다. 그래서 "잘 먹고 편히 사는 게 제일"인 "당신들"의 세상에서 그녀는 몸 안에서 여전히 잎을 피우고, 낙엽을 떨어뜨리고, 다시 새 잎을 피우며 자라나는 그 은행나무의 "춥디추운 아우성"과 함께 살고 있다. 그녀는 이 평화로운, 당신들의 세상에서 여전히 전쟁 상태의 신체인 채로, 아니 계속 자라나고 무성해지는 그 '몸'을 앓고 있는 것이다.

여기서, 바로 이 경아, 그녀의 몸속에서 자라나고, 잎을 피우고, 다시 노오란 낙엽을 떨어뜨리는 그 은행나무를 통해, 박완서 그녀의 작품들이 '비슷하면서도 전혀 다른' 모습으로 태어나는 그 비밀에 이르는 하나의 열쇠를 엿볼 수 있다. 그녀에게 '그때 그날', 수복된 서울 거리를 무섬증에 시달리며 내달리던 그 숨 가쁜 호흡은 과거의 체험이 아니다. 그때 그날의 이야기는, 그녀의 몸속에서 계속 자라나고, 우수수 떨며 아우성을 친다.

우수수……. 창 너머로 나무들의 떨림만 보고도 나는 자꾸 그 소리를 듣는다.(387쪽)

그래서 그녀는 여전히 그 '비슷한' 이야기들이 간절하다. 그러나 그 이야기들은 결코 비슷하거나, 잘 알려진 이야기가 아니다. 박완서의 작품들에서 그때 그날, 서울 거리를 달려가던 경아의 이야기는 계속 다르게 '태어난다'. '태어난다' 이 말은 단지 비유적인 표현이 아니다. 박완서의 작품은 계속 다시 태어나는, 그때 그날의 이야기이다. 『나목』에서 말할 수 없음의 표지로만 남겨졌던 이야기들은, 그녀의 몸속에서 계속 살아가면서, 말을 얻어 간다.

『나목』에는 흐릿한 형체로만 등장하는 오빠가 이후 작품에서 그 구체적인 윤곽을 얻어가거나, 오빠의 죽음의 내력이 더 구체적인 역사적, 현실적 정황 속에서 기술되는 것, 오빠의 죽음 이후 남겨진 가족들이 '빨갱이 가족'으로 어떤 수모를 겪어야 했는지, 그리고 말을 얻지 못한 그 학살의 기억이 어떻게 살아남은 자의 삶을 파괴했는지에 대해서 말이다.

그러나 실은 '우리'는 아직 그 '비슷하면서도 다른' 이야기를 잘 알지 못한다. 지금까지 우리는 그 이야기를 다 '비슷한' '잘 아는' 이야기로 간주해왔기 때문이다. 어떤 점에서 박완서, 그녀는 그 이야기를 채 마치지 못했다고도 할 것이다. 아직도 여전히 학살되어 파괴되어 버린 그녀의 깊은 곳에서 울음을 그치지 않던, 그 "춥디추운 아우성"을 우리는 끝내 다 듣지 못했다. 그리고 그 춥디추운 아우성을 듣기 위해, 이제 우리는 그녀, 박완서의 이야기를 우리가 지금까지 알지 못했던, 어떤 이야기로 다시 읽어나가야 할 것이다. 그래서 우리는 그때 그날, 수복된 서울 거리를 무섬증에 시달리며 내달리는 그녀, 경아의 가쁜 호흡 속으로 함께 들어가야 한다. 자, 이제, 달린다.

그 거대한 빛, 속삭임, 아우성

김금희(소설가)

작가에게 어떤 작품은 인장처럼 남아 평생을 함께한다. 내게는
『나목』이 그런 작품이다. 한국 전쟁 시기의 스산한 서울, 완구점 좌
판에서 "만화적인 얼굴"로 "무료하게" 서 있다 풀리는 태엽을 따라
우스꽝스럽게 춤을 추는 『나목』 속 침팬지 인형은 소설이 무엇인
지 채 알기도 전에 나를 사로잡았다. 조잡한 플라스틱 장난감에게
서 잿빛 도시를 흔드는 '균열'을 발견해내는 것이 작가의 눈이라고
알려준 것이다. 구경꾼들이 하나둘 사라지고 나서도 발목이 시리도
록 서서, 값으로 매겨지기 위해 안달하는 침팬지의 가장된 유쾌함
과 무력한 절망, 그리고 도시의 사람들에게 전염되는 고독의 병증
을 앓는 것이 작가라고.

이렇듯 아주 작은 것에서 전쟁이 휩쓸고 간 인간 내면의 거대한
폐허를 발견해내는 『나목』을 나는 헤아릴 수 없을 정도로 반복해 읽
었다. 그리고 늘 나에게 그것은 새로운 작품이 되었다.

어느 시절에 이 소설은 살아남았다는 죄의식에 시달리는 이들의 항변으로 기억되었다. 한국 전쟁은 우리가 우리의 가족, 이웃, 동료, 친구에게 총을 겨눈 내전이었기에 그 죽음과 아예 무관한 이들은 사실상 누구도 없었다. 그러한 비극과 상관없다고 "악을 쓰"면 쓸수록 자책의 수렁 속으로 빨려 들어가 삶은 죽음처럼 얄팍해졌다. 소설은 비극과 대면하지 않는 인간은 제 삶을 살 수 없다고 선언하고 있었다.

때로 『나목』은 궁핍에 관한 소설이었다. 미군 PX에서 일하며 어떻게든 이방인의 주머니에서 '달러'를 꺼내야 하는 '나'와 '미숙'과 '다이아나 김', 예술가에서 환쟁이로 내려앉아 쇼윈도의 상품처럼 전시된 채 자기 붓질을 팔아야 하는 '옥희도', 싸구려 팝콘과 콜라를 얻기 위해 아귀다툼을 벌이는 점원들과 뜻 모를 영어를 외쳐대며 거리로 나선 어린 꼬마들. 이국의 군대를 위해 마련된 쇼핑센터 안팎의 묘사를 통해 작가는 "잿빛 휘장" 같던 우리의 과거를 생생하게 기록한다. "팔아먹을 것의 고갈, 그렇지만 팔아먹지 않고는 연명할 도리가 없는" 가난을, 물질적 궁핍이나 숫자로만 계산될 수는 없는, 절망적일 정도로 완전한 그 "허虛"를.

다시 찾아 읽은 『나목』은 전쟁이라는 문명의 폭력 속에서도 의연히 빛나는 생生에 대한 경의로 읽혔다. 세월이 흐른 뒤 '나'는 고인이

된 옥희도의 전시회를 찾아가 '고목'이었던 그림이 '나목'으로 변해 있음을 확인한다. 그리고 '고목'과 '나목'은 완전히 다르다는 사실을 우리에게 환기한다. 그 그림은 박수근 화백을 모델로 한 옥희도가 이룬 하나의 성취인 동시에 주인공 '나'가 살아낸 겨울날들에 대한 헌사이기도 하다. 잎 하나 없이 말라 죽어가는 '고목'을, 다음 해를 위해 스스로 나뭇잎을 떨어뜨린 채 대기 중인 '나목'으로 바꾼 것은 '나'와 보낸 날들이기 때문이다.

그 겨울을 통해 아마도 예술가는 잿빛에도 다채로운 농담濃淡이 깃들어 있다는 것, 비극에도 리듬이 있고 사랑에도 맹렬한 충동과 선득한 혐오가 함께한다는 사실을 깨달았을 것이다. 그리고 그 모든 감정이 자기 서랍 속에 들어있지 않으면 삶은 고목이 되어 흙으로 돌아간다는 것을, 많은 죽은 이들이 그랬듯 말이다.

박완서 작가의 소설에는 자기 내면과 투쟁하는 많은 인물이 등장한다. 긴 계동 골목을 걸으며 살고 싶다는 욕망과 삶을 중단시키고 싶다는 충동 사이에서 가엾게 싸워야 했던 '나'처럼. 엄연히 살아 있는 딸의 존재는 지우고 죽은 아들들과의 동거를 선택했던 어머니에게서 벗어난 뒤 '나'는 비로소 고가古家를 부수고 새집을 짓는다. 하지만 슬플 때마다 찾아가던 은행나무만은 하나의 기념비처럼 남겨놓는다. 그것은 스스로의 구원을 위해 발가벗는 '나목'으로 살아가겠다는 의지일 것이다. 절망도 환희도 오뇌도 자연이 이끄는 삶의 정당한 변화처럼 끌어안겠다는 이 선언은 허황된 수사 없이도 단단하다.

『나목』을 읽는 일은 아주 거대한 나무를 한없이 올려다보는 행위와 같다. 뒤척이며 흔들리는 잎들, 온갖 존재들이 깃드는 가지들, 물을 빨아들이는 수관과 흙 속의 듬직한 뿌리들까지, 소설은 이 산 것들을 우리에게 환기시키며 매번 새롭게 탄생한다. 육십여 년이 지난 지금도 우리는 『나목』의 "빛, 속삭임, 아우성"을 필요로 하는 것이다.

멀고도 깊은 곳에서

최은영(소설가)

이십여 년 만에 『나목』을 다시 읽으면서 나는 이 소설의 뜨거움과 거침없음에 놀랐고, 이 작품이 오십여 년 전에 발표되었다는 사실을 믿을 수 없었다. 작가에 의해 분명한 생명을 부여받은 작품은 결코 시간에 따라 낡거나 죽지 않는다는 것을 『나목』은 증명한다.

1932년생 주인공의 복잡한 내면을 따라가는 동안 나는 그녀의 분노와 절망, 질긴 미움과 복수심, 우울과 죽음에 대한 끌림, 삶에 대한 미칠 듯한 갈망을 가슴으로 느꼈다. 끝이 없을 듯한 시대의 어두움과 뜨겁게 타오르는 인물의 대비가 두려울 정도로 강렬했다.

『나목』은 이후 사십 년간 이어질 선생님 작품 세계의 기본 바탕을 보여준다. 『나목』은 가부장제 사회 안에서 성녀와 마녀, 어머니와 성적 대상으로 구획되고 규격화된 여성상에 대한 질문을 던진다. 오로지 가부장제의 시각 속에서 정물과 같은 존재로 대상화되었던 여성의 생각과 목소리를 가감 없이 들려준다.

선생님의 세계 속, 욕망하고 증오하고 생각하고 말하고 선택하는 여성의 모습은 여성을 가부장제의 입맛대로 대상화한 기존 문학 장에 저항한다. 한 점의 거짓도 없이, 용기 있게, 두려움에 맞서 싸우며 진실을 향해 투쟁하는 글쓰기. 그 올곧은 선생님의 문학 정신의 출발점에 『나목』이 있다.

『나목』을 읽으며 나는 이토록 살아있는 문학의 울림에 가슴이 뛰었다. 많은 작가가 다다르고자 하지만 쉬이 갈 수 없는 멀고도 깊은 곳에서 박완서 선생님의 목소리는 아직도 선명하다.

나목

초판 1쇄 발행	2012년 1월 22일
초판 23쇄 발행	2024년 1월 17일
특별판 1쇄 발행	2024년 5월 3일
특별판 3쇄 발행	2024년 12월 10일

지은이	박완서
펴낸이	최동혁
디자인	안단테

펴낸곳	㈜세계사컨텐츠그룹
주소	06168 서울시 강남구 테헤란로 507 WeWork빌딩 8층
이메일	plan@segyesa.co.kr
홈페이지	www.segyesa.co.kr
출판등록	1988년 12월 7일(제 406-2004-003호)
인쇄	예림
제본	다인바인텍

ⓒ 박완서, 2024, Printed in Seoul, Korea

ISBN	978-89-338-7239-0 03810